21 世纪全国应用型本科财经管理系列实用规划教材

市场营销学

主　编　戴秀英
副主编　张　娟　王晓旭
参　编　苏　航　王明昊　刘春明

北京大学出版社
PEKING UNIVERSITY PRESS

中国农业大学出版社
CHINA AGRICULTURAL UNIVERSITY PRESS

内 容 简 介

　　本书通过对营销案例的举证和分析讨论，深入浅出地阐释了市场营销学的基本理论。主要内容包括：市场营销概论、市场营销环境分析、消费者市场和生产者市场、市场调研与需求预测、目标市场营销、产品策略、价格策略、渠道策略、促销策略、市场营销组织与控制、营销发展新趋势。本书的主要特色为：强调针对性，针对非营销专业课时较少的特点，满足非营销专业学生的需要，容量有度，深入浅出；突出案例教学，每章包括导入案例和结束讨论案例，还穿插一些小案例帮助理解，并将知识点与生动的案例分析相结合，加深学生对知识点的理解，训练其思辨能力和解决问题的能力；每章结束都结合现实社会的实际留有一定量的讨论与思考题。

　　本书可作为高等院校经济管理类非市场营销专业及其他专业学生的教材，也可作为企业管理人员的培训教材及自学参考书。

图书在版编目(CIP)数据

市场营销学/戴秀英主编. —北京：中国农业大学出版社；北京大学出版社，2009.2
(21 世纪全国应用型本科财经管理系列实用规划教材)

ISBN 978-7-81117-676-6

Ⅰ. 市…　Ⅱ. 戴…　Ⅲ. 市场营销学　Ⅳ. F713.50

中国版本图书馆 CIP 数据核字(2009)第 021122 号

书　　　名：	**市场营销学**
著作责任者：	戴秀英　主编
总　策　划：	第六事业部
执行策划：	张　玮　李　虎
责 任 编 辑：	张　玮　冯雪梅
标 准 书 号：	ISBN 978-7-81117-676-6
出　版　者：	北京大学出版社(地址：北京市海淀区成府路 205 号　邮编：100871)
网址：	http://www.pup.cn　http://www.pup6.com　E-mail: pup_6@163.com
电话：	邮购部 62752015　发行部 62750672　编辑部 62750667　出版部 62754962
	中国农业大学出版社(地址：北京市海淀区圆明园西路 2 号　邮编：100193)
网址：	http://www.cau.edu.cn/caup　　　E-mail: cbsszs@cau.edu.cn
电话：	编辑部 62732617　营销中心 62731190　读者服务部 62732336
印　刷　者：	北京宏伟双华印刷有限公司
发　行　者：	北京大学出版社　中国农业大学出版社
经　销　者：	新华书店
规　　　格：	787 毫米×980 毫米　16 开本　20 印张　450 千字
版　　　次：	2009 年 2 月第 1 版　　2009 年 2 月第 1 次印刷
定　　　价：	32.00 元

21世纪全国应用型本科财经管理系列实用规划教材

专家编审委员会

丛 书 序

我国越来越多的高等院校设置了经济管理类学科专业，这是一个包括经济学、管理科学与工程、工商管理、公共管理、农业经济管理、图书档案学6个二级学科门类和22个专业的庞大学科体系。2006年教育部的数据表明在全国普通高校中经济类专业布点1518个，管理类专业布点4328个。其中除少量院校设置的经济管理专业偏重理论教学外，绝大部分属于应用型专业。经济管理类应用型专业主要着眼于培养社会主义国民经济发展所需要的德智体全面发展的高素质专门人才，要求既具有比较扎实的理论功底和良好的发展后劲，又具有较强的职业技能，并且还要求具有较好的创新精神和实践能力。

在当前开拓新型工业化道路，推进全面小康社会建设的新时期，进一步加强经济管理人才的培养，注重经济理论的系统化学习，特别是现代财经管理理论的学习，提高学生的专业理论素质和应用实践能力，培养出一大批高水平、高素质的经济管理人才，越来越成为提升我国经济竞争力、保证国民经济持续健康发展的重要前提。这就要求高等财经教育要更加注重依据国内外社会经济条件的变化适时变革和调整教育目标和教学内容；要求经济管理学科专业更加注重应用、注重实践、注重规范、注重国际交流；要求经济管理学科专业与其他学科专业相互交融与协调发展；要求高等财经教育培养的人才具有更加丰富的社会知识和较强的人文素质及创新精神。要完成上述任务，各所高等院校需要进行深入的教学改革和创新，特别是要搞好有较高质量的教材的编写和创新。

出版社的领导和编辑通过对国内大学经济管理学科教材实际情况的调研，在与众多专家学者讨论的基础上，决定组织相关老师编写并出版一套面向经济管理学科专业的应用型系列教材，这是一项有利于促进高校教学改革发展的重要措施。

本系列教材是按照高等学校经济类和管理类学科本科专业规范、培养方案以及课程教学大纲的要求，合理定位，由长期在教学第一线从事教学工作的教师立足于21世纪经济管理类学科发展的需要，深入分析经济管理类专业本科学生现状及存在问题，探索经济管理类专业本科学生综合素质培养的途径，以科学性、先进性、系统性和实用性为目标，其编写的特色主要体现在以下几个方面：

(1) 关注经济管理学科发展的大背景，拓宽理论基础和专业知识，着眼于增强教学内容的联系实际和应用性，突出创造能力和创新意识。

(2) 体系完整、严密。系列涵盖经济类、管理类相关专业以及与经管相关的部分法律类课程，并把握相关课程之间的关系，整个系列丛书形成一套完整、严密的知识结构体系。

(3) 内容新颖。借鉴国外最新的教材，融会当前有关经济管理学科的最新理论和实践经验，用最新知识充实教材内容。

(4) 合作交流的成果。本系列教材是由全国上百所高校教师共同编写而成，在相互进行学术交流、经验借鉴、取长补短、集思广益的基础上，形成编写大纲。最终融合了各地特点，具有较强的适应性。

(5) 案例教学。本系列教材具备大量案例研究分析，让学生在学习过程中理论联系实际，特别列举了我国经济管理工作中的大量实际案例，这可大大增强学生的实际操作能力。

(6) 注重能力培养。力求做到不断强化自我学习能力、思维能力、创造性解决问题的能力以及不断自我更新知识的能力，促进学生向着富有鲜明个性的方向发展。

作为高要求，财经管理类教材应在基本理论上做到以马克思主义为指导，结合我国财经工作的新实践，充分汲取中华民族优秀文化和西方科学管理思想，形成具有中国特色的创新教材。这一目标不可能一蹴而就，需要作者通过长期艰苦的学术劳动和不断地进行教材内容的更新才能达成。我希望这一系列教材的编写，将是我国拥有较高质量的高校财经管理学科应用型教材建设工程的新尝试和新起点。

我要感谢参加本系列教材编写和审稿的各位老师所付出的大量卓有成效的辛勤劳动。由于编写时间紧、相互协调难度大等原因，本系列教材肯定还存在一些不足和错漏。我相信，在各位老师的关心和帮助下，本系列教材一定能不断地改进和完善，并在我国大学经济管理类学科专业的教学改革和课程体系建设中起到应有的促进作用。

2007 年 8 月

刘诗白　刘诗白教授现任西南财经大学名誉校长、博士生导师，四川省社会科学联合会主席，《经济学家》杂志主编，全国高等财经院校资本论研究会会长，学术团体"新知研究院"院长。

前　言

现代营销学的理论和思想在中国的广泛传播是从 20 世纪 90 年代开始的,进入 21 世纪后,人类面临更多的挑战,企业面临更加激烈的竞争。企业的生存与发展环境发生了很大的变化,企业要在竞争激烈的现代市场环境中生存和发展,所采取的市场营销的策略和方法就必须适应现代市场的要求。所以,现代市场营销知识的学习和传播对企业在现代市场环境中的生存和发展具有重要的理论指导和实际操作意义。

可以认为:市场营销是企业成败的关键,学习市场营销学,对于扎扎实实地搞好企业的市场营销工作,从理论和实践两个方面提升企业的产品策略、定价策略、渠道策略和促销策略水平,具有很高的价值。

市场营销在中国的 20 多年,走过了西方国家百余年所走过的路程。如今,有关营销的书籍可谓五花八门,而本书与其他同类出版物相比,具有以下几个特色。

第一,营销知识的进一步普及。市场营销在中国的过快发展,使"市场营销"常常成为一个被误解的概念,本书的价值在于对营销学进行科学系统的介绍。

第二,营销前沿追踪。在完整介绍市场营销学理论框架的同时,努力追随当前市场营销学的理论前沿,对现代营销发展的趋势进行了介绍。

第三,侧重营销理论的实践性。通过引导案例、案例、思考与训练和案例分析等不同形式,结合企业的营销实践,对市场营销的理论与实践进行探讨,引导读者进行思考,使读者更牢固地掌握市场营销的理论和方法。

本书在编撰过程中参阅了大量国内外文献著作和企业资料,并借用了部分材料,在此特作说明,并向相关作者表示感谢。

本书由长春理工大学经济管理学院戴秀英教授主编、修改、总纂定稿。各章编写者如下:王晓旭(第 1、4 章)、王明昊(第 2、3 章)、苏航(第 5、6 章)、刘春明(第 7、9 章)、张娟(第 8、10 章)、戴秀英(第 11 章)。

由于作者水平有限,书中难免存在疏漏,恳请广大读者和营销学界同仁不吝赐教,给予批评指正,在此表示由衷的感谢。

编　者

2008 年 10 月于长春

目　　录

第 1 章　市场营销概论

1. 了解市场营销学的发展历史，认识营销；

2. 掌握现代市场营销的核心概念，理解市场营销的定义；

3. 理解不同类型的营销观念及其演变过程，掌握营销观念与市场环境之间的关系；

4. 理解营销管理的实质、过程和任务，掌握不同需求情况下的营销管理。

 **导入案例**

1971 年，第一家星巴克公司在美国西雅图诞生。1987 年，舒尔茨斥资 400 万美元重组星巴克，并完全按照给消费者以"咖啡体验"的理念来经营星巴克，为公司注入了长足发展的动力。

1992 年 6 月 26 日，星巴克在美国号称高科技公司摇篮的纳斯达克成功上市。作为一家传统的咖啡连锁店，1996 年 8 月之后，星巴克大力开拓亚洲市场，并进入中国台湾和大陆，以每天新开一家分店的速度快速扩张。自 1992 年上市以来，其销售额平均每年增长 20%以上，利润平均增长率则达到 30%。经过 10 多年的发展，星巴克遍布全球 40 多个国家和地区。星巴克的股价攀升了 22 倍，收益之高超过了通用电气、百事可乐、可口可乐、微软以及 IBM 等大型公司。

星巴克品牌为何能取得如此辉煌的成功呢？

在经济界，有人把公司分为三类：第一类公司出售的是体验，第二类公司出售的是服务，第三类公司出售的是质量。星巴克公司的经营理念就是向消费者出售对咖啡的体验，相比之下，优质的咖啡、完美的服务被列在其次。

在星巴克咖啡店里，精湛的钢琴演奏、欧美经典的音乐背景、流行时尚的报纸杂志、精美的欧式饰品等配套设施，给消费者营造了高贵、时尚、浪漫、文化的氛围，营造了一个除工作单位和家庭以外的新的场所。在这样特定的环境下喝咖啡变成一种生活体验。在一些消费者眼里，星巴克服务生端上来的咖啡不是咖啡，而是一杯"星巴克"。正因为如此，星巴克可以把一杯价值 3 美分的咖啡卖到 3 美元。

没有竞争的竞争才是最高明的竞争。咖啡诞生几百年了，在世界范围内，速溶咖啡、营养咖啡、伴侣咖啡……各种名目的咖啡层出不穷。星巴克从诞生那天起，就没有在传统领域里与其他咖啡公司竞争，而是独辟蹊径地用服务搭建舞台，把咖啡这种人人熟悉的商品作为道具，让消费者在喝咖啡时了解咖啡的传奇，在了解中体验自然、体验文化，留下一段让消费者值得回忆的经历。

独特的营销理念使星巴克在短短 20 多年里成了世界范围内的传奇品牌，中国企业是否也可以从星巴克身上学一学经营策略呢？

决定企业能否获得成功的因素有很多。市场在哪里？消费者是谁？企业如何去营销？这是很多企业都关心的一个问题。但是通过仔细地研究发现，所有成功的企业都有一个共同点，即它们都强调以顾客为中心并十分重视市场营销。本章将首先介绍市场营销学及其发展，然后再探讨一些核心的营销概念和主要的营销理念。

1.1 市场营销学及其发展

1.1.1 市场营销学的产生与发展

1. 市场营销学的产生

市场营销学于 20 世纪初创立于美国，后来传到欧洲、日本和其他国家，在实践中得到了不断完善和发展。它的形成阶段大约在 1900 年到 1930 年。

人类的市场经营活动从市场出现就开始了，但直到 20 世纪之前，市场营销还没有成为一门独立学科。进入 19 世纪，伴随世界经济的发展，资本主义的固有矛盾日趋尖锐，频频爆发的经济危机迫使企业日益关心产品销售，研究如何更有效地应对竞争，在实践中不断探索市场营运的规律。到 19 世纪末 20 世纪初，世界主要资本主义国家先后完成了工业革命，垄断组织加快了资本的积聚，使生产规模迅速扩大。在这一时期，以泰勒为代表的以提高劳动生产率为主要目标的"科学管理"理论、方法应运而生，并受到普遍重视。一些大型企业实施科学管理，结果产品量迅速增加，对流通领域产生了一定的影响，这就要求对相对狭小的市场有更精细的经营。同时，科学技术的发展，也使企业内部计划和组织变得更为严整，从而有可能运用科学的调查研究方法预测市场变化趋势，制定有效的生产计划和销售计划，控制和调节市场销售量。在这种客观需要与可能的条件下，市场营销学作为一门独立的经营管理学科诞生了。

与此同时，美国学者发表和出版了一些论著，分别论述产品分销、推销、广告、定价、产品设计和实体分配等专题。到 20 世纪初，一些学者如阿克·肖(Arch W.Shaw)、爱德华·琼斯(Edward D.Jones)、拉尔夫·斯达·巴特勒(Ralph Starr Butler)、詹姆斯·海杰蒂(James Hagerty)等，将上述专题综合起来，形成市场营销学科。1902—1905 年，密执安、加州、伊里诺斯和俄亥俄等大学相继开设了市场营销课程。1910 年，执教于威斯康星大学的巴特勒教授出版了《市场营销方法》一书，而后弗莱德·克拉克(Fred E. Clark)于 1918 年编写了《市场营销原理》讲义，被多所大学用作教材，并于 1922 年出版，L.S.邓肯也于 1920 年出版了《市场营销问题与方法》。

2. 市场营销学的发展

1929—1933 年资本主义经济危机震撼了整个资本主义世界。生产严重过剩，产品销售困难，已直接威胁到企业生存。从 20 世纪 30 年代开始，主要资本主义国家市场明显呈现供过于求的状况。这时，企业界广泛关心的首要问题已经不是扩大生产和降低成本，而是如何把产品销售出去。为了争夺市场，解决产品销售问题，企业家开始重视市场调查，提出了"创造需求"的口号，致力于扩大销路，并在实践中积累了丰富的资料和经验。

与此同时，市场营销学科的研究也大规模展开。一些著名的大学教授将对市场营销的研究深入到各个问题，调查和运用实际资料，形成了许多新的原理。如弗莱德·克拉克和韦尔法在其《农产品市场营销》(1932 年)中将农产品市场营销系统划分为集中(农产品收购)、平衡(调节供求)和分散(化整为零销售)这 3 个相互关联的过程，详细研究了营销者在其执行的 7 种市场营销职能——集中、储存、融资、承担风险、标准化、销售和运输中所起的作用。拉尔夫·亚历山大(Ralph S. Alexander)等学者在 1940 年出版的《市场营销》一书中，强调市场营销的商品化职能包含顾客需要的过程，销售是"帮助或说服潜在顾客购买商品或服务的过程"。1937 年,美国全国市场营销学和广告学教师学会及美国市场营销学会合并组成美国市场营销学会(AMA)。该学会在美国设立了几十个分会,从事市场营销研究和营销人才的培训工作,出版市场营销专刊和市场营销调研专刊,对市场营销学的发展起了重要作用。到第二次世界大战结束,市场营销学得到了长足发展,并在企业经营实践中得到了广泛应用。但在这一阶段,它的研究主要集中在销售推广方面,应用范围基本上仍局限于商品流通领域。

3. 市场营销学的"革命"

第二次世界大战后,市场营销学从概念到内容都发生了深刻变化。战后的和平条件和现代科技进步,促进了生产力的高度发展。社会产品数量增加,花色品种日新月异。垄断资本的竞争加剧,销售矛盾更为尖锐。西方国家政府先后推行所谓的高工资、高消费、高福利以及缩短工作时间政策,在一定程度上刺激了需求,但并未引起实际购买量的直线上升。消费者的需求和欲望在更高层次上发生变化,对社会供给提供了更高的要求。这时,传统的市场营销学已经不能适应形势的要求,需要进行重大变革。

许多市场营销学者经过潜心研究,提出了一系列新的观念。其中之一就是将"潜在需求"纳入市场概念,即把过去对市场"是卖方与买方之间的产品或劳务的交换"的旧观念,发展成为"市场是卖方促使买方实现其现实的和潜在的需求的任何活动"。这样,凡是为了保证通过交换实现消费者需求(包括现实需求与潜在需求)而进行的一切活动都纳入了市场营销学的研究范围,这也就要求企业将传统的"生产→市场"关系颠倒过来,即将市场由生产过程的终点置于生产过程的起点。这样也就从根本上解决了企业必须根据市场需求来组织生产及其他企业活动,确立以消费者而不是以生产者为中心的观念问题。这一新概念导致了市场营销学基本思想的变化,在西方被称为市场营销学的一次"革命"。

第二次世界大战后的 50 多年来,市场营销论著很多,理论不断创新。营销学逐步建立起以"满足需求"、"顾客满意"为核心内容的框架和体系,不仅在工商企业,而且在事业单位和行政机构中也得到广泛运用。市场营销学研究领域每隔几年就有一批有创见的新概念出现。这些概念推动了市场营销学的研究从策略到战略、从顾客到社会、从外部到内部、从一国到全球的全面系统的发展和深化。

1.1.2 市场营销学在中国

20 世纪三四十年代,市场营销学在中国曾有一轮传播。现存最早的教材是丁馨伯编译的《市场学》,由复旦大学于 1933 年出版。当时一些大学的商学院开设了市场学课程,教师主要是欧美留学归来的学者。由于长期战乱及半封建半殖民主义经济发展水平的限制,其研究和应用有很大的局限性。新中国成立后,在很长一段时间内,由于西方的封锁和我国实行高度集中的越来越僵化的计划经济体制,商品经济受到否定和抵制,市场营销学的研究在中国内地基本中断。在长达 30 年的时间里，中国内地学术界对国外迅速发展的市场营销学知之甚少。

党的十一届三中全会后，中国确立了以经济建设为中心，对外开放、对内搞活的方针。经济学界努力为商品生产恢复名誉，改革、开放的实践则不断冲击着旧体制，逐步明确了以市场为导向、建立社会主义市场经济体制的改革目标，从而为我国重新引进和研究市场营销学创造了良好条件。

1978—1983 年，市场营销学再次被引入中国。其间，北京、上海和广州等地的学者对国外市场营销学的研究、应用和人才培养做了大量工作。通过论著、教材翻译评价，到国外访问、考察和学习，邀请境外专家学者来华讲学等方式，系统引介了当代市场营销的理论和方法。高等院校相继开设了市场营销课程，组织编写了第一批市场营销学教材。1980年，国家经委与美国政府合作举办了以厂长、经理为培训对象的大连培训中心，聘请美国著名的营销专家讲课，对营销理论方法的实际运用起到了推动作用。1984 年 1 月，为加强学术与教学研究，推进市场营销学的普及与发展，全国高等财经院校综合大学市场学教学研究会成立(1987 年改名为中国高等院校市场学研究会)。该会聚集了全国 100 多所高校的市场营销学者，每年定期交流研讨，公开出版论文集，对市场营销学的传播、深化和创新运用做出了积极贡献。以后几年，许多省、市(区)也逐步成立了市场营销学会，广泛吸纳学者和有影响的企业家参加研讨活动。各地学会举办多种形式的培训班，通过电视讲座和广播讲座，推广传播营销知识。广东营销学会还定期出版了《营销管理》会刊。

1985—1992 年，是市场营销在中国进一步传播与应用的时期。适应了国内深化改革、经济快速成长和市场竞争加剧的环境，企业界营销管理意识开始形成。市场营销的运用从外贸企业、商业企业、乡镇企业逐步扩展到国有企业，从消费品市场扩展到产业用品市场。能源、原材料、交通、通信企业也开始接受市场营销观念。市场营销热点也开始从沿海向内地推进。社会对市场营销知识和管理人才提出了旺盛的需求。

到 1999 年，国内各大学普遍开设了市场营销课程，教育部也将市场营销学列为工商管理类专业的核心课程之一。不少学校开设市场营销本科、专科专业，有 100 多所大学招收市场营销方向的研究生，部分高校在 20 世纪 90 年代初即开始培养市场营销方向的博士生。全国专业教师超过 4 000 人，编著并出版了市场营销教材、专著达 400 多种，发行销售超过 1 000 万册。国内最早编写的几本《市场学辞典》和篇幅达 210 万字的《现代市场营销大全》也在 1987—1990 年间出版。

1991 年 3 月，中国市场学会在北京成立。该学会成员包括高等院校、科学研究机构的学者，国际经济管理部门官员和企业经理人员。中国高等院校市场学研究会、中国市场学会也开展了一系列活动，促进学术界和企业界、理论与实践的结合，为企业提供营销管理咨询服务和培训服务，建立对外交流渠道，做了大量有成效的工作。

1992 年以后，是市场营销理论研究结合中国实际的提高、创新时期。邓小平南行讲话奠定了建立社会主义市场经济体制的改革基调。改革全方位展开，国内经济结构的变化、外资企业的大量进入，买方市场特征逐步明显，中国市场竞争进一步加剧。在这种形势下，强化营销和营销创新成为企业的重要课题。为此，中国营销学术界一方面加强了国际沟通，举办了一系列市场营销国际学术会议；另一方面，展开了以中国企业实现"两个转变"(从计划经济向市场经济转变，从粗放经营向集约化经营转变)为主题的营销创新研究，以及以"跨世纪的中国市场营销"为主题的营销创新研究。在这一阶段，出现了一批颇有价值的研究成果。

至 21 世纪初，中国内地本科开设市场营销专业的院校有 200 多所，招收市场营销方向硕士研究生的院校约 150 所，招收博士生的院校超过 20 所，学习过市场营销学课程的以千万人计。值得关注的是，教育部在"九五"后期将市场营销学列为"工商管理类核心课程"，不少营销学学者在市场营销学的中国化方面也做了有益的探索。

1.2　市场营销的概念和范围

"市场营销"由英文"marketing"一词翻译而来。它有两层意思：一是指企业如何根据消费者的需求，生产适销对路的产品，扩大市场销售所进行的一整套经济活动；二是指建立在经济学、行为学、现代管理理论基础上的一门综合性、边缘性的应用学科。

正确理解市场营销的定义，必须弄清其涉及的相互关联的核心概念，其中主要有需要、欲望和需求，产品，交换和交易，市场。

1.2.1　市场营销的核心概念

1. 需要、欲望和需求

人的需要和欲望是市场营销学的出发点。人们为了维持生存，需要空气、水、食品、衣服和住所。除此之外，人们对精神生活，如娱乐、教育等有着强烈的欲望。

(1) 需要(need)是指人们没有得到某些基本满足的感受状态。人们在生活中需要食品、衣服、住所、安全、爱情以及其他一些东西。这些需要都不是社会和营销者所能创造的，它们存在于人自身的生理结构和情感条件中。

(2) 欲望(want)是指人们想得到这些基本需要的具体满足物的愿望。欲望是由一个人所处的社会塑造的，是个人受不同文化及社会环境影响所表现出来的对基本需要的特定追求。中国人饥饿时希望用米饭充饥，而美国人也许希望用面包充饥。营销活动虽然无法创造人的基本需要，但却可以采用各种营销手段来创造和改变人的欲望，并开发及销售特定的服务或产品来满足这种欲望。

(3) 需求(demand)是指人们有能力购买并且愿意购买的某个具体产品的欲望。当具有购买能力时，欲望便转换成需求。许多人都想要一幢别墅，但只有少数人能够并愿意购买。因此，公司要估量有多少人想要本公司的商品，另外更重要的是应该了解有多少人真正愿意并且有能力购买。

由此可以看出，一个厂家的产品越是与消费者的欲望相吻合，其在商场竞争中的成功率就越大。需要并不是由营销创造的，而是早就存在于营销活动出现之前。营销者以及社会上的其他因素，只是影响了人们的欲望。他们向消费者建议，一辆轿车可以满足人们对社会地位和交通的需要。他们只是试图指出一个什么样的商品可以满足这方面的要求。营销者力图通过使商品富有吸引力、适应消费者的支付能力和容易得到来影响需要。

2. 产品

在营销学中，产品(products)特指能够满足人的需要和欲望的任何东西。产品的价值不在于拥有它，而在于它给人们带来的对欲望的满足。人们购买小汽车不是为了观赏，而是为了得到它所提供的交通服务。产品实际上只是获得利益的载体。这种载体可以是实体，也可以是看不到、摸不着的"服务"，如人员、地点、活动和观念等。当人们心情烦闷时，为满足轻松解脱的需要，可以去参加音乐会，听歌手演唱(人员)，可以到风景区旅游(地点)，还可以参加研讨会，接受一种不同的价值观(观念)。市场营销者必须清醒地认识到，其创造的产品不管形态如何，如果不能满足人们的需要和欲望，就必然会失败。

 案例 1-1

烤箱与电饭煲

美国通用电气公司在20世纪60年代将其在欧美非常畅销的家用面包烤箱推向日本市场，并大做促销广告，结果日本消费者反应十分冷淡。因为虽然日本人与美国人一样饥饿了需要吃东西，可日本人饥饿时的欲望是吃米饭而不是面包，而面包烤箱是不能烤大米的。后来，通用电气公司认识到自己所犯的错误，为了满足日本消费者的欲望，该公司发明了大家所熟悉的电饭煲。电饭煲的工作原理和作用与面包烤箱一样，但满足了日本人的欲望，随之即产生了极大的产品需求。

3. 交换和交易

人们获取满足需求或欲望的事物可通过自产自用、强取豪夺、乞讨、交换等方式。其中，只有通过交换方式才存在市场营销。交换(exchange)是指从他人处取得所需之物，而以自己的某种东西作为回报的过程。交换的发生必须具备5个条件：至少有交换双方；每一方都有对方需要的有价值的东西；每一方都有沟通和运送货品的能力；每一方都可以自由地接受或拒绝；每一方都认为与对方交易是合适或称心的。交换是一个价值创造的过程，即交换通常总是使双方变得比交换前更好。

交易(transactions)是交换的基本组成单位，是交换双方的价值交换。交换是一种过程，在这个过程中，如果双方达成一项协议，就称之为发生了交易。

营销的本质就是开发令人满意的交易，使顾客和营销者从中都能获益。顾客希望从营销交易中获得比他付出的成本更高的回报和利益。营销者希望得到相应的价值，通常是交换产品的价格。通过买者和卖者的相互关系，顾客有了对卖者未来行为的期望。为了达成这些期望，营销者必须按承诺的话来完成。随着时间的推移，这种相互关系就成了双方之间的相互依靠。

4. 市场

市场(market)由那些具有特定的需要或欲望，而且愿意并能够通过交换来满足这种需要或欲望的顾客所构成。因此，市场取决于那些表示有某种需要，并拥有使别人感兴趣的资源，而且愿意以这种资源来换取其需要的人。具体来说，对于一切既定的商品，现实市场包含 3 个要素：有某种需要的人、为满足这种需要而有购买能力和购买意愿，即市场由人口、购买力、购买欲望这 3 个要素组成。其表达式如下。

市场=人口+购买力+购买欲望

(1) 人口。人口是构成市场最基本的条件。只有有人居住的地方，才会有各种各样物质和精神方面的需求，从而才可能有市场。

(2) 购买力。购买力是构成营销市场的又一个重要的因素。它是由消费者的收入决定的，有支付能力的需求才是有意义的市场。

(3) 购买欲望。购买欲望是决定市场容量的最权威的因素。人口再多，购买力水平再高，如果对某种商品没有购买欲望，也不能形成购买行为，这个商品市场实际上也就不存在。

总之，市场的这 3 个要素是相互制约、缺一不可的，只有三者结合起来才能构成现实的市场，才能决定市场的规模和容量。一个国家或地区人口众多，但收入很低，购买力有限，则不能成为容量很大的市场，如某些发展中国家。反之，购买力虽然很高，但人口很少，也不能成为很大的市场，如瑞士、科威特。只有人口既多，购买力又高，才能成为一个有潜力的大市场。但是，如果商品不适合需要，不能使人们产生购买愿望，仍然不能成为现实的市场。

1.2.2 市场营销的概念

营销涉及满足顾客需求。如果营销者了解顾客的需求，进而开发了能够提供卓越价值的产品，并且有效地进行定价、分销和促销，则他们的产品就会很容易卖出去。因此，销售和广告只是影响市场的一系列营销工具中的一部分。

在迪斯尼(Disney)主题公园，"幻想家们"建造各种各样的奇观，是为了创造梦想和"让美梦成真"。戴尔(Dell)公司引领了整个个人计算机行业的发展，是因为其执行的直销模式兑现了他们关于"直接方式"的承诺，使顾客易于定制他们自己的计算机，并迅速把计算机运送到顾客的家门口或放到办公桌上。这些以及其他获得巨大成功的公司都深知，如果重视他们的顾客，那么将会获得相应的市场份额和利润水平。

营销就是处理与顾客的关系。基于顾客价值和顾客满意来建立顾客关系是现代营销的核心。营销就是管理盈利性的顾客关系。营销的双重目的在于：一方面通过提供优质的顾客价值来吸引新的顾客；另一方面通过传递顾客满意来保持和发展当前的顾客。

因此，市场营销就是个人和组织通过创造并同别人交换产品和价值，以获得其所需所欲之物的一种社会和管理过程。

1.2.3　市场营销的范围

从市场营销的概念中得知，市场营销是一项协调生产与满足消费者需求的经济活动。市场营销的范围包括下列 8 个不同方面。

(1) 商品(goods)。商品是满足需要的有形实体，是构成大多数国家市场营销总体的主要部分。例如，生活用品：粮食、水果、副食、日用品、家用电器等；生产用品：水泥、钢材、机器设备等。

(2) 服务(services)。服务是一种无形的产品。随着经济的发展，服务在市场营销中的比例越来越高。服务行业则包括航空、旅店、理发、美容、维修、餐饮、物流、咨询等。

(3) 体验(experiences)。通过协调多种类型的服务和商品，公司能够创造、表演和营销体验。沃特·迪斯尼世界的梦幻王国就是这样一种体验。人们可以拜访童话王国、登上海盗船或走进鬼屋猎奇。

(4) 事件(events)。利用事件的影响力或魅力来为机构树立声誉或推介产品。通常被利用来营销的事件有奥林匹克世界运动大会、大型体育赛事、各种博览会、商展会、欢乐节、专题社会公益活动等。这些事件的主办单位可就其操办事件的赞助权、参展权、专用产品冠名权、特殊标志使用权等，向社会招标拍卖，而获得相应的收入及财政支持。

(5) 信息(informations)。信息也可以像产品一样被生产和营销。百科全书和许多非小说性质的图书就是在销售信息。通过市场调查，各种报刊、杂志资料的整理和分析，向需要帮助的机构和个人，例如市场调查公司、咨询公司、剪报公司采集有偿提供信息。目前，信息的生产、包装和分销已成为一种重要的社会行业。

(6) 观念(ideas)。每个市场供应物的核心都是一个基本的观念。产品和服务是传递一些观念或利益的平台。钻头的购买者实际上是想获得一个洞。社会营销家在忙于促销这些观念，如"不要接触毒品"、"挽救雨林"、"天天锻炼"或"避开油脂食品"等。

(7) 人物(persons)。致力培育目标市场对名人或权势人物的关注、好奇、偏爱所做的努力。这种营销一个时期以来已变成一种重要行业，现在每个有影响的影视明星、体育明星都有经纪人、个人代理和处理公共关系的经办。通过明星的影响力创造了一种"形象文化"，于是各个企业不惜重金，精心挑选后隆重推出自己产品或品牌的形象代言人。此外，当前各种艺术家、音乐家、首席执行官、医生、律师和金融家以及其他专家，都从名人营销者那里获得帮助，还包括向某些机构或工商企业出让自己的肖像权或冠名权。

(8) 地点(places)。地点营销者包括：经济发展专家、房地产经销商、商业银行、本地区商业协会、广告和公共关系机构，他们积极地争取吸引游客到特定的地区；工厂、公司总部和新的居民通过努力改善国家、城市的形象来吸引新的投资。

(9) 财产权(properties)。财产权是指对所拥有财产的无形的权利，包括真实财产(如房地产产权)或金融资产(股票、债券)。财产权可以买卖，这个过程就包含了营销力量。

(10) 机构(organizations)。机构组织试图影响其他人，让他人认同该机构的目标，接受机构的服务或以某种方式对机构做出共享。采用机构营销的组织包括互利性机构(教堂、工会、政党)、服务性机构(大学、医院、博物馆)和政府机构(军队、警察和消防局)。

 案例 1-2

"贩卖奥运"：只赚不赔的"生意"

20世纪90年代以前，奥运会似乎并没有为举办国带来什么好运气，但是自从国际奥委会"创造"了电视转播权和TOP赞助商计划之后，奥运会发生了巨大的变化。

TOP计划(The Olympic Program)是国际奥委会制定的奥运计划，它把国际奥委会、奥运会组委会、各国奥委会联合在一起，形成了统一的招标单位，在国际范围内选择行业最著名的大公司作为正式赞助商。TOP计划起源于1985年，阿迪达斯公司与国际奥委会签署一项合同，独家承包了奥运会赞助权的销售活动。公司为了促使这项活动取得成功，向全球推销奥林匹克文化，因此成立了国际运动与娱乐营销公司(ISL Marketing)。经过ISL的运作，各商业公司通过出资购买的TOP成员权，便可在世界范围内获得使用奥运五环标志的权利。

TOP计划实际上就是一个国际范围内的商业赞助计划。通过它，把奥林匹克运动真正和商业结合在一起。当然，它也带给参与奥运会的各国以实际利益。TOP计划以4年为一个周期实施。从1984年开始的TOPI计划给奥运会增加了1.1亿美元的额外收入，4年后，TOP II计划又从12家全球赞助商手中拿到了1.7亿美元。1992—1996年TOP III计划，虽然压缩到10家赞助商，但赞助额却暴涨为4亿美元。根据国际奥委会的规定，70%分给1994年冬奥会和1996年夏奥会主办国的奥委会，10%归国际奥委会，其余20%分给各参赛国奥委会。

在TOP计划中，最大的赞助商就是可口可乐，它的赞助额在TOP计划中是最高的。据有关人士估计，按全球赞助商的"门槛"4 000万美元计，可口可乐的赞助额应在1亿美元以上。而可口可乐的赞助，也给它在品牌价值和市场销售上带来了丰厚的回报。

在这20多年中，与奥运五环相关联的一切都在升值。此后，全球更多著名企业认识到奥林匹克的魅力，TOP的成员权销售费不断上涨，但购买者相当踊跃。据了解，在1997—2000年的TOPIV计划中，TOP成员提供的赞助不得低于4 000万美元，共有12家大公司购得了这个昂贵的称号。它们是可口可乐、松下电器、柯达、三星、麦当劳、VISA 卡、人寿保险、IBM、施乐、瑞士钟表、邮政速递、《时代》杂志。

资料来源：《TOP 计划"贩卖奥运"》，《广州日报》，2000-09-19.

1.3　市场营销观念及其演变

营销观念(marketing concept)是企业市场行为的指导思想，即企业在开展市场营销管理的过程中，处理企业、顾客和社会三者利益方面所持的态度、思想和观念，集中体现在企业以什么样的方法和态度来对待市场、顾客和社会。

营销大师菲利普·科特勒将现代企业的营销观念分为 5 种，即生产观念、产品观念、推销观念、市场营销观念和社会营销观念。企业营销观念选择得恰当与否取决于营销观念同经营环境的适应程度，营销观念随客观环境的变化而变化，不同的营销观念创造或选择不同的市场行为模式。

1.3.1　生产观念

生产观念(production concept)是指导销售行为的最古老的观念之一。生产观念认为生产是最重要的因素，只要生产出有用的产品，就不愁没有销路。"我们生产什么，就卖什么"是这种观念的典型反应。这种观念的核心思想认为顾客关心的主要是产品价格低廉和可以随处购得，而企业则把注意力集中在追求高生产率和建立庞大的销售网络上。

生产观念在两种情形下是有使用价值的：第一种情况是当对一种产品的需求超过了供给时，对于饥不择食的顾客，他们对取得产品而不是产品的优点更感兴趣。这时，管理者需要寻求能够扩大生产的方法。第二种情形是当一种产品的成本过高时，需要提高生产率来降低成本，使顾客买得起。

在商品供不应求的卖方市场时代，这种"大量生产、降低价格"的思想尚有其生命力，也常成为某些企业的策略选择。例如，许多公用事业、垄断行业、服务机构还依照生产观念行事。如医院、学校、电力公司、煤气公司等，它们按照装配线的原理组成，这种组织形式虽能以高效率处理很多事，却受到缺乏人性、冷冷冰冰待客的公开指责，但垄断的打破和竞争的形成将会促使其转变营销观念。

　案例 1-3

汽车大王的经营观

著名的美国汽车大王亨利·福特，于 1908 年初，按照当时一般大众，尤其是广大农场主的需要，做出了明智的选择：致力于生产统一规格、价格低廉、大众需要而又买得起的"T型车"；并在产品实行标准化的基础上，组织大规模生产。在以后的10多年里，福特车适销对路，销量迅速增加，最高的年份曾达100万辆。到1925年10月30日，福特公司一天就能制造9 109辆"T型车"，平均10秒钟一辆。在20世纪20年代中期的前几年，福特公司的纯收入高达5亿美元，成为当时世界上最大的汽车公司。后来，随着美国经济增长和人们收入、生活水平的提高，形势发生变化：公路四通八达，路况大大改善，马车时代坎坷、泥泞的路面已经消失，消费者开始追求时髦。简陋的"T型车"虽然价格低廉，已经难以招徕顾客。可是，亨利·福特没有面对现实。1922年，他在推销员全国年会上听到"T型车"需要根本改进的呼吁以后，静坐了两个小时。然后答道："据我看，福特车的唯一缺点，就是我们造得还不够快"。在他坚持"不管顾客需要什么颜色，我们只有一种是黑色的"的观念时，一种新的式样——雪佛兰A型车出现。虽然价格稍高，但"雪佛兰"车很快开始排挤"T型车"。1926年，"T型车"销量陡降。1927年5月，亨利·福特不得不停产"T型车"，改产"A型车"。改产不仅耗资1亿美元，而且延误了战机。通用汽车公司乘虚而入，占领了福特车市场的大量份额。

1.3.2 产品观念

产品观念(product concept)认为消费者更喜欢高品质，包含更多性能和属性特色的产品，因此组织应该致力于对产品进行持续不断的改进。只要物美价廉，顾客必然会找上门，无需大力推销。

在动态市场上，这种致力于品质提高、忽视市场需求的观念，必然导致"市场营销近视症"(market myopia)，即不适当地把注意力放在产品上，而不是放在市场需要上，在市场营销管理中缺乏远见，只看到自己的产品质量好，看不到市场需求在变化，致使企业经营陷入困境。

20世纪70年代中期开始，瑞士钟表业陷入了严重的危机，日本和中国香港的电子石英表冲击着以生产机械表为主的瑞士钟表业。危机使瑞士的两大钟表集团遭受到严重损失，为了重返钟表王国霸主的地位，他们开始研制和推出了新款"瑞士表"。这种表仍是机械机芯，但小巧、超薄，价格略高于塑料机芯表，时代气息浓烈，款式多样，能够迎合各种人群的爱好，又能满足人们对质量的要求，深受人们的喜爱。

1.3.3 推销观念

认为消费者通常有一种购买惰性或抗衡心理，听其自然就不会大量购买本企业的产品，因此，企业营销管理的中心是积极推销和大力促销。推销观念(selling concept)在现代市场经济条件下被大量用于推销那些非渴求品，如保险、百科全书等；也应用于非盈利领域，如资金募集、政党竞选等。

企业在生产能力过剩的时候，往往会持推销观念。他们致力于产品的推广和广告活动，以求说服，甚至强制消费者购买。其目的是推销他们所制造的产品，而不是制造他们能推销、切合顾客需求的产品。这种方式蕴含着很大的风险性。它专注于创造买卖交易，而不是建立长期营利性的客户关系。它假定消费者在被说服购买产品以后会喜欢上产品，或者如果他们不喜欢产品，也可能会忘记之前的失望，然后再次购买。这些假设经常是不堪一击的，更多研究显示，不满意的顾客将不会再次购买。更糟糕的是，相对来说，一个满意的顾客只会告诉 3 个人他们愉快的购买经验，而不满意的顾客会跟 10 个人谈起他们糟糕的购买经历。

1.3.4　市场营销观念

市场营销观念(marketing concept)认为组织目标的实现在于理解目标市场的需求和欲望，并且比竞争者更好地向顾客提供他们所渴望的产品。在营销观念的指导下，以顾客为中心和价值是销售和获得利润的途径。

市场营销观念不是产品观念的"生产并销售"的理念，而是一种以顾客为中心的"认识并响应"的营销原则。营销者需要做的不是为自己的产品寻找适合的顾客，而是为顾客寻找适当的产品。正如管理大师彼德·德鲁克所说：营销的目的在于很好地了解顾客，使产品或服务适应顾客需要而能自行销售。所以市场营销观念的基本特征是以市场为出发点，以顾客为中心，以协调的市场营销手段，通过满足消费者需求来盈利。

从推销观念到市场营销观念是一场根本性的革命。推销观念以一种从内向外的视角，从工厂出发，以公司现有产品为中心，并且需要用大量的推销和促销活动来获得盈利的销售。它致力于政府顾客——赢得短期销售，而不关心谁或为什么买。

与之相比，营销观念是以从外向内的视角，从一个明确定义的市场出发，以消费者需求为中心，并且整合各种营销活动来影响消费者。接着，它将通过创造基于顾客价值和顾客满意的长期客户关系来获得利润。

 案例 1-4

通用汽车公司的经营观

第二次世界大战以前，福特汽车公司依靠老福特的黑色 T 型车取得辉煌的成就，但老福特过分相信自己的经营哲学，不管市场环境的变化和需求的变动。而通用汽车公司的创始人斯隆觉察到战争给全世界人民所带来的灾难，特别是从战场回来的青年人，厌倦了战争的恐怖与血腥，期望充分的享乐，珍惜生命。因而，对汽车的需求不再只满足于单调的黑色 T 型车，希望得到款式多样、色彩鲜艳、驾驶灵活、体现个性、流线型的汽车。通用公司抓住需求变革的时机，推出了适应市场需要的汽车，很快占领了市场，把老福特从汽车大王的位置上拉了下来，取而代之成了新的汽车大王。

1.3.5 社会营销观念

社会营销观念(societal marketing concept)认为企业应该明确目标市场的需要、欲望和利益，并以保护或者提高消费者和社会福利的方式，比竞争者更有效、更有利地向目标市场提供所期待的满足。

近年来，由于消费者主义的兴起，市场营销观念开始受到抨击。他们认为市场营销观念能极好地发掘顾客个人的需求并为之服务，但没有关心消费者与社会的长期利益。如一次性饭盒、塑料包装、卫生筷子等迎合了国人图享受的需要，同时每年也留下几十万吨无法消除的垃圾和脏乱的环境，还导致森林资源耗减等。这就要求企业在制定营销策略时，要考虑保持公司利润、消费者需要和社会利益三者的平衡。社会营销观念认为：营销就是创造和提供更高的人类生活水准。企业向社会提供产品或服务，不仅要满足消费者的眼前欲望和需要，而且要符合消费者和社会的最大长期利益，求得企业利益、消费者利益和社会长远利益三者之间的平衡。

案例 1-5

THE BODY SHOP 按摩消费者的心灵

对于许多人来说，疯狂购买 THE BODY SHOP 产品已经成为赴英旅游的头等大事，消费者对它的热情甚至超过了以往吊唁戴安娜以及看歌舞剧《西贡小姐》的程度。

THE BODY SHOP 的秘密是从一开始就将自己企业的责任与社会的道德贡献紧密联系在一起。所以，不要奇怪，这个从不做广告的美体产品却愿意出资 30 万美元设立国际人权奖，因为当 THE BODY SHOP 将 AAT(Against Animal Testing, 反对动物试验)的标志印在自己的每一款产品上时，就已经将自己和传统的女性化妆品品牌区别开来，确立了自己崇尚自然的先锋角色。

从 THE BODY SHOP 诞生的那一刻起，它都坚持所有的产品原料来源都取之于大自然，不用任何有化学成分的东西作为其产品的原材料，它开发的苦瓜洗面奶、海菜洗发精等都是纯天然制品，包装也同样朴实无华。

行销全球的"巴西豆护发乳"、"雨林沐浴球"可能就要经过亚马逊雨林区贫穷母亲的手采集原材料，THE BODY SHOP 相信这些程序也是整个经营活动的有机组成部分，摒弃以往对资源掠夺式的开发，转而借用非市场化的资源开发出独一无二的新产品。

THE BODY SHOP 的五大理念：第一，反对动物实验；第二，支持社区公平交易；第三，女性自觉意识；第四，捍卫人权；第五，环保主张。以此为基础开发出符合顾客的需求、高品质功效的产品，更进一步对环境有所贡献。

THE BODY SHOP 让消费者意识到自己消费产品的过程，也是表达自己对世界关爱之情的过程。企业与消费者在情感上的共识是基础所在。

总之，市场营销观念随着生产力的发展、科技的进步和市场环境的变化而经历了一个历史演变过程。我国是一个发展中国家，商品经济的发展和市场环境的变化决定了营销观念的发展和变化。在传统的计划经济体制下，生产力水平不高，商品匮乏，企业工作的重心在发展生产上，"以产定销"是当时工商企业遵循的基本准则。随着改革开放，"卖方市场"向"买方市场"过渡，逐渐形成了"以销定产"的观念，近几年来，随着市场竞争的加剧，市场进入微利时代，于是产生了与新的市场环境相适应的营销观念。同时，国外市场营销理论的引入，伴随着经济发展的全球化趋势，反映发达国家经济水平的社会营销观念、生态营销观念和大市场营销观念，也已经在我国得到传播、研究和应用，共同指导着我国企业的营销实践。

1.4　市场营销管理过程

现代市场营销学有强烈的"管理导向"，即从管理决策的角度研究营销者(企业)的市场营销问题。"营销学"最深的内涵是"管理学"。英语"Economy"(经济)是由希腊语"Oikonomia"词根派生的，而"Oikonomia"是由"Oikos"(家庭)和"Nomos"(管理)两个词组成的。从词源学看，经济的实质就是由"家"的管理延伸到对"国"的管理。市场营销问题归根到底是一个管理问题。当今企业，讲营销而不讲管理是行不通的，有效的营销需要严格的营销管理。

1.4.1　营销管理的实质

美国学者菲利普·科特勒将营销管理(marketing management)解释为：通过分析、计划、执行和控制，谋求和创造、建立及保持与目标市场之间互相有益的交换和联系，以达到营销组织的目标。也就是说，在营销的过程中，要充分运用现代管理理论、方法，积极发挥管理的计划、组织、指挥、监督和调节等职能的作用，使企业形成比较科学的营销战略，构成比较理想的营销环境，制定比较实际的营销策略，进而优化资源配置，扩大市场销售，树立良好的企业形象，高效率地实现企业营销目标。

市场营销管理的实质是需求管理，其目标就是使企业推销工作成为多余。市场调查和研究为的是发现和创造市场需求，产品开发和设计是提供一种满足市场需求的手段和方法，而产品策略、价格策略、渠道策略及促销策略是一系列开展需求实现的活动。需求管理同其他任何管理一样存在着计划、组织领导、控制等基本职能，计划位于其他管理职能之前，而且营销策划也是营销工作中最为重要的。

1.4.2　营销管理的过程

在现代市场经济条件下，企业必须十分重视市场营销管理，根据市场需求的现状和趋势，制订计划，配置资源。市场营销管理过程是企业为实现企业任务和目标而发现、分析、选择、利用市场机会的管理过程。市场营销管理过程包括分析市场营销机会，研究和选择目标市场，市场定位，确定市场营销策略，制定市场营销规划及进行市场营销工作的组织、执行和控制，如图 1.1 所示。

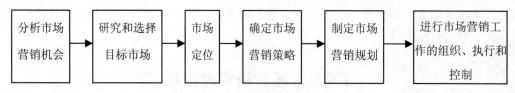

图 1.1　市场营销管理过程

1. 分析市场营销机会

分析市场营销机会是市场营销管理的首要任务，它要求企业必须从环境机会中找到企业机会。因此，在市场营销机会分析中，要分析环境机会和企业机会两个方面。

环境机会是指企业所处的市场环境所提供的机会。分析环境机会时，主要是分析各种环境因素的变化可能引起的需求及其变化。企业所处的市场环境一般由各种具体的环境因素构成，如人口因素、经济因素、自然因素、技术因素、政治法律因素、社会文化因素、竞争因素等。每一个因素的变化都可能创造某种需求，或引起原来的需求发生变化。因此，只要环境因素的变化是向创造需求或向有利于原来的需求增大的方向变化的，这些环境的变化就会引起环境机会的出现。由于环境因素总是处于动态的变动之中，所以环境机会是经常存在的。

企业机会是指与一个具体企业的内部条件相适应的环境机会。环境机会虽然是经常存在的，但并不是说环境机会就是企业机会。环境机会是否是企业机会，还必须对企业的内部条件进行分析。企业的内部条件实际上就是企业内部资源，主要包括资金、技术、生产、营销及组织管理等方面的能力。分析企业现有的和可以获得的这些方面的条件能否达到利用特定的环境机会所需要的条件，还要看利用某种环境机会的条件能否具有较强的竞争能力。如果环境机会变成了企业机会，企业就可以利用这种机会得到发展。

2. 研究和选择目标市场

研究和选择目标市场是对企业机会进行进一步的研究，以达到从中找到企业的目标市场的目的。研究和选择目标市场包括市场预测、市场细分、目标市场选择。

市场预测是对市场机会的定量化描述。通过市场预测，可以了解市场的需求规模及发展变化趋势，便于企业判断所选的市场对企业吸引力的大小，以及企业进入该市场所需要投入资源的多少。

市场细分是指将一个市场按照消费者需求的差异划分为一系列具有不同特征的细分市场的过程。市场细分针对不同的市场可以使用不同的细分因素。

对市场进行细分以后，需要企业从不同的细分市场中选择自己要进入的细分市场，这种细分市场就是企业的目标市场。在选择目标市场时，需要对不同的细分市场进行评价，评价的内容主要包括细分市场的规模及潜力、细分市场的吸引力及企业的目标和资源。当这些方面都符合要求时，这样的细分市场就可以作为企业的目标市场。

3. 市场定位

企业选定了目标市场后，接下来要做的营销管理工作就是在目标市场上进行产品的市场定位。

企业需对所提供的产品在目标市场消费者心目中占据什么样的位置做出决策，即进行产品定位，以便企业在制定市场营销策略时突出企业产品的定位。在进行产品定位时，主要是要找到能吸引目标市场消费者需求的企业优势，使企业的优势能为企业创造更多的价值。

4. 确定市场营销策略

确定市场营销策略是指决定企业在市场中应处于什么样的竞争地位，企业的新产品投放市场以后，怎样经历不同的产品生命周期过程及企业如何开拓国际市场。

企业在市场中的竞争地位可以分为领导者、挑战者、追随者和补缺者 4 种。处于不同竞争地位的企业，所使用的市场营销策略不同。

在新产品投放市场以后，必然要经历不同的产品生命周期阶段，而在产品生命周期的不同阶段，由于市场环境的变化，企业必须修正其营销策略。

开拓国际市场是我国在新形势下必须面对的问题。在国际市场营销策略中，应根据变化的国际市场环境，选择正确的进入国际市场的方式，制定正确的国际市场营销策略。

5. 制定市场营销规划

市场营销策略只有转化为市场营销规划后才能真正发挥作用。市场营销规划的内容包括市场营销费用、市场营销策略组合、市场营销组合、市场营销资源分配等方面的基本决策。

市场营销费用决策对企业营销目标的实现有决定性的影响。市场营销费用的决定可以采取多种不同的方法，如可以按照企业预期销售额的百分比决定，也可以参照竞争者营销费用的比例决定，还可以根据企业的营销能力及各方面营销目标的要求，计算出所需要的营销费用。

市场营销策略组合就是可控制的各种营销手段的综合应用。通常把众多营销手段概括为 4 种基本的营销手段，也称为市场营销策略，即产品策略、价格策略、分销渠道策略、促销策略。这 4 种营销策略的英文单词的第一个字母都是 P，所以简称为 "4P"。4P 都是企业可控制的变数，市场营销策略组合实际上就是 4P 的最优组合。

市场营销组合是一种动态组合。由于每一个组合因素都是可变的，又是互相影响的，因此每一个因素的改变都会引起整体组合的变化，形成一种新的组合。市场营销者可以根据这种动态性的特点，灵活地选择符合营销目标的组合。

市场营销资源分配是指对企业可使用的营销资源在各种营销因素中进行分配。营销资源的分配和市场营销组合决策密切相关。在市场营销资源分配中，一般可参考本企业和其他企业的成功经验，然后在此基础上结合市场营销环境的变化进行调整。

成功的市场营销组合和市场营销资源分配方案应该是每一个因素都能适合消费者的要求。企业的市场营销组合和市场营销资源分配如果能达到消费者的这些要求，企业的市场营销工作肯定能够取得成功。

6. 市场营销工作的组织、执行和控制

市场营销工作的组织、执行和控制是保证企业的市场营销策略和规划顺利实施的重要条件。

市场营销工作的组织是指根据企业市场营销工作的要求组织市场营销资源，建立市场营销组织。

市场营销工作的执行是指营销各职能部门按照营销计划的要求去完成各项营销工作。

市场营销控制是指企业采取必要的信息反馈和控制措施，以确保企业所定的营销目标能够实现而进行的有关工作。市场营销工作的控制一般包括计划控制、盈利性控制和策略控制三方面。

计划控制是将反映企业营销目标的指标按时间阶段进一步具体化，定期检查这些指标的完成情况。

盈利性控制是对不同产品、不同市场的盈利情况进行监控，以检查所制定的盈利目标是否实现。

策略控制是评价企业采取的营销策略是否适合市场环境的要求。

对市场营销工作无论实施哪些方面的控制，最主要的是通过营销审计和诊断，找出计划与实际执行情况的差距及产生这些差距的原因，以便对症下药，对企业的市场营销工作的不同方面进行调整。

1.4.3 营销管理的任务

市场营销是一个复杂的过程，各环节之间需要相互协调、相互配合、相互促进。市场营销管理的任务就是为了促进企业目标的实现而调节需求的水平、时机和性质。在不同需

求情况下企业营销管理有不同任务。针对出现的问题要采取相应的措施，根据市场需求状况和营销任务的不同，营销管理包括以下几个方面。

1. 负需求

负需求是指绝大多数人不喜欢，甚至愿意花一定代价来回避某种产品的需求状况。在负需求情况下，市场营销管理的任务是改变市场营销，即企业要调查研究、分析为什么市场不喜欢某种产品或者劳务，以及是否可以通过产品重新设计、降低价格等更积极促销的营销方案来千方百计地改变市场对这种产品或劳务的信念和态度，从而把负需求变为正需求。如随着收入水平的提高，人们出现厌恶和忽视粗、杂粮的营养价值，所以通过改变加工方法来改变口味，使得粗、杂粮制品重新进百姓人家。

2. 无需求

无需求是指目标市场对产品毫无兴趣或漠不关心的一种需求状况。通常市场对下列产品无需求：①人们一般认为无价值的废旧物资；②人们一般认为有价值，但在特定市场无价值的东西，如新产品或消费者平常不熟悉的物品等；③与消费者传统观念、生活习惯等相抵触的产品。在无需求情况下，市场营销的任务是通过刺激市场来创造需求。

3. 潜在需求

潜在需求是指现在产品尚不能满足的、隐而不现的需求状况，如人们对无害香烟、节能汽车和癌症特效药品的需求。在潜在需求情况下，市场营销管理的任务是开发市场需求，即开展市场营销研究和潜在市场范围测量，进而开发有效的物品和服务来满足这些需求，将潜在需求变为现实有效的需求。

4. 下降需求

下降需求是指市场对一个或几个产品的需求呈下降趋势的情况。营销管理者要分析需求衰退的原因，决定能否通过开辟新的目标市场、改变产品特色，或采用更有效的促销手段来重新刺激需求，扭转其下降趋势，即重新营销。

5. 不规则需求

不规则需求则是市场对某些产品(服务)的需求在不同季节、不同日期，甚至一天的不同钟点呈现出很大波动的状况。在不规则需求情况下，市场营销管理的任务是协调市场营销，使需求平衡化，同时保证产品和服务的质量。即通过灵活定价、大力促销及其他刺激手段来改变需求的时间模式，使物品或服务的市场供给与需求在时间上协调一致。

6. 充分需求

充分需求是指某种物品或服务目前的需求水平和时间等于预期的需求水平和时间的一

种需求状况，这是企业最理想的一种需求状况。在充分需求情况下，企业市场营销管理的任务是维持市场营销，保证需求充足恒定。但在动态市场上，消费者偏好会不断发生变化，竞争也会日益激烈。因此，企业通过努力保持产品品质、经常测量消费者满意度、降低成本来保持合理价格，并激励营销人员和经销商大力推销，以千方百计地维持目前的需求水平。

7. 过度需求

过度需求是指某种物品或服务的市场需求超过了企业所能供给或所愿供给的水平的一种需求状况。在过度需求情况下，市场营销管理的任务是降低市场需求，实现供需平衡化，即通过提高价格、合理分销产品、减少服务和促销等措施，暂时或永久地降低市场需求水平。需要指出的是，降低市场营销并不是杜绝需求，而是抑制需求水平。特别是我国消费结构的趋同性会引起需求爆发性增长，面对这种情况，如果企业一味扩大供给来满足过度需求，不久就会面临生产能力闲置的难堪局面。

8. 有害需求

有害需求是指市场对某种有害产品(如香烟、酒、毒品)或劳务的需求。在这种需求情况下，企业市场营销管理的任务是反市场营销或劝人放弃有害需求，即大力宣传有害产品和服务的严重危害性，大幅度提高价格，以及停止生产供应等。降低市场营销与反市场营销的区别在于：前者采取措施来减少需求，后者采取措施来消灭需求。

在市场的营销实践中，企业不仅可以适应需求，而且可以创造需求，改变人们的价值观念和生活方式。

 案例 1-6

索尼公司的创造营销

公关专家伯内斯曾说，工商企业要"投公众所好"，这似乎成了实业界一条"颠扑不破且放之四海而皆准"的真理，但索尼公司敢于毅然地说"不"。索尼的营销政策"并不是先调查消费者喜欢什么商品，然后再投其所好，而是以新产品去引导他们进行消费"。因为"消费者不可能从技术方面考虑一种产品的可行性，而我们则可以做到这一点。因此，我们并不在市场调查方面投入过多的兵力，而是集中力量探索新产品及其用途的各种可能性，通过与消费者的直接交流，教会他们使用这些新产品，达到开拓市场的目的"。

索尼的创始人盛田昭夫认为，新产品的发明往往来自于灵感，突然闪现，且稍纵即逝。现在流行于全世界的便携式立体声单放机的诞生，就出自于一种必然中的"偶然"。一天，井深抱着一台索尼公司生产的便携式立体声盒式录音机，头戴一副标准规格的耳机，来到盛田昭夫房间。从一进门，井深便一直抱怨这台机器如何笨重。盛田昭夫问其原因，他解释说："我想欣赏音乐，又怕妨碍别人，但也不能为此而整天坐在这台录音机前，所以就带上它边走边听。不过这家伙太重了，实在受不了。"井深的烦恼点亮了盛田昭夫酝酿已久的构想。他连忙找来技师，希望他们能研制出一种新式的超小型放音机。

然而，索尼公司内部几乎众口一词反对盛田昭夫的新创意，但盛田昭夫毫不动摇，坚持研制。结果不出所料，该产品投放市场后，空前畅销。索尼为该机取了一个通俗易懂的名字——"沃可曼"。日后每谈起这件事，盛田昭夫都不禁感慨万千。当时无论进行什么市场调查，都不可能由此产生"沃可曼"的设想。而恰恰正是这种不起眼的小小的产品，改变了世界上几百万、几千万人的音乐欣赏方式。

索尼公司在"创立旨趣书"上写着这样一条经营哲学："最大限度地发挥技术人员的技能，自由开朗，建设一个欢乐的理想工厂，这就是'创造需求'的哲学依据。"

案例分析1

奥运会改变全球彩电基因

奥运会带给全球彩电业的最大变化是什么？从刚刚闭幕的中国国际消费电子博览会(SINOCES)来看，当前彩电业的最大变化不是画质和外观上的升级，而是逐渐成为消费者自由收看无穷电视节目的内容平台。把电视捆绑在电视台体系中的时代已经结束，电视机成为消费者的个人电视台，这意味着消费者对2008年奥运会的收看内容和收看方式正在发生前所未有的变化。

奥运会的召开最大的收益产业当属彩电业无疑，因为绝大多数消费者都要通过电视来收看奥运会。在电视网络化进程中，如今的电视已经今非昔比，这一点在今年的 SINOCES 上可以很明显地印证。本届SINOCES 的主题是"自由连接"，各彩电厂商致力于内容的融合。长虹携手英特尔推出全球首款 iTV 健康运动电视，海尔推出可以上互联网的电视，该产品不仅可以与数码相机、计算机、手机、音响、打印机等数码家电无线互联，还可以从网络上直接下载电影在液晶电视上播放。松下、日立等企业也推出了更适合观看奥运会的产品。

从中外企业推出的彩电新品来看，无不在内容的互联互通上做文章。这是因为在网络时代，随着信息的无孔不入，世界更加扁平化，消费者的权利被前所未有地放大了。彩电究竟是什么，决定权已经不再掌握在彩电制造商的手中，消费者在彩电的创新方面比任何时候都有了更大的话语权。消费者需要更自由地收看节目，这包括从频道空间之外寻找节目和自己制作节目，奥运会的召开更加速了这一趋势。从某种意义上说，奥运会并不会给每个彩电制造商都带来商机，把握住机遇的往往是那些率先满足用户需求并做出相应变革的企业。

彩电自身发生网络化变革，势必会带动整个产业链条的重大变化。过去彩电行业的竞争主要集中在对硬件标准和外观设计的争夺上，彩电只是一个承载有限内容的载体。如今 3C 融合趋势加剧，彩电制造商已经开始将竞争矛头转向为消费者提供更丰富的内容资源上，对整个产业链条的整合能力已经取代单个企业的制造力，成为行业卓越的竞争力。2008 年年初，松下、夏普、索尼、三星等国外电视厂商就纷纷宣布了他们与网络媒体、广电媒体、搜索引擎等内容服务商的最新合作计划，中国的海尔、长虹等彩电企业也与网络运营商、搜索引擎企业展开了广泛的合作，目的是为消费者提供一套更自由、个性化的娱乐内容解决方案。

奥运会带给彩电的变化是将这个封闭的盒子打开，彩电的变革则是为消费者呈现自由的奥运会观看体验，网络流媒体电视、网络电视等新彩电的出现将从本质上改变本届奥运会的收看方式。因为绝大多数电视观众都不会因为奥运会而放假，这些新产品可以让电视观众直接录制或者在网络上下载想看的赛事节目并按自己的时间播放。由此可以看到，奥运会带给彩电企业最大的机遇不是用多大的屏幕收看电视，而是用什么样的方式收看电视。消费者需要的永远不是一个部件而是符合其需求的消费价值。

资料来源：中国营销传播网，2008-07-24，作者：罗清启.

问题讨论： 1. 从欲望、需要、需求三个层次分析人们对电视的需求的变化？
2. 电视机企业应如何做好市场营销工作？

 **案例分析**2

"王老吉"的软文化，硬实力

2008年月7月7日，中国知名凉茶品牌王老吉现身美国纽约哈德逊河，载有"2008, Welcome to Beijing, China"巨大背景板和横幅的游船游弋在自由女神像海域，邀请国外友人光临北京参加举世瞩目的盛事，并了解中国的当代生活、文化和社会发展，现场还向美国当地民众派发了精心准备的北京旅游指南。

借助举世瞩目的北京奥运会即将举行之机，王老吉选择在这个时候举行海外迎宾活动，可谓是一次绝妙的文化营销——当商业化炒作在市场营销中甚嚣尘上，让人觉得心生厌烦时，根植于传播文化土壤的文化营销反倒成为吸引消费者眼球的有效方式。美国动画片《功夫熊猫》在中国大受欢迎，正好印证了文化营销在占领消费者心智与刺激商业成功方面的惊人功效。

在受到"二乐"强大压迫、本土化品牌层出不穷的中国饮料市场中，王老吉用独特的文化输出不仅使自己成为草根饮料文化代表，更成为中国饮料品牌的领军者。软文化打造出了硬实力，王老吉开始踏上成为中国饮料第一罐的征程。

中国经济的腾飞有目共睹，以传统文化为背景的中国元素在全球商业领域也越来越受到重视。中华文化不仅是中华民族几千年发展的文明结晶，在新的时代背景下，更是被赋予了一种强大的商业生命力。

越来越多的中国企业在世界范围内进行推广时，开始加入中国文化的元素，并取得了不俗的业绩：吉利汽车在法兰克福车展上用原汁原味的京剧脸谱做表演，吸引了大量的参观者驻足；李宁运动鞋从赵州桥设计上获取灵感，从产品设计中将中华民族的历史文化与现代科技进行成功融合，受到了许多消费者的喜欢。王老吉在自由女神像之下、用中国式的"红"，邀请世界人民光临北京奥运会，吸引了诸多外国人的关注。

当中国崛起成为世界瞩目的焦点时，融有深厚中国传统文化的中国元素便成为企业进行营销推广、吸引世人关注的有效手段。

作为一种传统的中国饮料，王老吉是继承了千年中国传统养生精华的集大成者，它同时是人们生活中极为常见和普通的一种饮料，是真正社会生活的一部分。王老吉作为中国传统文化的商业代表，以中国日常消费流行文化的面貌出现在美国纽约，邀请海外友人到北京，旅游、观光、看奥运。当外国民众关注北京奥运、对中国文化感兴趣时，自然而然地会将注意力延伸到将中国文化输出作为自己营销推广主轴的王老吉身上，这无疑是中国企业在海外推广的绝妙的文化营销方式。

可以说，当一个行业、品牌深深印上某种文化的烙印时，品牌的影响力就会与文化的生命力一样具有极强的扩张性。对于传统文化的汲取、融合、创新，将商业元素与文化元素进行有机融合，通过规模化的运作提升行业竞争力，从而实现文化传承下的产业复兴，这正是王老吉在短短数年内迅速崛起的深层次原因。

在文化传承的背景下，融入新的商业元素，从而实现品牌内涵的创新，同时整合行业的力量，实现规模化生产，提升全体民众对行业的有效认知，这是许多中国企业异军突起的重要原因。在传统文化传承下进行现代营销推广，这正是王老吉在新市场环境下迅速崛起的强大动力。

凉茶作为中国非物质文化遗产，有着中国传统文化最深厚的根蒂，代表了中华民族千年以来沉淀的养生文化。凉茶正式被国务院列入第一批国家级非物质文化遗产代表作名录，作为有着数百年发展历史的"纯中国式"饮料，凉茶的发展虽然经历了无数的波折起伏，但始终长盛不衰。"申遗"成功使得凉茶正式从一种物质性的消费品，变成了凝聚着中华传统养生智慧的文化遗产。

当国学兴起、汉服复出引发学术界、舆论以及普通民众的关注和热议时，甚至有不少狂热的拥趸提出要复兴传统农历节日。近年来，中国对于非物质文化遗产的保护及重塑运动将这种趋势提升到了空前的高度，官方的鼎力支持态度也使得沉沦了一个多世纪的中华文化首次迎来新发展的契机。作为凉茶始祖和行业的领军者，180年的经营历程使王老吉意识到，物质实体的生命力是有限的，而文化的生命力才是无限的。

王老吉把握住凉茶成为"非物质文化遗产"的机会，整合行业力量，通过赞助世界杯转播、开办论坛、与其他行业结盟等方式，大力突出凉茶的独特功效，将作为饮料的凉茶与文化的饮料成功地融合，从而在推广消费认知上取得重大的成功。2003年，红罐王老吉销量6亿元，2005年销量超过25亿元，2007年更是达到70亿元，几何级的增长体现出王老吉在业内的龙头地位，已迅速跃升为中国饮料行业销量最高、品牌影响力最大的品牌。中国式文化营销加上出色的商业化运作，王老吉取得了巨大的成功。

如果说联想、海尔向世界输出了中国制造力，华为、中兴则代表着中国的技术创造力，有着180多年历史的王老吉则向外输出中国最本土、最传统、最有文化沉淀的饮料文化。

同样是在中国市场卖凉茶，饮料巨头可口可乐的"健康工坊"却在意犹未尽的落寞声中败走麦城。可口可乐这个全球最大的饮料生产商，一直以来，在全世界出售的不只是一罐小小的饮料，更是一种美式的消费文化和生活方式。然而，可口可乐在横扫全世界的文化基因时在中国则遭遇了王老吉这罐从概念到包装、从配方到卖点完全中国式的凉茶所狙击，其"防上火"的诉求点在外国人看来甚至是无法理解的。然而，他们无法理解的诉求，和一个并不怎么现代的红色罐子，其来势之猛烈，发展之迅速，则完全超出了这些跨国的饮料生产商对于中国市场的想象力。

在凉茶这个特殊的市场领域，有着比资金更重要的底蕴：那就是中华文化的精髓——既有中国人生活习惯的诉求，也有中华民族的养生理念，更凝聚了前人代代相传的努力。与其说凉茶是一个市场，不如说它是一种文化。所以，王老吉在中国市场上能够战胜品牌、资金实力远胜于己的可口可乐，其背后其实是文化的推动力而非商业推动力。

哈德逊河上游弋的那艘载着巨大王老吉红罐的船在告诉世人：许多年前屹立在上海外滩的巨型可口可乐广告牌和今天这一次热邀海外友人访华看奥运的举动，相同的是，两者都是一个品牌对于自己市场疆域的延伸的欲望，不同的是，前者只是纯粹的商业展示，后者则以商业的力量在进行一次礼仪之邦的中国式的文化微笑。

资料来源：中国营销传播网， 2008-07-23， 作者：林景新.

问题讨论： 1. 比较"王老吉"与"可口可乐"或"百事可乐"的营销理念有什么不同？

2. 营销方式与文化营销相比，哪一个更能深刻把握消费者的心理需求？

思考与训练

1. 结合本章内容的学习，总结自己在学习本章内容前后，对市场营销概念的认识和理解，并加以对比分析。

2. 如何理解"以生产诱导需求"这样一种说法？它与传统的生产导向观念或产品导向观念存在什么样的区别？

3. 如何理解营销管理就是需求管理，需求管理实际上也是顾客管理的观点？

4. 假设你作为一家生产日常洗涤用品的公司的营销人员，在考虑公司利润目标的情况下，讨论一种既能满足消费者需求又能保证社会利益的营销方案。

第 2 章　市场营销环境分析

1. 了解市场营销环境的含义、特点，以及分析营销环境的意义；
2. 掌握直接营销环境的构成及其与营销活动之间的关系；
3. 掌握间接营销环境的构成及其与营销活动之间的关系；
4. 理解营销环境分析的基本态度，掌握分析营销机会和威胁的方法。

导入案例

2003 中国房地产市场年开始升温，2007 年达到了顶峰。2007 年也许是中国楼市历史上最疯狂的一年，北京、广东和上海等地的房价不断再创新高，用"飙升"都不以为过，其他地区的主要城市也尾随其后。为控制房地产的泡沫经济，2007 年国庆节前夕，中央银行和中国银监会发布了加强商业性房地产信贷管理的通知，商业银行在 10 月份开始全面执行。在新政出台不久，珠海一家在国庆前几天开盘的楼盘就遭遇了部分客户退房的情况，新楼盘以及二手房成交量也明显下降。2007 年末，深圳的房屋中介公司就大批关门、撤出。进入 2008 年，全国楼市逐渐走向低迷。作为楼市三大堡垒的广东、北京和上海的房价大幅度跳水已成不争的事实。

任何企业的市场营销活动都处在一定的环境之中，企业的每一项营销活动都要受到市场环境的作用和制约，而这些外部环境条件是不断变化的：一方面，给企业造成新的市场机会；另一方面，又给企业带来某种威胁。因此，市场营销环境对企业的生存和发展具有重要的意义。企业必须重视对市场环境的分析和研究，并根据市场环境的变化来制定并不断调整市场营销战略，扬长避短，趋利避害，适应变化，抓住机会，确保在竞争中立于不败之地。

2.1 市场营销环境概述

2.1.1 市场营销环境的含义

环境是指事物外界的情况和条件。企业的市场营销环境(marketing environment)是指存在于企业营销部门外部的不可控制的因素和力量。企业的营销活动不可能脱离周围环境而孤立地进行。企业营销活动要以环境为依据，主动地去适应环境，同时要努力去影响外部环境，使环境有利于企业的生存和发展。

根据营销环境对企业营销活动发生影响的方式和程度，可以将市场营销环境大致分为两大类，即直接营销环境(又称微观营销环境)(microenvironment)和间接营销环境(又称宏观营销环境)(macroenvironment)。直接营销环境是指那些给企业带来直接影响的各种因素，包括：企业内部状况、营销渠道企业、目标顾客、竞争者、社会公众。间接营销环境是指那些作用于微观营销环境，并因而造成市场机会或环境威胁的主要社会力量，包括人口、自然、经济、科学技术、政治法律和社会文化等企业不可控的宏观因素。这两种环境之间不是并列关系，而是包容和从属关系。微观环境受宏观环境大背景的制约，宏观环境一般借助于微观环境发挥作用，有时也会直接影响企业的营销活动。

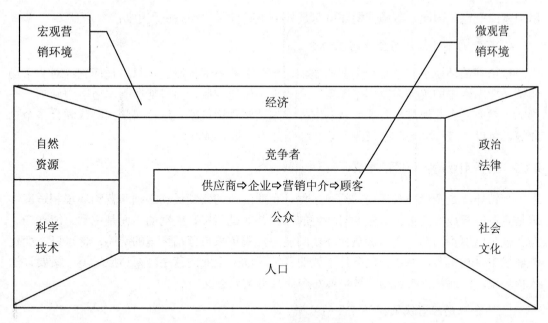

图 2.1 市场营销环境的构成

2.1.2 市场营销环境的特点

由多因素构成并且不断变化的市场营销环境是企业营销活动的基础和条件。营销环境有以下 4 个特点。

1. 客观性

企业市场营销环境不以营销者的意志而转移，是客观存在着的，有着自己的运行规律和发展趋势。企业的营销活动能够主动适应和利用客观规律，但不能改变或违背。主观臆断营销环境及发展趋势必然会导致营销决策的盲目与失误，造成营销活动的失败。

2. 关联性

关联性表明市场营销环境各因素都不是孤立的，而是相互联系、相互渗透、相互作用的。例如，一个国家的体制、政策与法令总是影响着该国的科技、经济的发展速度和方向，继而改变了社会习惯。同样，科技、经济的发展又会引起政治、经济体制的相应变革。这种关联性给企业营销带来了复杂性。

3. 多变性与相对稳定性

环境的多变性主要指两个方面：一是由于相关性影响，一种环境因素的变化会导致另一环境随之变化；二是每个环境内部的子因素(如文化环境中的宗教文化)变化也会导致环境因素的变化。因此，市场营销环境总是处于不断变化的动态过程中。

4．环境的不可控性与企业的能动性

市场营销环境是一个复杂多变的整体，单个企业不能控制它，只能适应它；对于市场营销环境因素中的绝大多数单个因素，企业也不可能控制，而只能在基本适应中施加一些影响。然而，企业通过本身能动性的发挥，如调整营销策略、进行科学预测或联合多个企业等，可以冲破环境的制约或改变某些环境因素，取得成功。

2.1.3 分析市场营销环境的意义

营销环境是企业经营活动的约束条件，企业的一切营销活动必须和营销环境相适应，这是企业经营成败的关键。企业对环境的适应并非是消极、被动的，而是主动、能动的。企业既可以用不同的方式增加适应环境的能力，避免来自营销环境的威胁，也可以在变化的环境中寻找机会，并在一定条件下改变营销环境。企业的营销既要适应环境，又要设法改变环境。因此，分析市场营销环境对企业具有重要意义。

1．为企业的经营决策提供可靠的依据

企业的市场营销活动处于市场营销环境的制约中，企业要生存和发展，只有通过对市场营销环境的研究，熟悉环境，了解环境的变化，才能对企业市场的营销活动做出正确的预测，制定和选择切实可行的最优的市场营销方案。

2．促使企业更好地满足社会的需要

为了使企业生产出来的产品适销对路，必须进行市场调查预测，分析市场营销环境，及时掌握和了解市场需求动态，做到按市场需求组织生产，减少生产的盲目性，满足消费者的需求。

3．增强企业的活力

对市场营销环境的分析有利于企业主动地调整经营结构，改善经营条件，增强企业对社会环境的适应能力、应变能力、市场上的竞争能力及企业的自我改造和自我发展能力。

 案例 2-1

漠视的后果

曾名震一时的美国王安计算机公司，在 20 世纪 80 年代中期个人微型机对计算机行业猛烈冲击之时漠视 PC 价格低廉、运行速度快捷等优势，固守自己的发家产品——文字处理系统，并将其始终装在不能适应顾客需要的小型机上，而拒绝与当时在个人微型领域有杰出业绩的苹果公司合作，错过了良好的发展机会，经营业绩猛跌，上市股票由 1982 年的每股 42.5 美元降到 1990 年的每股 37.5 美元，最后破产。

2.2 直接营销环境

直接营销环境(microenvironment)是指与企业紧密相连，直接影响企业对目标市场顾客服务能力和效率的各种参与者，包括企业内部营销部门以外的企业因素、供应商、营销渠道企业、目标顾客、竞争者和公众。

2.2.1 企业内部营销环境

除市场营销管理部门外，企业本身还包括最高管理层和其他职能部门，如制造部门、采购部门、研究开发部门及财务部门等。这些部门与市场营销管理部门一起在最高管理层的领导下，为实现企业目标而共同努力着。正是企业内部的这些力量，构成了企业内部营销环境(the company)。而市场营销部门在制订营销计划和决策时，不仅要考虑到企业外部的环境力量，而且要考虑到与企业内部其他力量的协调。

首先，企业的营销经理只能在最高管理层所规定的范围内进行决策，以最高管理层制定的企业任务、目标、战略和相关政策为依据，制定市场营销计划，并得到最高管理层的批准后方可执行。

其次，营销部门要成功地制定和实施营销计划，还必须有其他职能部门的密切配合和协作。例如，财务部门负责解决实施营销计划所需的资金来源，并将资金在各产品、各品牌或各种营销活动中进行分配；会计部门则负责成本与收益的核算，帮助营销部门了解企业利润目标实现的状况；研究开发部门在研究和开发新产品方面给营销部门以有力的支持；采购部门则在获得足够的和合适的原料或其他生产性投入方面担当重要责任；而制造部门的批量生产保证了适时地向市场提供产品。

2.2.2 供应商

供应商(suppliers)是为企业提供生产商品和服务所必需的资源的单位和个人。供应商是能对企业的经营活动产生巨大影响的力量之一，其提供资源的价格往往直接影响了企业的成本，其供货的质量和时间的稳定性直接影响企业服务于目标市场的能力。所以，企业应选择那些能保证质量、交货期准确和低成本的供应商，并且避免对某一家供应商过分依赖，不至于受该供应商突然提价或限制供应的控制。对于供应商，传统的做法是复数原则：选择几家供应商，按不同的比重分别从他们那里进货，并使他们互相竞争，从而迫使他们利用价格折扣和优质服务来尽量提高自己的供货比重。这样做虽然能使企业节约进货成本，但也隐藏着很大的风险，如供货质量参差不齐，过度的价格竞争使供应商负担过重放弃合作等。认识到这点后，越来越多的企业开始把供应商视为合作伙伴，设法帮助他们提高供货质量和及时性。

 案例 2-2

任天堂与供应商们

著名的电子游戏玩具商任天堂很好地制衡了与游戏软件开发商的互补关系，从而稳固了在游戏产业中的地位。任天堂的产品依赖于软件开发商源源不断地提供游戏软件。当初任天堂的供应商只有 5 家。任天堂认为，如果游戏软件开发商更多一些，它就有更大的选择余地和讨价还价的资本。于是，任天堂制定策略扶植中小软件企业开发游戏软件，给他们资金和技术的支持。但同时任天堂又限制开发商每家每年的"提货量"，不让任何一家开发商有机会发展成"老大"。这样任天堂成功地瓦解了独立游戏软件开发商的产业结构，牢牢地控制住了这种"互补者"的竞争关系。

2.2.3 营销中介

营销中介(marketing intermediaries)是协助企业促进、销售和分配商品给最终购买者的机构，包括中间商、实体分配公司、营销服务机构和财务中间机构等。

1. 中间商

中间商(resells)是协助企业寻找顾客或直接与顾客进行交易的商业组织和个人。中间商分为两类：代理中间商和商人中间商。

代理中间商指专业协助达成交易，推销产品，但不拥有商品所有权的中间商，如经纪人、代理人和制造商代表等。商人中间商指从事商品购销活动，并对所经营的商品拥有所有权的中间商，包括批发商、零售商。除非企业完全依靠自己建立销售渠道，否则中间商对企业产品从生产领域成功地流向消费领域有着至关重要的影响。顾客希望以最方便的地点、最方便的时间购买所需要的产品，同时还希望购买到其他相关产品，而且付款办法灵活、方便。因此，中间商需创造地点效用、时间效用、数量效用、品种效用等，有时甚至比生产企业更有效率地从事营销工作。

2. 实体分配公司

实体分配公司(physical distribution firms)也叫物流机构，是帮助企业储存、运输产品的专业组织，包括仓储公司、运输公司和配送企业等。实体分配公司的作用在于使市场营销渠道中的物流畅通无阻，为企业创造时间和空间效益，并最大化地降低物流成本。近年来，随着仓储和运输手段的现代化，实体分配机构的功能越来越明显和重要。

3. 营销服务机构

营销服务机构(marketing services agencies)是指协助企业开拓产品的市场和销售推广的各种服务公司，包括管理咨询机构、市场调研公司、广告代理公司、各种广告媒体，他们提供的专业服务是企业营销活动不可缺少的。尽管有些企业自己设有相关的部门或配备了专业人员，但大部分企业还是与专业的营销服务机构以合同委托的方式获得这些服务的。企业往往通过比较各服务机构的服务特色、质量和价格来选择最适合自己的有效服务。

4. 财务中间机构

财务中间机构(financial intermediaries)是指协助厂商融资或分担货物购销储运风险的机构，包括银行、信贷公司、保险公司等。在现代社会里，几乎每一个企业都与金融机构有一定的联系和业务往来。企业的信贷来源、银行的贷款利率和保险公司的保费变动无一不对企业的市场营销活动产生直接的影响。

供应商和营销中介都是企业向消费者提供产品或服务价值过程中不可缺少的支持力量，是价值让渡系统中主要的组成部分。企业不仅要把它们视为营销渠道成员，更要视为伙伴，追求整个价值让渡系统业绩的最大化。

2.2.4　目标顾客

目标顾客(customers)是企业的服务对象，是企业产品的直接购买者或使用者。企业与市场营销渠道中的各种力量保持密切关系的目的就是为了有效地向其目标顾客提供产品和服务，顾客的需求正是企业营销努力的起点和核心。因此，认真分析目标顾客需求的特点和变化趋势是企业极其重要的基础工作。

市场营销学根据购买者和购买目的来对企业的目标顾客进行分类，具体分为以下几类。

(1) 消费者市场。消费者市场由为了个人消费而购买的个人和家庭构成。

(2) 生产者市场。生产者市场由为了加工生产来获取利润而购买的个人和企业构成。

(3) 中间商市场。中间商市场由为了通过转卖来获取利润而购买的批发商和零售商构成。

(4) 政府市场。政府市场由为了履行政府职责而进行购买的各级政府机构构成。

(5) 国际市场。国际市场由国外的购买者构成，包括国外的消费者、生产者、中间商和政府机构。

每种市场类型在消费需求和消费方式上都具有鲜明的特色。企业的目标顾客可以是以上 5 种市场中的一种或几种。也就是说，一个企业的营销对象不仅可以包括广大的消费者，也可以包括各类组织机构。企业必须分别了解不同类型目标市场的需求特点和购买行为。

2.2.5 竞争者

任何企业都不大可能单独服务于某一顾客市场，完全垄断的情况在现实中不容易见到。而且，即使是高度垄断的市场，只要存在着出现替代品的可能性，就可能出现潜在的竞争对手。所以，企业在某一顾客市场上的营销努力总会遇到其他企业类似努力的包围或影响，这些和企业争夺同一目标顾客的力量就是企业的竞争者(competitors)。企业要在激烈的市场竞争中获得营销的成功，就必须比其竞争对手更有效地满足目标顾客的需求。因此，除了发现并迎合消费者的需求外，企业应该识别自己的竞争对手，时刻关注他们，并随时对其行为做出及时的反应。

从消费需求的角度划分，企业的竞争者可分为 4 个层次。

(1) 愿望竞争者，即提供不同产品以满足不同需求的竞争者。因为购买者的收入是有限的，每一种愿望的实现可能意味着消费者将不会再在另一个行业进行消费。例如，一消费者有 10 万元资金，他打算购买一部汽车还想出国旅游，在同一时限下只能购买汽车或出国旅游。

(2) 属类竞争者，即满足消费者某种愿望的产品类别之间的可替代性。假设消费者想解渴，他可以选择的方式有很多，如果汁、冰淇淋、纯净水等。这些产品之间存在着一种竞争关系。

(3) 产品形式竞争者，即在满足消费者某种愿望的特定产品类别中仍有不同的产品形式可以选择。假设消费者选中了糖果，则有巧克力、奶糖、水果糖等多种产品形式可满足他吃糖的欲望。

(4) 品牌竞争者，即在满足消费者某种愿望的同种产品中的不同品牌之间的竞争。或许那个消费者对奶糖感兴趣，那么大白兔奶糖和金丝猴奶糖就构成了直接竞争。

品牌竞争是这 4 个层次的竞争中最常见和最显著的，其他层次的竞争则比较隐蔽和深刻。有远见的企业并不仅仅满足于品牌层次的竞争，而且会关注市场发展趋势，在恰当的时候积极维护和扩大基本需求。

2.2.6 公众

公众(publics)指对企业实现其市场营销目标的能力有着实际的或潜在影响力的群体。公众可能有助于增强一个企业实现目标的能力，也有可能妨碍这种能力。企业的主要公众包括以下 7 种。

1. 金融界公众

金融界公众(financial publics)指关心并可能影响企业获得资金的能力的团体，如银行、投资公司、证券交易所和保险公司等。资金是企业的血液。在现代社会，金融对企业的作用尤为重要。

案例 2-3

谭木匠 "招聘银行"

1995 年，谭传华正式注册"谭木匠"梳子商标。经历过艰难的创业之路，在 1997 年，谭传华的小木梳终于获得了较好的市场知名度。就在他磨刀霍霍准备大干一场的时候，一个意外的难关挡在了面前：由于没有固定资产做抵押，银行不愿意贷款给这个靠生产小梳子为生的小企业，谭传华后继乏力。

这是当时中国所有中小民营企业共通的成长难题。1997 年 8 月 19 日，对银行苦苦哀求没有结果的谭传华愤怒了，在重庆一家报纸上打出整版广告：谭木匠工艺品有限公司招聘银行。在当时的中国，民营企业招聘银行是一件国内外轰动的稀奇事，全国乃至全球 1000 多家媒体蜂拥而至，争相报道"谭木匠招聘银行现象"，并随后在金融界、企业界引发了一系列关于"银、企关系"的大讨论。

谭传华终于获得了银行的支持，"谭木匠"的知名度也空前高涨。

资料来源：徐世伟. 谭木匠招聘银行. 企业管理 2007 年 7 期.

2. 媒介公众

媒介公众(media publics)指报社、杂志社、广播电视台等大众传播媒介，这些组织对企业的声誉具有举足轻重的作用，他们的一条消息或一则报道可能使企业产品的营销声名大振，也可能使企业产品的营销一败涂地。因此，现代企业都十分重视媒介的作用。

 案例 2-4

企业如何面对媒体负面报道

2006 年 8 月，一些国外媒体对中国公司遭遇的两起正常的劳资纠纷做了极具煽动性的报道。"中国威胁论"又添了新的内容：进入非洲和拉美地区的中国企业竟被扣上了"虐待当地工人"的大帽子。两家中国公司雇的当地员工因为要求涨工资而举行了罢工，这种对欧美跨国公司来说司空见惯的事情居然被某些西方媒体用来攻击中国。其手段虽然拙劣，却对中国企业的形象造成了一定的负面影响。

而中国企业在遭遇劳资纠纷、环保纠纷等负面事件时，往往把它视作"丑事"而回避媒体采访，不敢主动出面澄清事实、阐述自己的观点。中国企业这种遇事回避的应对方式，实际上是拱手让出话语权，客观上助长了媒体报道一边倒的现象。其结果就是对手主导了舆论，舆论影响了群众和政府、议会、司法部门，企业则处处被动。

3. 政府公众

政府公众(government publics)指有关的政府部门。营销管理者在制订营销计划时必须充分考虑政府的发展政策，企业还必须向律师咨询有关产品安全卫生、广告真实性、商人权力等方面可能出现的问题，以便同有关政府部门搞好关系。

4. 群众团体

群众团体(citizen-action publics)指消费者组织、环境保护组织及其他群众团体。如玩具公司可能遇到关心子女安全的家长对产品安全的质询。20 世纪 60 年代以来，日益盛行的消费者保护主义运动是不可忽视的力量。

小资料

消费者协会的职能

根据《中华人民共和国消费者权益保护法》，中国消费者协会及其指导下的各级协会履行以下 7 项职能。

(1) 向消费者提供消费信息和咨询服务；

(2) 参与有关行政部门对商品和服务的监督、检查；

(3) 就有关消费者合法权益的问题向有关行政部门反映、查询，提出建议；

(4) 受理消费者的投诉，并对投诉事项进行调查、调解；

(5) 投诉事项涉及商品和服务质量问题的，可以提请鉴定部门鉴定，鉴定部门应当告知鉴定结论；

(6) 就损害消费者合法权益的行为，支持受损害的消费者提起诉讼；

(7) 对损害消费者合法权益的行为，通过大众传播媒介予以揭露、批评。

5. 当地公众

当地公众(local publics)指企业所在地附近的居民和社区组织。企业在它的营销活动中，要避免与周围公众利益发生冲突，应指派专人负责处理这方面的问题，同时还应注意对公益事业作出贡献。

6. 一般公众

一般公众(general publics)指普通消费者。一个企业需要了解一般公众对它的产品和活动的态度。企业的"公众形象"即在一般公众心目中的形象，它对企业的经营和发展是很重要的，要争取在一般公众心目中树立良好的企业形象。很多企业不惜花重金做广告、开展公益赞助活动，一个很重要的原因就是为了在消费者心目中树立良好的企业形象，从而间地接促进产品的销售。

7. 内部公众

内部公众(interal publics)指企业内部股东、董事会的董事、经理、技术工人、普通工人等。内部公众的态度会影响到外部社会上的公众。在现代社会，企业越来越意识到内部公众的重要性，很多企业领导人认为：一切竞争归根到底就是人的竞争，如何调动职工的积极性、主动性、创造性，是企业领导人应首先关注的一个重要问题。

 案例 2-5

福特的内部营销

福特公司通过内部计算机系统建立起面向数十万员工的信息库，使生产部门中80%的员工每天都通过它来从事汽车设计、生产、质检和销售。同时，人力资源部门每天向所有员工公布岗位信息及其工资待遇，鼓励员工的内部合理流动。员工可以在第一时间里"买"到新的更适合自己的位子。

这种做法的实质是使员工成为本企业的"第一顾客"，他们每天都在"内部市场"上"购买"自己中意的"商品"。

上述 7 个方面的公众都与企业的营销活动有直接和间接的关系。现代企业是一个开放的系统，它在经营活动中必然与各方面发生关系，必须处理好与各方面公众的关系。因此，现在许多公司都设有"公共关系"部门，专门处理与公众的关系，这也是商品经济高度发展的一个产物。

2.3　间接营销环境

企业市场营销的直接环境即微观环境，随时随地受到宏观环境，即间接环境的影响和制约。间接环境(macroenvironment)的研究包括人口、经济、自然、科技、政治法律、社会文化等因素对企业营销活动的影响。增强企业对营销环境的能动性适应，显然有助于提高营销活动的效率与效益。

2.3.1　人口环境

市场由想购买商品同时又具有购买力的人构成，因此，人口是市场的第一要素。著名管理学家 Peter Drucker 在《动荡时代的管理》一书中说，人口动力可以创造新机会、新市场。人口数量直接决定市场规模和潜在容量，人口的性别、年龄、民族、婚姻状况、职业、居住分布等也对市场格局产生着深刻的影响，从而影响着企业的营销活动。为此，企业应重视对人口环境的研究，密切关注人口特征及其发展动向，及时地调整营销策略，以适应人口环境的变化。

1. 人口数量

某一市场范围内的人口数量基本上反映了该消费市场生活必需消费品的需要。在其他经济和心理条件不变的情况下，人口数量越多，市场容量就越大，企业营销的市场就越广阔。

2. 人口的地理分布

农村与城市、东部与西部、南方与北方、热带与寒带、山地与平原等不同地理环境的人口由于自然条件、经济、生活习惯等的差异，其消费需求方面有着显著的区别，从而要求企业根据不同地域的消费差别，提供不同的产品和服务。与人口的地理分布相联系的人口密度同样是影响企业营销的重要因素。一般来说，人口密度越大，顾客越集中，营销成本相对越低；相反，营销成本就越高。

3. 人口结构

人口结构主要包括人口的年龄结构、性别结构、家庭结构、社会结构以及民族结构等。

(1) 年龄结构。不同年龄阶段的人有不同的消费需要。企业营销者不仅要研究人口的总量，还要研究人口的年龄结构，并针对人口年龄结构特点，开展企业营销活动。

为此，不同年龄结构就形成了具有年龄特色的市场，如婴儿市场、儿童市场、青少年市场、成人市场和老年人市场等。值得注意的是，全世界的人口已逐步趋于老龄化，这主要是由两种原因造成的：第一是人口的出生率下降，致使年轻人数量减少；第二是人口的平均寿命提高。

企业应了解不同年龄结构所具有的需求特点，从而就可以决定企业产品的投向，寻找目标市场。

(2) 性别结构。性别差异会给人们的消费需求带来显著的差别，反映在市场上就会出现男性用品市场和女性用品市场。两个市场的需求不同，购买习惯就有所不同。

(3) 家庭结构。家庭结构包括家庭数量、家庭人口、家庭居住环境，这些都与生活消费品的数量、结构密切相关。自 20 世纪 80 年代以来，中国家庭呈"小型化"趋势。企业应关注家庭户数的增长所带来的消费需求的变化。

(4) 社会结构。社会结构指社会中各阶层人口的分布。国家统计局根据 2005 年全国 1%人口抽样调查数据推算，2006 年底中国内地城镇人口为 5.77 亿，农村人口为 7.37 亿。

(5) 民族结构。我国是一个多民族国家，民族不同，其文化传统、生活习性也不相同。具体表现在饮食、居住、服饰、礼仪等方面的消费需求各有特点，都有自己的风俗习惯。这些不同的消费需求与风俗习惯会影响他们的消费特征和购买行为，形成独特的民族市场。

4. 地区间人口的流动性

在市场经济条件下，会出现地区间人口的大量流动，对营销者来说，这意味着一个流动的大市场。而人口流动的总趋势是：从农村流向城市、从城市流向市郊、从非发达地区流向发达地区、从一般地区流向开发地区。根据第五次人口普查显示，我国人口迁移率达

9.74%，人口流动率达 12.33%。人口的迁移流动以经济因素为主，以女性为多，且迁移流动者的文化程度普遍高于其他人口。由于城乡经济社会发展的差异，会有越来越多的人口向城市迁移。

应指出，目前人口环境正在发生重要的变化，变化的趋势如下。

(1) 世界人口迅速增长；

(2) 美国、日本等经济发达国家的出生率下降，儿童减少；

(3) 许多国家的人口趋于老龄化；

(4) 许多国家的家庭数量、人口规模、家庭生命周期出现新的变化；

(5) 西方国家的非家庭住户也在迅速增加；

(6) 许多国家的人口流动性大；

(7) 有些国家的人口是由多民族构成的。

这些变化需要引起营销者的注意和重视。例如，目前中国的人口老龄化程度越来越明显，60 岁以上的老人占总人口的 11%，即将进入老龄化社会。预计到 2020 年，全国老年人将达到 2.43 亿，占总人口的 17%，形成了一个庞大的老年消费群体。在中国一些经济比较发达的地区，已对"夕阳红"产业开始分类：如老年日用品市场，包括食品、服装、家庭用品、药品、保健品、辅助医疗设备等。国外流传着一种说法，即"'银发产业'将成为同汽车、房地产等产业共同构成的 21 世纪'最赚钱的十大行业'之一"。

2.3.2 经济环境

经济环境指企业营销活动所面临的外部社会经济条件，其运行状况及发展趋势会直接或间接地对企业营销活动产生影响。

1. 直接影响营销活动的经济环境因素

市场不仅是由人口构成的，同时这些人还必须具备一定的购买力。一定的购买力水平是形成市场并影响市场规模大小的决定因素，同时也是影响企业营销活动的直接经济环境，主要包括以下几方面。

1) 消费者收入水平的变化

消费者收入是指消费者个人从各种来源所得的全部收入，包括消费者个人的工资、退休金、红利、租金、赠予等收入。消费者的购买力来自消费者的收入，但消费者并没有把全部收入都用来购买商品或劳务，购买力只是收入的一部分。因此，在研究消费收入时，要注意以下几点。

(1) 国民生产总值。它是衡量一个国家经济实力与购买力的重要指标，从国民生产总值的增长幅度可以了解一个国家经济发展的速度。一般来说，工业品的营销与这个指标有关，而消费品的营销则与此关系不大。国民生产总值增长越快，对工业品的需求和购买力就越大；反之，就越小。

(2) 人均国民收入。它是用国民收入总量除以总人口的比值。这个指标大体上反映了一个国家人民生活水平的高低，也在一定程度上决定商品需求的构成。一般来说，人均收入增长，对消费品的需求和购买力就大，反之就小。根据近40年的统计，一个国家人均国民收入达到5 000美元时，就可以普及机动车，其中小轿车约占一半，其余为摩托车和其他类型的车。

(3) 个人可支配收入。它是从个人收入中扣除税款和非税性负担后所得的余额，是个人收入中可以用于消费支出或储蓄的部分，构成了实际的购买力。

(4) 个人可任意支配收入。它是在个人可支配收入中减去用于维持个人与家庭生存不可缺少的费用(如房租、水电、食物、衣着等项开支)后剩余的部分。这部分收入是消费需求变化中最活跃的因素，也是企业开展营销活动时所要考虑的主要对象。这部分收入主要用于满足人们基本生活需要之外的开支，如一般用于购买高档、耐用消费品、旅游、储蓄等。

(5) 家庭收入。很多产品是以家庭为基本消费单位的，如冰箱、电视机、空调等。因此，家庭收入的高低会影响很多产品的市场需求。一般来讲，家庭收入高，对消费品需求大，购买力也大；反之，需求小，购买力也小。需要注意的是，企业营销人员在分析消费者收入时，还要区分"货币收入"和"实际收入"。只有"实际收入"才影响"实际购买力"。因为实际收入和货币收入并不完全一致，由于通货膨胀、失业、税收等因素的影响，有时货币收入增加，而实际收入却可能下降。实际收入是扣除物价变动因素后实际购买力的反映。

2) 消费者支出模式和消费结构的变化

随着消费者收入的变化，消费者支出模式会发生相应的变化，继而使一个国家或地区的消费结构也发生变化。西方一些经济学家常用恩格尔系数来反映这种变化。恩格尔系数表明，在一定的条件下，当家庭收入增加时，收入中用于食物开支部分的增长速度要小于用于教育、医疗、享受等方面的开支增长速度。食物开支占总消费量的比重越大，恩格尔系数越高，生活水平越低；反之，食物开支所占比重越小，恩格尔系数越小，生活水平越高。

消费结构指消费过程中人们所消耗的各种消费资料(包括劳务)的构成，即各种消费支出占总支出的比例关系。优化的消费结构是优化的产业结构和产品结构的客观依据，也是企业开展营销活动的基本立足点。第二次世界大战以来，西方发达国家的消费结构发生了很大变化。①恩格尔系数显著下降，目前大都下降到20%以下。②衣着消费比重降低，下降幅度为20%～30%。③住宅消费支出比重增大。④劳务消费支出比重上升。⑤消费开支占国民生产总值和国民收入的比重上升。

3) 消费者储蓄和信贷情况的变化

消费者的购买力还要受储蓄和信贷的直接影响。消费者个人收入不可能被全部花掉，总有一部分以各种形式储蓄起来，这是一种推迟了的、潜在的购买力。消费者储蓄一般有两种形式：一是银行存款，增加现有银行存款额；二是购买有价证券。当收入一定时，储蓄越多，现实消费量就越小，但潜在消费量越大；反之，储蓄越少，现实消费量就越大，但潜在消费量越小。企业营销人员应当全面了解消费者的储蓄情况，尤其是要了解消费者储蓄目的的差异。储蓄目的不同往往影响到潜在需求量、消费模式、消费内容、消费发展方向的不同。这就要求企业营销人员在调查、了解储蓄动机与目的的基础上，制定不同的营销策略，为消费者提供有效的产品和劳务。我国居民有勤俭持家的传统，长期以来养成了储蓄的习惯。近年来，我国居民储蓄额和储蓄增长率均较大。据调查，居民储蓄的目的主要用于供养子女和婚丧嫁娶，但从发展趋势看，用于购买住房和大件用品的储蓄占整个储蓄额的比重将逐步增加。我国居民储蓄的增加显然会使企业目前产品价值的实现比较困难，但另一方面，企业若能调动消费者的潜在需求，就可开发新的目标市场。比如1979年，日本电视机厂商发现，尽管中国人可任意支配的收入不多，但中国人有储蓄习惯，且人口众多。于是，他们决定开发中国的黑白电视机市场，不久便获得成功。当时，西欧某国电视机厂商虽然也来中国调查，却认为中国人均收入过低，市场潜力不大，结果贻误了时机。西方国家广泛存在的消费者信贷对购买力的影响也很大。所谓消费者信贷，就是消费者凭信用先取得商品使用权，然后按期归还贷款，以购买商品。这实际上就是消费者提前支取未来的收入，提前消费。西方国家盛行的消费者信贷主要有：①短期赊销；②购买住宅分期付款；③购买昂贵的消费品分期付款；④信用卡信贷。信贷消费允许人们购买超过自己现实购买力的商品，从而创造了更多的收入以及更多的需求、更多的就业机会。同时，消费者信贷还是一种经济杠杆，它可以调节积累与消费、供给与需求的矛盾。当市场供大于求时，可以发放消费信贷，刺激需求；当市场供不应求时，必须收缩信贷，适当抑制、减少需求。消费信贷把资金投向需要发展的产业，刺激这些产业的生产，带动相关产业和产品的发展。我国现阶段的信贷消费正在逐步兴起。

 案例2-6

美容也可按揭，美容消费门槛降低

一名刚参加工作的女大学生想通过整容来改变自己的形象，却苦于拿不出数万元的手术费，怎么办？向银行贷款！

中信实业银行等金融机构已经推出美容贷款业务，美容按揭首付只需5%，贷款年限可任意选择：半年、一年、二年，从申请到放款只需要3个工作日；贷款的金额可以从2 000元到5万元，申请人不需要任何抵押物，只要持有当地户口、年龄在20岁~55岁，并需出示有效的居住证明(房产证、购房合同附首付发票或银行按揭合同，居委会或单位出具的长住证明也可)和收入证明即可。据来自全国工商联美容化妆品业商会的调查显示，2003 年我国美容业已有专业美容机构 156 万家，产值 1 600 多亿元，每年的增长率达 15%。权威人士表示，美容贷款消费将开拓经济能力不成熟而又有美容消费需要的年轻人市场，将催生数十亿元"美容经济"。

资料来源：大洋网．

2. 间接影响营销活动的经济环境因素

除了上述直接影响企业市场营销活动的因素外，还有一些经济环境因素也间接地对企业的营销活动产生影响。

1) 经济发展水平

企业的市场营销活动要受到一个国家或地区的整个经济发展水平的制约。经济发展阶段不同，居民的收入不同，顾客对产品的需求也不同，从而会在一定程度上影响企业的营销。例如，以消费者市场来说，经济发展水平比较高的地区，在市场营销方面强调产品的款式、性能及特色，品质竞争多于价格竞争。而在经济发展水平低的地区，则较侧重于产品的功能及实用性，价格因素比产品品质更为重要。因此，对于经济发展水平不同的地区，企业应采取不同的市场营销策略。

2) 经济体制

世界上存在着多种经济体制，有计划经济体制、市场经济体制、计划-市场经济体制、市场-计划经济体制等，不同的经济体制对企业营销活动的制约和影响不同。例如，在计划经济体制下，企业是行政机关的附属物，没有生产经营自主权，企业的产、供、销都由国家计划统一安排，企业生产什么、生产多少、如何销售都不是企业自己的事情。在这种经济体制下，企业不能独立地开展生产经营活动，也就谈不上开展市场营销活动。而在市场经济体制下，企业的一切活动都以市场为中心，市场是其价值实现的场所，因而企业必须特别重视营销活动，并通过营销来实现自己的利益目标。现阶段，我国正处于计划经济体制向社会主义市场经济体制的过渡时期，两种体制并存，两种机制并存，市场情况十分复杂。一方面，通过改革，企业正在逐步摆脱行政附属物的地位，具有一定的生产经营自主权，开始真正走向市场，并以市场为目标开展自己的营销活动；另一方面，企业经营机制还没有完全转变过来，政府的直接干预还严重存在，企业的生产经营活动仍受到较强的控制，因而企业的营销活动在一定程度上受到制约。另外，市场发育不完善，市场秩序混乱，这些都极不利于企业营销活动的开展。因此，企业要尽量适应这种"双轨"并存的局面，注意选择不同的营销策略。

3) 地区与行业发展状况

我国的地区经济发展很不平衡，形成了东部、中部、西部三大地带和东高西低的发展格局，同时在各个地区的不同省市还呈现出多极化发展趋势。这种地区经济发展的不平衡对企业的投资方向、目标市场以及营销战略的制定等都产生了巨大影响。我国行业与部门的发展也有差异。今后一段时间，我国将重点发展农业、原料和能源等基础产业，这些行业的发展必将带动商业、交通、通信、金融等行业和部门的相应发展，也给市场营销带来一系列影响。因此，企业一方面要处理好与有关部门的关系，加强与它们的联系；另一方面，则要根据与本企业联系紧密的行业或部门的发展状况，制定切实可行的营销措施。

2.3.3 自然环境

企业营销的自然环境(natural environment)是指影响企业生产和经营的物质因素，如企业生产需要的物质资料、生产过程中对自然环境的影响等。自然环境的发展变化会给企业造成一些"环境威胁"和"市场机会"，所以，企业营销活动不可忽视自然环境的影响作用。分析研究自然环境的内容，主要有以下两个方面：一是自然资源的拥有状况及其开发利用；二是环境污染与生态平衡。

1. 自然资源的拥有及其开发利用

地球上的自然资源有三大类：第一类是"取之不尽，用之不竭"的资源，如阳光、空气等；第二类是"有限但可更新的资源"，如森林、粮食等；第三类是"有限又不能更新的资源"，如石油、煤、铀、锡、锌等矿产资源。目前第一类资源面临被污染的问题。第二类资源由于生产的有限性和生产周期长，再加上因森林乱砍滥伐，导致生态失衡、水土流失、灾害频繁，影响其正常供给，有的国家需大量进口。企业应尽可能地通过建立原料基地或调节原料存储的方式来减轻不利影响。第三类资源都是初级产品，且政府对其价格、产量、使用状况控制较严。对市场营销来说，面临两种选择：一是科学开采，综合利用，减少浪费；二是开发新的替代资源，如太阳能、核能。

2. 环境污染与生态平衡

工业污染日益成为全球性的严重问题，要求控制污染的呼声越来越高。这对那些污染控制不力的企业是一种压力，它们应采取有效的措施来治理污染；另一方面，又给某些企业或行业创造了新的机会，如研究开发不污染环境的包装、妥善处理污染物的技术等。由于生态平衡被破坏，国家立法部门、社会组织等提出了"保护大自然"的口号，一些绿色产品被开发出来，营销学界也提出了"绿色营销"观念。企业营销活动必须考虑生态平衡要求，以此来确定自己的营销方向及营销策略。

案例 2-7

最近在一个著名的好莱坞盛典中，名流们和政界人士都穿着光鲜地来了。但许多人的坐骑都是一种小小的怪模怪样的汽车，而不是豪华轿车。

这车是一种新的名人身份的象征：半电动半汽油混合动力的丰田普锐斯(Prius)。普锐斯是面向大众日益增多的混合动力汽车中的一款，朝着低燃耗和低有害物排放的方向发展。与其他消费品不同的是，普锐斯也成为绿色营销日益普及的标志。

2.3.4 科技环境

科学技术是企业将自然资源转化为符合人们需要的物品的基本手段，是第一生产力。人类社会的文明与进步是科学技术发展的历史，是科技革命的直接结果。科技环境(technologial environment)对企业市场营销的影响是多方面的。

(1) 一种技术一旦与生产相结合，都会直接或间接地带来国民经济各部门的变化与发展，带来产业部门间的演变与交替。随之而来的是新产业的出现，传统产业的改造，落后产业的淘汰。

(2) 科学技术的发展为市场营销管理提供了更先进的物质技术基础。如电子计算机、传真机、办公自动化等提高了信息接收、分析、处理、存储能力，从而有利于营销决策。

(3) 科技发展为消费者提供了大量的新产品，同时使现有产品在功能、性能、结构上更趋于合理和完善，满足了人们的更高要求。

(4) 科技发展影响到企业营销策略的制定。新材料、新工艺、新设备、新技术使产品生命周期缩短，企业需要不断研制开发新产品；先进通信技术、多媒体传播手段使广告更具影响力；商业中自动售货、邮购、电话订货、电子商务、电视购物等引起了分销方式的变化；科技应用使生产集约化和规模化、管理高效化，这些导致生产成本、费用大幅度降低，为企业制定理想价格策略准备了条件。

(5) 科技发展直接引起了自然因素的变化。科技应用使人类提高了对资源勘探、开采和综合利用的能力，减少浪费；科学技术还有助于人类开发替代资源，以弥补稀有资源的不足，如太阳能、地热能、火山温泉、核能等。

2.3.5 政治法律环境

政治法律主要指国家的政治变动引起经济势态的变化及政府通过法律手段和各种经济政策来干预社会的经济生活，它往往是市场营销必须遵循的准则。企业必须注意国家的每一项政策和立法及其对市场营销所造成的影响。政治法律环境(political and Legal environment)包括以下内容。

(1) 政治形势。此项内容包括政治稳定性、社会治安、政府更迭、政策衔接、政府机构作风、政治透明度等。

(2) 执政党和政府的路线、方针、政策。它是根据政治经济形势及其变化的需要而制定的，往往带有扶持或抑制、扩展或控制、提倡或制止等倾向性的特点，直接或间接地影响着企业的营销活动。

(3) 政治团体和公众团体。政治团体如工会、共青团、妇联组织，公众团体如中国消费者协会、企业家协会、个体劳动者协会、残疾人协会等，通过影响国家立法、方针政策、社会舆论等，对企业的营销活动施加影响。

(4) 法律和法规。为了保证本国经济的良好运行，各国都颁布了相应的经济法律和法规来制约、维护、调整企业的活动。目前我国的主要经济法律、法规有：《经济合同法》、《商标法》、《专利法》、《产品质量法》、《反不正当竞争法》、《消费者权益保护法》、《广告法》、《票据法》、《全民所有制工业企业法》、《公司法》、《破产法》等。对于企业营销活动而言，国家的法律、法规既规范了企业行为，又保护了企业的合法权益。国家要求企业以法律、法规为准绳，奉公守法，并学会用法律保护自己。

 案例 2-8

睡衣风波

1997 年美国和加拿大之间围绕"古巴睡衣"问题发生了一场政治纷争，而夹在两者之间的是一家百货业的跨国公司——沃尔-马特公司。当时，争执的激烈程度可以从下面的报纸新闻标题中见得一斑："将古巴睡衣从加拿大货架撤下：沃尔-马特公司引起纷争"、"古巴问题：沃尔-马特公司因撤下睡衣而陷入困境"、"睡衣赌局：加拿大与美国赌外交"、"沃尔-马特公司将古巴睡衣放回货架。"

这一争端是由美国对古巴的禁运而引起的。美国禁止其公司与古巴进行贸易往来，但在加拿大的美国公司是否也应执行禁运呢？当时，沃尔-马特加拿大分公司采购了一批古巴生产的睡衣，美国总部的官员意识到此批睡衣的原产地是古巴后，便发出指令要求撤下所有古巴生产的睡衣，因为那样做违反了美赫尔姆斯-伯顿法。这一法律禁止美国公司及其在国外的子公司与古巴通商。而加拿大则是因美国法律对其主权的侵犯而恼怒，他们认为加拿大人有权决定是否购买古巴生产的睡衣。这样，沃尔-马特公司便成了加、美对外政策冲突的牺牲品。沃尔-马特在加拿大的公司如果继续销售那些睡衣，则会因违反美国法律而被处以 100 万美元的罚款，且还可能会因此而被判刑。但是，如果按其母公司的指示将加拿大商店中的睡衣撤回，按照加拿大法律，会被处以 120 万美元的罚款。

资料来源：百度网站.

2.3.6 社会文化环境

社会文化是人类在创造物质财富过程中所积累的精神财富的总和，它体现了一个国家或地区的社会文明程度。社会文化环境(cultural environment)因素主要通过影响消费者思想和行为，间接地影响企业营销活动。市场营销对文化的研究一般从以下几方面入手：教育情况、语言文字、宗教信仰、审美观、风俗习惯等。

1. 教育状况

教育是按照一定的目的和要求，对受教育者施以影响的一种有计划的深谋远虑的传授生产经验和生活经验的必要手段，反应并影响着一定的社会生产力、生产关系和经济状况，是影响企业市场营销活动的重要因素。处于不同教育水平的国家和地区的消费者对商品有着不同的需求，而且对商品的整体认识存在很大的差异，如商品包装、商品的附加利益等。企业的商品目录、产品说明书的设计要考虑目标市场的受教育情况，是采用文字来说明还是文字加图形来说明，这都要根据消费者的文化来做相应的调整。教育水平对市场营销的促销方式也有很大的影响。教育程度比较低的地区，产品的宣传工作应尽量少用报纸、杂志做广告，而采用电视机、收音机、展销会等形式。要考虑不同文化层次的消费者接近媒体的习惯。

2. 语言文字

语言文字是人类表达思想的工具，也是最重要的交际工具，它是文化的核心组成部分之一。不同的国家、民族往往都有自己独特的语言文字，即使语言文字相同，也可能表达和交流的方式有所不同。

 案例 2-9

名称的"误会"

我国生产的"白象"电池在国内非常畅销，可出口到西方却无人问津，原来"白象"一词在英语中的意思是：花了心力，耗费了金钱，但又没有多少价值，即"费力不讨好"。

埃及一家航空公司叫"Misair"(密斯爱尔)，就非常不为法国人青睐，原因在于这一名称在法语中听起来好像"悲惨的"意思，故这一名称使公司陷入了困境。

美国一家销售"Pet Milk"(皮特牛奶)的公司，在说法语的地区推销就遇到了麻烦，因为"Pet"在法语里有"放屁"的意思，那么"Pet Milk"当然也就难以有好的销路。

语言文字的差异对企业的营销活动有很大的影响，企业在开展市场营销尤其是国际市场营销时，应尽量了解市场国的文化背景，掌握其语言文字的差异，这样才能使营销活动顺利进行。

3. 宗教信仰

不同的宗教信仰有不同的文化倾向和戒律，从而影响着人们认识事物的方式、价值观念和行为准则，影响着人们的消费行为。宗教信仰与企业的营销活动有密切的关系，特别是在一些信奉宗教的国家和地区，宗教信仰对市场营销的影响力更大。据统计，世界上信仰宗教的人约占总人口的60%，其中，信奉基督教的教徒有10多亿人，信奉伊斯兰教的教徒有8亿人，印度教徒有6亿人，佛教教徒有2.8亿人。宗教不一样，信仰和禁忌也不一样。这些信仰和禁忌限制了教徒的消费行为。某些国家和地区的宗教组织在教徒的购买决策中有重大影响。

4. 审美观

审美观通常指人们对事物的好坏、美丑、善恶的评价。不同的国家、民族、宗教、阶层和个人，往往因社会文化背景不同，其审美标准也不尽一致。有的以"胖"为美，有的以"瘦"为美，有的以"高"为美，有的则以"矮"为美，不一而足。例如，缅甸的巴洞人以妇女长脖子为美，而非洲的一些民族则以文身为美等。因审美观的不同而形成的消费差异更是多种多样。例如，在欧美，女性结婚时喜欢穿白色的婚礼服，因为她们认为白色象征着纯洁和美丽；在我国，女性结婚时喜欢穿红色的婚礼服，因为红色象征着吉祥如意、幸福美满。又如，中国女性喜欢把装饰物品佩戴在耳朵、脖子、手指上，而印度妇女却喜欢在鼻子上、脚踝上配以各种饰物。因此，不同的审美观对消费的影响是不同的，企业应针对不同的审美观所引起的不同消费需求，开展自己的营销活动，特别要把握不同文化背景下的消费者审美观念及其变化趋势，制定良好的市场营销策略，以适应市场需求的变化。

5. 风俗习惯

风俗习惯是人们根据自己的生活内容、生活方式和自然环境，在一定的社会物质生产条件下长期形成并世代相传而成的一种风尚和由于重复、练习而巩固下来并变成需要的行动方式等的总称。在饮食、服饰、居住、婚丧、信仰、节日、人际关系等方面，风俗习惯都表现出独特的心理特征、伦理道德、行为方式和生活习惯。不同的国家、民族有不同的风俗习惯，它对消费者的消费嗜好、消费模式、消费行为等具有重要的影响。例如，不同的国家、民族对图案、颜色、数字、动植物等都有不同的喜好和使用习惯，像中东地区严禁带六角形的包装，英国忌用大象、山羊做商品装饰图案等。再如，中国、日本、美国等国家对熊猫特别喜爱，但一些阿拉伯人却对熊猫很反感；墨西哥人视黄花为死亡，红花为晦气而喜爱白花，认为白花可驱邪；德国人忌用核桃，认为核桃是不祥之物；匈牙利人忌"13"；日本人忌荷花、梅花图案，也忌用绿色，认为不祥；南亚有一些国家忌用狗作商标；在法国，仙鹤是愚蠢的代称，法国人还特别厌恶墨绿色，这是基于对第二次世界大战的痛苦回忆；新加坡华人很多，所以对红、绿、蓝色都比较喜好，但认为黑色不吉利，在商品上不能用如来佛的形象，禁止使用宗教语言；日本人在数字上忌用"4"和"9"，因在日语发音中"4"同死相近，"9"同苦相近；港台商人忌送茉莉花和梅花，因为"茉莉"与"末利"同音，"梅花"与"霉花"同音。我国是一个多民族国家，各民族都有自己的风俗习惯，如蒙古人喜穿蒙袍、住帐篷、饮奶茶、吃牛羊肉、喝烈性酒；朝鲜人喜食狗肉、辣椒，穿色彩鲜艳的衣服，食物上偏重素食，群体感强，男子地位较突出。企业营销者应了解和注意不同国家、民族的消费习惯和爱好，做到"入境随俗"。可以说，这是企业做好市场营销尤其是国际经营的重要条件，如果不重视各个国家、民族之间的文化和风俗习惯的差异，就可能造成难以挽回的损失。

综上所述，制约和影响市场营销活动的宏观环境因素是多方面的，既有经济的，也有非经济的，它们共同组成了一个有机的整体。各种因素不仅单独对营销本身有制约作用，而且各种因素之间也是相互制约、相互影响的，构成了营销活动的系统环境。宏观营销环境中任何因素的变化都会引起整个营销环境的变化。这种变化对企业来说，无疑是一种压力，是一种挑战，当然，同时也是一种机遇，为企业营销提供了新的机会。

在营销过程中，任何企业都不能改变市场营销的宏观环境，但它们可以认识这种环境，可以通过经营方向的改变和内部管理的调整来适应环境变化，以达到营销的目标，实现企业利润。

2.4 市场营销的环境分析

2.4.1 环境分析的基本态度

市场营销环境的动态性使企业在不同时期面临着不同的市场营销环境。而不同的市场营销环境，既可能给企业带来机会，也可能给企业带来威胁。对企业营销环境的分析和评价始终是营销者制定营销战略、策略和计划的依据。高明的营销者总是严密地监视和及时预测相关环境的发展变化，善于分析、评价和鉴别由于环境变化造成的机会与威胁，以便采取相应的态度和行为。一般来说，企业营销者对环境分析的基本态度有以下两种。

1. 消极适应

这些态度认为环境是客观存在、变化莫测、无规律可循的，企业只能被动地适应而不能主动地利用。因此，企业只能根据变化了的环境来制定或调整营销策略。持这种态度的营销者忽视了人和组织在营销环境变化中的主观能动性，而始终跟在环境变化的后面走，维持或保守经营，缺乏开拓创新精神，故而难以创造显著的营销业绩，容易被激烈竞争的市场所淘汰。

2. 积极适应

此种态度认为在企业与环境的对立统一中，企业既依赖于客观环境，同时又能够主动地认识、适应和改造环境。营销者积极能动地适应环境，主要表现在 3 个方面：一是认为不可控的营销环境的发展变化是有规律可循的，企业可以借助科学的方法和现代营销研究手段，揭示环境发展变化规律，预测其趋势，及时调整营销计划与策略。二是把适应环境的重点放在研究环境发展的变化趋势上，根据环境变化趋势制定营销战略，使得环境发生实际变化时，企业不至于措手不及，也不会跟在变化了的环境后而被动挨打。三是通过各种宣传手段(如广告、公共关系等)来创造需求，引导需求，以影响环境、创造环境，促使某些环境因素向有利于企业实现其营销目标的方向发展变化。

2.4.2 环境威胁分析

环境的发展变化给企业营销带来的影响大致可分为两大类，即环境威胁和市场机会。分析研究营销环境的目的在于抓住和利用市场机会，避免环境威胁。

所谓环境威胁，是指营销环境中对企业营销不利的各项因素的总和。企业面对环境威胁，如果不果断地采取营销措施避免威胁，其不利的环境趋势势必伤害企业的市场地位，甚至使企业陷于困境。因此，营销者要善于分析环境发展趋势，识别环境威胁或潜在的环境威胁，并正确认识和评估威胁的可能性和严重性，以采取相应的对策措施。

营销者对环境威胁的分析主要从两方面考虑：一是分析环境威胁对企业的影响程度；二是分析环境威胁出现的概率大小，并将这两个方面结合在一起，如图 2.2 所示。

图 2.2　威胁分析矩阵

在图 2.2 中的 4 个象限中，第 I 象限是企业必须高度重视的，因为它的危害程度高，出现的概率大，企业必须严密监视和预测其发展变化趋势，及早制定应变策略。第 II 和第 III 象限也是企业所不能忽视的，因为第 II 象限虽然出现概率低，但一旦出现，给企业营销带来的危害就特别大；第 III 象限虽然对企业的影响不大，但出现的概率却很大，对此企业也应该予以注意，准备应有的对策措施。第 IV 象限主要是注意观察其发展变化，看其是否有向其他象限发展变化的可能。

营销者对环境威胁分析的目的在于采取对策，避免不利环境因素带来的危害。对于环境威胁，企业一般采取 3 种不同的对策：①反抗策略，即企业利用各种不同手段，限制不利环境对企业的威胁作用，或者促使不利环境向有利方面转化。②减轻策略，即调整市场策略来适应或改善环境，以减轻环境威胁的影响程度。③转移策略，即对于长远的、无法对抗和减轻的威胁，采取转移到其他的可以占领并且效益较高的经营领域或停止经营的方式。

2.4.3 市场机会分析

所谓市场机会，是指营销环境中对企业市场营销有利的各项因素的总和。有效地捕捉和利用市场机会是企业营销成功和发展的前提。企业只有密切注视营销环境变化带来的市场机会，适时做出适当评价，并结合企业自身的资源和能力，及时将市场机会转化为企业机会，才能开拓市场、扩大销售，提高企业产品的市场占有率。

分析评价市场机会主要有两个方面：一是考虑机会给企业带来的潜在利益的大小，二是考虑机会出现的概率大小，如图 2.3 所示

图 2.3　机会分析矩阵

在图 2.3 中的 4 个象限中，第 I 象限是企业必须重视的，因为它的潜在利益和出现概率都很大。第 II 和第 III 象限也是企业不容忽视的，因为第 II 象限虽然出现概率低，但一旦出现会给企业带来很大的潜在利益；第 III 象限虽然潜在利益不大，但出现的概率则很大，因此，企业需要注意，制定相应对策。对第Ⅳ象限，主要是观察其发展变化，并依据变化情况及时采取措施。

2.4.4　综合环境分析

在企业实际面临的客观环境中，单纯的威胁环境或机会环境是很少的。一般情况下，营销环境都是机会与威胁、利益与风险并存的综合环境。根据综合环境中威胁水平和机会水平的不同，形成如图 2.4 所示的矩阵。

威 胁 水 平

	低	高
机会水平 大	理想环境	冒险环境
机会水平 小	成熟环境	困难环境

图 2.4　综合环境分析矩阵

1. 面临理想环境应采取的策略

由图 2.3 可见，理想环境是机会水平高、威胁水平低、利益大于风险，是企业难得遇上的好环境。企业必须抓住机遇，开拓经营，创造营销佳绩，万万不可错失良机。

2. 面临冒险环境应采取的策略

冒险环境是机会和威胁同在、利益与风险并存，在有很高利益的同时存在很大的风险。面临这样的环境，企业必须加强调查研究，进行全面分析，发挥专家优势，审慎决策，以

降低风险，争取利益。

3. 面临成熟环境应采取的策略

成熟环境是机会和威胁都处于较低水平，可作为企业的常规业务，用以维持企业的正常运转，并为开展理想业务和冒险业务准备必要的条件。

4. 面临困难环境应采取的策略

困难环境是风险大于机会，企业处境已十分困难。企业面对困难环境，必须要想方设法扭转局面。如果大势已去、无法扭转，则必须采取果断策略，撤出在该环境中经营，另谋发展。

 案例 2-10

制造业大国：中国必须抓住的大机遇

——樊纲论中国经济

《经济世界》2002 年第 9 期权威论坛栏目，发表了中国改革基金会国民经济所所长樊纲的《制造业大国：中国必须抓住的大机遇》一文。文章说，中国这几年的经济改革、开放与增长，导致世界上许多人在谈论中国成为制造业大国的可能性，其含义就是中国有可能成为国际上的一个制造业生产基地，为世界市场生产相当大一部分的制造业产品。如果中国真的能在今后一二十年的时间里成为"制造业大国"，那将是中国抓住了一个"千年大机遇"。事实上，中国只有成为制造业大国，才能实现自己现代化的目标，因为只有这样，中国才能创造出足够的非农就业机会，最终解决几亿农民脱离农业的进程，也就是工业化、城市化的进程，才能最终解决我们现在每天为之头疼的"三农"问题、城乡差距问题、就业不足问题、地区差距、贫富差距问题等，才能最终成为一个现代化的强国。

中国加入 WTO 和新一轮外资的增长，为我们的企业提供了大量进入世界生产网络和采购网络的机会。在还无法做"整机"的领域内，我们可以立刻尽可能地为跨国公司进行部件的配套生产，逐步地扩大生产领域和市场范围，逐步地提高技术水平，创造更多的就业。

资料来源：樊纲. 制造业大国：中国必须抓住机遇. 经济世界. 2002 年 9 期.

 案例分析

火烧"温州鞋"

2004 年 9 月 17 日，"欧洲鞋都"——西班牙东部小城埃尔切的中国鞋城，约 400 名不明身份的西班牙人聚集街头，烧毁了一辆载有温州鞋集装箱的卡车和一个温州鞋商的仓库，造成约 800 万元人民币的经济损失。这是西班牙有史以来第一起严重侵犯华商权益的暴力事件。

仅仅 6 天后的 9 月 23 日，当地又爆发了一次针对中国商人的示威游行，示威者扬言以后将每周举行

一次抗议示威,以抵抗中国商人的廉价产品给西班牙本地商人带来的不公平竞争。连续发生的上述事件让在当地经营的温州鞋商感觉到不可思议,也引起了国际多方人士的关注。

事实上,有资料显示,从2001年开始,温州鞋海外遭抵制事件年年都有发生,且有上升趋势。

2001年8月至2002年1月,俄罗斯曾发生过一次查扣事件,温州鞋卷入其中。那次查扣货物历时最长,整个浙商损失大约3亿元人民币,个别企业损失达千万元以上。

2003年冬,20多家温州鞋企的鞋类产品在意大利罗马被焚烧,具体损失不详。

2004年1月8日,尼日利亚政府发布"禁止进口商品名单",温州鞋名列其中。

2004年2月12日,俄罗斯内务部出动大量警力查抄莫斯科"艾米拉"大市场华商货物,包括温州鞋商在内的中国商人的此次损失约3 000万美元……

相关数据和背景资料显示,温州外销鞋产量早在2001年就猛增了40%,接近总产量的30%,仅从温州海关出关的皮鞋就价值4.6亿美元。温州排名前10位的鞋厂里好几家以生产外销鞋为主,如"东艺"、"泰马"等,包括"泰马"在内的几家温州鞋厂也和沃尔玛签订了生产协议,为这个全球零售业霸主大量生产供超市出售的廉价皮鞋。

我国是世界上最大的鞋类生产和出口国,目前有各类制鞋企业两万多家,出口企业超过5 000家,2003年全国制鞋总产量近70亿双,占世界总产量的53%,鞋类出口占世界出口总量的60%以上,并处于主导地位,在资源、劳动力、价格等方面有比较大的优势。"中国鞋"出口的主要市场是美国和欧盟,其中美国市场占出口的50%以上。

从产品层次看,目前我国鞋业出口绝大部分仍是中低档品种,价格较低,一般在10~30美元之间,很多甚至低于10美元。今年9月发生在西班牙的"焚鞋"事件中被烧掉的鞋平均单价只有5欧元。出口鞋中高档及自有品牌所占比例很小,且出口产品多以贴牌生产(OEM)方式进行。例如,我国生产的鞋类产品大都在美国的低档鞋店销售,虽然在美国的中、高档鞋店中也可觅到"中国鞋"的影子,但价位明显低于意大利、西班牙、巴西等国的产品,而且所有中国制造的皮鞋都没有自己的品牌,均使用国外商标和品牌。一些同档次鞋价格在国外市场都要低于原产国产品,有些甚至低于越南、泰国等国的出口产品。从出口企业看,民营企业占绝大部分;从出口地域看,主要分布在浙江温州、福建晋江、泉州以及广东、山东、四川等地区,并已建立起多个鞋业制造基地;从出口规模看,目前出口金额在10万美元以下的企业超过2 200家,几乎占出口企业总数的一半。

在传统东方文化"财不外露"思想的影响下,华商在国外一般本着"多一事不如少一事"的态度,只管埋头赚钱而极少"参政"。这种低调的姿态刚开始还是可行的,但随着当地华商数量越来越多、生意越做越大,必然会引起一系列的问题。"海外华商必须学会组织起来,用团体的力量去影响当地的政治生态,如有意识地去游说当地政府,从而确保自身权益得到有效保护。"商务部研究员梅新育进一步指出,"如果海外华商能从这次事件中有所警醒,不再是一盘散沙,坏事也许可以由此变成好事。"事实上,为了使温州鞋更好地参与国际竞争,温州鞋革协会早在2003年就开始筹办"鞋类出口委员会",筹备组由东艺、泰马、吉尔达等外销鞋大户组成。2003年3月,鞋类出口筹备委员会在柏林进行了第一次大动作,"组织13家企业联手在柏林开了一个新市场,统一了价格、装修和竞争策略,这样我们就以集体的形式参与竞争,会更强一些。"温州鞋革协会秘书长朱峰表示,以后肯定要推广这一模式,"西班牙事件加速了我们的筹备进程。"

"西班牙事件中,我们更需要思考的是品牌。我们还没有世界知名品牌,这是中国鞋在国际竞争中的最大困难。"康奈常务副总经理周津淼接受记者采访时说。温州轻工业进出口公司外贸员陈伟似乎比任何人都清楚中国鞋在国际市场的品牌困境。"欧洲著名的连锁超市 BATA，有很多来自世界各地的鞋，但我从来没有发现过有超过 100 欧元的中国鞋。中国鞋在世界上根本没有品牌，只能以低档鞋参与竞争。西班牙烧鞋正是低端竞争的结果。"

目前我国鞋业生产能力过剩、出口企业数量过多，相当一部分制鞋企业，特别是一些规模不大的企业普遍存在着短视行为。一方面，企业不注重科研、开发、设计，多以来样加工或以相互模仿、抄袭为主，很少投入必要的资金研究、开发产品，很少投入时间和精力去搞系列的市场调查、分析等。这种状况导致企业在国际市场上信息不灵通、产品设计式样滞后、花色品种单一、舒适性差等问题，致使出口档次低，价格卖不上去，总在中低档市场徘徊。而中低档市场也已面临越南等新兴鞋类生产国的竞争，鞋类出口已经受到严重威胁。对此，一些出口企业不练内功，反而采取降价手段应对。一些新的出口企业为挤入国际市场，多以低价策略为先导，另外，"外商招标"压价成风也使得鞋价无法提高。在广交会上，中国企业自相残杀、恶性竞争，而外商从中渔利的现象并不少见。另一方面，由于企业规模小，不注重产品的开发和质量，最终使中国鞋在国际市场上长期摆脱不了低价路线。如今中国的迅速崛起正给世界利益格局、市场格局和资源格局带来深刻的变化，在这一形势下，也许这个问题更具价值、更值得探讨和反思。因为在很长一段时间里，"我们左右不了国际环境，能够改变的只有自己。"

从 2006 年 4 月 7 日起，欧盟对来自中国的皮鞋加征 4% 的临时反倾销税，并在 6 个月内，逐步将税率提高到 19.4%。究竟是进还是退，是摆在每一个温州鞋商面前的生死抉择。

资料来源：http://dept.shufe.edu.cn/jpkc/marketing/allanli/hol/huoshao.htm

问题讨论： 1. 从本案例中总结对环境的分析在中国企业国际化营销中的作用。

2. 如何理解"我们左右不了国际环境，能够改变的只有自己。"

3. 在反全球化现象存在的今天，对于我国鞋类等劳动密集型产品在海外市场的发展，你有何建议来克服"低价竞争"可能带来的问题？

思考与训练

1. 用实例说明：信息就是财富。

2. 中央电视台报道：国家有关部门下达文件，整顿电子游戏机市场。紧接着，一些市场上的电子游戏室纷纷关门，为什么？

3. 在激烈的市场竞争中，世界许多汽车制造公司削减生产、缩短工时、裁减人员，而德国奔驰公司不仅保持生产，而且生产量略有增加。奔驰汽车公司之所以成为世界汽车工业的佼佼者，其根本原因就在于优质、创新、服务。除以上分析外，试指出奔驰公司成功的关键。

第 3 章　消费者市场和生产者市场

教学目标

1. 了解消费者市场的特征、购买对象;
2. 掌握影响消费者购买行为的因素;
3. 掌握消费者购买决策的过程;
4. 了解生产者市场的特点、生产者的购买决策类型和影响因素;
5. 理解生产者购买决策的过程。

导入案例

　　成立于 1943 年的瑞典宜家公司是一家跨国家居用品大型连锁零售企业。它成功地将自己的产品推向市场，并被消费者广泛地认可和接受。宜家的体验营销使消费者的购买经历成为一种休闲旅行。在卖场，消费者通过拉开抽屉、打开柜门、在地毯上行走、对产品进行破坏性实验等，就能体验到其产品质量如何。公司商品的交叉展示及样板间不仅可以使消费者买到称心如意的家居用品，而且可以获得色彩搭配等许多生活常识和装饰灵感。它的产品目录不仅使消费者能较快地获得产品信息，更让消费者从中学到不少家居知识。宜家的成功就是体验营销建立在对消费者购买行为的准确把握的基础上的。

　　企业在制定营销策略时首先要对消费者购买行为有一个准确的把握。消费者需要怎样的产品，企业采取哪些措施才会使消费者的购物满意，以及企业应该如何系统、全面地对消费者市场进行分析，本章将给出答案。

3.1　消费者市场

3.1.1　消费者市场特征

1. 消费者市场的含义

　　消费者市场又称消费品市场、最终产品市场或生活资料市场(consumer markets)，其主体是指为满足生活需要而购买产品和服务的一切个人和家庭。由于生活消费是产品和服务流通的终点，因而消费者市场是市场体系的基础，是起决定作用的部分。

2. 消费者市场的特点

　　现代市场营销理论的核心是满足消费者的需求，其出发点是市场，企业要在营销中出其不意，以期在竞争中获得有利地位，一个重要的方面就是要掌握市场的特点，从而制定相应的策略。消费者市场与生产者市场相比，具有以下特点。

1) 复杂性

　　从交易的商品看，由于它是供人们最终消费的产品，而购买者是个人或家庭，因而它更多地受到消费者个人人为因素，诸如文化修养、欣赏习惯、收入水平等方面的影响；产品的花色多样、品种复杂、产品的生命周期短；商品的专业技术性不强，替代品较多，因而商品的价格需求弹性较大，即价格变动对需求量的影响较大。这样，企业在营销过程中需要不断开发新产品，增加商品的花色品种，降低商品的销售价格，从而刺激和影响消费者的购买欲望，达到扩大销售的目的。

2) 分散性

从交易的规模和方式看，消费者市场广阔，购买者人数众多而且分散，凡是有人群的地方，就需要消费品。同时，交易次数频繁但交易数量不多。因此绝大多数商品都是通过中间商销售产品的，以方便消费者购买。

3) 可诱导性

从购买行为和动机看，消费者的购买行为具有很大程度的可诱导性。一是因为消费者在决定购买行为时，不像生产者市场的购买决策那样，常常受到生产特征的限制及国家政策和计划的影响，而是具有自发性、感情冲动性的；二是消费者市场的购买者大多缺乏专门的商品知识和市场知识，其购买行为属非专业性购买，他们对产品的购买容易受广告宣传、商品的包装和装潢、推销方式、服务质量的影响。因此，企业在推销商品时，更应注意研究和运用各种策略和促销手段，改进包装和装潢，提高服务质量，以引起消费者的购买欲望。

4) 动态性

从市场动态看，由于消费者的需求复杂多变，使商品供需之间的矛盾频繁而明显，城乡之间、地区之间的往来日益增多，人口的流动性越来越大，购买力的流动也随之加强。因此，企业要密切注视市场动态，提供适销对路的产品，同时要注意增设购物网点和在交通枢纽地区创建规模较大的购物中心，以适应流动购买力的需求。

3. 消费者市场的购买对象

消费者市场的经营范围十分广泛，它涉及人们的物质生活和文化生活的需求，包括吃、穿、住、用、行等方面的成千上万个花色品种和千变万化的式样。这就要求企业必须认真研究消费品市场，对消费品做进一步的分类，以便根据自己所经营产品的特点和消费者的购买习惯，采取适当的营销策略。

消费者市场的购买对象主要有以下两种划分方法。

(1) 按消费者的购买习惯和购买特点划分，消费者的购买对象一般可分为三类，即日用品、选购品和特殊品。

① 日用品，也称便利品，是指消费者日常生活所需、需重复购买的商品，如油盐酱醋、牙膏、洗衣粉等。消费者在购买这类商品时，一般不愿花很多的时间来比较价格和质量，愿意接受其他任何代用品。因此，日用品的生产者应注意分销的广泛性和经销网点的合理分布，以便消费者能随时随地购买到自己所需商品。

② 选购品，这是指消费者在购买以前一般要经过挑选、比较后才购买的那些价格较高、使用时间较长的消费品，如家电、家具、服装等。这类消费品的特点是购买频率较低，没有固定的消费习惯。有的消费者喜欢式样新颖的商品，而不太注重考虑商品的价格；有的消费者特别注重商品的品牌；有的消费者注重价廉物美。消费者购买商品时，除了内在的

质量要求外,对外观质量的需求也很高。

③ 特殊品,是指消费者对其有特殊偏好并且价格高、使用时间长的高档消费品,如计算机、小汽车等。这类商品的特点是:由于使用寿命较长、价格又高,因而消费者的购买频率一般较低;并且对这类商品消费者一般事先熟悉一定的产品常识,进行过分析比较,形成一定的偏好,特别重视商标,甚至坚持特定的品牌,因为名牌产品有着更大的吸引力。

(2) 按消费品的耐用程度和使用频率划分,消费者的购买对象可分为耐用品和非耐用品。

① 耐用品,是指那些多次使用、更换周期较长的商品,如电视机、电冰箱、计算机等。由于这类商品的使用寿命较长,因此一般把它看作家庭的固定资产,消费者在购买时较为慎重。这就要求生产耐用品的企业在生产和营销的过程中,一方面要注重技术创新,不断开发新产品,提高产品质量;另一方面,要加强售后服务,以满足消费者的购后使用需要。

② 非耐用品,是指使用次数较少,甚至只使用一次就需要更换,消费者需要经常购买的商品,如食品和其他日常生活用品。生产这类商品的企业,除了保证产品质量外,还要不断增加供应,用满足供应来占领更大的市场。

4. 消费者市场的发展趋势

1) 消费需求差异化日趋明显

随着科学技术的进步和企业创新意识及创新水平的不断提高,市场上的商品和服务更加丰富,商品和服务的科技含量、功能和娱乐性不断提高。面对丰富多彩的商品和服务,消费者以个人心理愿望为基础来挑选和购买,更加注重商品的多元化、个性化。他们不仅注重商品的品牌和质量,更希望享受到高水平的特色服务。这就要求企业必须牢牢把握消费者的多元化、个性化的需求状况,根据目标消费者的需要开发、生产、销售新产品,不断缩短新产品的开发周期,需要更加注重以特色服务来吸引、维持和扩大客户群。

2) 消费者需求和购买行为愈趋理性

随着买方市场格局的形成,尤其是随着各项国家政策的成熟,宏观经济发展态势良好。消费者的购买心理与短缺经济时期相比,日趋稳定与成熟,呈现出求实、求新、求健康的态势。与此相适应,盲目、轻率的购买行为已经越来越少,呈现出愈趋理性的特征,具体表现为:理智型购买增多,情绪型购买减少;计划型购买增多,随机型购买减少;购买动机受单一因素驱动减少,受复合因素驱动增加;绿色、环保、健康的商品和服务更受到消费者的重视等。

3) 消费者权利意识日益增强

消费者权益包括商品的知情权、诉讼索赔、评价和监督企业产品与服务质量等方面的权益。由于买卖双方信息不对称,且消费者处于弱势一方,导致损害消费者利益的事件层出不穷。随着《中华人民共和国消费者权益保护法》的颁布和各地消费者协会的相继成立,消费者维权有了法律保障，消费者的维权意识日益觉醒，已经开始运用舆论、行政和司法手段来维护自身权益。消费者不仅要求对产品质量和服务享受知情权和公平交易权，还要求对产品质量和服务以及保护消费者权益的工作享有监督的权利。在此背景下，企业在生产中必须把维护消费者权益作为基本要求，尊重和保护消费者权益，切实履行义务。

4）消费方式和购买渠道日趋多样

随着知识文化水平和受教育程度的提高，消费者会更加重视生活质量的提高和精神需求的满足，对服务的需求无论是从数量、质量还是从丰富程度上都会不断提高，新的服务行业和服务种类会不断出现，极大地提升人们的生活质量。

随着互联网和现代数字技术的广泛应用，以及现代物流水平的提高和分销渠道的革命性变化，消费者购买商品的渠道和途径有了更多的选择。随着网络技术和交易制度的逐步规范，越来越多的人接受"网上购物"的观念，许多消费者已经可以在互联网上购买书籍、DVD、服装、数码产品等易于邮寄的商品，出现了淘宝网、易趣等一大批专业网上交易商店。网络的在线服务更是种类繁多，极大地方便了消费者的生活。

 案例 3-1

消费趋势变化的预测

法国法商佳信银行下属的《佳信观察家》刊物根据对人们 10 年后的消费状态的预测，提出以下 6 个方面的变化趋势。

尽管现在预测 10 年后人们的消费习惯可能有些大胆，但《佳信观察家》10 多年来一直在研究消费者在购买耐用品时的消费习惯。未来 10 年人们的消费行为将发生哪些变化呢？

(1) 因特网购物。10 年后，在因特网上购物将比现在普遍得多，从一本书到一台洗衣机，各种商品都可以通过网络购买。《佳信观察家》指出，人们第一次谈论网上购物是在 1997 年。1998 年到 2002 年间，人们的普遍做法还是在网上对商品进行研究，做价格比较，然后到真正的商店中去购买。现在，在网上购买耐用消费品的人凤毛麟角，但预定旅游服务、购买文化产品等已经比较普及。

(2) 主题商店。今后，同类商品的商店将更加集中到地理上的同一个区域，将会出现单一主题商业中心。未来的趋势是，如果有人想买计算机，他就会选择在一个集中了许多电子信息产品的地方采购。家具、装饰品、汽车等其他耐用消费品的购买也是如此。1998 年至 2006 年间，这种单一主题的商业中心已在大城市中初具规模。

(3) 热情对待。消费者对商家的要求越来越高。如果说 1997 年时消费者要求的是让购物过程更加舒适便捷，那么从现在开始，消费者寻求的则是"心贴心的服务"：为消费者提供咨询；即使在一定程度上违背商家的利益，也要站在消费者的角度考虑问题等。

(4) 互助观和生态消费观。1997 年时，消费者已经接受了"通过消费进行互助"的观念；从 1998 年开始，消费者开始逐步具有生态消费的观念，非常关注购买的商品会不会对生态环境造成伤害，这种趋势在 1999 年到 2003 年之间越来越显著。如果消费者知道商品生产企业尊重环境或者参与到某些社会互助计划中，他们在购买商品时则愿意付出额外一部分价值。

（5）家庭观念和健康观念。现在的消费者越来越喜欢把属于自己的时间花费在家中，与家人、朋友和熟人待在一起。未来的趋势是，越来越多的工作都会在家里完成：54.8%的人支持在家中办公。此外，人们对健康的关注度也越来越高，2006年的调查显示，64.3%的人表示"越来越关注健康问题，甚至希望每天都进行远程医疗检查或咨询"。家庭观念和健康观念的提高无疑也会影响人们的消费倾向。

（6）城市变大、住房变小的趋势。调查显示，人们对未来可能会面临的现实并不感到满意。"城市变得越来越大，成为大都会"，而房子"变得越来越小"，"好几代人共同生活在一起"，这显然不为人们所喜欢。《佳信观察家》指出，那些希望住大房子的消费者，将不得不搬到郊区去住。

资料来源：http://www.ce.cn.

3.1.2 影响消费者购买行为的因素分析

消费者确立了购买意向以后，其购买行为的指向仍然是不确定的，因为在众多内外因素的影响下，消费者的购买行为会发生很大的变化。而这些内外因素主要可概括为四大类：文化因素(cultural factors)、社会因素(social factors)、个人因素(personal factors)、心理因素(psychological factors)。

1. 文化因素

文化因素是影响消费者需求和购买行为的最基本因素之一。文化因素的影响包括购买者的文化(culture)、亚文化(subculture)和社会阶层(social class)对购买行为所起的作用。

1）文化

被称为"人类学之父"的爱德华·B·泰勒于1971年在其代表作《原始文化》中给文化下的定义是："文化是一个复合的整体，其中包括知识、信仰、艺术、道德、法律、风俗以及作为社会成员而获得的其他方面的能力和习惯。"文化是人类欲望和行为最基本的决定因素。每一个社会和群体都有自己的文化，人们通过家庭、学校、组织等其他社会组织学习、模仿和接受本社会最基本的价值观、社会规范、宗教信仰、风俗习惯等一系列的行为准则。这些都会影响人们对产品的评价和选择。不同的文化造就了不同消费者的购买观念，能满足文化需求的产品较易获得顾客的认可，反之则会导致企业营销活动的失败。例如，宝洁的佳美(Camay)香皂在日本的广告节目中出现了男人直接恭维女人外表的场景。这个广告与日本文化相冲突，结果导致这种香皂在日本滞销，广告活动也因此终止。因此，企业营销人员应该关注自己的产品是否符合目标顾客的文化需求。

 案例 3-2

迥异的风俗习惯

在美国，购买食品被认为是一种琐事，因而妇女们到超市采购的次数较少，但每次购买量很大；而在法国，家庭主妇在购物过程中与店主和邻居交往是其日常生活的一个组成部分，因而她们的采购是多次、少量的。正因如此，广告对美国主妇的影响很大，而现场陈列对法国主妇最有效。另外，美国家庭冰箱的容积要比法国家庭的大些。

一家航空公司几乎丧失了为中东地区服务的资格，因其广告画面是一位空姐微笑着向头等舱旅客提供香槟，该广告违反了伊斯兰文化的基本原则——穆斯林不准喝酒，不戴面纱的妇女不得和非亲属的男性在一起。

某企业发明一种治皮肤病的药，倒在澡盆中用，在英国销售成功，但在法国却失败了，因为法国人只冲淋浴。

可口可乐有一个广告，画面上将支撑雅典神庙的石柱换成4个可乐瓶，这引起了尊崇此神庙的希腊人大怒，被迫撤回。

英国出口到非洲的食品罐头一个也卖不出去，因为罐头盒子上印了一个美女图案，而非洲人认为罐头里装什么，外面图案就画什么。

中国海尔空调商标上的"海尔兄弟"图案在法国受到欢迎，因为购买空调的多为女性，她们喜爱孩子；但在中东地区却禁止该标志出现，因为这两个孩子没穿上衣。

美国一家玩具公司生产的洋娃娃在美国很受欢迎，但出口到德国却无人问津，因为该洋娃娃的形象与德国风尘女郎非常相似。后来做了适当调整才受到德国人欢迎。

加拿大一家公司将一种洗发剂引入瑞典市场，起先销路不好，当了解到瑞典人洗头通常在早晨而不是晚上后，便把品牌"EveryNight"改为"EveryDay"，使该产品销量大为增加。

2）亚文化

每种文化又可细分为不同的亚文化，它包括种族亚文化、宗教亚文化、民族亚文化以及地域亚文化。同一种亚文化的成员具有更明确的认同感和集体感，许多亚文化构成了重要的细分市场，营销人员就根据这些亚文化成员的需要来设计产品、制定营销策略。例如，美国市场营销人员将黑人消费者作为一种亚文化对待；一些大公司，如西尔斯、麦当劳、可口可乐都聘请黑人模特做广告，在黑人杂志上做宣传，极力对这个市场进行渗透。

 案例 3-3

宗教亚文化对市场营销的影响

1984年，比利时有一家地毯商在滞销的小地毯上嵌入一个特制的"指南针"，当穆斯林跪在地毯上祈祷时，"指南针"能自动指向伊斯兰教第一圣地、穆罕默德诞生地——沙特阿拉伯的麦加城，确保他们在任何时间、地点祷告时都能正对麦加方向。这种经小小改进的地毯在短短两年中就卖掉2.5万块。日本精工(Seiko)钟表公司推出一种多功能的穆斯林手表，它可随时把世界114个城市的当地时间自动转换成麦加时间，每天自动鸣叫5次，以提醒戴表者按时祈祷。这种表一面世就赢得了几亿穆斯林的喜爱。

3) 社会阶层

人们根据职业、收入、教育、财产等因素，把社会划分为不同的社会阶层。所谓社会阶层，是指一个社会中具有相对同质性和持久性的群体。在每一个社会阶层中，其成员的价值观、生活方式、行为方式有相似性。处于不同社会阶层的消费者，由于其收入水平、职业特点的不同，造成他们在消费观念、审美标准、消费内容和方式上存在明显的差异。不同社会阶层的消费者所选择和使用的产品是存在差异的。在服装、住宅、家具和汽车等能显示地位与身份的产品的购买上，不同阶层消费者的消费差别十分明显。在我国，上层消费者多拥有别墅，住宅区环境幽雅，室内装修豪华，家具和服装讲究名牌，档次和品位也很高，拥有高档豪华轿车或者跑车；中层消费者的住宅条件也较为不错，但他们中的一部分人对内部装修不是特别讲究，服装、家具不少但高档的不多，一般拥有家庭轿车；下层消费者的住宅环境较差，在服装与家具上投资较少，买不起家庭轿车。又如，20 世纪 80 年代美国出现一个"雅皮士"阶层，他们的收入较高，追求高档消费品及生活享受。一些著名企业的营销人员根据这个目标市场，树立名贵、高档的品牌形象，并运用适当的促销手段，取得了在这个市场的成功。因此，营销人员可针对不同的社会阶层细分市场，采取具有针对性的营销策略。

2. 社会因素

社会因素是指消费者周围的人对他所产生的影响，其中以相关群体(reference groups)、家庭(family)以及身份与地位(roles and status)对消费者行为的影响最为重要。

1) 相关群体

相关群体是指影响着一个消费者的价值观，并影响着他对商品和服务看法的个人或集团。相关群体不一定是一种组织，只是消费者之间的相互影响或社会联系。相关群体一般主要有 3 种形式：一是首要群体，包括家庭成员、亲朋好友、邻居和同事等，这一群体尽管不是正式组织，但与消费者发生面对面的关系，因而对消费者行为的影响也最直接；二是次要群体，即消费者所参加的工会、职业协会等社会团体和业余组织，这些团体对消费者购买行为发生间接的影响；三是期望群体，消费者虽不属于这一群体，但这一群体成员的态度、行为对消费者有着很大影响，消费者期望成为这一群体的一员。由于他们有着共同的志趣爱好，因此，人们常常把他们称作有共同志趣的群体。比如，影星、歌星、球星和其他一些名人，有大批追随者和崇拜者，因而明星的一举一动对"追星族"会产生很大影响，以致于明星的穿着打扮、兴趣爱好均会成为"追星族"模仿的样板，这就是许多企业高价聘请明星做广告的主要原因。

案例 3-4

"追星族"——阿迪达斯

德国体育用品的老牌公司"阿迪达斯"公司，每生产一种新产品都要请世界体坛明星穿用并参加比赛，同时赠给体坛明星巨额款项。1936 年，柏林奥运会上，阿迪达斯公司独具慧眼，把刚生产的球鞋赠送给了美国黑人运动员欧文斯，让他在奥运会上穿用。结果，欧文斯果然身手不凡，连夺四枚金牌。从此，阿迪达斯球鞋也出了名，成为畅销世界的名牌。

相关群体对消费者购买行为的影响主要有 3 个方面：一是相关群体为每个人提供各种可供选择的消费行为或生活方式的模式，使消费者改变原有的购买行为或产生新的购买行为；二是相关群体引起人们的仿效欲望，从而改变人们对某种商品或事物的态度；三是相关群体促使人们的行为趋于某种一致性，如某体育明星穿了一件很时髦的运动衫，许多青年人也跟着穿，出现一致化倾向。相关群体的存在影响了消费者对某种商品品种、商标、花色的选择。因此，在市场营销中，企业不仅要具体地满足某一消费者购买时的要求，还要十分重视相关群体购买行为的影响。同时，要充分利用这一影响，选择同目标市场关系最密切、传递信息最迅速的相关群体，了解其爱好，做好产品推销工作，以扩大销售。

应当指出的是，相关群体对消费者购买不同商品的影响是有所区别的。一般来说，当消费者购买引人注目的产品如汽车、服装时受相关群体的影响较大，而购买使用不太引人注意产品如牙刷、牙膏等时则不受相关群体的影响。

2) 家庭

家庭是指以婚姻、血缘或收养关系为基础，经济上互相依赖而共同生活在一起的若干人所组成的社会群体。在消费者购买行为中，家庭成员对消费者的购买行为起着直接和潜意识的影响。据调查，一般家庭几乎控制了 60％的消费行为，大凡吃、穿、住、用的基本生活用品，文化娱乐、社交、旅游等享受与发展需要用品，都是以家庭为消费单位的。同时，家庭及其成员的需要不是静止不变的，生老病死生命周期的变化，子女成长、学习、就业和婚嫁等，都影响其需要的变化。社会生产的发展，消费方式和生活方式的变化，也会使家庭成员产生新的需要与消费行为。

3) 身份与地位

作为重要的社会因素，身份与地位也会对消费者的购买行为产生影响。一个人在一生中会属于许多群体，如家庭、俱乐部或其他组织等，他在每一个群体中的位置可用角色和地位来确定。如一个男人，在父母眼里他是儿子；在妻子眼里他是丈夫；在孩子眼里他是父亲；在公司里，他是总经理。每一个角色都将在某种程度上影响其购买行为。他扮演的每个角色都附着一种地位，地位能够反映出这一角色在社会中受尊重的程度。总经理的地位比销售经理高，销售经理的地位比办公室职员高。一般来说，消费者的购买行为必定与之社会、经济地位相一致，产品与品牌往往成为地位的象征。

3. 个人因素

消费者的购买决策会受个人因素的影响，这些因素主要包括年龄和家庭生命周期(age and life-cycle stage)、职业(occupation)、经济状况(economic situation)、生活方式(lifestyle)。

1) 年龄与家庭生命周期阶段

消费者处在不同的年龄阶段，消费的欲望和偏爱都会有所不同。比如年轻人和中老年人的消费观念、消费习惯、消费方式等很多方面都表现出较大的差异性。人的生命周期是指家庭生命周期的各个阶段，西方学者根据家庭特点把人的生命期划分为 9 个阶段，营销人员经常把自己的产品定位在某个特定的阶段上。

(1) 单身阶段：处于单身阶段的消费者一般比较年轻，几乎没有经济负担，消费观念紧跟潮流，注重娱乐产品和基本的生活必需品的消费。

(2) 新婚夫妇：经济状况较好，具有比较大的需求量和比较强的购买力，耐用消费品的购买量高于处于家庭生命周期其他阶段的消费者。

(3) 满巢期(I)：指最小的孩子在 6 岁以下的家庭。处于这一阶段的消费者往往需要购买住房和大量的生活必需品，常常感到购买力不足，对新产品感兴趣并且倾向于购买有广告的产品。

(4) 满巢期(II)：指最小的孩子在 6 岁以上的家庭。处于这一阶段的消费者一般经济状况较好但消费慎重，已经形成比较稳定的购买习惯，极少受广告的影响，倾向于购买大规格包装的产品。

(5) 满巢期(III)：指夫妇已经上了年纪但是有未成年的子女需要抚养的家庭。处于这一阶段的消费者经济状况尚可，消费习惯稳定，可能购买富余的耐用消费品。

(6) 空巢期(I)：指子女已经成年并且独立生活，但是家长还在工作的家庭。处于这一阶段的消费者经济状况最好，可能购买娱乐品和奢侈品，对新产品不感兴趣，也很少受到广告的影响。

(7) 空巢期(II)：指子女独立生活、家长退休的家庭。处于这一阶段的消费者的收入大幅度减少，消费更趋谨慎，倾向于购买有益健康的产品。

(8) 鳏寡就业期：尚有收入，但是经济状况不好，消费量减少，集中于生活必需品的消费。

(9) 鳏寡退休期：收入很少，消费量很小，主要需要医疗产品。

2) 职业

个人职业也影响着消费模式。普通员工会在公交车票、工作服上花钱，公司经理则在西装、飞机票、轿车上花钱。市场营销人员应能找出对自己的产品与服务有超出常规需要的职业群体。

3) 经济状况

商品的选购在很大程度上取决于个人的经济状况。经济状况主要包括收入、存款、资产和筹款能力的大小。它直接影响着消费者的购买力和兴趣爱好，因此，营销人员在产品设计和市场定位时应充分考虑不同群体的经济状况。

4) 生活方式

生活方式通过人的行为、兴趣、观念等表现出来，即使属于同一种文化背景、同一社会阶层，相同职业的人也会因生活方式的不同而产生不同的购买行为方式。比如同一企业同一部门的员工，老员工的消费习惯与刚毕业的大学生有很大的不同。

4. 心理因素

影响消费者购买行为的心理因素(psychological factors)是指消费者的自身心理活动因素，所以也可称为个别因素。由于消费者的个性千差万别，因而影响消费者的心理因素也很复杂，但主要方面有以下几个。

1) 需要

需要(need)是购买行为的起点，也是市场营销的出发点。所谓需要，是指客观刺激物通过人体感观作用于人的大脑而引起的某种缺乏状态。当这种状态达到一定程度时便产生需要，而需要又引起动机，后者又是引起人的行为、支配人的行为的直接原因和动力。因此，企业营销要想达到自己的目标，应设法通过一定的刺激物来引发消费者的需要及动机，进而促使消费者采取购买行为。

消费者的需要是多种多样、复杂多变的，恩格斯曾经把消费资料分为生存资料、享受资料和发展资料。相应的，人们的需要也分为生存的需要、享受的需要和发展的需要3个方面。根据消费者不同的需求特点，企业在营销中可把市场细分为若干市场，生产和出售不同品种的商品。

消费者的需要不仅是多样的，而且是分层次的。美国著名心理学家马斯洛提出的"需要层次论"认为：第一，每一个人的需要按其重要性不同，可以分为5个层次：①生理需要，指人们为了生存所必需的最低限度的需求，它涉及最基本的生活资料的满足，如衣、食、住、行等方面的需求；②安全需要，即确保人身安全与健康、财产安全和防备失业的需要，如保险、医疗等的需要；③社会需要，指人们为了获得友谊和受到重视而参加工会、政党等社会团体的需要；④尊重需要，指人们期望获得承认、具有地位，进而得到他人尊重的需要；⑤自我实现需要，指人们欲成就事业、实现理想的需要。这是人类需要的最高层次，如图 3.1 所示。第二，马斯洛认为，需要是从低级到高级发展的，人们只有在低一级需要得到相对满足时，才会引起对高一级的需要。比如，人们在未解决温饱之前，不会去购买高档的耐用消费品。第三，马斯洛认为未满足的需要是购买者购买动机与行为的源泉。当一种需要获得满足以后，它就失去了对行为的刺激作用。实践证明，马斯洛的需要层次理论对于研究和认识消费者的动机和行为是有用的。设计市场营销组合、进行国内和国际市场营销决策时要善于运用和借鉴这种理论。

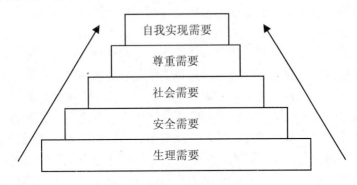

图 3.1　马斯洛需要层次示意图

2) 感觉

当消费者有了购买动机之后，可能产生行动，但采取怎样的行为，则视其对客观情境的感觉如何而定。所谓感觉(perception)，是指人们通过感觉器官包括视、听、嗅、触觉等对客观刺激物和情境的反映或印象。消费者对不同的刺激物或情境不仅会产生不同的感觉，就是对于相同的刺激物或情境，也会产生不同的感觉，出现这种现象的主要原因是由于感觉过程的特殊性。心理学家认为，感觉过程是一个有选择性的心理过程，这种"有选择性的心理过程"主要包括 3 个方面。

第一，有选择的注意。注意是心理活动对一定事物的指向和集中。由于这种指向和集中，人们才能够清晰地反映周围现实中的一定事物，其注意的特征之一是其对对象的选择性，即人们每时每刻都面对着许多刺激物，如西方人平均每天见到的商业广告超过 1 500 多条，但是人们不可能注意所有的刺激物，只能有选择地注意某些刺激物，即只注意那些与自己的主观需要有关系的事物和期望的事物。比如，有一个想购买空调的消费者，当他走进琳琅满目的大商场时，尽管呈现在他面前的有电视机、电冰箱、洗衣机等多种家电用品，但他真正关心、注意的只有空调广告和有关展销的产品，而其他产品的广告和样品对他不会留下太深的印象。从心理学的角度分析，能引起人们注意的是以下两种情况：一是与目前需求相关的信息或刺激物；二是预期将出现或等待其出现的信息或刺激物。因此，在激烈的市场竞争中，企业营销者不仅要分析、了解消费者的需求，而且要根据"注意"的特征而采取相应的措施以引起消费者对自己产品的关注，其中包括积极设法突破选择性注意设下的屏障。

第二，有选择的曲解。这就是说，消费者对感觉到的事物，并不能如实地反映客观事物的本性，而是往往按照自己的先入之见，或根据自己的兴趣、爱好来说明、解释感觉到的事物，这种按个人意愿来解释客观事物或信息的倾向叫做选择性曲解。比如，现在国内很多的家电质量已赶上国外家电的水平，但部分消费者由于先入为主，原来对一些国外家电品牌印象较好，就一直认为国外的要比国内的强，这就是有选择的曲解。

第三，有选择的记忆。记忆是人们在感知过程中形成的对客观事物的反映，在其神经组织中留下一定的痕迹。尽管人们的记忆能量很大，但在生活实践中，人们不可能将其所感知的东西全部记下来，而是只记住那些支持其看法和信念的信息。对于购买者来说，他们往往记住自己喜爱的品牌商品的优点而忘掉其他竞争品牌商品的优点，这就是有选择的记忆。比如，某一消费者只记住某一品牌的电视机的优点，而没记或忘掉了另一品牌电视机的优点，并且在购买电视机时，就只会购买他记住了优点的那种品牌的电视机。

正因为人们的感觉具有上述特殊性，这就要求我们的营销人员在促销过程中，以简明的、有吸引力的广告词句，反复多次做广告宣传，这样才能引起广大消费者的注意，并使之记住自己产品的优点，产生对自己产品的特殊偏好，进而对本企业的产品有深刻的好印象。现在很多企业不惜重金大做广告，一个重要的原因就在于此。

3) 学习

人类的行为虽然是多种多样的，但从其行为产生的原因分析，则可归结为两个方面：一是人类本能的、与生俱来的；二是通过实践经验得来的。比如，有一消费者去一家商场买东西，售货员说这个商品的质量很好，但该消费者在使用过程中发现商品质量并不好，实际上这个售货员是有意欺骗顾客，以后该消费者就不会再去这家商场买该类商品了。由于经验而引起个人行为的改变就是学习。现代市场营销学理论认为，从心理学角度看，绝大多数的购买行为是受后天经验影响的。

人类的学习(learning)过程是由驱策力、刺激物、诱因、反应和强化等要素组成的。"驱策力"是一种驱使人们行动的强烈内在刺激，当驱策力被引向某种刺激物时，驱策力就变为动机。比如，人们寒冷时要买衣服，寒冷则成为购买衣服的"驱策力"。"刺激物"是一种能减缓或消除驱策力紧张程度的物体，如为御寒的衣服。"诱因"又称"提示刺激物"，它决定着动机的程度和方向。如某人已有了买一台计算机的动机，但他何时、何处买，买什么品牌，则受其周围的一些较小或较次要的刺激物的影响。如看到单位同事买的联想计算机觉得很好，或在广告中看到了对某种品牌计算机的宣传等。"反应"是对诱因和刺激物的反作用或反射行为。"强化"则是对刺激物、反应的加强。如某消费者由于某种刺激物使其购买某一品牌的计算机，如果使用时他感到满意，他就会认为自己的反应是正确的，于是他就会加强对这种品牌计算机的反应，以后在相同诱因的诱导下，他还会做出同样的反应。可见，强化与满意的程度是紧密相关的。根据消费者的这种刺激——反应——强化的规律，企业要想扩大销售，就必须不仅要了解自己的产品(刺激物)与潜在消费者的驱使力的关系，而且还要善于向消费者提供诱发需求的提示物——适当的广告宣传手段，并且要积极进行反复宣传的"强化"工作，以加强消费者的印象。

4) 个性

个性(personality)是个人的性格特征，如自信或自卑、内向或外向、活泼与沉稳、倔强或顺从等。一个人所具有的特性会直接或间接地影响消费者的购买行为，如性格内向的人的购买动机的产生不易受外界的影响，而性格冲动的人则容易受外在刺激的影响；自信心很强的人的购买过程较短，而缺乏自信心的人的购买过程则较长。消费者的个性千差万别，因而影响消费者购买行为的个性因素很多。在分析个人性格对消费者购买行为的影响时，企业应特别注意对消费者自我形象的分析，这不仅仅是因为自我形象是影响购买者行为的重要个性因素，而且还因为自我形象直接影响着购买者的行为。但自我形象又是一个十分复杂的图像：一个实际的自我形象；一个理想的自我形象，即希望怎样看自己；还有社会自我形象，即认为别人如何看待自己。通常认为，人们总希望保持或增强自我形象，并把购买行为作为表现自我形象的重要方式，因此，消费者一般倾向于选择符合或能改善其自我形象的商品或服务。如果与自己的形象不相称，就不会购买。比如一个大学教授，有学者风度，那么，他就不会去购买所谓的"奇装异服"，而必然选择既端庄又有风度的服装。同时，消费者的自我形象感还同相关群体的关系很密切，符合相关群体标准的商品他会高兴购买，不符合的就不会购买。

消费者的这种追求商品与自我形象相符合的购买心理就会提醒企业在产品设计时，一定要仔细分析目标市场消费者的自我形象的特征，并提供符合其自我形象的产品。

5) 信念和态度

通过行为和学习，可使人们产生一定的信念和态度(beliefs and attitudes)，而信念和态度反过来又影响着人们的购买行为。

信念是人们对某种事物比较固定的看法。如相信某种洗衣机省电，噪声小，洗涤效果好。一些信念建立在科学的基础上，另一些信念却可能建立在偏见的基础上。企业应关心消费者对其商品的信念，因为信念会形成产品和品牌形象，会影响消费者的购买选择。

消费者在长期的学习和社会交往的过程中形成了态度。态度是人们长期保持的关于某种事物或观念的是非观、好恶观。从心理学角度讲，消费者对某一种商品的态度一般是由3 个因素组成的，即认识因素、感情因素、行动因素。认识因素是指消费者对某种商品的信念，包括对商品特点和评价上的信念，如认为某种商品是好还是坏，是需要还是不需要；感情因素是指消费者对商品情感上的反应，如对某种商品是喜爱还是反感；行动因素是指由不同态度所引起不同的行动意向。

消费者一旦形成对某种产品或品牌的态度，以后就倾向于根据态度做出重复的购买决策，不愿费心去进行比较、分析、判断。一般情况下企业应使产品迎合人们现有的态度，而不是设法改变这种态度，因为改变产品设计和推荐方法要比改变消费者的态度容易得多。

案例 3-5

天美时公司重视消费者心理大获成功

美国市场上每出售三只手表中就有一只是天美时(Timex)牌手表，在欧洲、非洲，天美时手表投放到哪里，哪里的手表市场就受到猛烈冲击，使市场发生有利于天美时公司的改变。原因在哪里？

一是天美时公司抓住消费者求廉心理，手表价格低得出奇，天美时以出售低档手表而闻名于世。1950年男式手表零售价只有 6.9～7.95 美元。1954 年男式手表也只有 12.95 美元；1958 年天美时出售第一批整套女用手表——一只化妆用、一只打球用、一只普通用，而全套价格在 50 美元以下。这种低价表成为人们常用表和逢年过节的礼品，学生毕业和圣诞节或父母过生日都可以买一套。20 世纪 60 年代，该公司声称它占有世界 50 元以下女式手表市场的 36％。

二是天美时公司抓住消费者的求实心理，即产品要耐用、质量可靠。为此，它的推销方式出奇的吸引人。据报道说："天美时的推销方式完全按照马戏团吸引观众的方式进行，十分惊险。"这在保守的手表业中是前所未闻的。天美时的推销员访问零售店时，把手表猛摔在墙上或浸在水桶里，以证明其防震和防水质量。公司因其所谓的"摔打试验"而在国内外享有盛名。在做商业广告时，以实况广播天美时手表被拴在马尾上，或从 135 英尺高处投入水中，或被缚在冲浪板上面和水陆两栖飞行之后，人们可以看到它继续在走动，以此表明它的产品质量好。

因此，天美时手表不论到哪里，都给消费者以良好的印象。仅在 1963 年 12 月份，天美时手表就在非洲市场出售了一万只，接着顺利进入了法国市场。

资料来源：王福振. 总经理防止私营公司亏损倒闭的 277 条措施. 石油工业出版社. 2007.

3.1.3 消费者购买决策过程

消费者的购买决策过程是指消费者购买行为或购买活动的具体内容、步骤、程度、阶段等。由于影响消费者购买行为的文化因素、心理因素、社会因素在不同的消费者之间的程度不同，因而消费者的购买决策过程也大有差异，但总的来说，还是有规律可循的。本节将着重探讨消费者购买决策的内容和过程两个问题。

1. 消费者购买行为的类型

在购买不同的商品时，消费者决策过程的复杂程度有很大的区别。一些商品的购买过程很简单，另一些则比较复杂。在考察购买决策过程的步骤之前，要先对购买行为进行分类。划分消费者的购买行为主要有以下两个标准。

1) 消费者介入购买的程度

消费者介入购买的程度包括以下两个方面。

(1) 消费者购买的谨慎程度以及在购买过程中花费的时间和精力。如消费者购买耐用消费品时比购买日用品时更谨慎，花费的时间和精力更多，因为前者一般单价高，购后要使用多年，风险较大。

(2) 参与购买过程的人数。一些商品的购买过程通常由一人完成，而另一些商品的购买过程则是由充当发起者、影响者、决定者、购买者和使用者各种不同角色的家庭成员、朋友等多人组成的决策单位完成的。根据消费者介入购买的程度，可以把消费者的购买行为分为高介入的购买行为和低介入的购买行为。

2) 所购商品不同品牌之间的差别程度

品牌差别小的商品大多是同质或相似的商品，而品牌差别大的商品大多是在花色、品种、式样、型号等诸方面差异较大的异质商品。根据品牌差别的程度，无论是高介入的购买行为，还是低介入的购买行为，都可以再分为两种购买行为。因此通常情况下，根据消费者介入程度的高低和所购商品本身的差异性大小，可将消费者购买行为分为复杂型、和谐型、多变型和习惯型4种。

(1) 复杂型购买行为(complex buying behavior)。通常指消费者初次购买差异性很大的、单价较高的商品时所发生的购买行为。由于多数消费者不太了解这些商品的品种、规格、性能等技术细节，因此，购买时需要经历一个认识学习的过程。他们往往广泛收集各种有关信息，对供选择品牌的重要特性进行评价，先建立对每种品牌的各种特性水平的信念，然后形成对品牌的态度，再慎重地做出购买选择。

(2) 和谐型购买行为(dissonance-reducing buying behavior)。发生在介入程度虽高但所购商品品牌差别不大的场合，比复杂型购买要简单。由于品牌差别不明显，消费者一般不花很多的时间来收集不同品牌的各种信息并进行评价，而主要关心价格是否优惠和购买时间与地点是否便利，因此，从引起需要和动机到决定购买所用的时间是比较短的。但同复杂的购买行为相比，消费者购买后最容易出现因发现产品缺陷或其他品牌更优而使心理不和谐的现象。为追求心理平衡，消费者这时才注意寻找与有关已购品牌的有利信息，争取他人支持，设法获得新的信念，以证明自己的购买选择是正确的。

(3) 习惯型购买行为(habitual buying behavior)。这是指消费者购买品牌差别很小、价格较低、购买频率较高的商品的低介入行为。这是一种常规的反应行为。消费者通常已熟知商品特性和各主要品牌特点，并已形成品牌偏好，因而不需要寻找、收集有关信息，通常是根据习惯或经验购买这类商品的。

(4) 多变型购买行为(variety-seeking buying behavior)。这是为了使消费多样化而常常变换品牌的一种购买行为，一般是指购买品牌差别虽大但易于选择的商品，如饮料及冷饮等。消费者为了使消费种类多样化，常常变换所购商品的品牌。

习惯型和多变型都属于简单的购买行为。在这两种购买行为中，消费者一般不主动地寻找信息，只是在看电视或报刊广告时被动地接受信息，购买前也不认真评价不同品牌商品的优缺点，一般不会真正形成对品牌的态度。由于这些特点，经营这两类商品的企业应运用适当的促销策略和价格策略，有效地吸引人们购买这些商品。企业应多采用电视广告，广告中突出少数要点，每次持续时间短，重复次数多(但不应引起观众的反感)，采取容易记忆、能与品牌相联系的视觉象征和比喻手法。对品牌差别大的商品，主要供应厂商和次要供应厂商可制定不同的营销策略。前者应保持一定的产品、服务质量和库存水平，避免缺货，并常做提示性广告，鼓励消费者重复购买；后者则可以通过增加花色品种，适当降价和在广告中鼓励试用新品种等方式，促使消费者为寻求多样化而购买。

应当指出，消费者的购买行为模式不是固定不变的。随着社会经济的发展，人们的消费习惯和购买行为也必然随之变化。

2. 消费者购买决策过程

消费者的购买决策过程由一系列相互关联的活动构成，它们早在实际购买发生以前就已经开始，并且一直延续到实际购买之后。研究消费者购买决策过程的阶段的目的在于使市场营销者针对决策过程的不同阶段的主要矛盾采取不同的市场营销策略。

一个完整的购买行为过程一般包括 5 个阶段：引起需要、收集信息、评估选择、购买决策、购后评价(图 3.2)

图 3.2 消费者购买决策过程

1) 引起需要

引起需要又称为动机形成，是决策过程的起点。当消费者感到一种需要并准备购买某种商品以满足这种需要时，购买决策过程就开始了。这种需要可能是由内在的生理活动引起的，也可能是受外界的某种刺激引起的，或者是由内外两方面因素共同作用的结果。营销者在此阶段应注意的是，不失时机地采取适当措施，唤起和强化消费者的需要。

2) 收集信息

消费者形成了购买某种商品的动机后，如果不熟悉这种商品的情况，往往就要先收集信息。这时，消费者增加了对有关广告、谈话等的注意，比以往更容易接受这种商品的信息，有时还通过查阅资料、向亲友和熟人询问情况等方式，更积极主动地收集信息。消费者收集信息的多少，取决于他的驱策力的强度、已知信息的数量和质量以及进一步收集信息的难易程度。

为了向目标市场有效地传递信息，企业需了解消费者获得信息的主要来源及其作用。消费者一般从以下 4 种来源获得信息：个人来源，即从家庭、朋友、邻居和其他熟人处得到信息；商业来源，即从广告、推销员介绍、商品展览与陈列、商品包装、商品说明书等得到信息；公众来源，即从报刊、电视等大众宣传媒介的客观报道和消费者团体的评论得到信息；经验来源，即通过触摸、试验和使用商品得到信息。

在这一阶段，市场营销者既要做好商品广告宣传、吸引消费者的注意力，又要努力搞好商品陈列和说明，使消费者迅速获得对企业有利的信息。

3) 评估选择

消费者得到的各种有关信息可能是重复的甚至是相互矛盾的，因此还要进行分析、评估和比较，这是决策过程中具有决定性的一环。

一般而言，消费者的评估行为涉及 3 个方面。

(1) 产品属性。产品中所具有的能够满足消费者需要的特性。产品在消费者心目中表现为一系列基本属性的集合。例如，下列产品应具备的属性有以下几个。

照相机：照片清晰度、摄影速度、相机大小、价格。

旅馆：位置、服务、清洁度、气氛、费用。

牙膏：颜色、效力、杀菌能力、价格、味道。

轮胎：安全、耐磨寿命、行驶质量、价格。

产品的各项不同属性可以满足消费者的多方位需求。然而，并不是产品属性越丰富，消费者越满意。消费者更看重产品的性价比，即产品的各项性能组合与产品价格的比例关系。消费者对某些产品的性价比并不看好，如各种手机，在一定价格水平上，有相当比例的功能在整个产品寿命期内几乎不发挥作用。因此，企业开发的产品属性越是符合消费者的实际需要，消费者越是满意。

(2) 品牌信念。品牌信念指消费者对某品牌产品的属性和利益所形成的认识。每一品牌都有一些属性，消费者对每一属性实际达到了何种标准给予评价，然后将这些评价连贯起来，就构成他对该品牌优劣程度的总的看法，即他对该品牌的信念。

(3) 效用要求。效用要求指消费者对某品牌每一属性的效用功能应达到何种标准的要求。或者说，该品牌每一属性的效用功能必须到到何种标准他才接受。

4) 购买决策

购买决策是消费者购买行为过程中的关键性阶段，因为只有做出购买决策以后，才会产生实际的购买行动。消费者经过分析比较和评价以后，便产生了购买意图。但消费者购买决策的最后确定，除了消费者自身的喜好外，还受其他因素的影响，如他人态度、预期环境因素、非预期环境因素。

(1) 他人态度。这是影响购买决策的因素之一，如丈夫想买一台大屏幕的彩色电视机，但妻子坚决反对，丈夫极有可能改变或放弃购买意向。他人态度对消费者购买决策的影响程度取决于他人反对态度的强度以及他人劝告可接受性的强度。

(2) 预期环境因素。消费者购买决策受产品价格、产品的预期利益、本人的收入等因素的影响，这些影响是消费者可以预测到的，所以称为预期环境因素。

(3) 非预期环境因素。消费者在购买决策过程中除了受上述因素影响外，还会受推销态度、广告促销、购买条件等因素的影响，这些影响消费者是不大可能预测到的，所以称为非预期环境因素。比如消费者在购买化妆品过程中，她原来准备购买某一品牌的化妆品，后受到各种大众传播媒介的影响，而改变了原来的态度。

因此，在消费者的购买决策阶段，营销人员一方面要向消费者提供更多的详细的有关产品的情报，便于消费者比较优缺点；另一方面则应通过各种销售服务，创造方便顾客的条件，加深其对企业及商品的良好印象，促使消费者做出购买本企业商品的决策。

5) 购后评价

购后评价是消费者对已购买的商品通过自己使用或者他人评估，对其购买选择进行检验。把他所觉察的产品实际性能与以前对产品的期望进行比较。消费者发现产品性能与期望大体相同的，就会感觉基本满意；若发现产品性能超出了期望，就会感到非常满意；若发现产品性能达不到期望，不能给他以预期的满足的，就会感到失望和不满。消费者是否满意会直接影响他购买后的行为。如果感到满意，他下次就很可能购买同一牌子的产品，而且这种称赞往往比广告宣传更有效。如果感到不满意，他除了可能要求退货或寻找能证实产品优点的信息来减少心理不和谐外，还通常采取公开或私下的行动来发泄不满。这势必给企业的市场营销工作带来障碍，所以市场营销者对其产品的广告宣传必须实事求是、符合实际，以便使消费者感到满意。有些营销者对产品性能的宣传甚至故意留有余地，以增加消费者购买的满意感。总之，企业要经常征求消费者的意见，加强售后服务，同购买者保持密切的联系，建立有效的信息反馈系统，进一步改善消费者购后的满意程度和提高产品的适销程度。

购买者决策过程中的每一阶段都会影响其购买决策。市场营销者应针对每一阶段的特点采取相应的措施，积极有效地诱导消费者行为，更好地满足消费者多方面的需要。过去一些营销人员认为，只要有消费者购买商品，就意味着有市场。至于消费者购买商品以后的情况，一般没有引起足够重视。而现代市场营销学则十分注重消费者购买以后的行为，因为消费者购买后对产品的评价具有巨大的反馈作用，关系到这个产品在市场中的命运。一般消费者在购买商品后，往往会通过自己亲身使用以及家庭成员及亲友、同事的评判，对自己的购买选择进行检查和反省，以确定购买这种商品是否明智、效用是否理想等，从中产生满意或不满意的购后感觉。这种购买后的感觉不仅影响到消费者自己会不会重复购买，而且还会影响他人购买，从而给企业能否扩大市场销售带来重大影响。因为消费者往往会对朋友、同事谈及这种购买后的感受，如果不满意的话，甚至会通过大众媒介公之于社会；而满意的购后感觉则会在客观上鼓动、引导其他人购买该商品，这就是西方企业家所信奉的格言："一个满意的顾客就是我们最好的广告"。此格言形象地反映了消费者购后评价的重要性。因此，企业的管理者和市场营销人员一定要注意加强与用户的联系，把质量视为生命，不断地做好销售服务工作，力争获得消费者对产品的最好的购后评价。

3.2 生产者市场

3.2.1 生产者市场及其特点

1. 生产者市场的概念

在流通领域中，不仅存在着消费资料的交换活动，而且存在着生产资料的交换活动。企业不仅把商品和劳务出售给广大个人消费者，而且把大量的原材料、机器设备、办公用品及相应的服务提供给企业、社会团体、政府机关等组织用户。这些用户构成了整个市场体系中一个庞大的子市场，即组织市场。通常将组织市场进一步划分为生产者市场(或产业市场)、中间市场(或转卖者市场)和非盈利组织市场(主要是政府市场)。

生产者市场(business markets)是指各类企业、各级政府部门、各种机构为合成产品(合成产品的零部件和原材料)、组织机构消费(办公用品、咨询、作业中使用的必需品)、生产过程使用(装置和设备)和再销售给其他企业而购买产品和服务的市场。

生产者市场又称工业品市场或生产资料市场，它是组织市场的一个组成部分，是指为满足工业企业生产其他产品的需求而提供劳务和产品的市场。组成产业市场的主要行业是农业、林业、渔业、采矿业、制造业、建筑业、运输业、通信业、公共事业、金融业、服务业。

2. 生产者市场特点

1) 生产者市场的市场结构特点

(1) 购买者少、购买规模大。在消费者市场上，购买者是消费者个人或家庭，购买者必然为数众多，购买规模很小。而在生产者市场上，情形正好相反，比如，鞋厂的数量要比使用鞋子的消费者数量少。发电设备生产者的顾客是各地有限的发电厂，面向采煤设备生产者的顾客是少数大型煤矿，某轮胎厂的命运可能仅仅取决于能否得到某家汽车厂的订单。尽管生产者市场的客户数量少，但客户的购买量很大。

(2) 生产者市场的地理分布相对集中。例如很多国家在石油、橡胶、钢铁等行业显示出相当强的地理区域集中性。在我国，生产者市场主要集中在北京、天津、上海、武汉、广州、成都、深圳等国内工业较为集中的城市。美国前 10 位大城市也是生产者比较集中的地区，如纽约、芝加哥、华盛顿-巴尔的摩、洛杉矶、费城、波士顿、底特律、达拉斯、圣沃斯和休斯敦。这种地理分布上的集中有助于购买者辨认、比较和顺利开展其购买活动。对供应商来说，可以吸引更多的客户。

因此，市场的容量大、客户数量少、购买规模大以及购买者在地理区域上的相对集中就构成了生产者市场的市场结构特征。

2) 生产者市场的需求特征

(1) 生产者市场的派生需求。

没有消费者市场的相应需求，就没有生产者市场的需求。生产者市场的需求还随着消费者市场的相应需求的变化而变化。生产者市场的派生需求往往是多层次的，形成环环相扣的链条。消费者市场的相应需求是这一链条的起点，是生产者市场需求的动力和源泉。例如，消费者市场对汽车的需求带来汽车制造商对轮胎、汽车制造设备等的需求，而这些需求又引发对橡胶业、钢铁业等相关行业产品的需求。

(2) 需求缺乏弹性。

相对于消费市场，生产者市场产品价格的上升或下降对产品需求不会有太大的影响。生产者市场的需求具有派生性，它对原料的需求主要来自顾客对产品的需求。如果顾客的需求没增加，即使原料价格下跌，生产者市场的需求也不会出现。此外，生产者市场本身的需求还受限于有效产能与仓库固定容量，因此原料价格下降还要看产能的消化能力与仓储的容量状况，从而来决定其影响，所以需求弹性较低。另外，如果原材料或零部件占最终产品的比例很小，则其价格升降对成本的影响也很有限，也不会影响到产品的需求。例如，在酒类需求总量不变的情况下，粮食价格下降，酒厂未必就会大量购买，除非粮食是酒成本中的主要部分且酒厂有大量的存放场所。粮食价格上涨，酒厂未必会减少购买，除非酒厂找到了其他代用品或发现了节约原料的方法。

(3) 生产者市场的需求波动大。

生产者市场对工业性产品的需求，特别是新工厂对原材料和设备的需求，通常比消费产品的需求还不稳定。消费者需求只要有一点增加或减少，就会引起生产产品的工厂和设备需求的很大变动，经济学上将这种现象称为乘数效应，又称加速原理。例如，当消费者的需求增加时，零售商为了满足消费者的需求增加，就会增加其对产品的需求，从而批发商或经销商也增加对产品的需求，最后制造商也会受到影响而增加产品的需求。因此，消费者需求增加，可能会引发相当大幅度的组织需求增加。反之，消费者需求减少，也很可能会引发较大幅度的组织需求减少，所以组织购买者的需求波动要比消费者的需求波动大。

3) 生产者市场购买者的成分特性

生产者市场上的购买者成分复杂，并多为受过专门训练的采购人员。经过专业训练的采购人员具有丰富的产品和购买知识，他们不仅要对购买的产品在性能、规格以及技术细节上的要求较为熟悉，而且要灵活运用谈判技巧。在涉及较为复杂的购买决策时，会涉及更多的人甚至公司高管或政府高官。可见，为了应对具有专门知识、经过专业训练的采购人员，供应商应十分重视推销人员的挑选和培训，使之具有良好的专业知识和销售知识，具有较强的人际交往能力。对于技术性较强的产品，其推销人员更应具有完备的技术知识。

(1) 生产者市场购买者的决策类型和过程。

生产者市场购买者的决策通常比消费者的决策更为复杂，涉及更大数额款项、更为复杂的技术和经济问题，因此往往需要花费更多的时间进行反复论证。生产者组织购买者的决策行为比消费者更为规范，对大额购买，通常要求详细的产品规格、文字购买清单、对供应商的调查和真实的审批程序。

(2) 生产者市场买卖双方的关系。

在生产者市场上，买卖双方往往倾向于建立长期的客户关系，保持密切往来。在购买决策的各个阶段，从帮助客户确定需求，寻找能满足这些需求的产品和劳务，直至售后服务，卖方始终参与并同客户密切合作，甚至还要经常按客户要求的品种、规格定期提供产品和劳务。从长期看，生产者市场上的营销者要通过为客户提供可靠的服务及预测他们眼前和未来的需要与客户建立持久的关系，从而保持自身的销售额。另外，买卖双方的关系有时体现在互惠购买，即买卖双方经常互换角色，互为买方和卖方。例如，造纸公司从化学公司大量购买造纸用的化学物品，化学公司也从造纸公司那儿大量购买办公和绘图用的纸张。此外，生产者市场往往通过租赁方式取得所需产品。许多企业无力购买或需要融资购买所需的昂贵产品如机器设备、车辆等，此时采用租赁的方式可以节约成本。

3. 生产者市场购买对象

生产者购买的产品一般可分为原材料、主要设备、附属设备、零配件、半成品和消耗品。

(1) 原材料：指生产某种产品的基本原料，它是用于生产过程起点的产品。原材料分为两大类。一类是在自然形态下的森林产品、矿产品与海洋产品，如铁矿石、原油等；一类是农产品，如粮、棉、油、烟草等。这类产品的供货方较多，且质量上没有什么差别。因此，在营销上要根据各类产品的特点采取适当的措施。例如，对矿产品、海洋产品等自然形态的产品宜采取直接销售的方式，分配路线应尽可能短，运输成本应尽可能低；而对农产品，则应加强对产品的保管，减少分销环节，有些产品还可以由商业收购网点集中供应给生产企业。

(2) 主要设备：指保证企业进行某项生产的基本设备，直接影响企业的产品质量和生产效率。主要设备包括重型机床、厂房建筑、大中型电子计算机等。一般这类产品的体积较大、价格昂贵、技术复杂。生产者企业购买主要设备是一项重大决策，不仅要求产品的性能先进、有效，而且希望有良好的服务，产品供应者应注意产品性能的改进、宣传和售后服务工作，以使购买者对本企业的产品建立良好的信任感。

(3) 附属设备：机械工具、办公设备等均属附属设备。相对主要设备而言，附属设备对生产的重要性略差一些，价格亦较低，供应厂家较多，产品标准化突出，采购人员可以自主作出购买决定，并能自由地从几家供应商购买，而且在购买时比较注重价格。对这类产品的经营，要充分发挥价格机制和广告促销的作用，多采用间接销售的形式来销售产品。

(4) 零配件：指已经完工、以构成用户产品的组成部分的产品，如集成电路块、仪表、仪器等。零配件虽不能独立发挥生产作用，但却直接影响生产的正常进行。这类产品的品种复杂、专用性强，及时按标准供货是零配件购买者最基本的要求。零配件供应者可以通过订合同直接销售的方式，采取合理的定价策略，满足购买者的需求，提高市场占有率。

(5) 半成品：指经过初步加工、以供生产者生产新产品的产品。例如，由铁矿砂加工成生铁，又由生铁加工成钢材等。半成品的可塑性强，其质量、规格有明确要求，产品来源较多，供应者除确保供货及时外，还应加强销售服务。可以说，销售服务是半成品供应者最有力的竞争手段。

(6) 消耗品：指保证和维持企业生产正常进行而消耗的诸如煤、润滑油、办公用品等产品。这类产品的价格低、替代性强、寿命周期短、多属重复购买，购买者较注重购买是否方便。供应者要通过广泛的分销渠道，以价格的优惠、交货的及时来实现营销目标。

3.2.2 生产者的购买决策类型和影响因素

1. 生产者市场购买行为的主要类型

生产者市场购买行为的主要类型按照购买决策的难易程度可分为 3 种：直接重购、修正重购和新购。

1) 直接重购(straight rebuy)

直接重购是指企业的采购部门按照过去的订货目录、购买方式和条件，继续向原来的供应商购买产品的购买方式。它是一种最简单、也是最普遍的购买类型。直接重购有一定的例行程序，在授权上较彻底。例如公司文具的采购往往有一固定的供应商，而这种文具的采购可能在第一次采购时会做一个较复杂的评估，主要比较各个替代的供应商与供应条件，接着做决定，然后授权公司的采购中心进行直接重购。直接重购的整个购买程序有一定的表单和步骤，因此是例行性的工作。对于这种购买行为，原有的供应者不必重复推销，而应努力使产品的质量和服务保持在一定的水平，减少购买者的购买时间，争取稳定的关系。对于未被列入名单的供应商来说，获得销售机会的可能性极小，但还是可以通过自己的营销活动，促使购买者转移或部分转移购买的。

2) 修正重购(modified rebuy)

修正重购是指购买者对产品的规格、交易条件、价格或其他条款等要素进行修正的购买行为。造成修正重购的可能原因有：计划外的发展问题(如质量、供应状况、存款)或者环境的变化(如经济法律、最终用户、技术变革)、客户需求的变化(如数量、服务水平、交付期限)或供应商供应的变化(如价格、产品开发)、供应商或客户对购买的定期复查。

当决策者认为通过对可供选择的产品和供应商的再评估能够获得最大利益的时候，例如质量改进或成本降低时，采购者倾向采取修正重购。在这种情况下，虽然生产者具备一定的经验和具体详细的采购标准，但由于和原有供应商的不愉快关系，以及是否转到新供应商和在寻求新供应商的过程中存在的不确定性，信息收集工作仍然很重要。面对这种购买类型,原供应商要清醒地认识到自己所面临的威胁,积极改进产品规格,提高服务质量,全力以赴地维持现有的客户。而对于其他竞争者,此时则是获取新订单的好机会。

3) 新购(new task)

新购是指购买者第一次购买某种产品或服务。这是生产者市场购买中最复杂、成本风险也相对较大的一种类型。当企业受到内外方面的刺激,例如新的产品线的扩充,会导致企业对新的原材料、新部件的需求;或为了满足客户的新需求而添置新的设备等。企业需要采购以往从未使用过的产品和服务时,通常借助于经验很难达到满意的效果。于是企业需要在采购之前收集大量的信息,以做出购买决策。

2. 生产者市场购买决策的影响者

(1) 实际使用者(users)。使用者是采购单位中实际使用所购商品的人员。例如,一个工厂的实验室,各种仪器的使用者是实验员;一家纺织厂的织布机的使用者是挡车工。但是,同是使用者,在设备的采购过程中发挥的作用却不同,企业在购进实验设备时,通常首先由实验员们提出购买建议,他们对计划购买的产品品种、规格等有一定的影响力。而挡车工对织布机的选购几乎没有任何影响力。

(2) 影响者(influencers)。影响者是指企业内外直接或间接地影响购买决策的人员。他们参加拟定采购计划,协助明确采购商品的规格,并从技术角度提供估量取舍的有关资料。企业的技术人员常常是采购任务的重要影响人。

(3) 采购者(buyers)。采购者是被企业正式授权具体完成采购任务的人。采购者也可能帮助确定采购商品的规格,但他们的主要任务是选定供应商,并在采购权限内具体地进行交易条款的磋商。在复杂重大的采购中,采购单位的高级管理者往往亲自参与磋商交易。

(4) 决策者(deciders)。决策者是采购商品单位有权选定供应商和决策交易的人。一般情况下,决策者就是采购者,但在交易大而复杂的情况下,决策者可能是企业高级管理者,由他批准采购人员的采购方案。

(5) 控制者(gatekeepers)。控制者是可控制信息流向的人员,能组织卖方推销人员与企业采购中心人员接触,或控制外界与采购有关的信息流入企业的人。例如,采购人员往往有权阻止供应商的推销员与使用者或决策者交谈,另外,接待员、技术人员等也可控制信息。

供应商要了解采购中心人员的构成、各自充当的角色以及他们对购买决策的具体影响,熟悉客户的具体需求,善于接近和说服对采购决策具有影响力和决定权的人员,以便最终成为该企业某产品的现实供应商。

3. 影响生产者购买决策的因素

产业购买者在做购买决策时要对许多影响做出反应,其中最重要的有 4 类,即环境、组织、人际关系及个人因素(图 3.3)。

环境因素	组织因素	人际因素	个人因素	
需求水平 经济前景 利率 技术变化速度 政治与规章制度的变化 竞争发展 社会责任的关注	目标 政策 程序 组织结构 制度	利益 职权 地位 神态 说服力	年龄 收入 教育 工作职位 个性 风险态度 文化	生产者购买

图 3.3　影响生产者采购行为的主要因素

1) 环境因素

环境因素是指影响生产者购买的一切外部因素，主要包括经济状况、社会文化、法律政治、自然环境、技术环境等因素。这些因素影响着生产者市场的整体发展及其购买行为。环境波动时可能给生产者带来意想不到的影响。通常生产者无法改变外部环境，他们总是寻找适应环境的渠道和方法，或者利用环境资源发展自身，或者将环境对自身的不利影响降低到最低程度。总之，生产者需要保持对环境充分的估计和对形势的灵活把握，密切关注当前各环境状况以及预期的状况，同时监视技术发展和革新、政治法律的调整以及产业和渠道环境等因素，并做出准确及时的应对。

环境的变化影响到生产者购买决策的各个方面。经济发展的不景气使得消费者需求不足，对产品和服务的需求相应下降，生产者可能由此减少投资，降低购买规模，调整原有计划和库存量；为适应文化、风俗习惯的差异性，生产者会针对不同的文化环境来调整其购买行为和决策，特别是在国际营销环境中；政府对某行业的扩张性政策会使相应行业的生产者加大对行业需求技术的购买，从而可能导致采购经理在决策过程中的地位下降，而技术人员的作用的提升。

环境因素影响广泛。它们决定了市场方向，也决定了各企业的购买计划和购买决策。环境因素的重要性已被人们所认识。生产者应该注重对各方面环境的分析，抓住机遇，寻求自身的经济增长点。

2) 组织因素

组织因素是指组织内部的各种因素，包括组织的目标、政策、业务程序、组织结构和制度等。这些因素将从组织内部的利益、经营与发展战略等方面影响组织机构购买的决策和行为。

不同类别或同一类别的生产者，他们的组织目标可能有所不同。有的追求较高的市场份额，有的追求当期利润最大化。组织目标的确定会影响到购买人员的购买行为。例如，对于追求成本领先为目标的企业，会对符合本企业要求的尽可能低价的产品感兴趣；而对于追求市场领先为目标的企业，会对技术先进、优质高效的产品感兴趣。生产企业组织规模的大小也影响购买决策过程。规模大的组织通常比较复杂，可能拥有管理、财务等各方面的专家，倾向于集体协商决策，而一些小的组织则可能由个人承担组织购买任务。企业内部成员的构成影响企业文化，比如一个软件公司的员工可能大部分是由受过高等教育的技术人才组成的，这种成员结构会影响企业文化，进而对购买人员的购买行为产生影响。

此外，生产企业内部采购部门地位的演变和企业的采购方式影响着其购买决策。过去采购部门在企业中的地位相对较低，但激烈的竞争使得许多公司提升了其采购部门的地位，人员素质要求相对较高。采购部门成为更富有挑战的、以寻求最佳供应商为任务的机构。以往企业的各事业部进行分散采购来完成各自的采购任务，但企业为了控制存货和降低采购成本、强化企业采购力量，决定采用集中采购。集中采购使得企业的购买更专业化、规模化和规范化。企业的业务程序和制度等也可能都对企业的购买决策行为形成某种程度的限制或推动作用。作为供应商，必须了解和研究购买者内部的组织因素，尤其是关注某些组织因素的变动，有针对性地做好营销工作，争取更多的市场份额。

3) 人际因素

人际因素表现为组织内部的人事关系。以采购中心为例，生产资料购买的决定是由公司各个部门和各种不同层次的人员组成的"采购中心"做出的。"采购中心"的成员由质量管理者、采购申请者、财务主管者、工程技术人员等组成。这些成员的地位不同、权力有异、说服力有区别，他们之间的关系亦有所不同，而且对生产资料的采购决定所起的作用也不同，因而在购买决定上呈现较纷繁复杂的人际关系。产业营销者必须了解用户购买决策的主要人员、他们的决策方式和评价标准、决策中心成员间相互影响的程度等，以便采取有效的营销措施，获得用户的关注。

4) 个人因素

产业购买决策过程中的每一参与者都带有个人的动机、直觉和偏好。这些个人因素来自个人的年龄、收入、教育、职位、个性及对风险的意识。也就是说，产业购买者进行采购时，除了理智的需要，即满足机构的需要外，还要满足他自己的需要，即个人感情上的需要。

产业购买者的感情需要主要包括心理需要、回避风险、身份和报答及友谊等。

(1) 心理需要。某些采购者时常感到有必要使自己从暴戾的老板、不受尊重、较低的薪酬以及有时卑微的自我观念等不愉快的重负中解脱出来。他们希望自己显得重要、被人赏识、具有权力、受到尊重以及获得意愿倾听他们倾诉的听众的注意。如果供应者愿意建立持久的伙伴关系，他们常常会表现出这种倾听的意愿，并向这些采购员表示关切和亲近，为他们额外多做些事。

(2) 回避风险。这是指他们在做某些采购决策时，常常会考虑这项决策会付出多大代价?公司是否肯为此付出这样的代价?自己做出这项购买决策会不会受到申诉?自己能否承受被责罚的恐惧的重压?上述这些都是采购员与一个不熟悉的销售代表、不熟悉的产品或公司打交道时经常遇到的问题。这些恐惧在某些人洁净成交时表现得尤为突出。

(3) 身份和回报。采购人员一般会有这种看法，认为采购工作对自己来说，意味着有前途和得到同辈的称赞，并会使自己被人们看做可敬和高贵。机灵的供应商也深谙采购员的这一双重需要，会去迎合各个采购员对称赞、承认、归属感及自尊的需要。

(4) 友谊。很多业务关系是建立在依赖和尊敬的真诚心上的，而这些业务关系历经多年后又往往会形成一种友谊。这种友谊一旦形成，对推销业务一般会有很大促进作用，因为作为社会人的购买人员，他们会经常凭印象来做决策，向那些自认为较亲近的公司采购。因此，明智的供应商通常都会力争与自己客户的采购人员结成长期的友谊关系。

3.2.3　生产者购买决策过程

与消费资料的购买者一样，生产资料的购买者也有决策过程。供货企业的最高管理层和市场营销人员还要了解其顾客购买过程的各个阶段的情况，并采取适当的措施，以适应顾客在各个阶段的需要，才能使之成为现实的买主。生产者购买过程阶段的多少取决于其购买情况的复杂程度。直接重购通常只需经过绩效评价阶段，修正重购可能要经过提出需要、确定总需要、确定产品规格等阶段，而新购则要经过完整的 8 个阶段，见表 3-1。

表 3-1　不同类型生产者购买行为所经历的购买阶段

购买阶段　＼　购买类型	新购	修正重购	直接重购
提出需求	是	可能	否
确定需求	是	可能	否
说明需求	是	是	是
寻求供应商	是	可能	否
征求建议	是	可能	否
选择供应商	是	可能	否
发出正式订单	是	可能	否
绩效评价	是	是	是

1. 提出需求

提出需求是生产者购买决策过程的起点。需求的提出既可以是内部的刺激，也可以是外部的刺激引起的。内部的刺激诸如企业决定生产新产品，需要新的设备和原材料；因存货水平开始下降，需要购进生产资料；因发现过去采购的原料质量不好，需更换供应者等。外部刺激诸如商品广告、营销人员的上门推销等，使采购人员发现了质量更好、价格更低的产品，促使他们提出采购需求。因此，在这个阶段，营销人员应为加强推销，经常开展广告宣传，派人访问用户，增强外部刺激，发掘潜在需求。

2. 确定需求

生产者认识到某种需求之后，要进一步确定所需产品的品种数量等。简单的采购任务则由采购人员直接决定。复杂的采购任务由采购人员同企业内部的有关人员共同确定。

3. 说明需求

确认需求之后，就要对所需产品的规格型号等技术指标做详细的说明，这要由专业人员运用价值分析法进行，即将产品及其配件的功能与各自的成本或费用相对比，得出它们的经济效益，确保产品的必要性。营销人员也要运用价值分析技术，向顾客说明其产品的良好功能。

4. 寻求供应商

采购人员通过各种途径收集有关供应商的信息，排除那些生产能力不足、供货信誉差的企业。而对那些认为合格的供应商，则要通过电话、计算机查询或登门拜访的方式，进一步了解他们的产品及供货行为，最后确定信誉良好和合乎自身要求的供应商作为备选对象。供应商应努力推出强有力的广告和促销计划，以提高公司的知名度。

5. 征求建议

对已物色的多个候选供应商，购买者应请他们提交供应建议书，尤其是对价值高、价格贵的产品，还要求他们写出详细的说明，对经过筛选后留下的供应商，要他们提出正式的说明。因此，供应商的营销人员应根据市场情况，写出实事求是而又别出心裁、能打动人心的产品说明，全面而形象地表达所推销产品的优点和特性，力争在众多的竞争者中获得胜出。

6. 选择供应商

在收到多个供应商的有关资料后，采购者将根据资料选择比较满意的供应商。在选择供应商时，不仅要考虑其技术能力，还要考虑其能否及时供货，能否提供必要的服务。其遴选的主要条件是：交货快慢、产品质量、产品价格、企业信誉、产品品种、技术能力和生产设备、服务质量、付款结算方式、财务状况、地理位置等。根据上述条件遴选出数个供应商，企业在最后确定供应商之前，有时还要和供应商面谈，以争取更优惠的条件。不少企业最后确定的供应商不限一个，其目的在于：一方面有多个供应商，以免受制于人；另一方面则可以促使供应者之间展开竞争，以改进服务质量。当然，企业在确定的几个供应商中，一般一个为主，其他几个为辅。比如购买者最后确定了 3 个供应商，便向为主的供应商购买所需产品总量的 60%，向为辅的两个供应商分别购买所需产品总量的 30%

和10%。

7. 发出正式订单

这是购买决策过程中的实际购买阶段，一般是生产企业将订货单给选定的供应商，在订单上列举技术说明、需要数量、期望交货时间以及退货条款和保证条款等。目前许多企业普遍采用"一揽子合同"，即生产企业与供应商建立长期的供货关系。供应商通过一定方式的承诺，可根据生产企业的需要随时按照原定交换条件供货，这样他的产品有了固定的销路，减轻了竞争的压力。而生产企业则减少了多次购买签约的成本，也减轻了库存的压力，加速了资本周转。

8. 绩效评价

产品购进后，采购者还会及时向使用者了解其对产品的评价，考查各个供应商的履约情况，并根据了解和考查的结果，决定今后是否继续采购某供应商的产品。考查有两个方面的内容：一方面对购买的工业品的质量要验证，看是否符合明细表和设计图纸的要求；另一方面对所付出的购买金额和差旅费等进行分析，是突破还是节余，查明原因，以决定继续购买还是改换供应单位。为此，供应商在产品销售出去以后，要加强追踪调查和售后服务，以赢得采购者的信任，保持长久的供求关系。同时，对本次购买活动进行总结。

 案例 3-6

同仁堂的采购法

北京同仁堂是中药行业著名的老字号，创建于清康熙八年(1669年)。在300多年的历史长河中，历代同仁堂人恪守"炮制虽繁必不敢省人工，品味虽贵必不敢减物力"的传统古训，树立"修合无人见，存心有天知"的自律意识，确保了同仁堂金字招牌的长盛不衰。自雍正元年(1721年)同仁堂正式供奉清皇宫御药房用药，历经八代皇帝，长达188年，这就造就了同仁堂人在制药过程中兢兢业业、精益求精的严谨精神。其产品以"配方独特，选料上乘，工艺精湛，疗效显著"而享誉海内外。在300多年的发展过程中，同仁堂积累了许多经商的经验，下面介绍同仁堂采购药材的方法。

河北省安国县的庙会是全国有名的药材集散市场。每年冬、春两季，各地药农、药商云集于此。北京同仁堂的药材采购员在采购中使用了一连串的技巧，并善于积极反馈信息，所购的药材比别的药店便宜许多。他们一到安国县，并不急于透露自己需要采购什么，而是先注意收集有关信息。他们往往开始只是多少购进一点比较短缺的药材，以"套出"一些"信息"。例如，本来需要购进5 000千克黄连，他们往往只买进50千克上等货，而且故意付高价。"价高招商客"，外地的药商药农闻讯，便纷纷将黄连运到安国县。这时同仁堂的采购员却不再问津黄连，而是大量买进市场上其他滞销的且又必须购买的药材。等其他生意做得差不多时，再突然返回来采购黄连。此时，他们已得到信息反馈：由于黄连大量涌进市场，形成滞销之势。各地来的药商为了避免徒劳往返，多耗运输费用，或者怕卖不出去而亏本，都愿意低价出售。经过这一涨一落，同仁堂就大量收购市场上各种滞销的药材。药商们吃了亏，影响到第二年药农的积极性，自然就会减少产量。同仁堂的采购员又能够预测到第二年的情况。这样一来，这些减产的药材第二年又会因大幅度减产而价格暴涨，而这时同仁堂的库存早已备足。

资料来源：朱华，窦坤芳. 市场营销案例精选精析. 中国社会科学出版社. 2006.

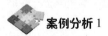 案例分析1

"金嗓子"唱响全国的奥秘

一、背景资料

金嗓子喉宝是一种由广西金嗓子制药厂(原柳州市糖果二厂)利用中国中草药制成的保健咽喉糖含片，问世仅仅四五年，即从强手如云、竞争激烈的咽喉含片市场中脱颖而出。目前占据全国药店咽喉含片市场前列，畅销全国，年销售额近3亿元，并仍保持迅猛的发展趋势，产品的知名度、美誉度名列同类产品前茅。

二、基本案情

20世纪90年代初，糖果行业产品滞销，竞争加剧，成本上升，假冒产品横行，冲击市场，大部分糖果厂面临困境，一些厂已经倒闭。这时柳州市糖果厂厂长江佩珍与助手们在中央一位主管经济的领导的指导启发下，毅然决定开发难以假冒的高科技产品，并从糖果行业转向利润较高的制药行业，成立了金嗓子制药厂。以此转危为安，在激烈的市场竞争中站稳脚跟。其成功的原因很多，其中主要因素有以下几点。

(一) 根据市场潜在需求开发产品

1. 产品研制

20世纪90年代初期和中期，咽喉片市场经历了数十年的广告大战之后，各名牌均已确立统治地位，草珊瑚、西瓜霜、健民咽喉片等已占有市场的大部分份额，新产品虽层出不穷，均未能撼动它们的统治地位。然而，在市场研究中发现，咽喉含片均为药粉压制而成，一含即溶，很难在咽喉部较长时间保持药效，含片一般较小，药量不足，对急性咽喉炎或咽喉不适应者如不大量施药，见效较慢，而润喉糖无治疗作用。这样，两类产品之间存在一个空缺，即中间型治疗保健产品。

对潜在消费者更进一步的研究表明，一种能短时间产生良好的抑制咽喉不适效果，治疗急性咽喉炎，较长时间保持作用的含片是大受欢迎的产品。于是，江佩珍厂长三次到上海求援，找到了华东师范大学的王耀发教授，共同开发出了新产品——喉宝。

因此，一种含有多种中草药成分能在短时期之内对咽喉炎症产生强烈、良好效果、显效时间长和高附加值的咽喉含片根据市场需要而诞生了。

2. 产品的命名与包装

当时，一般同类产品均称含片和喉片，在新产品推出上，若按旧的思维定式，在资金短缺、知名度为零、各方面条件无法与老牌药厂竞争的情况下，是无法打开市场并在短时间内成为名牌产品的。

因此，在命名上，用"喉宝"区别普通喉片，用"金嗓子"作为品牌名字，有直接强烈的功效暗示及美誉品牌的作用。这样，金嗓子喉宝这个名字一诞生，便占据名字上的优势，与同类产品有明显的差别性。

包装上，针对同类产品一般用小塑料盒装，分量不足的特点，采取了10片2包装(2盒1疗程)，用金黄做基本色，区别于其他同类产品。

综上所述，金嗓子喉宝的研制、命名和包装是在了解了消费者需求基础上进行的，改变了过去"我有一产品，应设法让大众接受"的观念，而是"消费者需要这种产品，我就研制这样的产品并进行相应的命名与包装，以满足其需要"。

(二) 定价研究与决策

原有产品的定价都是计划经济的产物，因此定价极低。零售价一般为 2 元/盒，而进口同类产品(如渔夫之宝)价高至 16 元/盒，又超过了普通人消费水平。因此，进行市场调查发现人们心理上能接受的价格是 5~6 元/盒，从而确定了零售价为 5~6 元/盒，并根据其见效快、高品质的特点将金嗓子喉宝定位为高价质优的咽喉医疗保健品。

(三) 消费者行为分析

对消费者心理及消费倾向的研究表明以下几点。

(1) 消费者在购买咽喉片之类的产品时，大部分从医院获得，其余才从药店购买，其主要原因是公费医疗。但金嗓子喉宝只能进药店，因此，改变消费者的消费习惯显得尤为重要。

(2) 潜在消费者分析。

① 烟酒爱好者、足球爱好者、空气污染严重的地区的人群、爱好唱歌者、推销员、教师、导游等。

② 性别：男性居多。

③ 年龄：不愿进医院开处方，怕麻烦的人，即 20~40 岁之间居多。

(3) 潜在消费者的行为分析。

① 外向、粗放、喜欢卡拉 OK. 足球、吸烟喝酒、喜欢讲话(自我表现)。

② 不爱去医院，怕麻烦、经济状况良好。

(4) 潜在消费者接触最多的媒体及场所分析。

① 喜欢体育新闻、时事新闻、看报纸、看电视。

② 常去球场、餐厅、卡拉 OK 厅。

(5) 国内影响最大(最时尚)的活动。

① 流行自我娱乐、卡拉 OK 自唱。

② 足球热、关注球市兴衰、球队命运。

③ 股市火爆，数千万股民关注股市。

④ 喝酒吸烟热，尤其是白酒。

(四) 便利性营销通路的形成——建立高效的营销网络

(1) 寻找真正的潜在消费者——根据目标消费者进行销售布点。

(2) 终端是沟通消费者，获得宝贵的反馈信息，直接促销的关键环节。

(3) 顺应消费者潮流，便利消费者是最终策略，金嗓子喉宝进入游泳点、机场、车站、商店、药店等便利店，渗透到千家万户。

(五) 整合动态营销传播组合

为尽快推广促销金嗓子喉宝，在统一策划的基础上，由厂长直接指挥，各地区分别开展了宣传与促销攻势，分别采取了实效促销、样品品尝、公关宣传、大型活动组织和新闻报道等手段，并根据各地情况整合为一体，集中进行宣传与传播，有效地将销售、公关、广告、公益、大型活动、特别促销和人际传播等整合为高效、有力的传播体系，统一调度、统一形象、统一诉求，取得了很好的效果。

资料来源：肖开宁. "金嗓子"唱响全国的奥秘. 销售与市场.1999 年 2 期.

问题讨论：该制药厂是如何分析消费者的行为特点并制定相应的营销策略的？

 案例分析 2

"定义品类"的新产品赢取电力系统变压器市场

中电电气集团是一家集科研、制造、投资为一体的大型高科技企业集团，主要研发、生产、销售的产品包括各类电力变压器、绝缘材料、电工产品、电线电缆、太阳能电池等，其变压器产品在行业内第一次荣获"中国环境标志企业"和"中国环境标志产品"双绿证书。同时它也是美国 DSI 公司、德国 KME 公司、中国武钢的长期战略合作伙伴，是全球最大的 NOMEX 纸干式变压器制造商，100 多个销售网点遍布全国各大城市及欧美等世界各地。

变压器这个市场属于基础产业，销售主要是面向生产者销售的，虽然国内电力行业需求很大，但要进入这个市场也并不容易。根据相关行业分析报告，2003 年至 2004 年，中国电力系统电网大规模改造开始，同时，2004 年中国电力系统预计整个供电量是 4 800 万千伏，比 2003 年的 2 000 万千伏增长了 2.4 倍。2005 年中国电力系统预计还会有一个很大的发展。这使公司有了一个大发展的机遇。中电电气一直想进入电力系统专业市场，而原有主力产品(S G 10 系列)由于单价较高，不适于电力系统大批量采购，其产品结构及业务模式已不能支持企业的高速增长，这也迫切企业需要寻找新的增长引擎，开发一个在单价上有优势，能进入电力系统购买清单的新产品。

中电集团通过市场调查分析，随着中国现代化和城镇化进程的加快，用电负荷将主要集中于城市，城市电网的建设和改造也就成为电网建设的重中之重。因此，城网是配电变压器最大的利润市场。现有的变压器产品大类按材料分可分为油浸式变压器和干式变压器。其中，油浸式变压器的价格较低，但污染大、安全性较低；干式变压器价格较高。如果目前立刻生产现有的这两种变压器，要进入这个市场吃蛋糕，难度高、风险大。

中电集团开拓思路，决定高起点跨入变压器制造领域，以先进的技术和无可挑剔的质量，开发出"液浸式变压器"这一全新品类，迎接这一巨大商机。这种新型变压器比干式变压器更实惠，比油浸变压器更环保。根据其特点，将这种变压器定位为"城网专用变压器"，直接进军城网配电变压器市场。这样的一种产品定位在独占的产品品类与最大的利润市场之间建立了先天的连接，确保"液浸式变压器"拥有广阔的市场空间。更为重要的是，这样定位使"液浸式变压器"在电力系统城网项目进行的招投标中，更易脱颖而出，因为它是"专用的"——也就是最专业的，这是一个很容易产生的联想。

为了让市场认知这种产品，中电集团开始全方位营销推广。每年的 3~5 月是电力系统编制年度预算的时间，也是配电变压器市场的"旺季"，能否在此时进入电力系统的预算决定了配电变压器在电力系统市场一年的销售态势。

从 2003 年 3 月 11 日起，中电开始在全国进行针对电力系统市场的"β 液浸式变压器"巡回推广会，5 月 15 日前在 40 个城市举办，重点邀请各地电力局的局长、主管副局长和总工程师以及相关人员。同时，集团设计了一系列产品广告，主要用于登载在中国电力等专业媒体上，在封面广告以被其他企业定完的情况下，就连续 3 个整版的刊登自己的广告，以充分引起企业客户的注意。上述举措已吸引行业的普遍关注，还因此受到行业唯一的中国工程院院士朱英浩的关心——在充分了解新产品开发的过程及性能指标后，他对

"液浸式变压器"和"城网专用变压器"的概念表示了认可。这样,中电集团凭借新产品将原来二分天下的变压器市场变成了三分天下的局面。

在定价策略上,"液浸式变压器"使用了原油浸式变压器体系较先进的材料,成本比油浸式变压器高10%,因此集团将新产品价格定位在比油浸式变压器高30%,比干式变压器低35%。这样就既可增加集团的收益,同时还能给客户传递"液浸式变压器——比油浸式变压器安全、比干式变压器实惠"的品类利益。

因为变压器是法人采购,中电集团不断邀请其负责人及技术人员到企业考察,而公司所在地南京路口机场是他们到达考察的第一站。因此公司在南京路口机场做大幅广告牌,给这些来考察的人员从到南京开始就对企业有良好的印象。

过去的几十年变压器的包装都是普通的木板装的,拆卸麻烦,公司就在产品的包装上动了很多的脑筋,改善包装的材质,让其拆卸更为简便。同时,变压器的安装都是在户外,安装很麻烦,对于安装的工人而言,可能有很多的抱怨,公司在开箱找到一个突破点。工人们在开箱的时候里面会有一封感谢信,另外会有几把雨伞和几个保温瓶,这些都是公司很好的广告载体,同时也令到这些安装的工人对公司产生很好的印象。

2004年2月下旬,该产品的销售开始日渐增长,截至2004年4月15日,签约销售订单已超过4 500万元,设备台数超过1 000台,且销售仍处于增长的态势。新产品进入"生产—销售—再生产—再销售"的良性循环,并开始创造利润。对订单的分析表明,城市供电局是新产品的主要购买者,这些产品将用于购买机构所在城市的城网改造工程,这对于中电电气的销售而言是一个突破。中电电气开始大踏步进入电力系统市场,这对原主力产品SG10系列非包封敞开干式变压器的销售也起到了带动作用,2004年首季度签约销售订单已超过2.2亿元人民币,比去年同期增加了1亿元人民币。

中电集团通过其新产品的明确定位目标、深入准确的洞察,同时对采购的决策过程全过程地加以考虑,并且选择最关键的节点安排策略,进行营销的传播和沟通,因此获得了其所带来的成功。

资料来源:曾晓洋,胡维平. 市场营销学例集. 上海财经大学出版社.2005.

问题讨论: 1. 中电集团在其新产品营销过程中,最关键的成功因素是什么?

2. 在生产者市场推广中,品牌和人事关系中哪一个重要?

3. 在生产者营销中,应从哪几方面注重购买集团的影响者?

思考与训练

1. 以所见所闻举例说明消费时尚和流行产品对人们购买动机和购买行为的影响。

2. 美国亨氏公司曾推出老年系列食品,在欧美市场强调这是专门为老年人生产制作的。亨氏食品进入中国市场后也做这种宣传,从消费心理分析,它会成功吗?

3. 如果将你在大学学习也视为一种消费,以你自己实际的经历,根据购买决策过程的5个阶段,分析你的购买决策过程,并分析影响该购买决策的社会因素。

第 **4** 章 市场调研与需求预测

教学目标

1. 了解市场营销信息系统的含义；
2. 掌握市场营销信息系统的结构；
3. 理解市场调研与预测信息系统的基本职能；
4. 了解市场营销调研的含义、内容和程序；
5. 掌握市场营销调研的方法和技术；
6. 了解市场营销预测的概念、分类与程序；
7. 掌握市场营销预测的方法。

 **导入案例**

美国 Levi's 公司是以生产牛仔裤而闻名世界的。20 世纪 40 年代末期的销售额仅为 800 万美元，但到 20 世纪 80 年代销售额达到 20 亿美元，40 年间增长了 250 倍。这主要得益于他们的市场调查。该公司设有专门负责市场调查的机构，调查时应用统计学、行为学、心理学、市场学等知识和手段，按不同国别分析研究消费者的心理差异和需求差别，分析研究不同国家的经济情况的变化、环境的影响、市场竞争和时尚趋势等，并据此制定公司的服装生产和销售计划。例如，公司对德国市场的调查表明，大多数顾客认为服装合身是首选条件，Levi's 随即派人在该国各大学和工厂进行服装合身测验。一种颜色的裤子就定出了 45 种尺寸，因而扩大了销售。Levi's 根据美国市场调查，了解到美国青年喜欢合身、耐穿、价廉和时髦的服装，Levi's 将这 4 个要素作为产品的主要目标，因而该公司的产品在美国青年市场中长期占有较大的份额。Levi's 通过市场调查还了解到许多美国女青年喜欢穿男裤，公司经过精心设计，推出了适合妇女需要的牛仔裤和便装裤，使该公司的妇女服装的销售额不断增长。虽然美国及国际服装市场竞争激烈，但是 Levi's 靠市场调查提供的信息，确保了经营决策的正确性，使公司在市场竞争中处于不败之地。

为了满足市场需要，Levi's 公司十分重视对消费者消费心理的分析，以及做好市场调查和树立牢固的市场观念，在此基础上，按用户需要组织生产，这是 Levi's 公司成功的市场决策。正确的市场决策带来了 Levi's 公司的大发展。而在这其中，把握并合理运用营销信息是营销决策的基本前提和基础。

4.1 市场营销信息系统

4.1.1 市场营销信息系统的含义和结构

1. 市场营销信息系统的含义

市场营销信息系统(marketing information system，MIS)是由人员、知识以及信息设备的软硬件共同组成的一个相互作用的、有机的集合体，它连续、有规律地对组织内部及外部信息进行收集、分类、分析、存储和传递，以及时、准确地提供市场营销信息，帮助营销人员做出市场营销决策。市场营销信息系统将组织的营销者与组织所处的不断变化的营销环境联系起来，营销人员依靠这一系统更加密切地把握环境的变化和发展趋势。

2. 市场营销信息系统的结构

市场营销信息系统由内部报告系统、营销情报系统、营销调研系统和营销决策支持系统 4 个主要的子系统构成，它们围绕着营销信息数据库工作，它的工作过程可用图 4.1 表示。

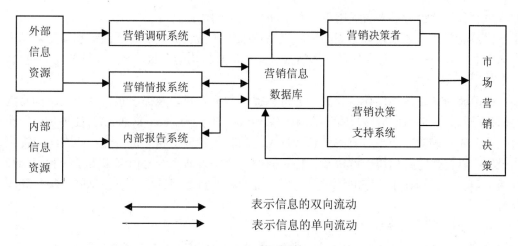

图 4.1 营销信息系统工作图

从营销信息系统的工作图中可以看出，营销调研系统和营销情报系统从组织外部获取信息，内部报告系统从组织内部获取信息，经分类处理后形成营销信息存储在营销信息数据库内，这三个系统处理信息时也可能会用到原本就存储在数据库中的一些资源。所以它们与营销信息数据库的联系可以通过双向箭头表示。营销决策者直接或在决策支持系统的帮助下利用营销数据库中的信息做出市场营销决策。

1) 内部报告系统

内部报告系统(interal dabases)也叫做内部会计系统，它是决策者们可利用的最基本的系统。它最大的特点是所有信息都来自企业内部的财务会计、生产、销售等部门，而且通常是定期提供，用于日常营销活动的计划、管理和控制。它的主要功能是向营销管理人员及时提供有关订货数量、销售额、产品成本、存货水平、现金金额、应收账款、应付账款等各种反映企业经营状况的信息，以便营销人员根据这些信息发现市场机会，找出管理中存在的问题。其中，"订货——发货——开出收款账单"这一循环是内部报告系统的核心，销售报告是营销管理人员最迫切需要的信息。

企业的内部报告系统的关键是如何提高这一循环系统的运行效率，并使整个内部报告系统能够迅速、准确、可靠地向企业的营销决策者提供各种有用的信息。

2) 营销情报系统

营销情报系统(marketing intelligence system)是使企业经理获得日常关于营销环境发展的恰当信息的一整套程序和来源，它的主要任务是利用各种方法收集、侦察和提供企业营销环境最新发展的信息。营销人员可采用无目的观察、条件性观察、非正式搜寻等方式寻找信息，还可以从阅读书籍、报刊，与顾客、供应商、经销商等交谈中获得情报。营销情报系统与内部报告系统的主要区别在于后者为营销管理人员提供事件发生以后的结果数据,而前者为营销管理人员提供正在发生和变化中的数据。

营销情报系统要求采取正规的程序提高情报的质量和数量,必须训练和鼓励营销人员收集情报,鼓励中间商及合作者互通情报、购买信息机构的情报、参加各种贸易展览会等。

3) 营销调研系统

营销调研是系统地设计、收集、分析和提出数据资料以及提出跟公司所面临的特定的营销状况有关的调查研究结果。营销调研系统(marketing research system)的任务是针对企业面临的具体明确的问题,对有关信息进行系统的收集、分析和评价,并对研究结果提出正式报告,以供决策部门用于解决某一特定问题。营销调研系统与内部报告系统和营销情报系统最本质的区别在于:它的针对性很强,是为解决特定问题而从事信息的收集、整理、分析。

4) 营销决策支持系统

营销决策支持系统(marketing decision support system)也叫营销决策分析系统,这是一个组织,它通过软件与硬件支持,协调数据收集、系统、工具和技术,解释企业内部和外部环境的有关信息,并把它转化为营销活动的基础。它主要由统计分析模型和其他决策模型组成,任务是对情报系统和营销调研系统收集来的数据资料用数学方法进行分析归纳,帮助营销管理人员做出最佳的市场营销决策。营销决策支持系统由两个部分组成,一个是统计库,另一个是模型库。其中,统计库的功能是采用各种统计分析技术从大量数据中提取有意义的信息。模型库包含了由管理科学家建立的解决各种营销决策问题的数学模型,如新产品销售预测模型、广告预算模型、厂址选择模型、竞争策略模型、产品定价模型以及最佳营销组合模型等。

 案例 4-1

实现价值链最为成功的巨人沃尔玛

世界零售商巨人沃尔玛是实现价值链最为成功的企业。沃尔玛 1960 年只有 8 家连锁店。但目前已拥有几千家连锁店。为了管理这些连锁店,沃尔玛与休斯公司合作,投入 7 亿美元建立了卫星计算机系统。其创办人山姆·沃尔顿说:"我坐在荧光屏前只需 2 分钟,就可以了解全球沃尔玛的整个情况。"沃尔玛在美国就有 24 个巨型配销中心,其每一个配销中心有 23 个足球场那么大,公司除了建设内部价值链外,还努力超越其自身价值链,进入供应商和最终顾客的价值链,这就是建立价值让渡系统。

当沃尔玛的商店要销售其产品时,销售信息不仅流向沃尔玛总部,还流向供应商,这些供应商几乎在他们的产品刚从货架上取下时就能补充运到沃尔玛商店。宝洁公司为了提高向沃尔玛供货的速度,还专门派了 20 名雇员到沃尔玛总部所在地工作和生活。

4.1.2　市场营销调研与预测信息系统的基本职能

市场营销调研与预测信息系统的基本职能包括确定信息需要、市场营销调研与预测的设计与规划、实施调查、信息资料处理、信息提供和指导使用、系统管理 6 个方面。

1. 确定信息需要

企业在市场营销过程中对市场信息的需要是客观的，但经营管理者对需要什么信息并不总是十分清楚的。市场营销调研与预测信息系统的第一个基本职能就是确定整个企业对市场信息的需要，即确定：各种经营管理及业务活动需要什么样的信息？需要多少信息？谁需要并使用这些信息？什么时候需要使用这些信息？通过什么渠道把信息传递到使用者手中？等等。

2. 市场营销调研与预测的设计与规划

为满足企业对市场信息的需要，首先需确定系统信息库中现有的信息资料能否满足需要。如果不能，意味着需要开展市场营销调研与预测活动收集信息。对市场营销调研与预测进行设计与规划是市场营销调研与预测信息系统的又一重要职能。具体包括：确定该项市场营销调研与预测活动的主体；确定资料来源；确定调研对象；确定资料收集方法；设计调查问卷表；确定测量程序与技术；确定资料处理计划；调研与预测力量调配；时间规划和预算；等等，以形成具体的规划。

3. 实施调查

市场营销调研与预测信息系统承担着具体实施市场调研与预测的职能，即按市场调研与预测的规划，实施调查工作。这一职能包含对第二手资料和第一手资料的收集。一般而言，实施调查的职能居于中心地位，需花费最多的人力、财力、时间，其实施的结果对整个系统有着决定性的影响。

4. 信息资料处理

信息资料处理是市场营销调研与预测信息系统的又一个中心职能，它包含几个具体的职能。一是信息资料的加工、分析，即对各种收集所得的信息资料进行必要的逻辑运算、数学运算、分析研究等。二是信息资料的传输，即把加工分析后形成的信息资料及时地传输给适当的部门或人员。三是信息资料的存储，即把各种市场信息资料，包括原始信息和加工信息，按一定的要求，以一定的形式存储起来。信息资料的存储形成市场营销调研与预测信息系统的信息库。四是编索引，即对信息库中的信息资料按一定的规则编制索引。

5. 信息提供和指导使用

市场营销调研与预测信息系统具有向各类信息使用者提供各类适用信息并加以指导的

职能，有的甚至需向企业外部有关使用者提供信息。它包含 5 个具体职能。一是需求分析，即对使用者的信息需求进行分析，确定需提供什么样的信息。如果信息库中现有信息不能满足需求，则需决定进行再加工，甚至再调查。二是检索，即从信息库中查找所需的信息。三是再加工，即对原有信息按要求再加工。四是输出，即向需求者提供有关信息资料。五是指导，即指导和帮助信息资料的接收者正确地理解、使用好信息，并及时反馈有关情况。

4.1.3 建立市场营销调研与预测信息系统的要求

1. 要有企业领导人的全力支持

建立市场营销调研与预测信息系统涉及企业的各个方面，必须由企业的领导进行决策，并自始至终加强领导，对具体工作人员给予全力支持。企业领导人的支持是建立市场营销调研与预测信息系统并成功运行的必要条件。

2. 要有合理的企业组织结构

企业组织结构的合理化是建立市场营销调研与预测信息系统的前提条件。为此，企业要注意按照现代管理学的组织原理，合理设置组织结构模式、部门与层次结构，科学确定分工协作职能的划分。企业的组织结构还必须适应市场化经营的要求，并与信息系统的动作相协调。

3. 要有一定的硬件条件

建立市场营销调研与预测信息系统，企业必须要有一定的硬件条件。具体来说，不但要有善于从事市场营销调研与预测的专业人员、信息管理人员、信息处理人员、机器设备操作人员等，还要有计算机、通信设备等适用的现代化机器设备。企业本身的财力也要有保证。

4. 要有一定的软件条件

企业本身的经营管理工作达到一定的水平是建立市场营销调研与预测信息系统所必备的软件条件。具体来说，要达到管理工作程序化，管理业务标准化，信息收集制度化，信息形式标准化、代码化，信息内容系统化，信息传递规范化，信息存储档案化，信息工作秩序化。

5. 要有一定的外部条件

建立市场营销调研与预测信息系统，还要有一定的外部条件，比如用户的需要、政府的政策、社会信息网络的完善、技术设备的供应等。

案例 4-2

市场调查的春天乐章

中国市场调查 2003 年的营业额达 30 亿, 10 年来, 年增长率都保持在 20% 以上。这一数据让市场调查这个并不起眼的行业在 2004 年的春天变得格外耀眼。

虽然市场调查还是一个非常小的行业, 经过 20 年的发展, 中国市场调查公司已有 1 500 家, 每年的增长速度都在 20% 以上。2003 年零点调查公司营业额的增长率达到了 50%, 速度之快让人惊叹, 行业的潜在能量是不容忽视的, 央视市场研究股份有限公司(CTR)从 1986 年开始营业额以年均 20% 的速度增长。直到近两年才趋于平缓, 增长速度保持在 15% 左右。

在中国, 市场调查业的增长速度远远超出了 GDP 的增长速度, 但是并没有得到充分发育。中国和美国 GDP 之比是 1 : 7, 中国经济投入到市场研究的费用和美国的比是 1 : 60。中国很大一部分调查公司还是以做执行为主的。这个行业现在还在起步阶段, 并没有真正发育成熟, 在中国市场中占有率比较低, 还有巨大的行业发展空间。

20 年前市场调查在中国企业的概念里还只是一个模糊的符号, 市场调查公司高昂的服务费用也使得中国企业望而生畏, 市场调查公司当时的客户几乎都是全球著名跨国公司。

现在从中国市场调查业的营业额来看, 有 67% 的收入是来自中国本土的企业。这一比例正透射着一种迹象, 中国企业对市场研究的需求正在增加, 市场调查的蛋糕正在快速膨胀。以零点调查公司为例, 在他们的商业客户中, 国内客户占 50%; 国际客户占 40%, 包括海外和中国三资企业的客户; 还有 10% 的客户是政府、学术机构和联合国机构。

随着中国市场经济进程加快, 国际上著名的市场研究机构都盯上了中国这片刚刚开垦但无比肥沃的土地, 许多著名的国际市场研究公司都纷纷在中国开设了分支机构, 同时他们也把市场调查行业新的技术带到了中国, 和中国本土的市场调查公司一起为企业的发展保驾护航。

资料来源: 熊靓. 市场调查的春天乐章.《中国科技财富》, 2004-4-4.

4.2 市场营销调研

4.2.1 市场营销调研的含义及内容

1. 市场营销调研的含义

市场营销调研(marketing research)是针对组织特定的营销问题, 采用科学的研究方法, 有计划、有目的地对市场营销信息情报进行系统的收集、整理和分析, 为管理者制定相关决策提供依据的一项营销活动。

理解这一概念的内涵, 必须注意以下几个方面的特征: 市场营销调研是企业的一种有目的的活动；市场营销调研是一个系统的过程；市场营销调研活动包含着对市场信息的判断、收集、记录、整理、分析、研究和传播等多项活动。企业面对复杂多变的市场，要想在市场上获得成功，就必须认真研究分析市场规律，真正掌握有关市场的详细情况，这样才能准确选择目标市场，有效地进入市场，并制定有针对性的营销策略。

2. 市场营销调研的内容

市场营销调研涉及市场营销活动的整个过程。企业的营销调研包括一切与企业营销活动有关部门的内外部环境及营销决策过程中所遇到的各种问题的调查研究。因此，市场营销调研的内容涉及的范围非常广泛。常见的市场营销调研活动可能涉及以下类型中的一种或者几种。

(1) 产品调研。产品是企业生存的根本，企业只有不断地生产适销对路的产品，才能保证取得最佳的经济效益。它包括产品设计、产品功能、产品款式、产品质量、产品品牌或商标、产品包装、产品服务、新产品开发等方面的调研。

(2) 价格调研。为了制定科学而合理的定价策略，企业需进行价格方面的调研。它包括国民生产总值、收入水平、影响定价的因素、产品需求弹性等方面的调研。

(3) 分销调研。分销调研主要包括分销渠道的结构和类型、分销渠道的覆盖范围和销售效率、各类中间商的销售能力与资信状况、销售渠道选择是否合理等。

(4) 促销调研。促销调研常见的是广告研究，主要包括广告费用及效果调查、媒体接触率、收视率调查、广告跟踪调查。除广告研究之外，还包括其他促销方式如人员推销、营业推广、公共关系的效果调研。

(5) 消费者调研。消费需求是企业一切活动的中心和出发点。因此，营销调研应该首先以消费者为重点。它包括消费者数量、消费者的地区分布、消费者的购买数量、消费者的购买行为、消费者的品牌偏好、消费者对本企业产品的改进要求等方面的调研。

(6) 竞争因素调研。企业开展营销活动，必然存在竞争对手。因此，企业要想保持自己的市场地位或扩展市场，必须掌握竞争状况，知己知彼，百战不殆。它包括竞争对手的数量及相互关系、竞争对手市场份额、竞争对手经济实力、竞争对手发展战略、竞争对手产品及服务特色、竞争对手销售网络、竞争对手促销方式及特色等的调研。

(7) 市场调研。对市场进行调研的目的是为了扩大市场占有率及开拓新市场，以便有针对性地制定营销策略，开展营销活动。它包括市场容量、市场占有率、经济形势、商品供求状况、销售趋势等方面的调研。

4.2.2 市场营销调研的基本类型

市场调研按调研问题的性质可分为 4 种基本类型。

1. 探测性调研

探测性调研是对所研究课题的初步考察，一般是在市场情况不明时，为了发现问题，找出问题的症结，明确进一步调研的具体内容和重点而进行的非正式调研。它通常采用二手资料，或请教一些专家、内行来实现。

例如，某企业近来销售量大幅度下降，究竟是由于销售渠道不畅还是广告力度不够？还是竞争者加入？或是消费偏好发生了变化？在原因不明的情况下，企业可先向业务员了解情况，或根据以往的销售资料进行分析，以初步发现原因所在。探索性调研的作用在于发现问题的端倪，有助于把一个大而模糊的问题表达为小而精确的子问题，以使问题更明确，并识别出进一步调研的信息(通常以具体的假设形式出现)。

2. 描述性调研

描述性调研是对调研题目所关注的各种事物的状态、规模、特点和过程进行准确的定性及定量描述，它主要解决各现象"是什么"的问题。它的作用在于说明事物的各种数量表现和有关情况，一般不涉及事物的本质及影响事物变化的内在原因。它主要是通过实地调研、收集第一手资料来实现的。

描述性调研可以满足一系列的调研目标，描述某类群体的特点，决定不同消费群体之间在需要、态度、行为、意见等方面的差别，识别行业的市场份额和市场潜力是非常常见的描述性调研。

3. 因果性调研

因果性调研又称相关性调研，是为了弄清有关市场变量之间的因果关系而进行的专题调研，它所回答的问题是"为什么"。其目的在于找出事物变化的原因和现象之间的相互关系，找出影响事物变化的关键因素。

因果性调研先对事物变化的原因或事物间的因果联系提出尝试性说明，从这一假设出发，通过调研取得经验性数据，找出它们之间的数量关系，以预见市场的发展变化趋势。如在价格与销售量、广告与销售量的关系中，哪个因素起主导作用，就需要采用因果性调研。

4. 预测性调研

预测性调研是为了预测所需要的有关未来的信息而进行的调研活动。它所回答的问题是"未来市场前景如何"，其目的在于掌握未来市场的发展趋势，为经营管理决策和市场营销决策提供依据。例如，消费者购买意向调查、宏观市场运行态势调查、农村秋后旺季市场走势调查和服装需求趋势调查等，都是带有预测性的市场调查。

4.2.3 市场营销调研的方法

1. 访问法

访问法(survey research)又称采访法、询问法，是第一手资料收集中最常用、最基本的一种方法。它是调查员通过口头、书面或电话、信函等方式向被调查者了解市场情况、收集资料的一种实地调查方法。这种方法的特点是通过直接或间接的回答方式来了解被调查者的看法和意见。访问的目的是了解消费者的消费需求、消费心理、消费态度、消费习惯、企业经营等现实信息，以及被调查者购买、销售或使用本企业产品的实际情况，对产品质量、价格、性能、技术服务等方面的意见和改进建议。采用访问法进行调查，一般先把需要了解的问题制成调查表，因而又称调查表法，而调查表设计的好坏将直接影响调查的结果和其准确性。

1) 面谈访问法

面谈访问是由调查者直接与被调查者接触，通过当面交谈获取信息的一种方法。其具体形式多种多样，既可派调查员走出去，也可把被调查者请进来；既可个别交谈，也可召开座谈会；既可由自身访谈，也可聘请或委托他人访谈；既可到家庭、单位入户访问，也可在购物场所、公共地点随机拦截访问；既可事先约定，也可临时展开。具体需视调研项目的特点和需求来决定选择哪种形式。

面谈访问调查简单方便，灵活自由，可随机应变地提出问题，对不清楚的问题可加以阐述，使被调查者充分发表意见，还可互相启发，把调查的问题引向深层，有利于获取较深入的、有用的信息。另外，面谈访问调查做的调查表回收率高，可提高调查结果的可信度。面谈访问调查的主要不足是调查的成本高、时间长，调查的范围有限。而且调查的结果主要取决于调查者的素质、调查问题的性质和被调查者的合作态度。所以，提高调查员本身的素质和询问的技巧至关重要。

2) 邮寄访问法

邮寄访问是由调查人员将设计好的问卷，通过邮寄的方式送达被调查者手中，请他们答卷后寄回，以获取信息的方法。邮寄访问的具体形式多种多样，特别是问卷的发放形式，现在采用比较多的有邮局寄送、随广告发放、随产品发放等。有些征订单、征询意见表和评比选票等，也可以认为是调查表的性质，因而也被看做是邮寄访问调查。

邮寄访问的对象广泛，调查面广，调查成本也不高，而且被调查者匿名性较强，又可以有充分的时间来考虑，填写较为灵活、自由、方便，还能避免由于调查人员的干扰而产生的调查误差。但是，邮寄调查也存在不便管理、调查表回收率低、回收时间长，以及答非所问等不足。因此，调查的结果往往很难控制，对某些较复杂问题的心理活动因素也难以进行深入调查。

3) 电话访问法

电话访问是由调查员通过电话与被调查者交谈，获取信息的一种方法。电话调查速度快，成本低，交谈比较自由。我国目前的电话普及率已经达到一定的水平，使用电话访问的前提条件已经具备，可尽量采用。

电话调查的不足有：受通信条件的限制，调查对象的选择有局限性；受电话普及率的影响，调查对象的结构可能不一定恰当；交谈的时间不宜太长，调查员不能看到对方的表情、姿态等形体语言，甚至容易遭到被调查者拒绝。所以，这种方法一般适用于被调查者比较熟悉或者是调查问题比较简单的市场调查。

4) 留置问卷访问法

留置问卷访问是指调查人员将调查表送到被调查者手中，并详细说明填写事项，由被调查者自行填写，再由调查人员定期回收的一种方法。留置问卷调查可以认为是结合了面谈访问与邮寄访问的一种方法，比较好地结合了两方面的优势，回收率较高，被调查者不受调查人员的影响，可避免被调查者对问题的误解，有充分的时间来考虑问题。但是它也存在调查进度不易控制的缺陷，被调查者答卷的态度、答案的真实性等都较难掌握。因此，留置问卷访问法是一种比较中性的方法。

上述 4 种具体形式各自的优缺点在表 4-1 中做了归纳。从中可以看出，每种访问方法都有自己的优缺点，而且往往是相对的。在市场调研中，要根据调研项目的类型、性质，调研目的和具体要求，做全面的考虑，从中选择最切实可行的方法。

表 4-1　4 种访问法的优缺点比较

项目 ＼ 形式	面谈访问法	电话访问法	邮寄访问法	留置问卷访问法
调查范围	较窄	较窄	广	较广
调查对象	可以控制和选择	可以控制和选择	难以控制，难以估计代表性	较难控制和选择
影响回答的因素	能了解、控制和判断	无法了解、控制和判断	难以了解、控制和判断	基本能了解、控制和判断
回收率	高	较低	低	较高
答卷质量	高	较高	较低	较高
投入人力	较多	较少	少	较少
费用	高	低	较低	较高
时间	长	较短	较长	较长

5) 个别深度访谈法

个别深度访谈是指采用个别访问的形式对被调查对象进行的深度的、非正规的访问。个别深度访谈的具体形式多种多样，它的主要特点是采用谈话的形式，以调研人员的现场控制为主，内容和过程没有严格的结构性要求。它和上述 4 种访问法的区别主要体现在结构性。上述 4 种访问法具有很强的结构性，整个内容和过程必须严格遵循事先的规定。

6) 焦点小组访谈

焦点小组一般由 8～12 个经精心挑选的人员组成。焦点小组访谈是指在一名主持人的主持下，焦点小组的成员对某一个主题或观念进行深入的讨论，目的在于了解和理解人们心中的想法及其原因。

焦点小组访谈是资料收集中一种比较独特的方法，它远不止是一问一答式的面谈，而是在主持人的引导下，进行深入的讨论，是一种主持人与被调查者之间、被调查者与被调查者之间互动的过程。通过这种深入讨论的过程，调查人员可以从中获取很多有用的信息资料。这种方法在国外十分流行，被广泛地采用。

 案例 4-3

国内某化妆品有限责任公司于 20 世纪 80 年代初开发出适合东方女性需求特点的具有独特功效的系列化妆品，并在多个国家获得了专利保护。营销部经理初步分析了亚洲各国和地区的情况，首选日本作为主攻市场。为迅速掌握日本市场的情况，公司派人员直赴日本，主要运用访问法收集一手资料，包括电话访问、邮寄问卷和人员访问。调查显示，日本市场需求潜量大，购买力强，且没有同类产品竞争者，使公司人员兴奋不已。

在调查基础上又按年龄层次将日本女性化妆品市场划分为 15～18 岁、18～25 岁(婚前)、25～35 岁及 35 岁以上 4 个子市场，并选择了其中最大的一个子市场进行重点开发。营销经理对前期工作感到相当满意，为确保成功，他正在思考再进行一次市场试验。另外，公司经理还等着与他讨论应采取何种定价策略。

2. 观察法

观察法(observational research)是通过观察被调研者的活动从而取得第一手资料的一种调研方法。运用观察法收集资料，调研人员同被调研者不发生接触，而是由调研人员直接或借助仪器把被调研者的活动按实际情况记录下来。在利用观察法开展调研活动的过程中，被调研者的活动可以不受外在因素的干扰，处于自然的活动状态；被调研者不愿意用语言表达的情感或实际感觉，也可以通过观察其实际行为而获悉。因而取得的资料更能反映实际情况。但是，由于是一种现场观察，记录的东西往往只限于表面，而被调研者内在的思想难于被了解，如人们的动机、态度等是无法通过观察获悉的。而且在一些情况下，当被调研者意识到自己被观察时，可能会出现不正常的表现，从而导致观察结果失真。此外，在对一些不常发生的行为或持续时间较长的事件进行观察时，花费时间较长，成本费用很高。观察法对观察人员的素质提出了较高的要求，如要有良好的记忆和敏锐的观察力，同时应具备丰富的经验，能把握观察法的要领。

1) 人工观察和仪器观察

人工观察是由调研人员直接在观察现场记录有关内容，并根据实际情况对观察到的现象做出合理推断。但人工观察易受调研人员自身人为因素的影响，如主观偏听、情绪反应等都会影响到调研结果。仪器观察是随着科学技术的进步，先进设备、手段如录音机、摄像机等进入调研领域而出现的一种新的观察方法。如通过在商场的不同部位安装摄像系统，可以较好地记录售货人员和顾客的行为表现，借助仪器设备进行现场记录，效率增高，也比较客观。但仪器观察所记录的内容还需要调研人员做进一步的分析，这就要求调研人员应具有丰富的分析经验和较高的专业技术水平。

2) 结构式观察和无结构式观察

结构式观察是事先制定好观察计划并严格按照规定的内容和程序实施的观察。其观察过程是标准化的，对观察的对象、范围、内容、程序都有严格的规定，因而能够得到比较系统的观察材料。无结构式观察是指对观察的内容、程序事先不做严格规定，而是依据现场的实际情况随机做决定的观察，人们日常所做的观察大多属于这一种。

3) 公开观察和非公开观察

公开观察是在被调研者知道调研人员身份的情况下进行的，目标和要求明确，可以有针对性地为调研人员提供所需要的资料。但采用公开观察时，被观察者意识到自己被人观察，可能表现行为不自然，或者有意识地改变自己的惯常态度和做法，这种不真实的表现往往导致观察结果失真。为了减少公开观察的偏差，调研人员可以进行非公开观察，即调研人员在观察过程中不暴露自己的身份，使被观察者在不受干扰的情况下真实地表现自己，这样观察的结果会更加真实可靠。

4) 实验观察和非实验观察

实验观察是在人为设计的环境中进行的观察。例如，要了解商场营业人员对挑剔顾客的态度情况，调研人员可以以顾客的身份去购物，并有意识地做出某些行为以刺激营业人员做出反应，从而获得调研人员所想了解的情况。非实验观察是在自然状况下进行的观察，所有参与的人和物都不受控制，与平常一样。例如，调研人员在自然状况下观察商场售货员提供服务的过程；某企业在其超市的天花板上安装录像机，追踪顾客在店内的购物过程，据此来考虑重新陈列产品，以便于顾客选购；还有些企业在商店内的某些罐头产品货架上安装录像机，记录顾客目光的运动过程，以弄清楚顾客如何浏览各种品牌。

3. 实验法

实验法(experimental research)就是从影响调查问题的许多因素中选出一个或两个因素，

将它们置于一定条件下进行小规模的实验，通过实验测量获得信息的方法。它是研究特定问题各因素之间的因果关系的一种有效手段，因为它可以通过对实验对象和环境及实验过程进行有效控制，分析各因素之间的相互影响关系及其程度，从中提取出有价值的信息，从而为决策提供依据。如产品在改变质量、设计、包装、广告、价格等因素时，都可以应用这种方法进行调研。这种方法的具体做法是调研人员事先将实验对象分组，选两组条件基本相同的实验对象。其中一组为控制组，置于原来的环境中；另一组为实验组，置于条件变化的环境中。然后比较两个小组的变化，以观察条件变化对实验对象的影响。例如，某企业想对某产品是否需要改进包装进行了调研实验。方法是前两个星期把新包装的产品放到甲、乙两商店出售，把原包装的产品放到丙、丁两商店出售。后两个星期互相调换，甲、乙商店销售旧包装的产品，丙、丁商店销售新包装的产品。实验结果是新包装的销售量比旧包装的销售量多出20%，所以企业决定对这种产品改进包装。

实验法常用的方式有实验室实验和现场实验，两者的根本区别在于环境，前者处于人为的环境中，后者则处于自然环境中。就实际营销工作而言，前者的实用性要比后者差些。

实验法的优点是：方法科学，可获得较正确的原始资料作为预测、决策的重要依据。缺点是：不易选择出社会、经济因素类似的实验市场；只能识别实验变量与有关因素之间的关系，市场环境干扰因素多时，影响实验结果；实验周期长，成本较高。

4.2.4 市场营销调研的程序

市场营销调研是一项复杂而细致的工作，为了使调研工作顺利进行，提高调研工作质量，需建立一套系统而科学的工作程序。市场营销调研一般分为4个阶段。

1. 调研项目的确立

这一阶段是从企业决策者面临的问题出发，经过对问题本身和企业内外其他相关因素的分析，提出调研课题，经过初步论证提出立项的过程，大致分为以下3个工作步骤。

(1) 明确营销问题。任何一个营销问题都存在着几种可以进行调研的因素，所以营销管理者应谨慎地确定他们所面对的问题的性质与尺度，从而界定他们的调研活动范围。明确营销问题的关键在于理解决策者其人和他的运营环境。一般需弄清以下问题：①企业背景；②是什么因素使得决策者如此关心这个问题；③什么信息对决策者处理这个问题有所帮助；④他为解决这个问题可支配多少资源，时限如何。

(2) 情况分析。营销人员在明确了所面对的营销问题后，可根据经验、二手资料或通过开座谈会的方式进行初步的情况分析，确定调研课题。

(3) 确立调研课题。调研课题要解决的是为了做出决策应掌握什么样的信息，如何去取得这样的信息。假如某经理对于支持该企业产品的广告效果感到不满意，这就会成为营销的问题。他需要取得某种根据来证明他对广告效果的怀疑。那么，营销调研课题就可以被确定为："调查潜在顾客对某某产品的知悉率"。确定营销调研课题要遵循两个原则，一是调研者能据此获取决策者所需要的全部信息；二是能指导调研者开展调研活动。在实践中，既要防止调研课题过宽、过泛，又要防止太窄。

2. 调研方案及计划的制订阶段

调研项目立项后，如何规划和设计调研工作以及如何安排调研工作是这一阶段的主要任务。调研方案是对某项市场调研本身的具体设计，主要内容有调研的目的和要求、调研类型的设计、资料收集方式(观察、实验或询问等)的设计、资料收集途径(样本的抽取方法和样本构成)的设计、资料收集手段(调查表格等)的设计等，它是指导营销调研工作的总纲。

调研计划是对某项调研的组织领导、人员配备和考核、完成时间、工作进度及费用预算等预先进行的安排，目的是使市场营销调研工作得以有计划、有秩序地进行。

在实际工作中，调研方案和调研计划是两回事。一般大型的市场调研需分别制定调研方案和调研计划，而一些小型的市场调研可合二为一。

3. 调研资料的收集

调研方案和调研计划经有关人员批准后，进入调研资料的收集实施阶段。这一阶段的主要任务是组织调研人员，按照调研方案和计划的要求，系统地收集资料和数据，听取被调查者的意见。但这一过程开始之前，要先对调研人员进行培训，以保证调研工作的质量。培训的内容主要包括明确调研计划、掌握调研方案、了解同调研项目有关的经济知识与业务技术知识。

4. 调研结果的处理

这一阶段是市场营销调研的最后一环，也是调研能否充分发挥作用的关键。它包括整理分析资料和撰写调研报告两个环节。整理分析资料主要是运用数理统计的方法，并借助于计算机，对调研所得的原始资料进行分类、编校、统计和分析，消除资料中的错误和不准确因素，用统计图表把分析结果表示出来，并对分析结果做出合乎逻辑的解释，以向管理者提供富有咨询作用的信息。

调研报告是营销调研工作的成果。调研报告应根据调研的目的，做出判断性的结论，提出建设性的意见。市场调研报告虽然没有统一的格式，但一般由以下几部分组成。

(1) 扉页。标题页包括的内容有报告的题目、报告的提供对象、报告的撰写者和提供的日期。

(2) 目录。一般的调研报告都应该编写目录，以便阅读者查阅特定内容。另外，报告中的表格和统计图都要在目录中列明。

(3) 摘要。摘要需写明为何要开展此项调研，报告中考虑到该问题的哪些方面、有何结果、建议要怎样做。它是调研报告的重要部分，既要概括调研成果的主要内容，又要简明，重点突出。

(4) 正文。正文包括引言、调研方法、结果、结论和建议。

① 引言。引言对为何进行此项调研和它旨在发现什么做出解释。它包括基本的授权内容和相关的背景资料。

② 调研方法。该部分简单阐述调研方案和调研计划的内容，如调研类型、调研方法、样本的抽取、实地如何工作、采用什么方法进行分析等。

③ 结果。在报告中这一部分应按某种逻辑顺序提出紧扣调研目的的一系列发现，采用叙述和图表结合的方式，同时需指出调研报告的局限性和不足之处，如调研过程中回答和抽样的误差等问题。这一部分在报告中占较大篇幅。

④ 结论和建议。结论是基于调研结果的意见，而建议是提议应采取的行动，所以对它们的阐述要详细并给予必要的论证。

(5) 附录。一些技术性太强和太详细的原始资料不应出现在正文部分，而应编入附录。附录通常包括如下内容：调研提纲、调查问卷、观察记录、较为复杂的调研技术说明等。

4.2.5 市场营销调研技术

1. 抽样调查技术

抽样调查是一种非全面调查，它是从需要调查的总体中抽出一部分个体作为样本，然后对样本进行调查，并根据对样本调查所得的结果推断总体特征的一种调研方法。它主要的特点在于其应用科学的方法，对有代表性的样本进行调查，克服了普查组织困难、费用高、时间长的缺点，也克服了典型调研等的主观性和样本代表性不强的弱点，因此是比较科学和客观的一种调研方法。一般在调查之前明确抽样误差需要控制的允许范围，这样就可了解调查精确度。

抽样调查技术是指在营销调研时各种抽样操作技巧和工作程序的总称。为了使抽取的样本具有代表性，必须借助于各种抽样技术。抽样技术分为随机抽样和非随机抽样两大类。

1) 随机抽样技术

随机抽样又称概率抽样，是指调查总体中每一个体被抽取出来作为样本的机会是相等的。它排除了人的主观因素的选择，在具体操作过程中，由于采用的技术和调查总体的特征不同，又分为多种方式。

(1) 简单随机抽样。简单随机抽样是在调查对象总体中不进行任何有目的的选择，而是按随机原则用纯粹偶然的方法抽取样本，是随机抽样中最简单的一种。它一般适用于个体之间差异较小或调查对象不明、难以分组的情况。简单随机抽样分为：抽签法，即把总体中的每一个体编号，把号码混在一起，按预定样本数任意抽取，对取得的样本进行调查；随机数表法，也叫乱数表法，是一种按双位或多位编排的大小数互相间杂的数表，是用随机方法编制而得的。使用随机数表时，先把每一个体编号，根据编号的位数确定使用若干位数字，然后在确定的随机数表中任意指定一行或一列按起号码任意挑选，碰上重复数字应舍掉，那么，凡编号范围内的数字号码即为被抽取的样本。

(2) 分层抽样。分层随机抽样是将市场母体分成若干层，再从各层中随机抽取所需数量的基本单位，综合成一个调查样本。分层随机抽样在分层时要将同一性质的基本单位分成一层，层与层之间基本单位特性的差异则较大，即分层后要做到层中个体特性相似，基本代表了子体的某一特征；层间个体特性相异，代表了子体不同的特征。

这种方法适用于母体基本单位特征差异大且分布不均匀的情况，采用简单随机抽样有可能使抽出的样本集中于某些代表性差的区域。这种方法实质上是分层与简单随机抽样的结合。

例如，某市某街道所管辖居民1万户，抽取200户对居民需求某种商品的数量进行调查，由于该商品的需求量与家庭人口的多少有关，所以决定采用家庭人口数标志对总体分类。其中，单身家庭有800户、2口之家有1500户、3口之家有6000户、4口之家有1000户、4个人以上有700户，则各层应抽取的样本数目如下。

单身家庭应选取的样本数：$S_{单} = \dfrac{800}{1\,000} \times 200 = 16(户)$

2口之家应选取的样本数：$S_2 = \dfrac{1\,500}{10\,000} \times 200 = 30(户)$

3口之家应选取的样本数：$S_3 = \dfrac{6\,000}{10\,000} \times 200 = 120(户)$

4口之家应选取的样本数：$S_4 = \dfrac{1\,000}{10\,000} \times 200 = 20(户)$

4口以上家庭应选取的样本数：$S_{4以上} = \dfrac{700}{10\,000} \times 200 = 14(户)$

(3) 系统抽样。系统抽样是按照某种顺序给总体中的所有单元编号，然后随机地抽取一个编号作为样本的第一个单元，样本的其他单元则按照某种确定的规则抽取(如等距原则)，这种抽样方法称为系统抽样。系统抽样是在随机抽样的场合中使用最广泛的抽样技术之一，其较简单随机抽样更为普及的主要原因是经济有效。它比简单随机抽样应用的难度更小，完成的时间更短。另外，在许多情况下，系统抽样的潜在优势是其所产生的样本几乎与简单随机抽样产生的样本道理是相同的。

使用系统抽样必须获得一个总体的目录，但它不必在纸条或计算机文件上记下名字、数字或任何其他的标志。取而代之的是，由调研者决定"间距"，间距是按样本大小划分清单所示的名单数计算的。名单是按间距选取的。间距通过下面的公式计算。

$$K = \frac{N}{n}$$

抽样距离(K)的大小等于总体数量(N)除以样本数量(n)。

例如，对 1 000 名顾客进行调查，采取系统随机抽样法抽取 50 个样本，其抽样距离为 1 000/50=20。假如从 0001～0020 中通过简单随机抽样的方法抽取的样本号为 0011，则样本单位的号码分别为 0011、0031、0051、0071、…，直到抽足 50 人为止。

(4) 整群抽样。整群抽样也称聚类抽样、集团抽样。上述 3 种抽样调查方式都是以总体中的各个个体为单位进行抽样调查的。在实际工作中，当总体特别大时，有时不是逐个单位(个案)抽选，而是整群(组)、整批地抽选，对被抽选的各群(组)中的所有个案毫无遗漏地全部进行调查，这样的抽样组织方式叫做整群随机抽样。

例如，从几所中学中任意地选几个班级，以班为一整群，对这几个班的所有学生进行视力调查。这种方式往往用于同质性比较强的总体。

2) 非随机抽样

当随机抽样的成本太高或花费时间太长时，营销调研人可采用非随机抽样。非随机抽样不能计算抽样误差，而是靠调研者个人的判断来进行。非随机抽样包括配额抽样、偶遇抽样、判断抽样、滚雪球抽样等几种类型。有些营销调研者认为：虽然非随机抽样的抽样误差无法度量，但在许多场合中这种方法仍是非常有用的。

(1) 配额抽样。配额抽样又称定额抽样，是先将总体按某种结构特征分组，并按一定的标准分配各组的样本数额，在配额限度内由调研人员任意抽取样本。配额保证了在这些特征上样本的组成与总体的组成是一致的。它是营销调研者普遍使用的一种非随机抽样方法。它与分层抽样的区别在于，分层抽样是按随机原则在层内抽样的，而配额抽样则是由调研人员在配额内主观判断抽取样本的。在进行配额抽样时，要特别注意配额与调查结果之间的密切联系。另外，运用该抽样方法时，要严格控制调查员和调查过程。

(2) 偶遇抽样。偶遇抽样又称方便抽样或自然抽样，是指研究者根据现实情况，以自己方便的形式抽取偶然遇到的人作为调查对象，或者仅仅选择那些离得最近的、最容易找到的人作为调查对象。常见的未经许可的街头随访或拦截式访问、邮寄式调查、杂志内问卷调查等都属于偶遇抽样的方式。

这种碰到谁就选择谁的简单方法往往被有些人误认为就是随机抽样。仅从表面来看，两者确实有些相似，它们都排除了主观因素的影响，纯粹依靠客观机遇来抽取对象。但两者有一个根本的差别，就是偶遇抽样没有保证使总体中的每一个成员都具有同等的被抽中的概率。那些最先被碰到的、最容易见到的、最方便找到的对象具有比其他对象大得多的机会被调研者抽中。正是由于这一点，这种抽样不能代表总体和推断总体。

(3) 判断抽样。判断抽样又称立意抽样，是基于调研者对总体的了解和经验，从总体中抽选"有代表性的"、"典型的"单位作为样本，这种方法受主观因素的影响较大。在利用判断非随机抽样方法选取样本时，应避免抽取"极端型"的样本，应选择"普通型"和"平均型"的个体作为样本，以增加样本的代表性。

判断抽样的主要优点在于可以充分发挥研究人员的主观能动作用，特别是当研究者对研究的总体情况比较熟悉、研究者的分析判断能力较强、研究方法与技术十分熟练、研究经验比较丰富时，采用这种方法往往十分方便。但是由于它仍然属于非随机抽样，所以其所得样本的代表性往往无法判断。在实际调查中，这种抽样多用于总体规模小、调查所涉及的范围较窄，或调查时间、人力等条件有限而难以举行大规模抽样的情况。

(4) 滚雪球抽样。滚雪球抽样又称推荐抽样，是利用随机方法选出起始受访者，然后从起始受访者所提供的信息去取得其他可能受访者的名单。如此，先前的回答者就提供了额外的回答者，其他名单意味着样本如雪球滚下坡一样越滚越大。当手头只有有限的样本框架，而回答者又能提供对调查可能有用的别的回答者的名单时，即调查总体的各个单位之间有一定的联系时，滚雪球抽样是最合适的。

2. **市场调研问卷的设计技术**

市场调研问卷是收集原始资料的工具，它由一系列的问题组成。问卷设计就是根据调研目的，将所需调研的问题具体化，使调研人员能顺利地获取必要的信息资料，并便于统计分析。

问卷设计是否科学将影响市场调研的成功与否，所以设计问卷时，调研人员必须明确目的，精心挑选问题，精心组织问题的形式和顺序。一份成功的问卷应满足以下条件：一是能将所要调研的问题明确地传达给被调查者；二是能激发被调查者的兴趣，使对方愿意合作，最终取得真实、准确的回答；三是便于事后的整理分析。为此，问卷设计应遵循：主题明确原则；可接受性原则；先易后难、先封闭后开放的顺序性原则；简明性原则；便于整理原则。

调查问卷的问题形式主要有两大类：封闭式提问和开放式提问。

(1) 封闭式提问。其答案事先由调研人员拟订，在对问题所有可能的答案中，被调查者只能从中选择一个答案。对于这种提问方式，被调查者回答方便，节省时间，同时便于统计、分析，但不足之处是被调查者缺乏自发性表达。它具体又分为以下几种形式。

① 两项选择题。提出一个问题，给出两个答案，回答者在两者之间做出选择。

例如：您看过××产品的电视广告吗？

是(　　)　　　　　否(　　)

② 多项选择题。提出一个问题，给出多个答案，被调查者从中选择一个。

例如：您喜欢下列哪一种品牌的牙膏？

中　华(　　)　　　　康齿灵(　　)

黑　人(　　)　　　　高露洁(　　)

三　笑(　　)　　　　佳洁士(　　)

③ 程度评定法。对提出的问题，给出几个等级尺度的答案，让被调查者选择一个认同的。

例如：您对×××书店的店面布置感觉如何？

很喜欢　较喜欢　一般　不喜欢　很不喜欢

④ 语意差别法。对提出的问题，列出几对语意相反的词，让被调查者选择。

例如：请问您对海尔电冰箱的感觉如何？

价　格　高(　　)　　　价格适中(　　)

保　鲜　好(　　)　　　保　鲜　差(　　)

制　冷　好(　　)　　　制　冷　差(　　)

外观新颖(　　)　　　外观陈旧(　　)

耗　电　少(　　)　　　耗　电　多(　　)

(2) 开放式提问。问卷中没有事先拟定的答案，对问题的回答没有限制，被调查者可以根据自己的情况自由回答。这种提问方式答案不唯一，不易统计和分析。但是有机会让被调查者尽量发表意见，形成良好的调研氛围。具体分为以下几种形式。

① 自由式。被调查者不受任何限制地回答问题。

例如：您认为软包装饮料有哪些优点和缺点？

您认为什么品牌的电冰箱最受欢迎？为什么？

② 语句完成式。提出一个不完整的句子，由被调查者完成该句子。

例如：当您口渴时，您想喝(　　　)。

③ 字眼联想式。调研人员列出一些词汇，由被调查者说出或写出他所联想到的第一个词。例如：当您听到或看到下面的词语时，首先会想到什么？

步步高——

④ 顺位式。这种方式就是要求被调查者根据自己的想法评定问题的顺序。

例如，当您选购洗衣机时，主要考虑哪些方面？(请将所给答案按重要程度排序。)

价　　格(　　)　　　售后服务(　　)

品　　牌(　　)　　　外　　观(　　)

节水节能(　　)　　　噪　声　低(　　)

其　　他(　　)

⑤ 过滤法。过滤法又称"漏斗法"，是指调研人员最初提出离主题较远的问题，然后根据被调查者回答的情况逐渐缩小提问的范围，最后有目的地引向要调研的主题。

例如：请问您喜欢看电视吗？

是(　　)　　　否(　　)

如果是，请问您喜欢看哪一类的节目？

综 艺(　　)　　　新 闻(　　)

体 育(　　)　　　电视剧(.　　)

经 济(　　)

(对选择"综艺"的人)您看过××频道的×××节目吗？

是(　　)　　　否(　　)

(对回答"是"的人)您对它的形式和内容感觉如何？请提出您的宝贵意见和建议。

通过以上提问，能了解观众对节目的感觉以及收视情况，同时也扩大了对节目的宣传。

以上问卷形式各有用途，在实际操作中，应采用哪一种提问方式，要由调研的主题、所需信息的种类及问题的性质决定。

另外，调查问卷中的提问还应注意以下几个问题。

① 避免用含糊不清的词。问题中的词语要尽可能有确切的含义，不要使用被调查者可自由解释其含义或伸缩范围的词。例如"经常"、"一些"、"有时"，以及一些形容词。因为对于这些词语，个人理解往往不同。如："您是否经常购买洗发精？"对于这里的"经常"，被调查者不知是多长时间，不如问"您隔多长时间购买一次洗发精？"又如："作为营业员，您是否接受过系统的培训？"这里的"系统"一词可能引起不同的理解，因而影响回答质量。不如改为"您接受过哪些方面的培训？"

② 避免提一般性问题。一般性的问题因缺乏针对性，使答案对调研工作没有多大的实际意义。例如，"您对××商场的印象如何？"就应改为："您认为××商场的购物环境如何？营业时间是否恰当？服务态度怎样？"等。

③ 避免带有引导倾向的问题。所提的问题不应让被调查者感到应该答什么，不应答什么。如："大家都喜欢软包装饮料，您呢？"这种提问会导致不良的后果：一是被调查者敷衍了事，不假思索地认同被暗示的答案；二是碍于权威和多数人的意见，被调查者容易产生"从众"心理，以至于会引起与事实相反的结论。可以问："如果需要，您会购买软包装饮料吗？为什么？"

④ 考虑应答者回答问题的意愿，应尽量避免被调查者不愿意或拒绝回答的敏感性问题。涉及诸如个人卫生、借钱以及犯罪记录等尴尬话题，问题必须小心表达，以减少误差，用第三人称方式提问，如"许多人的信用卡都透支，你知道什么原因吗？"或者处理尴尬问题的方法是在问题前事先说明某种行为或态度是平常的，"许多人患有痔疮，你或你的家庭成员有这方面的问题吗？"使应答者用平常心来讨论尴尬问题。涉及个人或组织的隐私或商业秘密应尽量不要提及，如收入、利润等。如一定要涉及，可以给出一个区间，相对模糊一点。

案例 4-4

宝洁公司的市场调查

宝洁公司早在 1925 年便成立了市场调查部门，投入大量的时间与金钱，取得有关消费者需求的资料。这个部门在当时已具有迄今未改的形象：极为量化取向；拥有实力雄厚的广告媒体；为取得更快、更精确的资料，不惜投入大量的时间与金钱；可独立于业务部门的客观性；仍然保持着一种神秘色彩。

(1) 组织成员。1934 年宝洁的市场调查部门已有 34 名市场调查员；而市场调查的基础就在于实地的现场问卷调查。市场调查部经理史梅塞在 20 世纪 20 年代末期即开始储备市场调配量人，除了是清一色具大专学历的年轻女性外，尚需到辛辛那提受训 4 个月后，再分派工作；随后，她们以小组为单位，搭乘火车或汽车展开挨家挨户的市场调查实务工作(男性则多需两年实习时间)。

在市场调查技巧的运用中，则要求市场调查员熟记所有的指示、问题和答案。眼前没有任何笔记本、笔或问卷，因为这些东西都有碍自然的对话及公开坦诚的态度。访谈结束后，市调员便立即躲进汽车，记下顾客的反应，如此便完成一次访问。

20 世纪 60 年代中期，由于挨家挨户拜访的成本越来越高，而宝洁也装置了一套长途电话系统，市调部门便开始减少市调员，并训练年轻女性以电话访问，以降低成本。

(2) 遍及全球的市场调查部门。经历 11 年，到 1961 年，宝洁才完成了在 26 个国家招聘调查人员成立市场调查部的工作。在众多的故事中，市场调查部最让人津津乐道的，便是如何于 20 世纪 50 年代在委内瑞拉首都加拉加斯，指挥一个挨家挨户的收音机听众调查。这个构想是以最快的速度，沿街观察每一户人家所收听的电台。宝洁如何只用 15 分钟的时间有效观察这么多户人家呢？据了解，它雇用了一些斗牛士，这些人有足够的速度与体力，能在预定的时间内绕完整个街道。有趣的是，这种方法居然奏效了。经由这种方式，宝洁的市场调查部能够比电台本身还了解听众群的规模，并以此研究结果，向电台讨价还价，以购得最佳的广告时段。而这种广告媒体及听众方面着手的工作方针，使宝洁市调部在计划媒体策略时，扮演了举足轻重的角色。

(3) 有效整理庞大资料的组织。宝洁市调部门组织的严谨表现在它能有效地整合各种资料来源，以供决策层参考。消费者研究小组是依各事业部门而分工的，包括纸类制品、食品、个人卫生保健用品、饮料等。小组成员的大部分工作在于协助品牌经理执行消费者习性研究调查。大部分使用单一来源市场测试工具(如行为扫描)的公司，都只从供应商那里取得总结报告，但宝洁却把整个原始资料库拿回来分析。

资料来源：王慧彦.《市场营销案例新编》，北京交通大学出版社，2004.

4.3 市场营销预测

4.3.1 市场营销预测的概念与分类

1. 市场营销预测的概念

预测就是根据过去和现在的情况推断未来。所谓市场营销预测(marketing forecasting)，就是根据调研中得到的各种信息和资料，运用一定的方法和数学模型，对与市场有关的未来状况做出估计和判断的过程。它是建立在实践基础上的科学推断。

市场营销预测同市场营销调研和营销决策有着紧密的联系。营销预测为营销决策提供可靠的、客观的依据，而市场营销预测的基础则是营销调研。调研和预测的目的是为了提高营销决策的精确性和科学性。

 案例 4-5

美国罐头大王的发迹

1875 年，美国罐头大王亚默尔在报纸上看到一条"豆腐块新闻"，说是墨西哥畜群中发现了病疫。有些专家怀疑是一种传染性很强的瘟疫，亚默尔立即联想到，毗邻墨西哥的美国加利福尼亚、德克萨斯州是全国肉类供应基地，如果瘟疫传染至此，政府必定会禁止那里的牲畜及肉类进入其他地区，造成全国的供应紧张，价格上涨。于是，亚默尔马上派他的家庭医生调查，并证实了此消息，然后果断决策：倾其所有，从加、德两州采购活畜和牛肉，迅速运至东部地区，结果一下子赚了 900 万美元。

2. 市场营销预测的类型

1) 按预测的范围分类

(1) 宏观预测，又称经济预测，是从比较广的角度去研究市场，主要是对整个国民经济的预测，如对人口、能源、工业结构、国民生产总值、物价变动率等的预测。它为整个国民经济的发展及规划提供决策依据。

(2) 微观预测，是从企业的角度去研究市场的变化，它为企业营销决策提供依据。

2) 按预测期的长短分类

(1) 长期预测，是指 3 年至 5 年以上的预测，对于战略性决策，如生产规模、产品方向、投资、技术发展等可采用长期预测，它适用于市场需求较稳定的产品。

(2) 中期预测，通常是指 1 至 3 年的预测，一般对于采购时间较长的原材料，并准备从事季节或周期生产的可采用中期预测。

(3) 短期预测，是指 1 年以内的营销预测，用于为制定适当的营销策略、适时调整产销计划、适应市场需求提供依据。

3) 按营销预测的内容分类

按营销预测的内容分为市场需求预测、市场占有率预测、产品发展预测、产品价格变动趋势预测、市场销售量预测等。

4) 按营销预测的性质分类

按营销预测的性质分为定性预测和定量预测。

4.3.2 市场营销预测的程序

1. 确定预测目标

进行一项预测，首先必须明确预测的内容或项目。预测的目标关系到预测的一系列问题，收集什么资料、怎样收集资料、采用什么预测方法等。只有目标明确，才能使预测结论符合决策要求。

2. 收集、整理资料

资料是预测的基础，必须做好资料的收集工作。收集什么资料是由预测的目标所决定的。对所收集到的资料要进行加工、整理和分析，辨别资料的真实性、完整性、可比性和可用性，对不可比、不完整和不适用的资料要进行必要的推算和调整，对不真实的资料应剔除。

3. 选择预测方法，建立预测模型，进行预测

企业需根据收集的资料和预测目的来确定是采用定性还是定量预测的方法。对于定量预测，要提出适当的预测模型。预测是一项综合性的复杂工作，采用的预测方法和预测模型不适当，就难以达到预期的目的。预测方法有很多种，各有其适用对象和条件，选择时应结合本企业的具体情况选择一种或几种。

4. 分析评价

根据模型计算所获得的预测结果往往与实际情况有出入，不能直接加以运用，必须进行分析评价。分析评价时要充分考虑到企业内部和外部的影响因素，估计对未来的影响范围和影响程度，并把这些因素转换成预测的数量概念，找出其规律性。

5. 修正预测结果

各种预测模型都是在一定的假设下提出的，它只能反映主要因素间的关系及变化。所以，计算的结果不可能完全准确地表示未来的实际值，即存在误差。当误差超过允许范围时，就要对其进行修正。模型有误时，应立即改进模型；预测方法不当时，应重新选择更好的方法。

4.3.3 市场营销预测的方法

市场营销预测的方法很多，但归纳起来可分为两大类：一类是定性营销预测，另一类是定量营销预测。在实际营销预测中，常常是将定性与定量预测结合起来使用。

1. 定性预测方法

企业在营销预测中由于掌握的数据资料不多或许多重要的因素无法定量，只能凭借积累的经验和掌握的少量数据，在主观上进行分析、假设、推理来预测其发展趋势，这就是定性预测。定性预测方法的应用非常广泛，其优点是：方法简单，易于掌握，使用方便，一般不要求具备全面而系统的数据资料。以下是几种常用的定性预测方法。

1) 经理意见评判法

这种方法是由企业的经理或厂长召集与市场有关或熟悉市场情况的计划、销售、生产、财务等各方面的有关负责人，让他们对市场情况及其未来的发展趋势发表自己的意见，做出自己的判断，然后将各种意见汇集起来，进行分析研究，得出市场预测的结果。这种方法简单、易行、及时、费用低，但容易受主观因素的影响。

2) 销售人员综合意见法

企业在进行营销预测时，把本企业的所有推销人员都召集到一起，让他们对自己负责的地区的销售趋势做预测，然后汇总成整个企业的预测数。由于推销人员对所负责地区的情况比较熟悉，所以，用这种方法得到的预测结果通常比较接近实际。但是，每一个推销员的看法有时也有其局限性，有的对市场形势乐观一些，估计数就偏高；有的悲观一些，估计数就偏低。为了克服这一缺陷，通常采用推算平均值的方法加以预测。

3) 顾客需求意向调查法

向顾客了解他们的需求意向也是企业经常用到的一种预测方法。对于产业市场，由于顾客群体一般较小，可以采用普查的方式来了解顾客意向；而对于顾客群体较大的消费品市场，则采用抽样调查技术。

4) 专家预测法

专家预测法是基于对市场预测有丰富经验专家的知识与分析判断能力，在分析各方面资料的基础上，对未来市场发展变化的趋势做出可靠的预测。专家预测法在具体操作上有许多方式，有专家意见集合法、德尔菲法等。

(1) 德尔菲法。德尔菲法也称专家小组法或专家意见征询法，以采用匿名调查表的方式，通过函询征求专家意见，对各种意见进行汇总整理后作为参考资料再匿名反馈给各位专家，不断征询、不断修改、反复多次，得到多次的补充和完善，直到取得一套完整的预测方案。与其他专家预测法相比，德尔菲法有 3 个明显的特征：一是匿名性。在整个预测过程中，参加预测的各位专家并不直接见面，彼此不发生横向联系。组织者采用背靠背的方式分头征询专家意见，专家也以匿名方式发表意见。这样有利于使个人意见得到充分表达，提高预测质量。二是反馈性。德尔菲法并不是一次性征询专家的意见，而是多次反复征求意见。每一次征询意见，组织者都要将该次征询意见的情况进行汇总、整理，并反馈给专家。通过反馈信息，让专家在背靠背的情况下，了解其他专家的意见，从而开拓思路，得到启发。三是量化性。经过多轮反馈后，各位专家的意见有可能趋向于一致或比较稳定。在此基础上，运用数学的方法进行量化处理，可得到所需的预测值。

(2) 专家意见集合法。专家意见集合法属于集体经验判断法的范畴，是根据市场预测的目的和要求，向一组经过挑选的有关专家提供一定的背景资料，通过会议的形式对预测对象及其前景进行评价，在综合专家分析判断的基础上，对市场趋势做出量的推断。它的优点是：由专家做出的判断和估计具有更高的准确性；同时，这种方法本身可以使与会专家能畅所欲言，自由辩论，充分讨论，集思广益，从而提高预测的准确性。但是，应该注意这种方法也同样存在于受专家个性和心理因素或其他专家的意见的影响或左右，也受参加人数和讨论时间的限制，会影响预测的科学性和准确性，为此要注意专家的选择和操作技巧。

专家意见集合法的关键是要让各个专家能发表充分的意见和预测值，为了实现这一目标，通常可以将直接头脑风暴法和质疑头脑风暴法结合起来。直接头脑风暴法是根据一定的规则，通过共同的讨论，鼓励专家独立思考，充分发表意见的一种集体评估的方法。质疑头脑风暴法是同时召开由两组专家参加的两个会议进行集体讨论，其中一个专家组会议按直接头脑风暴法提出设想，另一个专家会议则是对第一个专家组会议的各种设想质疑，通过质疑进行全面评估，直到没有问题可以质疑为止，使设想完善。

2. 定量预测方法

定量预测是利用市场调查获得的资料数据或经济现象的相关变量之间的关系，运用一定的数学或统计方法，得到预测值，然后再根据企业内外部的变化情况加以修正，从而得出最终预测值的一种预测方法。常用的定量预测方法有以下几种。

1) 简单平均法

简单平均法就是用观察期的每期实际销售量之和除以观察期的期数，用这个平均数作为预测值的一种方法。其计算公式为

$$X = \sum X_t / n$$

式中　X——销售量预测值；

　　　X_t——第 t 期的实际销售量($t = 1, 2, \cdots, n$)；

　　　n——观察期数或数据个数。

由于简单平均法把实际销售量的波动当作随机因素来处理，因此，有一定的局限性，其误差较大，比较适合于观察期资料没有明显升降趋势变动的情形。

2) 移动平均法

采用移动平均法，是假定预测对象的未来状况与邻近几期的数据有关，而与较远的数据无关，因此，只选近期几个数据加以算术平均，作为下期的预测值。随着预测时期的向前推移，邻近几期的数据也向前推移，故称为移动平均法。其计算公式为

$$M_t = (y_{t-1} + y_{t-2} + \cdots + y_{t-n})/n$$

式中　　M_t——第t期的移动平均值；

　　　　y_{t-1}——第$t-1$期的实际销售量；

　　　　n——移动平均的期数。

这种方法的优点是计算简单，但它却存在明显的缺点：一是平等对待移动平均期内的数据；二是预测值出现滞后偏差。这主要是因为没有考虑时间因素对预测值的影响。要克服以上缺点，可分别采用加权移动平均法和二次移动平均法。

3) 加权平均法

这种方法就是在求平均数时，根据各数据重要性的不同，分别给予不同权数后加以平均的方法。计算公式为

$$\hat{y}_{n+1} = \frac{\sum_{i=1}^{n} f_i y_i}{\sum_{i=1}^{n} f_i}$$

式中　　$\hat{y}_{n+1}$——第$n+1$期预测值；

　　　　y_i——第i期实际值；

　　　　f_i——第i期权数；

　　　　n——已知资料期数。

加权平均数适用于实际资料在短期内有明显增长或下降趋势的情况。这种方法的关键是确定权数，确定权数的一般原则为：近期数据权数大，远期数据权数小；数据波动幅度大者权数大，数据波动幅度小者权数小。

4) 加权移动平均法

这是指对数据分别给予不同的权数，求得移动平均值。计算公式为

$$\hat{y}_{n+1} = \frac{f_n y_n + f_{n-1} y_{n-1} + \cdots + f_{n-N+1} y_{n-N+1}}{\sum_{i=n-N+1}^{n} f_i}$$

5) 指数平滑法

指数平滑法是权数特殊的加权平均法，它是通过本期的实际值与紧前期对本期的预测值加权平均，求得一个指数平滑值作为下一期预测值的一种方法。其计算公式为

$$y_t = y_{t-1} + \alpha(x_{t-1} - y_{t-1})$$

或

$$y_t = \alpha \cdot x_{t-1} + (1 - \alpha) y_{t-1}$$

式中　　y_t——本期预测值；

　　　　y_{t-1}——上期预测值；

x_{t-1}——上期实际值；、

α——平滑系数($0 \leqslant \alpha \leqslant 1$)。

运用指数平滑法预测时，α取值不同，预测结果也不同。通常若数据变化比较平缓，或想消除随机因素产生的偶然误差对预测值的影响，则α可取得小些；若数据变化波动很大，α应取得大一些。

6) 直线趋势法

直线趋势法的前提是市场需求量(销售量)与时间呈直线趋势。其预测模型为

$$y = a + bx$$

式中　a——直线在y轴上的截距；

　　　b——直线斜率，代表年平均销售增长率；

　　　y——预测值；

　　　x——时间。

直线趋势法是根据历史资料所给的x、y值，运用最小二乘法原理，求出a、b两个参数，得出预测模型，以预测任何一期需求量(销售量)的方法。

根据最小二乘法原理，先计算$y = a + bx$的总和，即

$$\sum y = na + b\sum x \, (n \text{为历史数据的期数})$$

然后再计算$\sum xy$的总和，即

$$\sum xy = a\sum x + b\sum x^2$$

为了计算简便，可将$\sum x$取为0，其方法是：当n为奇数时，将$x = 0$置于资料期的中央一期，然后上下期依次± 1；当n为偶数时，将$x = -1$与$x = +1$置于资料期的中央上下两期，然后上下期依次± 2。

当$\sum x = 0$时，上面两式变为

$$\sum y = na$$
$$\sum xy = b\sum x^2$$

由此可得出：

$$a = \sum y / n$$
$$b = \sum xy / \sum x^2$$

例如，某企业 2003—2007 年的销售量见表 4-2，已知其销售量与时间呈直线变化趋势，据此预测 2008 年的销量。

将表 4-2 中计算得到的数据代入公式，则

$$a = 304/5 = 60.8 \qquad b = 38/10 = 3.8$$

预测模型为　　　　　　　　　　　　　$y = 60.8 + 3.8x$

对于 2008 年来说，x 应取 3，代入模型，则

$$y = 60.8 + 3.8 \times 3 = 72.2 (万件)$$

即 2008 年的销售量预测值为 72.2 万件。

表 4-2　某企业 2003—2007 年的销售量

单位：万件

年度	x	y	x^2	xy
2003	-2	53	4	-106
2004	-1	57	1	-57
2005	0	61	0	0
2006	1	65	1	65
2007	2	68	4	136
合　计	$\sum x = 0$	$\sum y = 304$	$\sum x^2 = 10$	$\sum xy = 38$

 **案例分析** 1

企业跟着女人走　另类市场研究方法

与美国和西欧公司不同，大部分日本企业不太重视大规模的市场调查和其他定量的市场研究方法，而更重视直接的调查方法。

1. 请顾客帮助改进产品设计

顾客既是产品的使用者，又是产品的鉴定者。他们对产品的优劣最有发言权。日本的松下电器公司为了改进洗衣机的性能，为家庭主妇开设一个免费洗衣店，并派服务人员听取在操作时无意中说出的意见和建议，然后根据这些意见对洗衣机的设计和生产进行改进，收到了较好的效果。日本川琦有一家集生产和经营于一体的百货公司，为了销售本公司的新产品，特意举办了"向太太们购买构想"的活动。此举吸引了 5 万名妇女的踊跃参加。后来因为采纳了其有用的构想，这家公司收到了良好的经济效益。

2. 现场收集信息

日本公司管理人员非常重视产地调查。他们认为，亲自深入现场取得第一手材料能使自己对市场有更加透彻的认识。这种认识不能从大规模的消费者调查和定量研究方法中取得。比如，为了获得准确适用的产品信息，他们会直接到批发和零售企业进行调查。20 世纪 70 年代中期，日本佳能公司的照相机在美国市面上销售受阻，公司高层领导没有组织大规模的消费者调查，而是派几位管理人员前往美国了解情况。他们用 6 周时间探访了美国各家照相专业商店和其他零售商店。通过与店员、顾客交谈，观察照相机陈列及顾客购买行为，找到佳能相机销路不畅的原因。据此重新制定了销售策略，使佳能相机很快打开市场。

3. 了解顾客的生活环境

消费者消费习惯、消费心理固然受诸多因素的影响，但是其生存环境的制约也非常重要。日本公司除

了通过召开小规模有针对性的座谈会调查消费者偏好、对产品的态度、产品的使用方式等内容外，还非常重视观察和分析顾客的生活环节等影响消费者购买的因素。日本最大的汽车公司之一的日本汽车公司，为了对美国市场进行调查研究，派出一名雇员在美国加利福尼亚租了房间，对美国住户的家庭生活方式进行详细调查。他对几个典型家庭的房子拍了照片，收集了许多数据，借以研究美国家庭究竟需要什么样的汽车。日本公司根据这一项调查结果，研制出适合美国人需要的汽车，产品销量得到大幅提高。

4. 注意收集竞争对手情报

日本公司经理制定销售策略时，常常收集竞争者产品的库存、销售以及其他一些标志着该产品实际流通状况的信息。然后询问批发商和零售商，分析产品销售和分配总体情况及产品运送的有关数据和其他周转方面的统计资料。在国际市场竞争对手情报的收集方面，除本企业的努力之外，日本政府也经常帮忙，或是由政府收集市场和技术信息进行研究，并协调一些私人部门的研究工作，帮助公司分享这种商业和技术知识，或是通过政府机构的政策意图向日本公司传递重要的商业信息。

5. 统一销售渠道和信息网络

日本公司对销售渠道的控制能力比西方公司要严格。日本一些较大的公司在本国常有庞大的销售网。它由许多独立的零售商店组成，这些商店雇用公司培训的销售人员。生产企业可以把某些市场研究工作交给这些人员，他们通过与顾客交谈，甚至进行家访，及时地把信息反馈给生产企业。当公司需要有关消费者的信息时，也可由这些人员做专题调查。某些大公司的高层管理人员为了收集主要目标市场的情况和推销产品甚至举家迁居国外，以便实际了解市场情况。

资料来源：新华网.

问题讨论：1. 分析案例，说明进行市场调研及信息收集应注意的问题。
　　　　　2. 日本企业采用的市场调研方法的突出特点有哪些？

 **案例分析 2**

新可口可乐跌入调研陷阱

在美国人眼里，可口可乐就是传统美国精神的象征。但就是这样一个大品牌，20 世纪 80 年代中期却出现了一次几乎致命的失误。

20 世纪 70 年代中期以前，可口可乐一直是美国饮料市场的霸主，市场占有率一度达到 80%。然而，20 世纪 70 年代中后期，它的老对手百事可乐迅速崛起。1975 年，可口可乐的市场份额仅比百事可乐多 7%；9 年后，这个差距更缩小到 3%，微乎其微。

百事可乐的营销策略是：第一、针对饮料市场的最大消费群体——年轻人，以"百事新一代"为主题推出一系列青春、时尚、激情的广告，让百事可乐成为"年轻人的可乐"；第二、进行口味对比。请毫不知情的消费者分别品尝没有贴任何标志的可口可乐与百事可乐，同时百事可乐公司将这一对比实况进行现场直播。结果是，有八成的消费者回答百事可乐的口感优于可口可乐，此举马上使百事可乐的销量激增。

对手的步步紧逼让可口可乐感到了极大的威胁，它试图尽快摆脱这种尴尬的境地。1982 年，为找出可口可乐衰退的真正原因，可口可乐决定在全国 10 个主要城市进行一次深入的消费者调查。可口可乐设计了"你认为可口可乐的口味如何？""你想试一试新饮料吗？""可口可乐的口味变得更柔和一些，您是否满意？"等问题，希望了解消费者对可口可乐口味的评价并征询对新可乐口味的意见。调查结果显示，大多数消费者愿意尝试新口味可乐。

可口可乐的决策层以此为依据，决定结束可口可乐传统配方的历史使命，同时开发新口味可乐。没过多久，比老可乐口感更柔和、口味更甜的新可口可乐样品便出现在世人面前。为确保万无一失，在新可口可乐正式推向市场之前，可口可乐公司又花费数百万美元在一个城市中进行了口味测试，邀请了近 20 万人品尝无标签的新、老可口可乐。结果让决策者们更加放心，六成的消费者回答说新可口可乐味道比老可口可乐要好，认为新可口可乐味道胜过百事可乐的也超过半数。至此，推出新可乐似乎是顺理成章的事了。

可口可乐不惜血本协助瓶装商改造了生产线，而且，为配合新可乐上市，可口可乐还进行了大量的广告宣传。1985 年 4 月，可口可乐在纽约举办了一次盛大的新闻发布会，邀请 200 多家新闻媒体参加，依靠传媒的巨大影响力，新可乐一举成名。

看起来一切顺利，刚上市一段时间，有一半以上的美国人品尝了新可乐。但让可口可乐的决策者们始料未及的是，越来越多的老可口可乐的忠实消费者开始抵制新可乐。对于这些消费者来说，放弃传统配方就等于背叛美国精神，有的消费者甚至扬言将再也不买可口可乐。

每天可口可乐公司都会收到来自愤怒的消费者的成袋信件和上千个批评电话。尽管可口可乐竭尽全力平息消费者的不满，但他们的愤怒情绪犹如火山爆发般难以控制。迫于巨大的压力，决策者们不得不做出让步，在保留新可乐生产线的同时，再次启用近 100 年历史的传统配方，生产让美国人视为骄傲的"老可口可乐"。

资料来源：余艳波. 可口可乐与百事可乐的世纪之战. 广告人在线.

问题讨论：1. 案例的题目是"新可口可乐跌入了调研陷阱"，是否说明不应该进行市场调研？你的意见呢？

2. 在可口可乐公司推出"新可口可乐"之前的一连串市场动作中，他们做了哪些调研和准备工作？

3. 在案例的最后，文章指出可口可乐公司忽略了最重要的一点，为什么可口可乐公司会犯这样的错误呢？

思考与训练

1. 根据街道办事处提供的资料，已知广州市某街道共有 600 户居民家庭。现欲按照等距离抽样法从中选择 30 户家庭进行调查。要求：①简要分析抽样实施步骤；②如果第一个随机抽取的号码是 12，那么其他被抽取的家庭代号将是哪些？

2. 在采用询问法调查顾客对某商店服务水平的满意程度这一项目时，如果限定 3 个问话，可能采用的提问方式是哪些？最适合的提问方式是什么？

3. 假设你是一家汽车公司的营销人员，公司准备在某一地区试销某一车型，讨论如何进行有关该车型配置及相关报价的市场调研项目的设计。

4. 某产品 2002—2007 年的销售额分别为：40 万元、45 万元、51 万元、56 万元、66 万元和 74 万元，用直线趋势法预测 2008 年的销售额。

第 5 章 目标市场营销

教学目标

1. 理解市场细分的概念、发展、意义和有效细分的标志；
2. 掌握市场细分的标准；
3. 掌握目标市场选择标准、目标市场战略类型及其选择条件；
4. 理解市场定位的本质；
5. 掌握市场定位的方式、步骤和战略。

导入案例

　　麦当劳作为一个在国际上的驰名商标,创立于 20 世纪 50 年代中期的美国。由于那时的美国经济处于黄金发展的时期,工薪阶层的工作节奏很快,市场需要方便快捷的饮食,当时的创始人 Ray A. Kroc 及时抓住这个良机,瞄准细分市场需求特征并对产品进行准确定位而一举成功,并于 1955 年在美国芝加哥成立了麦当劳公司。当今的麦当劳已拥有 50 多年的辉煌历史,现已成为一个全球性权威快餐连锁店,目前已在 109 个国家开设了 2.5 万家连锁店,年营业额约为 34 亿美元。同时,麦当劳至今仍保持着创业初期时对客户的承诺,其中有两个非常重要的词语:快捷,卫生!

　　麦当劳公司经营取得的巨大成功让世人震惊和艳羡,其成功原因是多方面的。其实麦当劳的成功有个不可磨灭的功臣因素,那就是它 20 世纪初准确合理的细分市场,因此,在长达 50 多年的经营运作过程中,公司始终都没有放弃过对细分市场的追逐,一直围绕着细分市场做决策。其发展历程显示该公司"成功在细分市场。"

5.1 市 场 细 分

5.1.1 市场细分的概念

　　任何一种产品或服务的市场都包含着不可胜数的购买者,他们不仅分布非常分散,而且由于影响消费需求的因素错综复杂,购买者之间的购买要求差异很大。对于任何一个企业而言,它都没有能力也没有必要满足所有消费者的需求。因此,通过市场调研,进行市场细分,结合企业自身的发展目标与资源条件,选择有效的细分市场,明确企业特定的服务对象,是制定企业营销战略的基本出发点。市场细分是企业选择目标市场的基础和前提,在现代企业营销活动中占有重要地位。

　　所谓市场细分(market segmentation)是指企业根据消费者之间的需求差异性,把整体市场按照一定的标准划分为若干个类似消费者群体的过程。每一个需求特点类似的消费者群叫一个细分市场,亦称"子市场"或"亚市场",每一个细分市场都是由具有类似需求倾向的消费者构成的群体。因此,同一细分市场的消费者的需要和欲望极为相似。

5.1.2 市场细分战略的几个发展阶段

　　(1) 大量营销阶段。在 19 世纪末 20 世纪初,即资本主义工业革命阶段,整个社会经济发展的重心和特点是强调速度和规模,市场是以卖方为主导的。在卖方市场条件下,企业市场营销的基本方式是大量营销,即大批量生产种规格单一的产品,并且通过广泛、普遍的分销渠道销售产品。在这样的市场环境下,大量营销的方式使企业降低了产品的成本和价格，获得了较丰厚的利润。因此，企业自然没有必要研究市场需求，市场细分战略也不可能产生。

(2) 产品差异化营销阶段。在 20 世纪 30 年代，发生了世界性的资本主义经济危机，西方企业面临产品严重过剩的情况，市场迫使企业转变经营观念，营销方式开始从大量营销向产品差异化营销转变，即向市场推出许多与竞争者产品不同的、具有不同质量、外观、性能的品种各异的产品。产品差异化营销与大量营销相比是一种进步，但是，由于企业仅仅考虑自己现有的设计、技术能力，而忽视对顾客需求的研究，缺乏明确的目标市场，因此产品试销的成功率依然很低。由此可见，在产品差异化营销阶段，企业仍然没有重视研究市场需求，市场细分也就仍无产生的基础和条件。

(3) 目标营销阶段。20 世纪 50 年代以后，在科学技术革命的推动下，生产力水平大幅度提高，产品日新月异，生产与消费的矛盾日益尖锐，以产品差异化为中心的营销方式远远不能解决企业所面临的市场问题。于是，市场迫使企业再次转变经营观念和经营方式，由产品差异化营销转向以市场需求为导向的目标营销，即企业在研究市场和细分市场的基础上，结合自身的资源与优势，选择其中最有吸引力和能最有效地为之提供产品和服务的细分市场作为目标市场，设计与目标市场需求特点相互匹配的营销组合。于是，市场细分战略应运而生。

市场细分理论的产生使传统营销观念发生了根本的变革，在理论和实践中都产生了极大影响，被西方理论家称为"市场营销革命"。

5.1.3　市场细分产生的客观基础

1. 消费者需求的异质性

凡消费者或用户对某一产品的需要、欲望、购买行为以及对企业营销策略的反应等方面具有基本相同或极为相似的一致性，这种产品的市场就是同质市场。例如，所有消费者对普通食盐的消费需求、消费习惯和购买行为等都大体相同，普通食盐的市场就是同质市场。只有极少部分产品(主要是初级产品)的市场属于同质市场，其他都属于异质市场，即消费者或用户对某类产品的质量、特性、规格、档次、花色、款式、结构、价格、包装等方面的需要与欲望是有差异的(如消费者对运动服、休闲服和正装等的不同需求)，或者在购买行为、购买习惯等方面存在着差异性。正是这些差异使市场细分成为可能。

2. 企业资源的有限性

任何一家企业，无论规模多大，都不能为所有消费者提供某一种或几种商品和服务，同时也不能为某一个或某一群消费者提供他们所需的所有商品和服务。因为要满足这些需求，需要庞大的资源——资金、技术、人力、信息、土地等，这些资源本身就是稀缺的，对于一家企业而言，其可获得程度更加受到限制，更何况，企业所面对的市场需求的增长又是相对无限的，因此，市场细分是一种必然。

5.1.4　市场细分的意义

1. 有利于企业发现新的市场机会

企业对营销环境的分析、市场的调研，可以发现没有得到满足的需求，从而发现市场机会。只有通过市场细分，企业才能把握各个不同购买群体的需求及其满足程度，了解哪些细分市场中产品或服务的需求已经得到满足，哪些细分市场中产品或服务的需求未得到满足或未完全得到满足，从而可以发现市场营销机会。

2. 有利于提高企业的竞争能力

市场细分对企业竞争能力的提高表现在两个方面。一方面，市场细分可以提高企业的应变能力，使企业经营适应需求的变化，从而提高企业的竞争力；另一方面，市场细分可以使企业扬长避短、发挥优势，即集中企业的人力、物力、财力，使有限的资源使用在刀刃上，使企业以最少的经营费用获得最大的经营效益，从而提高企业的竞争能力。

3. 有利于制定市场营销组合策略

市场营销组合是企业综合考虑产品、价格、促销形式和销售渠道等各种因素而制定的市场营销方案。就每一特定市场而言，只有一种最佳组合形式，这种最佳组合只能是市场细分的结果。前些年我国曾向欧美市场出口真丝花绸，消费者是上流社会的女性。由于我国外贸出口部门没有认真进行市场细分，没有掌握目标市场的需求特点，因而营销策略发生了较大失误：产品配色不协调、不柔和，未能赢得消费者的喜爱；低价策略与目标顾客的社会地位不相适应；销售渠道又选择了街角商店、杂货店，甚至跳蚤市场，大大降低了真丝花绸产品的"华贵"品位；广告宣传也流于一般。这个失败的营销个案从反面说明了市场细分对于制定营销组合策略具有的重要作用。

5.1.5　市场有效细分的标志

对不同行业、不同类型的企业来说，实行市场细分必须具备一定条件，否则，不一定能够形成有效的细分市场，很可能徒劳无功、得不偿失。市场有效细分的标志有下面一些。

(1) 可衡量性，表明该细分市场特征的有关数据资料必须能够加以衡量和推算。比如在电冰箱市场上，在重视产品质量的前提下，有多少人更注重价格，有多少人更注重耗电量，有多少人更注重外观，或者兼顾几种特性。当然，将这些资料进行量化是比较复杂的过程，必须运用科学的市场调研方法。

(2) 可进入性，即企业所选择的目标市场是否易于进入，根据企业目前的人、财、物和技术等资源条件能否通过适当的营销组合策略占领目标市场。

(3) 可盈利性，即所选择的细分市场应有足够的需求量且有一定的发展潜力，使企业获得长期稳定的利润。应当注意的是，需求量是相对于本企业的产品而言的，并不泛指一般的人口和购买力。例如，汽车制造企业不值得为身高 2m 以上的人专门设计合适的汽车，尽管他们也有买车的需求。

(4) 可区分性，指不同细分市场的特征可清楚地加以区分。比如女性化妆品市场可依据年龄层次和肌肤类型等变量加以区分。

(5) 可操作性，指企业必须能够设计有效的方案吸引并服务于细分市场。例如，一家小型航空公司虽然找出了 7 个细分市场，但由于其员工太少，不可能针对每个细分市场开发专门的营销计划。

5.1.6　市场细分的标准

一种产品的整体市场之所以可以细分，是由于消费者的需求存在着差异性。市场细分的标准对于消费者和产业市场存在着很大的差异。

1. 消费者市场细分的标准

1) 地理因素

地理因素指按照消费者的地理位置和自然环境来进行市场细分。这是一个相对静态的因素，也是要首先考虑的因素。地理因素主要包括消费者所处的地理区域以及这些地区的自然特点，如人口密度、气候、城乡差别等。我国一般分为东北、华北、西北、西南、华南、华东、华中 7 个大的地区。不同的地区，由于其自然条件、风俗习惯、文化传统、经济发展水平存在明显差异，因而对产品的需求存在差异。我国地域大，气候差异较大：有热带气候、亚热带气候、温带气候、寒带气候 4 大类，同时还有许多小气候带。气候的不同对消费者的需求影响极大，尤其表现在服装和饮食方面。城乡差别也导致了城乡消费者对产品需求的差异性。按此细分有利于开拓不同的区域市场，扩大市场份额。用地理标准细分市场，相对于其他标准方法简便、标准稳定、比较容易分析。但地理因素多是静态因素，不一定能充分反映消费者的特征。因此，企业在选择目标市场时，还需要结合其他细分因素综合考虑。

案例 5-1

作为一个后起挑战者，华龙推行区域营销策略。它创建了一条研究区域市场、了解区域文化、推行区域营销、运作区域品牌、创作区域广告的思路，在各地市场不断获得消费者的青睐。华龙从 2001 年开始推行区域品牌战略，针对不同地域的消费者推出不同口味和不同品牌的系列新品，见表 5-1。

表5-1 华龙针对不同市场采取的区域产品策略

地域	主推产品	广告诉求	系列	规格	价位	定位
河南	六丁目	演绎不跪(不贵)	六丁目 六丁目108 六丁目120 超级六丁目	分为红烧牛肉、麻辣牛肉等14种规格	低价位	目前市场上最低价位、最实惠产品
山东	金华龙	山东人都认同"实在"的价值观	金华龙 金华龙108 金华龙120	分为红烧牛肉、麻辣牛肉等12种规格	低价位 中价位 高价位	低档面 中档面 高档面
东北	东三福	核心诉求是"咱东北人的福面"	东三福 东三福120 东三福130	红烧牛肉等6种口味、5种规格	低价位 中价位 高价位	低档面 中档面 高档面
东北	可劲造	大家都来可劲造，你香不香	可劲造	红烧牛肉等3种口味、3种规格	高价位	继东三福130之后的又一高档面
全国	今麦郎	有弹性的方便面，向"康师傅"、"统一"等强势品牌挑战，分割高端市场	煮弹面 泡弹面 碗面 桶面	红烧牛肉等4种口味、16种规格	高价位	高档面系列、以城乡消费为主

2) 人口因素

人口因素指按各种人口的统计变量来进行市场细分，变量主要包括年龄、性别、收入、职业、教育程度、家庭生命周期、宗教、国籍、社会阶层等。由于以人口变量来细分市场比其他变量更容易衡量，且适应范围比较广泛，许多消费者市场都可按这一方法进行细分。

依据人口变量细分市场，可以是单变量细分，例如，仅以"性别"这一变量来划分化妆品市场；但多数企业通常采用多变量细分，即依据两个以上的人口统计变量来细分市场，例如，可以用"性别"、"年龄"、"收入"等变量来划分化妆品市场，即供中年女士用的高档化妆品、青年男士用的中档化妆品等。因为人口因素比较稳定，取得各种变量的资料比较容易，所以常常成为企业进行市场细分的重要标准。

 案例 5-2

华龙十分注重市场细分，且不仅依靠一种模式。它尝试各种不同的细分变量或变量组合，找到了同对手竞争、扩大消费群体、促进销售的新渠道。例如：

- 定位在小康家庭的最高档产品"小康130"系列；
- 面饼为圆形的"以圆面"系列；
- 适合少年儿童的干脆面系列；
- 为感谢消费者推出的"甲一麦"系列；
- 为尊重少数民族推出的"清真"系列；
- 回报农民兄弟的"农家兄弟"系列；
- 适合中老年人的"煮着吃"系列；

以上系列产品都有3个以上的口味和6种以上的规格，以适合不同类型消费者的多种需求。

3) 心理因素

心理因素指按消费者的生活方式和个性来进行市场细分。消费者的需求受个人生活方式及其个性等心理因素的影响，往往比其他因素更直接。生活方式是指一个人想怎样生活的模式。人们追求的生活方式各不相同，如有的追求新潮时髦，有的追求简朴恬静，有的追求刺激冒险，有的则追求稳定安逸。这样，就可根据消费者不同的生活理念进行市场细分。例如，妇女时装生产商为"朴素妇女"、"时髦妇女"、"男性化妇女"设计不同款式的服装。

消费者的个性千差万别，这对其需求和购买特点都有不同程度的影响。例如，妇女由于个性的差别，在购买化妆品时各有所好，化妆品公司一般将其分为随意型、科学型、时髦型、本色型、唯美型、生态型6种类型，以分别对待、投其所好。基于消费者的个性差异，市场营销者往往赋予其产品与某类消费者个性相投的品牌个性。

 案例 5-3

从进入中国开始，欧莱雅就把大约1亿具有一定购买能力的、年轻活跃的都市女性作为目标群体，并用不同的品牌对她们进行了细分区隔：大众消费品如巴黎欧莱雅、美宝莲、卡尼尔；专业美发如卡诗、欧莱雅专业美发；高档品牌如兰蔻、碧欧泉、赫莲娜；药房专销如薇姿、理肤泉。并分别针对这4类产品建立了4种不同的销售渠道，均在分级市场取得了较大的份额。比如兰蔻、美宝莲在各自的分级市场和不同销售渠道已经取得了第一的份额，巴黎欧莱雅占据了高档染发市场，药房专售的薇姿也成为活性健康化妆品市场的领袖。

4) 行为因素

消费者的行为是一种能觉察到的外在结果，比人们内在的心理活动更容易判断，因此，行为因素是更为重要的市场细分标准，主要包括购买时机、追求利益、使用者状况、品牌忠诚度等。

许多商品的市场可以按照使用状况来对消费者细分，如经常使用者、初次使用者、潜在使用者、非使用者。原则上，实力雄厚的大企业应着重吸引潜在使用者，以扩大市场；中小企业相对而言力量较弱，应注意吸引经常使用者，以巩固市场。近年来，随着我国经济的发展和居民收入水平的提高，许多市场上都存在着大量的潜在使用者，旅游、娱乐、高技术电器、信息、通信、家庭护理服务等市场尤为突出。企业应密切注意需求动态，抓住机遇，迅速成长。

企业还可以按照消费者对品牌的忠诚度来对市场进行细分，因为消费者对很多商品都存在"品牌偏好"。一般来说，可以将消费者分为 4 种类型，一是单一品牌忠诚者，他们坚定地忠诚于某一种品牌商品，在任何时候都只购买一种特定的品牌商品；二是几种品牌忠诚者，他们同时忠诚两三个品牌，交替购买自己偏好的几个固定品牌的商品；三是转移的忠诚者，这类消费者经常由偏好一种品牌转变为喜欢另一种品牌；四是非忠诚者，这种消费者在购买某类商品时，并无一定的品牌偏好，购买行为常有很大的随意性。前两类消费者占市场的比重较大，其他企业很难进入，即使进入也很难提高市场占有率。在转移的忠诚者比重较大的市场，企业应深入分析消费者品牌忠诚转移的原因，及时找出营销工作中的缺陷，采取适当措施，加强顾客的品牌忠诚程度。

2. 产业市场细分的标准

1) 客户地点

由于历史、市场发育等原因，有些产业地域相对集中，例如，广东顺德的家电厂、江浙的丝绸厂、东北的机械厂、上海的棉织厂等，这就决定了产业市场比消费者市场更为集中。企业按用户的地理位置来细分市场，选择用户较为集中的地区作为自己的目标市场，可以节约物力、降低成本、提升企业竞争力。

2) 商品的最终用途

它是产业市场细分最常用的标准。不同的企业对商品的需求不同，例如，钢材市场上，有些企业买来制造机器设备，有的用来建筑楼房；生产商制造出来的轮胎，有的装在飞机上，有的装在汽车、拖拉机上，有的装在摩托车上。最终用途的不同，当然对商品的规模、型号、质量、价格等方面的需求也就不同，因此，企业应对不同的用户制定不同的市场营销组合以满足用户的需要，促进销售。

3) 客户规模

产业市场中客户购买行为的差异很大，购买数量、付款方式、用户条件等远比消费者市场的差别显著，这与工业用户的规模差异关系密切。通常，大客户个数少，但购买力大；小客户个数多，但个体购买力小。在产业市场上，一般购买力高度集中于少数大客户那里，10%的大客户约占年购买量的 80%，因此很多公司都建立了适当的制度来分别和大客户与小客户打交道。例如，美国一家办公室用具制造商按照客户规模将用户市场细分为两大类：一是大客户，如国际商用机器公司、标准石油公司等；另一类是小客户。对大客户，由制造商的客户经理负责联系；对小客户，则由一般的推销人员负责联系。

5.2 目标市场选择

5.2.1 目标市场选择的标准

市场细分之后，接下来就要考虑决定具体进入哪一个或哪几个细分市场并为之提供服务了，这就是目标市场的选择。

所谓目标市场(Target market)是企业营销活动所要满足的市场，是企业决定要进入的那个市场，也就是企业拟投其所好、为之服务的那个顾客群。在市场细分的基础上，企业必须对不同的细分市场进行评估。评估时先要考虑各细分市场的规模、发展潜力、成长性、获利能力等，之后要结合企业的目标和资源从中选择一定数目的细分市场作为目标市场。

1. 市场的规模和发展潜力

企业进入一个市场的目的是在为这个市场提供产品或服务的同时，获得一定的利润。如果所选择的细分市场过于狭窄，公司就可能获得不了它所期望的销售额和利润；如果所选择的细分市场过于广阔，由于受企业资源的限制，很可能不能充分满足其需要而且会增加营销费用，达不到预期利润。所以应根据企业实际量力而行。市场规模是动态因素，有的市场现在虽然规模不大，但未来可能会迅速增长或预计会有所增长，即具有较大的发展潜力，这时也可以考虑进入。

2. 市场因素

选择目标市场不仅要考虑一个细分市场在规模和增长程度方面所具有的吸引力，还要考虑可能使细分市场失去利润吸引力的其他因素，这些因素有以下一些。

(1) 行业竞争和细分市场内竞争的威胁。

(2) 潜在进入者的威胁。

(3) 替代品的威胁。

(4) 供应商的威胁。

3. 符合企业的目标和能力

有些细分市场虽然有很大的吸引力，但是进入这个市场同企业的发展目标及资源条件可能并不相符，此时则不应进入这些细分市场。此外，在选择每个目标市场时，还要考虑企业的资源状况，即企业是否有能力进入这些细分市场。

5.2.2　目标市场战略类型

在选择目标市场的基础上，企业可以对不同目标市场制定相应的营销战略。目标市场战略有 3 种，分别是无差异营销战略、差异性营销战略、集中性营销战略。

1. 无差异营销战略

无差异营销战略(undifferentiated marketing strategy)是指企业把整个市场看作一个大的目标市场，不进行市场细分，而用一种产品、统一的市场营销组合去满足所有用户的需求。这种战略最大的优点是成本的经济性。由于产品的品种、规格、款式简单，有利于标准化与大规模生产，有利于降低生产、存货、运输、市场调研、促销等成本费用。其主要缺点是单一产品要以同样的方式销售并受到所有购买者的欢迎几乎是不可能的，即使一时能赢得市场，但如果竞争企业都如此仿照，就会造成在某一较大市场上竞争激烈，而较小市场又未得到满足的局面。

 案例 5-4

美国可口可乐公司常被作为无差异营销的典型。这家世界著名大公司由于拥有世界性专利，在 20 世纪 60 年代推出的瓶装饮料长期采用一种口味、一种瓶装、甚至连广告词都是统一的"请饮可口可乐"，长期独霸世界饮料市场，赚取了巨额利润。20 世纪 60 年代以后，随着饮料市场竞争的加剧，特别是"百事可乐"和"七喜"的异军突起，可口可乐公司不得不放弃长期实行的无差异营销战略，推出了减肥可乐、芬达橙味汽水等。

一般来说，无差异营销战略适用于市场同质性高并且购买者广泛需要的、生产能够大规模进行并大量销售的产品市场。而对于绝大多数产品而言无差异营销战略并不适用，对于已采用此策略的一些企业也不宜长期采用。

2. 差异性营销战略

差异性营销战略(differentiated marketing strategy)是把整个市场划分为若干个需求与愿望大致相同的细分市场，针对每个细分市场的需求特点，设计、生产和销售不同的产品并制定与之相适应的市场营销组合。

差异性营销的优点主要是企业通过提供差异性的产品，可以更好地满足各类消费者的不同需要，增强购买者对企业的信任感和认同感，扩大销售；同时，由于针对不同的细分市场组织实施不同的营销组合方案，有利于提高企业营销活动的效果。但由于其产品种类、销售渠道、广告宣传的扩大化与多样化，市场、营销费用大幅度增加，有时很难预测这种策略的效益如何。有些企业曾实行了"超细分战略"，即许多市场被过分地细分而导致产品价格不断上涨，影响产销数量和利润。于是，一种被称为"反市场细分"的战略应运而生。反市场细分战略并不是反对进行市场细分，而是将许多过于狭小的子市场组合起来，以便以较低的价格去满足这一市场的需求。例如，美国的强生公司生产了一种婴儿洗发液，除面向基本的婴儿细分市场推出外，还向成年人宣传介绍这种天然产品，千方百计地使成年人也使用这种洗发液，以扩大销售，降低成本。

 案例 5-5

北京三露日用化工厂的"大宝"系列护肤品利用国际知名品牌不愿"低就"的心态，以工薪阶层为目标人群的独有品牌概念来塑造自己，使自己在品牌利益上比其他的国产品牌有更大的塑造空间和市场机会。大宝的人群定位在 30~40 岁的工薪一族。在国外，这个年龄的人群应该是经济能力较强，自己保养最在意的一个群体，而我国由于从计划经济到市场经济转轨，这个群体的绝大部分的收入在中等水平，这样就给大宝提供了最好的机会与发展可能。

雅诗兰黛集团是一家坚守在金字塔顶端的高档化妆品集团公司，旗下共有 25 个品牌，包括护肤、彩妆、香氛在内的所有品牌都属于高端产品。其主要消费群体是收入较高的白领女性和追求时尚的新女性。定价上，虽然它们同属高端品牌，但所有的品牌都分布在不同的级别上面。比如倩碧和魅可属于高档品牌里面的初级入门品牌，价位相对低一些；雅诗兰黛和芭比波朗属于高档化妆品牌里面中高档的级别；海蓝之谜则属于顶级奢华品牌。品牌风格上，魅可是时尚和潮流的先锋；雅诗兰黛是一个经典的高端品牌；倩碧注重于护肤，有很多皮肤科医生参与研究配方；芭比波朗帮助女性朋友成为自己的彩妆师；海蓝之谜则强调奢华和享受。1993 年雅诗兰黛集团以旗下的雅诗兰黛(Estee Lauder)和倩碧(Clinique)两个品牌进入中国，而今天雅诗兰黛已经成为中国的白领女性们趋之若鹜的时尚高端化妆品牌。

3. 集中性营销战略

集中性营销战略(concentrated marketing strategy)是指企业以一个或少数几个细分市场为目标市场，集中企业的营销力量，实行专门化生产和销售。前两个战略都是以整个市场为目标市场，为整个市场服务的，而集中性营销战略则是把目标市场确定为一个或少数几个细分市场。实行这种策略的企业，集中力量追求在较少的市场上占有较多份额，甚至是取得支配地位的市场份额，在局部取得成功、赢得了信誉、壮大了实力后，再依据条件逐渐扩展市场范围。日本企业就是运用这种战略在汽车、电子等行业的全球市场上取得惊人成功的。但是，实行集中性营销战略也有较大的风险，因为目标市场范围比较狭窄，一旦市场情况发生变化，企业可能陷入困境，甚至难以为继。

 案例 5-6

河北农村的杨凤君敏锐地发现了胖子们的烦恼，别出心裁地开了一家胖体服装店，专门做起胖人的生意。1999 年，她从 15 万元起家，在北京南郊的大兴区租了一间 40 多 m² 的店面。那时市场上还没有专门的胖体服装，所有的服装都是杨凤君从全国各地的市场淘来的，可这并不能满足顾客越来越高的要求。2003年，杨凤君通过广告找到了一家北京服装加工厂的老板马卫斌，并达成了合作。杨凤君给胖人衣服加入时尚元素的愿望成为现实，也填补了市场上时尚胖体女装的空白。现在杨凤君已经组建了一个专门经营胖人服装的公司，她的 200 家胖人服装专卖店遍布全国各地，固定资产已高达 2 000 多万元。

5.2.3　选择目标市场营销战略的条件

上述 3 种市场战略各有利弊，企业在选择时需要全面考虑以下各种条件。

1．企业资源

如果企业资源雄厚，可选择差异性或无差异市场营销战略；反之，对于资源有限、能力不足的中小企业宜采用集中性营销战略。

2．产品同质性

一般的初级产品，如粮、棉、食盐、钢铁、煤炭、水泥等，在性能、特点等方面差异不大，变异性较小，而且购买者对这些产品的差别一般也不太重视或不加区分，通常可视为同质产品。对于同质产品或需求上共性较大的产品，宜于采用无差异营销战略。许多加工制造产品，如服装、化妆品、家用电器、食品等，不仅产品本身可以开发出不同的性能、款式、花色与型号，具有较大的差异性，而且顾客对这些产品的需求也是多样化的，选择性较强。生产这类性质产品的企业一般宜选择差异性或集中性营销战略。

3．市场的类同性

如果市场上消费者和用户的需求、偏好大致相同，购买的数量、对市场营销刺激的反应比较一致，就可视为同质或相似的市场。对那些类同市场，宜采用无差异营销战略；反之，应采用差异性或集中性营销战略。

4．产品寿命周期

处于导入期和成长期的新产品，市场营销的重点是启发和巩固消费者的偏好，最好实行无差异营销战略或针对某一特定子市场实行集中性营销战略；当产品进入成熟期后，市场竞争激烈，消费者需求日益多样化，可改用差异性营销战略以开拓新市场，满足新需求，延长产品寿命周期。

5．竞争者的战略

如果竞争对手采用无差异营销战略，企业则应选择差异性营销战略，利用差别优势争取主动；如果竞争对手采用了差异性营销战略，企业用无差异营销战略将很难与之抗衡，而应在对市场进一步细分的基础上，采用差异性更大的营销战略或集中性营销战略进行竞争。当然，如果企业在实力上优于对手，则可采用与之相同的战略，凭借实力击败对手，如果企业实力弱于竞争对手，应反其道而行之。

5.3 市场定位

5.3.1 市场定位的概念

市场定位(market positioning)也称为产品定位或竞争性定位，是根据竞争者现有产品在细分市场上所处的地位和顾客对产品某些属性的重视程度，塑造出本企业产品与众不同的鲜明个性或形象并传递给目标顾客，使该产品在细分市场上占据强有力的竞争位置。也就是说，市场定位是塑造一种产品在细分市场的位置。产品的特色或个性可以从产品实体上表现出来，如形状、成分、构造、性能等；也可以从消费者的心理反应出来，如豪华、朴素、时髦、典雅等；还可以表现为价格水平、质量水准等。

企业在市场定位的过程中，一方面要了解竞争者的产品的市场地位，另一方面要研究目标顾客对该产品的各种属性的重视程度，然后选定本企业产品的特色和独特形象，从而完成产品的市场定位。

5.3.2 市场定位的方式

1. 避强定位

避强定位是指企业回避与目标市场上的竞争者直接对抗，将其位置确定于市场"空白点"，开发并销售市场上还没有的某种特色产品，开拓新的市场领域。由于这种定位方式风险小、成功率较高，常常为多数企业所采用。

案例 5-7

1968 年美国"七喜"汽水的"非可乐"一招，竟然奇迹般地在美国龙争虎斗的软饮料市场中，占到了一个"老三"的位置，仅仅屈居于"可口可乐"和"百事可乐"之后。

过了 10 年，"七喜"被菲利普莫里斯集团收购，销量也一路下跌。进入 20 世纪 80 年代，美国人认为过量的咖啡因有碍健康，要求降低饮料中的咖啡因含量。"七喜"以敏锐的嗅觉嗅出了这一新的市场缝隙，于是在 1982 年底，它再一次大出风头，第一个喊出了"无咖啡因"的口号，大讨消费者的欢心，又一次给了含咖啡因的"可口可乐"和"百事可乐"当头一棒。"七喜"因此又恢复了第三品牌的地位。

1986 年菲利普莫里斯集团将"七喜"高价出售给了"百事"。

2. 重新定位

重新定位是指企业变动产品特色，改变目标顾客对其原有的印象，使目标顾客对其产品新形象有一个全新的认识过程。当企业产品在市场上的定位出现偏差、产品在顾客心目中的位置和企业的定位期望发生偏离时，企业往往需要重新定位。市场重新定位对于企业适应市场环境、调整市场营销战略是必不可少的。一般在出现下列情况时需考虑重新定位：一是竞争者推出产品的市场定位于本企业产品附近，侵占了本企业品牌的部分市场，使本企业品牌的市场占有率有所下降；二是消费者偏好发生变化，从喜爱本企业的品牌转移到喜爱竞争对手的某品牌。

这种重新定位旨在摆脱困境，重新获得增长与活力。这种困境可能是企业决策失误引起的，也可能是对手有力反击或出现新的强有力竞争对手造成的。不过，也有重新定位并非是因为已经陷入困境，而是因为产品意外地扩大了销售范围引起的。例如，素有全球化妆品销量巨头之称的宝洁公司将其玉兰油产品中的"Oil"——"油"标签去掉。这一不大不小、无足轻重的产品名称变化是为吸引更加年青一代的消费群体。据宝洁公司了解，年青一代的消费者很容易将"油"与油脂类产品联想到一块，继而混为一团。因而宝洁公司希望这更为简化的名称"Olay"能吸引更多的年轻人。

3. 对峙定位

对峙定位是指企业选择靠近于现有竞争者或与现有竞争者重合的市场位置，争夺同样的顾客。这种定位是一种危险的挑战，但一旦成功就会获得巨大的市场优势。实行对峙定位，必须知己知彼，尤其应清醒地估计自己的实力，不一定要压垮对方，只要能够平分秋色就已是巨大的成功。例如，可口可乐与百事可乐之间的持续争斗，"肯德基"与"麦当劳"的对着干，耐克与阿迪达斯的竞争，还有我国国内国美电器与苏宁电器对市场的争夺战，等等。

4. 竞争对抗定位

竞争对抗定位是指一个有竞争实力但知名度不高、在市场上尚未取得一个稳定地位的产品与一个已在市场上建立起领导者地位的产品直接对抗，以吸引消费者的关注，从而在市场上取得有利位置的定位方法。例如，宁城老窖酒刚进入市场便吸引了消费者的极大关注，因为1992年宁城老窖集团在日本东京国际食品博览会上与贵州茅台在同档次评比中双双获得金奖，宁城酒厂遂将其广告语定为"宁城老窖——塞外茅台"，从此身价扶摇直上，在中国市场上形成了南有贵州茅台，北有塞外茅台的格局。

5.3.3　市场定位的步骤

市场定位的关键是企业要设法在其产品上找出比竞争者更具有竞争优势的特性。竞争优势通常表现在两个方面：一是价格优势，即能够以比竞争者低廉的价格销售相同质量的产品，或以相同的价格水平销售更高质量水平的产品；二是偏好竞争优势，即企业能向市场提供的产品在质量、功能、品种、规格、外观等方面比竞争者能更好地满足顾客需求。企业要进行市场定位，一般需经过以下 3 大步骤。

1. 确认本企业的竞争优势

这是市场定位的基础。企业首先必须进行规范的市场研究，切实了解目标市场的需求特点及这些需求被满足的程度。一般要回答以下 3 个问题：一是竞争对手的产品如何定位？二是目标市场上消费者的需求满足程度如何，还有哪些方面未满足？三是针对竞争者的市场定位和潜在顾客真正需要的利益，要求企业应该和能够做什么？要回答这 3 个问题，企业市场营销人员必须通过一切调研手段，系统地设计、搜索、分析并报告有关上述问题的资料和研究成果。通过回答上述 3 个问题，企业就可能确定自己的潜在竞争优势在何处了。

2. 选择相对竞争优势

相对竞争优势表明了企业能够胜过竞争者的能力。这种能力既可以是现有的，也可以是潜在的。准确地选择相对竞争优势就是一个企业各方面的实力与竞争者的实力相比较的过程，比较的指标应是一个完整的体系。只有这样，才能准确地选择相对竞争优势。通常的方法是分析、比较企业与竞争者在下列 7 个方面究竟哪些是强项，哪些是弱项。

(1) 经营管理方面，主要考察领导能力、决策水平、计划能力、组织能力以及个人应变的经验等指标。

(2) 技术开发方面，主要分析技术资源(如专利、技术诀窍等)、技术手段、技术人员能力和资金来源是否充足等指标。

(3) 采购方面，主要分析采购方法、储存及运输系统、供应商合作以及采购人员能力等指标。

(4) 生产方面，主要分析生产能力、技术装备、生产过程控制以及职工素质等指标。

(5) 市场营销方面，主要分析销售能力、分销网络、市场研究、服务与销售战略、广告、资金来源等是否充足以及市场营销人员的能力等指标。

(6) 财务方面，主要考察长期资金和短期资金的来源及资金成本、支付能力、现金流量以及财务制度与人员素质等指标。

(7) 产品方面，主要考察可利用的特色、价格、质量、支付条件、包装、服务、市场占有率、信誉等指标。

通过对上述指标体系的分析与比较，选出最适合本企业的优势项目。

3. 显示独特的竞争优势

企业的相对优势不会自动地在市场上得到充分体现。因此，企业必须通过一系列的促销活动，将其独特的竞争优势准确传递给潜在顾客，并在顾客心目中留下深刻的印象，使本企业的市场地位与顾客心目中的形象相一致。为此，企业首先应使目标顾客了解、指导、熟悉、认同、喜欢和偏爱本企业的市场定位，在顾客心目中建立与该定位相一致的形象。其次，企业尽一切努力通过强化目标顾客形象、保持目标顾客的了解、稳定目标顾客的态度和加深目标顾客的感情来巩固与市场相一致的形象。最后，企业应注意目标顾客对其市场定位理解出现的偏差或由于企业市场定位宣传上的失误而造成的目标顾客模糊、混乱和误会，及时纠正与市场定位不一致的形象。

5.3.4 市场定位战略

1. 产品差异化战略

产品差异化战略是指企业使自己的产品区别于其他产品，可以从产品的特色、性能、一致性、耐用性、可靠性、可维修性、风格和设计等方面实现。

产品特色是产品差别化的一个有效工具，对汽车、服装、房屋等产品尤为重要。日本汽车行业中流传着这样一种说法："丰田的安装，本田的外形，日产的价格，三菱的发动机。"这体现了日本 4 家主要汽车公司的核心专长，说明了"本田"外形设计优美入时，颇受年轻消费者的喜欢。

产品性能是指产品主要特点在实际操作运用中的水平。在全球通信产品市场上，摩托罗拉、诺基亚、西门子、菲利普等全球化竞争对手通过实行强有力的技术领先战略，在手机、IP 电话等领域不断为自己的产品注入新的特性，走在市场的前列，吸引顾客，赢得竞争优势。实践证明，某些产业特别是高新技术产业，如果某一企业掌握了最尖端的技术，率先推出了具有较高价值的产品创新特征，那么就能够发展成为一种十分有效的竞争优势。

 案例 5-8

2004 年 12 月，在全球 5 大品牌价值评估机构之一的世界品牌实验室(WBL)举办的《Brand China 品牌中国》大型评选活动中，新飞冰箱以中国冰箱行业综合指标排名第一的成绩拿下 2004 年"中国品牌年度大奖"，成为全国冰箱行业的第一名。新飞的独特性就在于节能和健康。

① 节能。1998 年，新飞研制出了比普通冰箱节电 50%的"奋进者"冰箱，2003 年推出日耗电量仅 0.4 度的"欧洲能效 A+"冰箱，2004 年推出日耗电量仅 0.34 度的"欧洲能效 A++"冰箱，能效指数超过欧洲能耗最高标准。

② 健康。1996 年，新飞在国内首家推出了全无氟环保冰箱，掀起了一股全国范围内的绿色消费浪潮。2003 年，新飞对冰箱杀菌技术进行了深入的行业前瞻性研究，在国际上开创性地将领先的卫生领域综合杀菌技术应用到冰箱家电产品上来，研发出了新一代健康冰箱，于 2004 年 4 月成功推出了 A++节能、361 度杀菌的"双冠王"冰箱，综合 5 项杀菌技术：臭氧杀菌、紫外灯杀菌、钛光杀菌、纳米杀菌、负离子杀菌，是目前运用杀菌手法最多、杀菌效果最好的冰箱之一。这种冰箱通过一个微型风扇的运转，促进冰箱内空气循环，产生运动式的杀菌效果，将冰箱内壁、空气中、食品表面的细菌统统消灭，不仅能杀死大肠杆菌等嗜温菌，也能杀死嗜冷菌，杀菌效果达到 99.92%。新飞"双冠王"冰箱成为国内首家入选中华预

防医学会"健康金桥重点工程项目"的冰箱产品,这是国内白色家电第一次获得国家健康权威机构的认证。

2. 服务差异化战略

服务差异化战略是向目标市场提供与竞争者不同的优异服务。服务差异化主要表现在送货、安装、用户培训、咨询服务及修理等方面。服务战略在很多市场状况下都有用武之地,尤其在饱和的市场或实体产品较难差异化的市场,如对于精密仪器、汽车、计算机、复印机等更为有效。

服务差异化战略能够提高顾客总价值,保持牢固的顾客关系,从而击败竞争对手。一些企业靠速度、便利或及时、安全的运输来取得竞争优势,安装服务也能使企业区别于其他企业。一些企业靠提供培训服务或咨询服务来区别于其他企业。企业还可以找到许多其他方法来通过差异化服务增加自己产品的价值。

 案例 5-9

海尔能够在消费者采购之前给他们一个完全放心的感觉,提出"星级服务"思想,"销售的是信用,而不是产品"。"星级服务"的标准:①24 小时接听电话;②24 小时服务到位;③上门服务解除客户烦恼;④5 个 1 服务体系包括一副鞋套、一块垫布、一块抹布、一张账单、一幅说明书。海尔公司是在你最合适最方便的时间来,敲门之后,自己带着鞋套套在鞋上,自己带着抹布,而且从来不抽烟喝水,这些实际上都和他们自己的收入挂钩。当海尔的维修人员修理完,把东西收拾好后,你会发现什么都不用干了。账单中包括维修费和零件费,而海尔的维修是免费的,同时如果产品在保修期内,零部件也是免费的,让用户明白得到了实惠。

3. 人员差异化战略

人员差异化战略是通过聘用和培训比竞争者更为优秀的人员以获取差别优势。市场竞争归根到底是人才的竞争,人员素质的培养和提高对扩大企业差异化的质量起着越来越重要的作用。

通常情况下,一个受过良好训练的员工应具有以下基本的素质和能力:①能力,具有产品知识和技能;②礼貌,友好对待顾客,尊重和善于体谅他人;③诚实,使人感到坦诚和可以信赖;④可靠,强烈的责任心,保证准确无误地完成工作;⑤反应敏锐,对顾客的要求和困难能迅速反应;⑥善于交流,尽力了解顾客,并将有关信息准确地传达给顾客。

案例 5-10

国际著名高端化妆品牌雅诗兰黛在员工的选择上是有一定标准的,在选员之初就会将员工进行分类。比如说,倩碧的员工就相对清纯,M.A.C 魅可的员工就显得更加具有成熟气质和专业素质,每个品牌的员工在风格气质甚至外型上都各不相同。这一点与雅诗兰黛集团重视品牌个性的要求相符,同样也会在卖场给顾客一种与产品风格一致的感觉。他们会对专柜的美容顾问进行非常好的培训,以便他们能够根据来到柜台的不同顾客的个人需求,给出非常符合他们需求的产品和非常好的服务——这也是雅诗兰黛集团能立足于高端市场的一个重要原因。

4. 形象差异化战略

形象差异化战略是指在产品的核心部分与竞争者类似的情况下塑造不同的产品形象以获取差别优势,主要通过标志、文字和视听媒体、气氛、事件等方面实现。具有优秀创意的标志要能够融入某一文化的氛围,进而实现形象差异化的战略。

 案例 5-11

自从 20 世纪初,英国人汉斯·威尔斯多标新立异地把表挂在手腕上,成为世界上第一个把手表挂在手上的人以后,世界手表行业异军迭起,款式新颖而精致的手表琳琅满目,竞争激烈。而在激烈竞争的旋涡中,劳力士表凭借其卓越的发明创造和一流的广告能力始终处于制表业的优势地位。1914 年,劳力士获得英国 KEW 天文台颁发的 A 级精准证书,这是权威天文台对钟表精确度的最高级别认可。劳力士成为"精确"的代名词。1927 年,英国女士梅塞德斯·格蕾兹的佩带一块劳力士蚝式腕表横渡英吉利海峡。1978 年,劳力士海使型潜水表通过 1 200 米/4 000 英尺的防水测试。经过数十年的努力,劳力士表在人们的心目中树立了完美的形象,成为世界上最精确、最坚固、最高贵的手表,登上了制表王国霸主的宝座,终于使其标志中的王冠形象名副其实。

 **案例分析**

动感地带的市场细分

1. 动感地带的诞生

中国移动作为国内专注于移动通信发展的通信运营公司,曾成功推出了"全球通"、"神州行"两大子品牌。但由于市场的进一步的饱和,加上中国电信和中国网通的小灵通对低端市场的冲击,以及中国联通对高中低端市场发起的全面挑战,使中国的移动通信市场上弥漫着价格战的硝烟。

由于当时的电信品牌都缺少有效的市场细分和准确的营销方法。试图用同样的产品来满足各类消费者的需求,同质化的市场定位和无差异市场细分致使许多电信产品和电信业务丧失了应有的市场份额和市场活力。如何能够吸引更多的客户资源、提升客户品牌忠诚度、充分挖掘客户的价值,成为运营商成功突围价格战的关键。"动感地带"就是在这种情况下孕育而生的。

2002 年 11 月 21 日,一个名叫"M-ZONE(动感地带)"的新品牌在广东移动用户面前正式登场。广东移动一开始就选择了"喜爱尝新、但腰包还不够鼓"的年轻用户,并且创造了一个酷酷的、刺猬头、带着一脸坏笑的 M 仔卡通人物作为动感地带的品牌代言人,使得中国移动通信服务第一次有了形象代言人的概念，而这个潦草的 M 仔最终成为了动感地带走向全国的有力的形象大使。"动感地带"面市后，旋即受到了时尚一族的热力追捧，用户数增长迅猛，短信业务更是突飞猛进。"动感地带"在广东的成功也使中国移动逐渐意识到此前"全球通"、"神州行"等通过业务划分品牌的方式已经不再能完全满足市场和用户个性化需求的变化，通信产品的品牌需要从以业务为导向到以客户为导向进行重新的定位。

中国移动经过反复思量，在 2003 年初终于做出了战略抉择：将动感地带作为与全球通和神州行并行的第三大子品牌来全力推广，以全球通为利润品牌，神州行为大路品牌，动感地带为狙击和种子品牌。动感地带利用其低价优势大势网罗低端客户人群，给竞争者釜底抽薪式的打击，同时，作为一个未来的战略业务增长点，动感地带又弥补了中国移动品牌架构的空缺，为高端品牌全球通打通了一条强劲的输血管道，促使全球通由"明星业务"快速向"金牛业务"转型。据统计，动感地带仅仅推出 15 个月时间，就吸引了 2 000 万目标人群，也就是说，动感地带创造了平均每 3 秒钟就有一个新用户诞生的神话。

2. 市场细分

与中国移动旗下"全球通"、"神州行"业务品牌不同，"动感地带"不以业务为细分市场的标准，而以客户为导向，目标受众直指 15～25 岁的年轻时尚族群，以打造"年轻人的通信自治区"为己任，倾力营造"时尚、好玩、探索"的品牌魅力空间。而中国移动对"动感地带"的成功营销也被誉为电信业进入品牌竞争时代的标志。

在动感地带推出之前，广东移动就进行了一次深入的市场调查，调查发现短信等数据业务使用量最大的用户主要集中在学生、刚毕业参加工作的白领和一些中等学历、参加工作较早的人群。移动公司通过对这个特殊团体的消费行为的深入研究发现：他们的年龄一般集中在 15～25 岁，这些年轻人主要由高中生、大学生和参加工作不久的年轻人构成，他们主要是中国改革开放之后成长起来的一代，其共同特点是多为独生子女，而且在成长过程中受到港台以及外国文化的影响，形成了多种不同层次的价值取向。

他们的特点可以归纳为以下几点。

(1) 他们的个性特点是富于幻想，蔑视传统，注意力和兴趣容易变化转移。

(2) 他们的生活方式和行为方式是追求时髦和与众不同，在消费中表现出追求特异和新奇，对新生事物接受能力强，是社会消费潮流的忠实追随者，并容易相互影响。

(3) 他们喜欢沟通，交际很广，喜欢通过手机短信这种时髦、快捷、省钱的方式进行情感沟通和社会交往，需要一个相对固定的号码和社会保持联系。

(4) 他们的消费能力有限，对信息的需求远大于通话，且价格会成为他们选择通信方式的一个重要因素。

(5) 他们对移动通信服务中的娱乐休闲社交的需求很大，对图片铃声下载、笑话、游戏之类的娱乐功能更感兴趣。

根据以上的分析，中国移动改变了以往以业务为导向的市场策略，率先转向了以细分的客户群体为导向的品牌策略，在众多的消费群体中锁住 15～25 岁年龄段的学生、白领，将他们锁定为未来移动通信市场最大的增值群体。

锁定这一消费群体作为自己新品牌的客户，也是中国移动"动感地带"成功的基础。

首先，从目前的市场状况来看，预付费用户已经越来越成为中国移动新增用户的主流。15～25 岁年龄段的目标人群正是目前预付费用户的重要组成部分，抓住这部分年轻客户也就抓住了目前移动通信市场大多数的新增用户。

其次，以大学生和公司白领为主的年轻用户，对移动数据业务的潜在需求大，且购买力会不断增长，此部分消费群体三五年以后将从低端客户慢慢变成高端客户。从长期的市场战略来看,企业便为在未来竞争中占有优势埋下了伏笔,培育了明日高端客户。

最后,从移动的品牌策略来看,形成了市场全面覆盖:全球通定位高端市场,针对商务、成功人士,提供针对性的移动办公、商务服务功能;神州行满足中低市场普通客户通话需要;动感地带有效锁住了大学生和公司白领为主的时尚用户,推出语音与数据套餐服务,全面出击移动通信市场,牵制住了竞争对手,形成了预置性威胁。

3. 动感地带的定位

通信行业的显著特点是企业给消费者提供的服务其实大体上是相同的,因此在品牌战略中最难打的就是定位这一张牌。如何将这些看似同质的业务划分成不同的“产品”?如何让这些“产品”区别于其他的“产品”,使目标客户群的忠诚度更高?这些都是通信企业在品牌建设方面面临的最为困难的问题。

动感地带将其目标客户群选定为 15~25 岁的年青一代以后,就开启了通信行业以目标客户的年龄为基础的差异化策略的先河,将“动感地带”(M-ZONE)定位成以打造“年轻人的通信自治区”为己任,倾力营造“时尚、好玩、探索”个性的年轻一族的全新品牌。一个最符合年轻人口味的欢乐空间、一种最张扬青年个性主张的通信方式、全新的选餐方式、全新的动感盟友……动感地带已经开始代表一种新的流行文化,它用创新的手段拓展了通信业务的外沿,将无线通信和时尚生活融为一体,引领了令人耳目一新的消费潮流。中国移动用不断更新变化的信息服务和更加灵活多变的沟通方式演绎出了移动通信领域的“新文化运动”。

“动感地带”从“出生”起就带着很鲜明的品牌个性和品牌主张。正如其名,这个面向年轻时尚一族的新生事物无处不充满着“动感”:从品牌名称、标志、口号、广告到品牌代言人周杰伦,“动感地带”无处不体现其时尚、前卫和动感,而这一切都是与它的品牌定位相一致的。

中国移动“动感地带”的成功推出为中国移动的品牌战略提供了新思路,中国移动也开始从建立客户品牌的角度对其老品牌——“全球通”和“神州行”进行了重新定位。与 1994 年国内开通的第一个 GSM 数字移动电话仅提供语音业务不同,如今的全球通在确保优异的网络覆盖和通话质量的基础上,还承载了中国移动众多创新的数据业务,其中包括多媒体彩信、e 动互联、手机证券、随 e 行、国际漫游、手机邮箱、手机银行、手机上网、短消息、双频网、亲情号码、秘书服务、来电显示等。中国移动一对一的大客户经理服务、量身订制的“全球通俱乐部”以及优惠购机活动和积分奖励计划也进一步体现出了全球通用户“成功、卓越、尊贵”的身份特征,这些都使高端用户享受到了更多的人性化服务,提高了高端用户对品牌的忠诚度。而一直被认为是锁定大众市场力作的“神州行”在各地由神州行总品牌衍生出了相适应的子品牌,比如,在上海针对话费较高的预付费用户推出的“神州行加加卡”,在北京、广州等地推出的针对非漫游客户的“神州行大众卡”等都是神州行品牌下面的营销方案。从中国移动的这些努力可以看出,在如何区隔不同通信品牌这个问题上,中国移动已经进入了新的认识阶段,抓住了品牌建立的症结并不断摸索品牌建设的解决方案。

4. 业务功能和灵活定价

中国移动首先从年龄入手进行了移动通信大众市场的细分,将目标锁定在 15~25 岁的年轻人。通过对该年龄段消费者的行为特点、文化形态、消费特征的深入了解和调查,中国移动有针对性地进行了一系列业务设计和资费组合,满足了用户的需求,取得了相当大的成功。

首先,动感地带根据年轻人渴望自由的特点设计了预付费的入网方式。包月的短信套餐替代了月租,实时扣费、实时充值的计费方法在无形中提升了年轻客户对动感地带的认同度。

其次，根据该用户群收入较低、对短信业务情有独钟的特点，动感地带专门设计了短信套餐业务。确定了"将数据业务打包、短信批量优惠"的市场策略，使用户在免月租的同时，每月只需要掏 20 元就可以发 300 条短信，或掏 30 元发 500 条短信。对于喜欢以短信方式进行情感沟通的年轻人来说，这具有相当强的吸引力。与此同时，为了方便用户使用短信业务，中国移动还为"动感地带"用户特别设计了 STK卡。该卡拥有 64KB 的超大容量，支持高达 50 条短信的存储，还内置了"动感消息"、"动感密语"、"动感乐园"、"动感休闲"等相关增值业务，让用户可以率先享受最新最酷的数据业务。

再次，根据年轻客户追求时尚、崇尚个性的特点，中国移动为"动感地带"用户精心设计了以个性化信息和休闲娱乐为主的业务，如铃声图片下载、移动 QQ、网络游戏、位置服务等，为其量身定制的业务内容极大地激发了年轻用户的业务使用热情。

此外，动感地带还将 15～25 岁的年轻群体进一步细分，针对"自由学生族"、"年轻好玩族"和"时尚白领族"设计了"学生套餐"、"娱乐套餐"、"时尚办公套餐"等各具特色的数据业务和资费套餐。

学生套餐是为学生特制的。它有不同标准的短信包月服务、超值优惠，可以让用户花最少的钱来轻松体验短信沟通的乐趣。它还推出了体贴的校园计划、熄灯计划、假日计划、学生聊天计划等来满足学生用户的需要，学生套餐的宗旨是让学生永远得到花季般的呵护。

娱乐套餐则瞄准时尚族群。娱乐通信套餐不仅有十分优惠的短信套餐、彩信计划，还推出了移动 QQ计划、聊天计划、周末假日计划。只要用户是手机大玩家，总能在这里找到自己想要的娱乐方式。

时尚办公套餐针对都市白领的生活工作特点，网罗了当今最流行的移动通信方式，推出短信套餐、语音计划、GPRS 时尚计划、聊天计划、IP 长途计划、工作漫游计划等丰富业务，用户可以在工作和生活中尽情地享受移动通信的快乐与精彩。

最近动感地带一直在宣传更多优惠的套餐，10 元 150 条短信套餐，15 元 200 条短信套餐，15 元免费接听 500 分钟等，利用更多的优惠政策和服务来吸引更多的客户群。

动感地带这一系列瞄准年轻用户需求、有针对性的业务设计与组合正切合了那句个性十足、专属 M－ZONE 人的口号——"我的地盘，听我的！"通俗而言，就是"用户需要什么就提供什么，在我的地盘提供属于我的业务"，有针对性地进行了业务内容及资费的设计和打包，受到了众多年轻人的追捧，为中国移动赢得了丰厚的收益。

资料来源：上海商学院成人教育学院精品课程网站.

问题讨论： 1. 动感地带是如何进行市场细分的？
2. 动感地带选择目标市场的依据是什么？
3. 动感地带采用了何种市场定位策略？

思考与训练

1. 市场细分是对消费者的需要和欲望进行分类，而不是对产品进行分类，这对企业有什么启示？

2. 什么样的市场不需要细分？

3. 假如你是某零售企业的经理，你将如何确定企业的目标市场？

4. 试提出下列产品或服务的市场细分方法。

(1) 杀虫剂(2) 电冰箱(3) 旅游团(4) 汽水

5. 试述企业如何定位自己的产品，使其在市场上具有最大的竞争优势?

6. 目前，一种品牌叫"安神"的牙膏宣称，经中国中医研究院等各大医院临床验证，这种牙膏不仅具有一般牙膏的洁齿、消炎、爽口作用，同时还具有养心安神的功效，对失眠者，刷牙 3 分钟即可自然入眠，对多梦、神经衰弱、头晕等症状有调节神经的作用，有效率高达 91%。这种定位属于什么类型的定位?

第 6 章　产　品　策　略

教学目标

    1. 理解并掌握产品整体概念;

    2. 了解产品的分类,掌握产品组合的有关概念以及产品组合策略及其调整;

    3. 掌握产品生命周期各个阶段的特点及其策略;

    4. 理解新产品的概念、新产品开发的程序,掌握新产品市场扩散的过程及其管理;

    5. 理解品牌的含义、内容和作用,掌握品牌设计的原则和品牌策略;

    6. 了解包装的作用以及包装设计的原则,掌握包装策略。

导入案例

创立于 1984 年,崛起于改革大潮之中的海尔集团,是在引进德国利勃海尔电冰箱生产技术的青岛电冰箱总厂的基础上发展起来的。在海尔集团首席执行官张瑞敏的引领下,注重产品的质量和创新,使得"海尔"这个品牌的无形资产从无到有。2002 年海尔品牌价值评估为 489 亿元,跃居中国第一。海尔产品依靠高质量和个性化设计赢得了越来越多的消费者。2003 年,在国内市场,海尔冰箱、冷柜、空调、洗衣机四大主导产品均拥有 30%左右的市场份额。在海外市场,据全球权威消费市场调查与分析机构Euromonitor 最新调查结果显示,海尔集团目前在全球白色电器制造商中排名第五,海尔冰箱在全球冰箱品牌市场占有率排序中跃居第一。其小型冰箱占据了美国 40%的市场份额。海尔产品已进入欧洲 15 家大连锁店的 12 家、美国 10 家大连锁店的 9 家。在美国、欧洲初步实现了设计、制造、营销三位一体的本土化布局。

6.1 产品与产品组合

6.1.1 产品整体概念

人们对产品的理解,传统上常常仅指实物产品或物质产品,如服装、汽车、电器,其实这只是狭义的理解。市场营销学中关于产品的概念无论是内涵还是外延都要丰富、宽广很多。产品整体概念(total product concept)是指企业向市场提供的所有能满足顾客需要和欲望的有形产品和无形服务的总和。有形产品主要包括产品的实体及其质量、外观、包装等;无形服务包括可以给买主带来附加利益和心理上的满足感及信任感的一系列售后服务,如免费送货、安装、融资信贷等。其实,顾客购买某种产品,并不只是为了得到该产品的物质实体,而是要通过购买该产品来获得某方面利益的满足,甚至只是一种纯粹的欲望满足。

产品整体概念由 4 个基本层次组成:核心产品、基础产品、附加产品、潜在产品,如图 6.1 所示。

1. 核心产品

每一种产品实质上都是为解决问题而提供的服务。核心产品(core product)是产品整体概念最基本的层次,是满足顾客需求的核心内容。核心产品为顾客提供最基本的效用和利益。例如,电视机的核心是满足人们文化、娱乐的需求,在产品中最完整、全面地体现了顾客所需要的核心利益和服务。

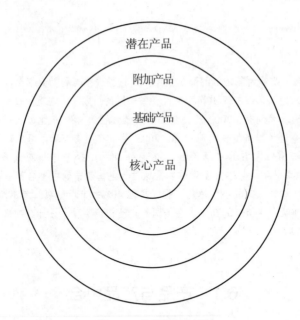

图 6.1　产品整体概念

2. 基础产品

核心产品只是一个抽象的概念，产品设计者必须把它转化为一定的具体形式，即目标市场对某一需求的特定满足形式，在这个层次上的产品就是基础产品(basic product)。基础产品应具有以下 5 个方面的特征：质量、功能、款式、品牌、包装。顾客购买某种产品，除了要求该产品具备某些基本功能，能提供某种核心利益外，还要考虑产品的品质、造型、款式、颜色以及品牌声誉等多种因素。可见，基础产品向人们展示的是核心产品的外部特征，它能够满足同类消费者的不同要求。

3. 附加产品

附加产品(augmented product)即产品的各种附加利益的总和，通常指各种售后服务，例如，提供产品使用说明书、保证、安装、维修、送货、技术培训等。国内外许多企业的成功，在一定程度上应归功于他们更好地认识了服务在产品整体概念中所占的重要地位。他们除了提供特定的产品实体之外，还根据需要提供了多种服务。在现代市场营销环境下，企业销售的绝不只是特定的使用价值，而必须是反映产品整体概念的一个系统。在日益激烈的竞争环境中，附加产品给顾客带来的附加利益已成为竞争的重要手段。许多情况表明，新的竞争并非只是各公司在其工厂中所生产的部分，而在于附加在包装、服务、广告、顾客咨询、资金融通、运送、仓储及具有其他价值的形式。因此，能够正确发展附加产品的公司必将在竞争中获胜。

4. 潜在产品

潜在产品(potential product)即现有产品在未来可能成为的样子。它体现了产品的动态、战略性的性质，指出了现有产品的可能演变趋势和前景，如手机可发展为掌上电脑、信息处理器等。

 案例 6-1

奔驰汽车公司的整体产品

奔驰汽车公司认识到提供给顾客的产品不仅是一个交通工具，还应包括汽车的质量、造型、功能与维修服务等。公司以整体产品来满足顾客的系统要求，不断创新，从小轿车到255吨的大型载重车共160种，3 700多个型号。以创新求发展是公司的一句流行口号，其推销网与服务站遍布全国各个大中城市。

6.1.2 产品分类

在研究产品和服务营销战略时，营销人员建立了几种产品分类标准。

1. 以产品存在的形式为基础分类

可分为有形产品和无形产品。

1) 有形产品

(1) 耐用品。耐用品可以多次使用，并使用较长时间，然后才需要更新，如电器、汽车、住房等。对于耐用品来说，企业应更注重其附加产品，如售后服务、送货服务及分期付款等。由于企业投资较大，通常可以获得较高的利润。

(2) 易耗品。易耗品是指正常情况下使用一次或几次就被用掉的有形物品，如食物、文具、洗发水等。这类产品很快就会被用掉，消费者购买频率高，企业应广设销售网点，薄利多销，使消费者随时随地买得到物美价廉的非耐用品。此外，企业还应通过广告等促销手段吸引消费者，使其形成偏好。

2) 无形产品

(1) 服务。服务是为出售而提供的活动、利益或满足感等，例如金融服务、旅行、修理等。服务具有无形性、不可分离性、可变性和不可储存性。因此，它需要更多的质量控制、供应商信用以及适用性。

(2) 数字化产品。数字化产品是指信息、计算机软件、视听娱乐产品等可数字化表示并可用计算机网络传输的产品或劳务。在数字经济时代，这些产品(劳务)可不必再通过实物载体形式提供，可在线通过计算机网络传送给消费者，如多媒体产品等。由于数字化产品的价值和质量很难进行直观的界定，因此，企业应更注重提升自身信誉，并给消费者提供完善的服务保障。

2. 以产品的用户为基础分类

可分为消费品和工业品。

1) 消费品

消费品是指那些由最终消费者购买并用于个人消费的产品。营销人员还根据消费者如何去购买消费品将消费品进一步细分为日用品、选购品、特殊品和非需品。消费者购买这些产品的方式不同，对它们进行营销的方法也应有所不同。

按照消费者的购买习惯，消费品可分为便利品、选购品、特殊品和非渴求品 4 种类型。

(1) 便利品。

便利品是指顾客频繁购买或需要随时购买，并很少需要做购买比较和购买努力的产品，如烟草制品、香皂、卫生纸等。它们的价格通常很低，并且被置于许多营销点随时等候顾客的购买。便利品可以进一步分成日用品、冲动品以及救急品。

日用品是指消费者经常购买的产品，如蔬菜、牙膏等。

冲动品是消费者没有经过计划或寻找而购买的产品，如放在超市结账台旁边可供消费者随时选购的口香糖、电池等。

救急品是当消费者的需求十分紧迫时购买的产品，如下暴雨时购买一次性雨衣，割破手指时购买创可贴等。

(2) 选购品。

选购品是指消费者会仔细比较其适用性、质量、价格和式样，购买频率较低的消费品。在购买选购品时，消费者会花大量的时间和精力收集信息进行比较，如汽车、服装、电器等。营销人员通常在较少的几个营销点销售产品，但却加深了销售程度，以帮助顾客进行对比挑选。

选购品可以分为同质品和异质品。购买者认为同质选购品的质量相似，但价格却明显不同，所以有选购的必要。销售者必须与购买者"商谈价格"。但对于消费者来说，在选购异质产品时，产品的特色通常比产品的价格更为重要。

(3) 特殊品。

特殊品是指一个重要的购买者群愿意花特殊的精力去购买的有特殊性质或品牌识别的消费品，例如，特殊品牌和型号的汽车、名牌香水等。在正常情况下，购买者并不比较特殊品，他们只是花必要的时间到出售所需产品的经销商那里购买。

(4) 非需品。

非需品是指消费者要么不知道、要么知道，但是通常并不想买的消费品，绝大多数新产品都是非需品，直到消费者通过广告认识了它们为止，典型的例子是保险、百科全书等。

根据其性质，非需品需要做大量的广告、直销和其他营销努力。

2) 工业品

工业品是指那些为进一步用于工业生产而购买的产品。因此，消费品和工业品的不同之处在于购买产品的目的不同。按照产品参加生产过程的方式和产品价值，可分为完全进入产品的工业品、部分进入产品的工业品和不进入产品的工业品。

(1) 完全进入产品的工业品。

完全进入产品的工业品是指经过加工制造其价值完全进入新产品的工业品。它包括原材料(铁矿、棉花)和零部件(钢材、棉纱)等。

(2) 部分进入产品的工业品。

部分进入产品的工业品是指在生产过程中逐渐磨损，其价值分期分批进入新产品的资本设备。它包括设施(土地、厂房)和附属设备(发电机、车床)等。

(3) 不进入产品的工业品。

不进入产品的工业品是指不会在生产过程中变为实际产品，但其价值要计入新产品成本，维持企业经营管理所必需的工业品。它包括供应品(纸、笔)和企业服务(设备维修、法律咨询)等。

6.1.3 产品组合的有关概念及类型

1. 产品组合的有关概念

1) 产品组合

产品组合(product mix)是指一个企业提供给市场的全部产品线和产品项目的组合，即企业的生产经营范围和产品结构。产品组合一般是由若干条产品线组成的，每条产品线又是由若干个产品项目构成的。

2) 产品线

产品线(product line)是指密切相关的满足同类需求的一组产品。同属一条产品线的各种产品在功能、用户、分销渠道等方面有密切关联性。

3) 产品项目

产品项目(product item)是指产品线中不同品种、规格、质量和价格的特定产品，在企业名录中列出的每种产品都是一个产品项目。

4) 产品组合的宽度、长度、深度和关联性

(1) 产品组合的宽度(width)，是指一个企业生产经营的产品大类的多少，也就是说拥有多少条产品线。拥有的产品线越多，产品组合就越宽，否则就越窄。某企业产品组合情况见表 6-1，其产品组合宽度是 4，拥有 4 条产品线。

(2) 产品组合的长度(length)，是指一个企业所有产品线中产品项目的总和。在表 6-1

中产品组合的长度是 19。

(3) 产品组合的深度(depth)，是指一条产品线中平均具有的产品项目数。在表 6-1 中产品组合的平均深度是 19/4=4.75。

(4) 产品组合的关联性(consistency)，是指各个产品线在最终用途、生产技术、分销渠道和其他方面的关联程度。在表 6-1 中企业拥有 4 条产品线，既有彩电、冰箱、洗衣机，又有药品，前 3 个有一定的关联性，但同药品产品线的关联性就较小。

表 6-1　产品组合表

产品线的长度	彩电	冰箱	洗衣机	药品
	29 英寸	双王子	小神童	感冒药
	32 英寸	金王子	小神螺	止痛药
	40 英寸	单开门	双动力	止咳药
	42 英寸	双开门		消炎药
	等离子电视			补钙药
	液晶电视			补血药

2. 产品组合策略的类型

(1) 全面化组合，是指向市场提供本行业的各种类型的产品，尽可能地增加产品组合的宽度和深度。

(2) 市场专业化组合，是指增加产品线深度，生产某个大类中的各种型号规格的产品去满足不同消费者的需求。

(3) 有限产品组合，是指企业集中力量只生产某类产品中的部分产品，以提高其专业化水平，满足有限市场的需求。

(4) 特殊产品专业组合，是指一个企业只生产某种特殊产品，以满足市场上的某种特殊需求。

6.1.4　产品组合策略的调整

1. 扩大产品组合

扩大产品组合包括两方面的内容。一是增加产品组合宽度，扩大经营范围。当某公司预测现有产品线的销售额和利润等在未来几年要下降时，就应考虑在产品组合中增加新的产品线或重点发展存在发展潜力的产品线，弥补原有产品线的不足。二是增加现有产品线的深度，即增加新的产品项目，这样可以充分利用过剩的生产能力，填补市场空隙，防止竞争者的侵入。但同时也应注意防止企业新旧产品之间的过度竞争，合理调配企业的各种资源。新增的产品线可以与原有产品线有一定的联系，也可以没有联系。一般来说，扩大产品组合，可使企业充分利用人、财、物资源，分散风险，增强竞争能力。

2. 缩减产品组合

缩减产品组合是指减少企业产品组合的宽度、深度，把有限的资源投入到利润较高的产品线上，以增加产品的获利能力和竞争力。当市场环境不景气或原材料、能源供应较为紧张时，企业可考虑缩减产品组合。因为产品线的不断延长，使企业用于调研、设计、促销、运输、仓储等方面的费用不断增加，造成企业利润的减少，适当地缩减产品组合，剔除那些获利很小甚至无利可图的产品线或产品项目，使企业集中资源生产获利较高的产品，反而会使总利润上升。

3. 产品线延伸

全部或部分地改变现有产品的市场定位称为产品线延伸，可以向下延伸、向上延伸或者双向延伸。

1) 向下延伸

指原来定位于高档市场的企业逐渐增加一些中、低档次的产品，利用高档名牌产品的声誉，吸引购买力较低的顾客购买此生产线的低廉产品。决定向下延伸的原因可能是：公司的高档产品受到攻击，于是决定以低档产品进行反击；高档市场发展缓慢，影响公司效益；公司所采取的是通过高档树立质量形象化，然后再向下扩展的策略；低档产品为市场空缺，公司如不占领，就会被竞争对手乘虚而入，形成对公司的侧击。向下延伸经常会遇到竞争对手乘虚而入，形成对公司的侧击。向下延伸经常会遇到竞争对手的反击和来自经销商的阻力。但如果该市场机会被竞争对手占有，对公司是非常不利的。日本汽车公司之所以今天能同美国抗衡，就在于美国汽车公司当初放弃了小型汽车市场而给日本汽车公司一个机会。实行这种策略也会给企业带来一定的风险，如处理不慎，很可能影响企业原有产品的市场形象及名牌产品的市场声誉。同时，这种对策必须辅之以一套相应的营销策略，如对销售系统的重新设置等。所有这些将大大增加企业的营销费用开支。

2) 向上延伸

市场定位低的企业将其产品线向上延伸，发展高档产品。其主要原因是：被高档产品的高增长率和高利润率所吸引；形成自己完整的产品线；提高企业产品的质量形象。向上延伸对公司来说风险很大。因为，高档产品的竞争对手不仅会稳守自己的阵地，而且可能伺机向低档市场进犯；顾客对公司能否生产出优质产品缺乏信心；公司的销售代表和经销商可能因为缺乏能力和必要的训练，而不能很好地为高档市场服务。

3) 双向延伸

指原定位于中档产品市场的企业掌握了市场优势以后，决定向产品线的上下两个方向延伸，一方面增加高档产品，另一方面增加低档产品，扩大市场阵地。双向延伸是企业寻求市场领导地位的重要途径，但企业会受到来自各方面的挑战，对企业的各方面能力都是极大的考验。

4. 产品线现代化

在某些情况下，虽然产品组合的宽度、长度都很恰当，但产品线的生产形式却可能已经过时，这时就必须对产品线实施现代化改造。例如，某企业生产主要还停留在 20 世纪六七十年代的水平，技术性能及操作方式都比较落后，这必然使产品缺乏竞争力。如果企业决定对现有产品线进行改造，产品线现代化战略首先面临如下问题：是逐步实现技术改造，还是以最快的速度用全新设备更换原有产品线。逐步现代化可以节省资金耗费，但缺点是竞争者很快就会察觉，并有充足的时间重新设计他们的产品线；而快速现代化战略虽然在短时期内耗费资金较多，却可以出其不意，击败竞争对手。

 案例 6-2

创维集团从 PC 撤军

经过十几年的奋斗，创维已成长为蜚声国际的中国家电巨子。从 PC 撤军，在创维的发展大事件中是浓重的一笔。随着数字技术的飞速发展，PC 行业的竞争已经日趋白热化，是坚持抗战还是撤军？核心领导层经过认真思索和权衡做出决定：果断撤军，避免更大的损失。经过各项预算，从 PC 撤军意味着要亏损 2.4 亿元，亏损的大头在库存的贬值上。在认真紧张的策划之下，创维在全球市场开始了"创维逐行风暴"的行动，利用"逐行"的强势及缺货，对逐行彩电和计算机进行捆绑销售，对销售后的利益进行整体平衡。在撤军的战役结束时，总计损失 4 500 多万元，但加上专利、模具的回收，实际损失只有 2 700 万元，比原计划少亏损 2 亿多元，而且稳定了上下供应链的关系，也稳定了市场。

6.2　产品生命周期策略

6.2.1　产品生命周期的概念

产品生命周期(PLC)是指产品从投入市场开始，直到被市场淘汰所经历的全部时间。典型的产品生命周期一般可分为 4 个阶段，即介绍期(导入期)、成长期、成熟期和衰退期，如图 6.2 所示。

产品生命周期曲线是营销学家以统计规律为基础进行理论推导的结果。在现实经济生活中，并不是所有产品的生命历程都完全符合这种理论形态，即销售额随时间推移呈正态分布曲线，各阶段的周期间隔基本相同。如有些产品刚投入市场就迅速进入成长期，可能跳过销售额缓慢增长的导入阶段；另一些产品又可能持续缓慢增长，即由导入期直接进入成熟期；还有些产品经过成熟期以后，再次进入迅速增长期。

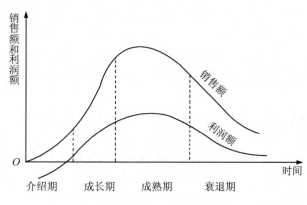

图 6.2　产品生命周期阶段

6.2.2　产品生命周期各阶段的特点和营销策略

1. 导入期的特点和营销策略

1) 导入期的特点

导入期是新产品上市的最初时期，其特点主要有：顾客对产品还不了解，只有少数追求新奇的顾客可能购买，销售量很低；生产工艺尚不完善，工人劳动熟练程度差，废品率高，因而成本高；分销网络不广，渠道不畅，销售增长缓慢，销售额和利润都很少，甚至可能亏损；为了扩展销路，需要大量的促销费用，对产品进行宣传。在这一阶段，促销费用很高，支付费用的目的是要建立完善的分销渠道。促销活动的主要目的是介绍产品，吸引消费者试用。

2) 导入期营销策略

根据以上特点，导入期营销策略的重点是要突出一个"快"字，即尽量以最短的时间、最快的速度使产品进入成长期。如果只考虑价格和促销这两个变数，在导入期可供企业选择的策略有以下几种。

(1) 快速撇脂战略。这一策略也叫双高策略，是企业以高价和高促销费推出新产品。企业索要高价是为了尽可能在销售中获得高额利润，高促销费的目的是使市场上的顾客相信即使以高价购买该产品也并非得不偿失。高促销费可以加速产品进入市场的速度。在以下条件下，这种策略较适用：潜在市场上的大部分人还不知道该产品；了解该产品的人急欲购买并能照价付款；企业面临着潜在竞争，期望通过该策略促使顾客对该品牌产生偏好。

(2) 缓慢撇脂战略。这一策略也叫选择渗透策略，是企业以高价和低促销费将新产品推入市场。高价销售的目的是在销售中尽可能多地获取利润；低促销费则可减少营销费用。

采用此种策略可以从市场上获取大量利润。在下列条件下，此种策略是适用的：市场规模有限；市场上大部分人了解这种产品；顾客愿意出高价；没有激烈的潜在竞争。

(3) 快速渗透战略。这一策略也叫密集式渗透策略，是企业用低价和高促销费推出新产品。这种策略可以最快速度渗透市场，并达到最大的市场占有率。如符合下列条件，就可使用这种策略：市场规模大；市场上的顾客不了解该产品；大部分顾客对价格敏感；存在着强大的潜在竞争力量；随着生产规模的扩大和生产经验的积累，企业的单位生产成本下降。

(4) 缓慢渗透战略。这一策略也叫双低策略，是企业以低价和低促销推出新产品。低价会刺激市场尽快接受该产品，企业保持低水平的促销费用是为了实现更多的利润。企业认为市场需求的价格弹性很大，而促销的价格弹性很小。在下列情况下，可采用这种策略：市场庞大；市场上的顾客非常了解该产品；顾客对价格敏感；存在着潜在竞争对手。

导入期是产品成长的关键阶段，决定着产品的市场前景，在以上 4 种策略中，公司不可轻率做选择，尤其是市场开拓者，切不可因选择"赚大钱"的策略而牺牲长远利益。

 案例 6-3

　　VCD 机的诞生，源于一家小企业的市场敏感。1993 年姜万勐与孙燕生共同创立了万燕公司，专门开发 VCD。1993 年 10 月份，万燕在新建的厂房里开始组装第一批 2 000 台播放机，一上市便被抢购一空。从 1993 年底，万燕公司开始整版整版地在《人民日报》、《北京青年报》上大做广告。1994 年，万燕公司开始在中央人民广播台大谈什么是 VCD，在电视广告的黄金时段，出现了如下的画面：关凌抱着一堆碟片，朗朗说到，"小影碟特便宜"。所有的中国老百姓也正是由这则广告正式听闻"VCD"这个颇有些洋味的概念。此时，VCD 才正式在中国兴起，让广大百姓知道，也就只是万燕一家公司打入 VCD 市场，可谓是在 VCD 行业的一个市场导入期，所以价格当时定位在 5 300 元，采用的可以说是先声夺人的策略，但当时的销量还不足 2 万。

　　对位于产品导入期的产品，应该尽可能快地进入和占领市场，尽可能在短时间内实现由导入期向成长期的转轨，企业营销策划的重点应该是在促销与价格方面。于是万燕公司 1994 年便开始了各种广告宣传，广告投入费高达 2 000 万人民币。1995 年，"爱多"公司投下重金在央视打出广告，随后又以 420 万元的价格请影视巨星成龙做品牌宣传，当年 VCD 的销量就冲破了 20 万台，增长速度惊人。

2. 成长期的特点和营销策略

1) 成长期的特点

这一阶段的特点是：产品销售量迅速增长，这是因为顾客对产品已经熟悉，大量的新顾客已经购买，市场逐步扩大；产品设计已经基本定型，生产工艺已基本确定，工装设备已经齐备，具备大批量生产的条件，因此，产品成本大幅度下降；随着销售额的快速增加，利润也迅速提高，其他企业见有利可图，纷纷生产同类产品，竞争开始加剧。

2) 成长期营销策略

成长期企业营销的目标是扩大市场占有率，掌握市场竞争的主动权。营销策略应突出一个"好"字，企业可采用以下几种策略。

(1) 产品策略。狠抓产品质量，并赋予产品新的特性，同时改进产品的包装、款式和服务；开发速度的竞争转变为质量的竞争，竞争者介入迫使企业要寻求差异化；增加新样式和侧翼产品，避免单一品种孤军作战，以多产品形式捕捉机会和抵制竞争产品。

(2) 价格策略。此阶段一般保持原价或适当调整价格。有些大众化产品为了吸引更低层次的、对价格敏感的顾客，可采取招徕策略；如果企业产品有垄断性，也可以采用高价策略。

(3) 渠道策略。进入新的细分市场以扩大市场面，谋求更大发展；增设新的分销网络，多渠道进入市场，争取最大销售量。

(4) 促销策略。改变广告内容，要从提高产品知名度转变为说服人们购买其产品。市场由产品拓展转变为品牌竞争，宣传自己品牌，树立企业形象，强化消费者的购买信心。

企业如果采用上述策略，就会巩固其竞争地位。但企业会面临"高市场占有率"和"高利润率"之间的选择。如欲获得领导地位，企业就必须在产品改进、促销宣传和分销开拓方面大量开支。企业要想在下个阶段获得更高利润和竞争优势，就要放弃最高当期利润，从长期利润获取看，有利于企业的发展。

 案例 6-4

从 1996 年开始，中国的 VCD 市场每年以数倍的速度增长，销量从 1995 年的 60 万台猛增到 600 多万台。从 1996 年开始，美国斯高柏公司在我国推出 VCD 品牌计划，实行"C-CUBE"品牌使用权认证政策，通过严格、全面的质量测试来对国产的 VCD 进行质量认证、标志授权。1997 年"爱多"以 2.1 亿元夺得中央电视台广告标王，一时声名鹊起，销量达到 1 000 万台，同时国内外品牌竞争激烈，大打价格战，整个 VCD 市场一片火热，价格已经跌破了 1 000 元。

此时的 VCD 市场处在一个成长期，各企业不断地建立品牌形象，催生出了爱多、步步高、新科等国内知名品牌。全国的销售网点也不断扩大，并且价格不断下降，产品的质量也在不断提高，品种也不断增多，同时各商家不断地细分市场，以求更多的市场份额。这些现象也就是成长期的一种策略，即改进产品，开辟新市场，密集分销，建立品牌形象。

3. 成熟期的特点和营销策略

1) 成熟期的特点

在产品生命周期各阶段中此时期持续时间最长，其特点是：销售额增长缓慢，已趋于稳定，并且在达到峰值后开始缓慢下降；此时市场已接近饱和，新的需求不多，市场竞争逐渐加剧；产品完全定型，生产技术已完全成熟，产品生产批量大，成本进一步降低，总利润水平达到峰值。但到后期，由于产品售价降低，促销费用增加，企业利润开始下降。

2) 成熟期营销策略

成熟期营销策略的主要目的是维持甚至扩大原有的市场份额，尽量延长产品的市场寿命，因此其营销策略要突出一个"改"字，即对原有的产品和市场进行改进。主要策略有以下几种。

(1) 改进市场。主要途径有：进入新的细分市场，寻求新用户；刺激现有顾客，增加使用频率；重新定位产品，寻求新的买主。

(2) 改进产品。主要途径有：提高质量，目的是提高产品的使用性能；改进特性，目的是增加产品新的特性，扩大产品多方面的适用性，提高安全性，使之使用方便；改进款式，目的是提高产品的美观要求。

(3) 改进市场营销组合。改进市场营销组合是提高销售额的重要途径。主要途径有：通过降价优惠或提价显示质量提高来提高销售额；通过提高现有渠道的分销能力和开拓新的分销渠道提高销售额；通过增加广告开支或重新设计广告策略，增强广告效果，刺激销售；增加新的销售促进措施提高销售额；通过加大人员推销力量，提高推销人员素质，重新设计推销人员的布局分工，以及改善对推销人员的奖励办法来提高销售额；通过增加服务项目和提高服务质量来促进销售。

 案例 6-5

1997 年是 VCD 行业竞争的一个激烈时期，同时也是新产品的一个开发期。随着竞争的加剧，DVD 开始导入。1998 年国内 VCD 的销量达到 1 400 万台，但是利润不断地下降。1999 年，VCD 的发展到达顶峰，国内 VCD 厂家大增，并且出现了"花都机"现象。大量翻版机的出现给 VCD 品牌机带来了严重的冲击，同进加速了 DVD 的导入。

此时，VCD 市场不断地进行整理改进，召开了"中国 VCD 企业圆桌会议"，并且在 VCD 的功能上不断地改进创新，以拉长产品的生命周期。

4. 衰退期的特点和营销策略

1) 衰退期的特点

这一时期的主要特点是：产品的销售量和利润都迅速下降；产品在技术上、经济上已趋于老化，降价已成为竞争的主要手段，因此，企业竭力要求职工努力降低生产成本。在该阶段，市场上已经有同类产品来代替老产品，老产品逐渐无人问津；一些产品纷纷退出市场，新产品已经上市。

2) 衰退期营销策略

这一阶段在策略上应重点抓住一个"转"字，即转向研制开发新产品或转入新市场，如由国内外市场转向国际市场，由城市市场转向农村市场。但由于会有很多企业退出该市场，留下来的企业也会有利可图。所以，对待进入衰退期的产品，淘汰并非唯一策略。衰退期的主要策略有以下几种。

(1) 保持企业的投资水平，直到该产业前景明朗为止。对前景难测、尚有希望，而对企业整个业务又无较大影响的衰退产品，企业要保持投资水平，期望出现希望。

(2) 有选择地降低企业投资水平，放弃前景不佳的顾客群，同时加强有持久顾客需求的小的细分市场的投资势头。

(3) 尽可能在有利的情况下处理资产，以便尽快放弃此项业务。此为从利润角度考虑的稳妥的收割策略。

(4) 为了尽快收回现金，从投资中榨取利润，企业不顾及投资势头会产生的结果，即时收割，减少销售网点，降低价格扩大销售；降低销售费用，节约开支。

 案例 6-6

随着 VCD 市场的竞争不断加剧，价格不断下降，企业利润严重下滑，到 1998 年国内已经开始小批量地生产 DVD 的整机，VCD 面临着 DVD 的挑战和威胁。此时政府也多次向 VCD 市场的无序发展亮出了黄牌。1998 年 6 月，长虹、爱多、万利达等国内 5 家大型 VCD 生产企业率先联手推出了 CVD 标准，同时，新科等一批国内 VCD 生产企业也将其原有的 VCD 生产线加以改装，开始批量生产 DVD。2000 年 VCD 的市场销量不断减少，预示着 DVD 将代替 VCD。

VCD 在发展初期能满足消费者的需求，但是不可否认 VCD 是影碟机市场一种较为初级化的产品。随着消费者消费层次的不断提高，科技的不断发展，VCD 在音质、画面等各方面都不如新产品 CVD 和 DVD，已经不再适应消费者的需求了，CVD、DVD 正是 VCD 生产企业遵循产品的生命周期的发展规律所创造的。到 2002 年，DVD 已经取代了 VCD 的市场主导地位，成为播放机市场的主流。2003 年，央视广告中食品、饮料及手机行业最为抢眼，而 VCD 已经完全退出了电视广告宣传。

此时处于产品衰退期的 VCD 生产企业只有根据市场的发展，放弃 VCD 产品的生产，开辟新的适应市场需求的 DVD 才能扭转企业局面。

6.3 新产品开发战略

6.3.1 新产品概念

从企业营销角度来看，新产品与因科学技术在某一领域的重大突破所推出的新产品在概念上不同。所谓新产品是指和企业原有产品相比较，具有吸引顾客新价值的产品。因此，企业的产品只要在功能或形态上发生改变，与原产品产生差异，即可视为新产品。新产品可划分为以下几类。

1. 全新产品

全新产品是指用新原理、新技术和新材料研制出市场上从未有过的产品，如首次推出的汽车、照相机、计算机等。全新产品具有其他类型新产品所不具备的优越性。它可以取得发明专利权，受国家法律的保护，发明者享有独占权利。它具有明显的新特征和新用途，能促使传统生产、生活方式的改变。另外，全新产品的研制是一件相当困难的事情，不但要花费巨大的人力、物力和财力，失败率高，风险大，而且从理论到实践、从实验到生产所花的时间也比较长。因此，企业为了实现战略目标，应不失时机地做好全新产品的更新换代、改进和革新。

2. 换代产品

换代产品是指采用新材料、新原理、新技术，使原有产品的性能有飞跃性提高的产品，如计算机的更新换代。现代科学技术的进步、技术市场的建立和发展、消费者日益多变的需求是企业对产品更新换代的良好条件。

3. 改进产品

改进产品是指对原有产品从不同侧面进行改进创新所生产的产品。下列情况同属这种类型。

(1) 原有产品用途不变，通过采用新设计、新材料改变其品质，或通过采用新式样、新包装、新品牌改变其外观。

(2) 在原有产品所具有的功能用途的基础上，把原有产品与其他产品或原材料加以组合，使其增加新功能，或通过采用新设计、新结构、新零件使其增加新用途。

(3) 在原有单一种类产品的基础上，研制设计出多种品种、多种型号、多种规格、多种款式的产品，加深产品线的深度，使其适应不同消费者的不同需求，所有这些，都属于改进产品。企业根据市场的变化和产品的不同生命周期阶段不断推出各种不同的改进产品，是增强产品竞争能力、延长产品生命周期、减少研制风险、提高经济效益的好办法。

案例 6-7

人们饮茶已经有几千年的历史了。茶起源于中国，茶饮料已经在世界范围内流行，例如英国每天消耗17 500万杯茶。尽管茶已经流行这么多年，但是它像其他产品一样，还是会受到各种其他产品的冲击，尤其是饮料业的竞争。茶产品不断受到威胁，其中有来自热饮料的，如咖啡、巧克力等，还有来自冷饮料的，如可乐类的饮料产品甚至是瓶装饮用水。面对这种竞争环境，茶产品企业不得不开发新的改善型产品来应对这种竞争。

1953 年，约瑟夫·泰特雷(Joseph Tetley)引进了茶袋，革新了茶制造业。

1985 年，PG 泰普斯(PG Tips)引进了标有"PG标"的茶袋绳，以此来方便使用茶袋。

1989 年，泰特雷(Tetley)引进了一种圆形茶袋，更适合在茶杯里泡茶。

1996 年，PG 泰普斯(PG Tips)引进了角锥形的茶袋，更适合释放茶的芳香。

1997 年，泰特雷(Tetley)设计了一种带拉绳的茶袋，可以减少茶袋中溢出的粉末。

现在，茶产品企业通过向市场投放全新的茶产品来实施产品开发战略，例如速溶的茶粒、除去咖啡因的茶、水果茶、有机茶，甚至具有疗效的药茶。

在传统市场上出现的产品创新和产品研发具有动态性，所有的企业经历着产品生命周期和激烈竞争的局面也使得产品发展和改善成为一种必然选择。

4. 仿制产品

这是企业完全模仿市场上已有的产品，而对企业来说是第一次生产的或在本地区第一次上市的一种新产品。开发此类新产品，企业无需在技术上进行大变化或改动，但在掌握需求潜量、市场竞争潜力等方面却有较高的要求，否则难免遇到风险。

6.3.2 新产品开发的程序

新产品开发是一个从寻求新产品构思开始，一直到把某个构思转变为商业上取得成功的新产品为止的全过程。开发新产品存在成功与失败的矛盾，成功意味着获利，失败则带来风险。据国外有关资料表明，新产品失败率高达 80%以上。有些新产品虽构思颇佳，但却无法拓展；有些虽已上市，却无人问津；有些虽被接受，但寿命太短，不久便销声匿迹。特别是对于中小企业，成功固然可以从中谋求发展，失败则可能使企业一蹶不振直至破产。正因为开发新产品会有这样大的风险，因此发展新产品必须严格遵循一定的科学程序，以尽量避免或减少风险，使开发新产品的工作能顺利达到预期目的。

开发新产品的程序大致经过 7 个阶段，即新产品的构思、筛选、初拟营销规划、进行商业分析、研制新产品、试销、正式上市。

1. 新产品构思

所谓构思，也称创意、设想，俗称点子，就是提出新产品的设想方案。虽然并不是所有的构思都可变成产品，但寻求尽可能多的构思可为开发新产品提供较多的机会。所以，现代企业都非常重视创意的开发。新产品构思的主要来源有：顾客、科学家、竞争对手、企业推销人员和经销商、企业高层管理人员、市场研究公司、广告代理商等。此外，企业还可从大学、咨询公司、同行业的团体协会、有关报刊媒体那里寻求有用的新产品构思。一般来说，企业应当主要靠激发内部人员的热情来寻求构思，这就要求建立各种激励制度，对提出创意的职工给予奖励，而且高层主管人员应对这种活动表现出充分的重视和关心。

2. 构思的筛选

筛选是指对所有构思方案"去粗取精"的过程。企业所取得的构思方案既不可能全部实施，也不可能完全符合企业目标，因此须通过筛选，大量地淘汰那些不可行或可行性低的构思方案。一般要考虑两个因素：一是该构思是否与企业的战略相适应，表现为利润目标、销售目标、销售增长目标、形象目标等几个方面；二是企业有无足够的能力开发这种构思，这些能力表现为资金能力、技术能力、人力资源、销售能力等。

3. 初拟营销规划

新产品构思确定之后，需要拟定一个把这种产品引入市场的初步市场营销规划，并在未来的发展过程中不断完善。初拟的营销规划由 3 个部分组成。

(1) 描述目标市场的规模、结构、行为；新产品在目标市场上的定位；头几年的销售额、市场占有率、利润目标等。

(2) 简述新产品的计划价格、分销战略以及第一年的市场营销预算。

(3) 阐述计划期销售额和目标利润以及不同时期的市场营销组合。

4. 商业分析

对新产品的构思进行商业分析，其主要目的在于确定所提出的新产品的长期经济效益。商业分析的焦点主要集中在利润上，但其他因素，例如，对社会、对市场所承担的责任也不能忽视。这种分析大致分为需求分析、成本分析、盈利分析 3 个部分，可采用多种具体方法进行分析。其中最常使用的一种方法就是所谓的"产品会审法"，即在对新产品构思进行分析时，把本公司的市场销售人员、生产人员、工程技术人员召集到一起，共同对拟将推出的产品提意见。

公司对产品的这种"会审"，大致要弄清下列主要问题。新产品有什么特点？是否比市场上现有的同类产品好？新产品的目标市场在哪里？其潜在购买力如何？企业的资金和设备如何？是否适应新产品的发展？新产品发展上市成功的可能性有多大？新产品的竞争能力如何？新产品的预期利润如何？有没有其他发展及生产上的问题？

5. 新产品的研制

如果新产品开发过程中通过了商业分析，研究与开发部门及工程部门就可以把这种构思转化为产品，进入研制阶段了。只有在这一阶段，以文字、图表及模型等描述的产品设计才能变为实体产品。这一阶段应当搞清楚的问题是产品构思能否变为技术上和商业上可行的产品。如果不能，除在全过程中取得一些有用的副产品即信息情报外，所耗费的资金则全部付诸东流。

6. 市场试销

如果企业的高层管理者对某种新产品开发试验结果感到满意，就可以着手用品牌名称、包装和初步市场营销方案把这种新产品装扮起来，把产品推上真正的消费者舞台进行实验了。这是新产品开发的第六阶段，其目的在于了解消费者和经销商对于经营、使用和再购买这种新产品的实际情况以及市场大小，然后再酌情采取适当对策。市场试验的规模决定于两个方面：一是投资费用和风险大小；二是市场试验费用和时间。投资费用和风险越高的新产品，试验规模应大一些；反之，投资费用和风险较低的新产品，试验规模就可小一些。从市场试验费用和时间来讲，所需市场试验费用越多、时间越长的新产品，市场试验规模应越小一些；反之，则可大一些。不过，总的来说，市场试验费用不宜在新产品开发投资总额中占太大比例。

7. 正式上市

经市场试销成功的新产品，即可正式上市。在正式上市之前，企业还要做出 4 项决策。

(1) 推出时机。新产品上市要选择最佳时机，最好是应季上市，以便立即引起消费者的兴趣，同时要考虑新老产品的交替。新产品上市过早，会加速原有产品的老化；新产品上市太迟会因新老产品都不盈利，给企业造成损失。一般来说，当老产品由成熟期进入衰退期时，新产品大量投放市场，力争既能满足顾客需要，又能使企业提高或保持原有的市场占有率，获得较好的经济效益。

(2) 推出地点。一般来说，对于新产品开始上市的地点，小企业可选好一个中心城市推出新产品，迅速占领市场，站住后再逐步扩展到其他地区；大企业可先在一个地区推出，然后再逐步扩展，如有把握，也可在全国各地同时上市，迅速占领全国市场。

(3) 目标顾客。企业推出新产品时，应针对最佳顾客群制订营销方案。新产品的目标顾客有以下几类：早期试用者中的经常使用者、用户中有影响力者、潜在消费者等。对此，企业要做到心中有数，针对不同类型的消费者采取相应的策略。

(4) 营销策略。营销策略指针对产品特点和不同的消费者做出相应的营销组合，如产品定价、确定分销渠道、广告和用户调查等。

6.3.3 新产品市场扩散

1. 新产品采用者的类型

所谓新产品扩散，是指新产品上市后随着时间的推移不断地被越来越多的消费者所采用的过程。新产品的市场扩散强调的是产品生命周期中的介绍期和成长期。企业的策略要点是根据不同产品及不同目标市场消费者在这两个阶段的市场特性，以及消费者接受新产品的规律，有效地运用市场营销组合，采取有力的对策，加快新产品的市场扩散。

在新产品的市场扩散过程中，由于个人性格、文化背景、受教育程度和社会地位等因素的影响，不同的消费者对新产品接受的快慢程度不同。罗杰斯根据这种接受程度快慢的差异，把采用者划分为 5 种类型，即创新采用者、早期采用者、早期大众、晚期大众和落后采用者。尽管这种划分并非精确，但它对于研究扩散过程有重要意义。

1) 创新采用者

创新采用者也称为"消费先驱"。通常他们富有个性，受过高等教育，勇于革新冒险，性格非常活跃，如何消费很少听取他人意见，经济宽裕，社会地位较高。广告等促销手段对他们有很大的影响力。这类消费者是企业投放新产品时的极好目标。此类消费者占全部潜在采用者的 2.5%。

企业市场营销人员在向市场推出新产品时，应把促销手段和传播工具集中于创新采用者身上。如果他们采用的效果较好，就会大力宣传，影响到后面的使用者。不过，找出创新采用者并非易事，因为很多创新采用者在某些方面倾向于创新，而在其他方面是落后采用者。

2) 早期采用者

早期采用者一般也接受过较高的教育，年轻，富于探索，对新事物、新环境比较敏感，并且有较高的适应性，经济状况良好。他们对在早期采用新产品具有一种自豪感，对周围的人具有"舆论领袖"的作用。这类消费者对广告及其他渠道传播的新产品信息很少有成见，促销媒体对他们有较大的影响力。但与创新者比较，他们一般持较为谨慎的态度。这类顾客是企业推广新产品极好的目标。此类消费者占全部潜在采用者的 13.5%。

3) 早期大众

这部分消费者一般较少保守思想，受过一定教育，有较好的工作环境和固定的收入；对社会中有影响力的人物，特别是自己所崇拜的"舆论领袖"的消费行为具有较强的模仿心理；他们不甘落后于潮流，但由于他们特定的经济地位所限，在购买高档产品时，一般持非常谨慎的态度。他们经常是在征询了早期采用者的意见之后才采纳新产品。但早期大众和晚期大众构成了产品的大部分市场，因此，研究他们的心理状态、消费习惯，对提高产品的市场份额具有很大的意义。此类消费者占全部潜在采用者的 34%。

4) 晚期大众

这部分消费者的采用时间较平均采用时间稍晚，其基本特征是多疑。他们的信息多来自周围的同事或朋友，很少借助宣传媒体收集所需要的信息，其受教育程度和收入状况相对较差，所以，他们从不主动采用或接受新产品，直到多数人都采用且反映良好时才行动。显然，对这类采用者进行市场扩散是极为困难的。此类消费者占全部潜在采用者的 34%。

5) 落后采用者

这部分消费者是采用创新的落伍者，他们思想保守，拘泥于传统的消费行为模式。他们与其他的落后采用者关系密切，极少借助宣传媒体，其社会地位和收入水平最低。因此，他们在产品进入成熟期后乃至进入衰退期时才会采用。与一般人相比较，他们在社会经济地位、个人因素和沟通行为这 3 个方面存在着差异。此类消费者占全部潜在采用者的 18%，创新采用者和早期采用者同早期大众和晚期大众相比较虽然居于少数，但是认识他们对待新产品的行为和对新产品的反映，对新产品的市场营销极为重要。因为，这些使用者作为新产品的试销对象，他们对新产品的反映，对修正新产品的市场营销战略具有很大的参考价值；他们具有很高的社会地位或舆论影响力，他们的评价，特别是较高的评价，对今后早期大众和晚期大众的购买行为将产生很大的影响。

当然，认识创新采用者和早期采用者并非易事，因为，一种产品的创新采用者不一定是其他产品的创新采用者，他们的购买可能具有专业化性质，他们的影响可能仅局限在某一特定的领域。因此，任何企业都必须具体情况具体分析，区别对待。

2. 新产品扩散过程管理

新产品扩散过程管理，是指在新产品上市后，企业通过采取措施使新产品扩散达到既定市场营销目标的一系列活动。企业在新产品扩散过程中不仅要受到外部不可控制因素(如竞争者行为、消费者行为、社会环境等)的影响，更重要的是还会受到企业市场营销活动(如产品质量、价格战略、人员推销、广告水平等)的制约，因此企业必须对新产品的扩散过程进行管理。企业新产品扩散管理体制的目标主要有：在介绍期尽快打开局面；在成长期实现销售额快速增长；在成熟期产品全面占领市场；尽可能长时间维持一定水平的销售额。

然而，从产品生命周期曲线上可以看出，新产品扩散的实际过程却不是这样的。典型的产品扩散过程通常是介绍期销售额增长缓慢，成长期的增长率也较低，而且，产品进入成熟期不长一段时间后，销售额就开始下降。为了使产品扩散过程达到其管理目标，要求企业市场营销管理部门采取一些措施和战略。

(1) 在介绍期尽快打开局面，应派出大量销售队伍，积极展开推销活动，开展强大的广告攻势，使目标市场尽快了解新产品，积极开展促销活动，鼓励消费者试用新产品。

(2) 在成长期实现销售额快速增长，应保证产品质量，加强和消费者的沟通，继续加强广告攻势，推动后期采用者加入购买行列，推销人员向中间商提供各种支持，运用各种各样的促销手段使消费者重复购买。

(3) 在成熟期产品全面占领市场，应继续采用快速增长的各种战略，更新产品设计和广告战略，以适应后期采用者的需要。

(4) 要想长时间维持一定水平的销售额，应使处于衰退期的产品继续满足市场需要，扩展分销渠道，加强广告推销。

6.4 品牌和包装策略

6.4.1 品牌策略

1. 品牌的含义

品牌俗称牌子(brand)，是用以识别卖主产品的某一名词、术语、标记、符号、设计或它们的组合。其基本功能是把不同企业之间的同类产品区别开来，使竞争者之间的产品不致发生混淆。品牌是一个集合概念，它包括品牌名称、品牌标志、商标。

(1) 品牌名称。品牌名称是指品牌中可以用语言称谓表达的部分。例如，"可口可乐"、"海尔"都属于可以用语言称谓的品牌名称。

(2) 品牌标记。品牌标记是品牌中可以识别但不能读出声的部分，如符号、图案或明显的色彩或字母。例如，"李宁"的标牌、耐克运动服的小对号图案等都是品牌标记。

(3) 商标。商标是一个法律术语。一个品牌或品牌的一部分经过必要的法律注册程序后，就称为"商标"。商标具有专用权并受法律保护，商标保护其所有者对品牌名称或品牌标记的专用权。

2. 品牌的内容

品牌实质上代表着卖主对买主的产品特征、利益和服务的一贯性承诺。但品牌还包括一些更复杂的内容，一个品牌能表达如下 6 层意思。

(1) 属性。一个品牌首先给人们带来它所具有的属性。因此，"海尔"品牌意味着质量可靠、服务上乘、技术领先等。多年来海尔在中国家电市场上成功奠定了"一流的产品，完善的服务"的属性。

(2) 利益。品牌不仅限于一组属性，顾客不购买属性，他们购买的是利益。属性需要转换为功能利益和情感利益，如耐用这一属性可以转化为功能利益"这台冰箱可以连续几年不需更换，仍在多方面保持它的领先性"，完善的服务这一属性可以转化为情感利益"一旦使用中有问题我有质量保证"。

(3) 价值。品牌还体现了该制造商的价值感。例如，"高标准、精细化、零缺陷"体现了"海尔"的服务价值。

(4) 文化。品牌也可能代表着一种文化，如"海尔"体现了厚重的中国文化，对顾客忠诚、高效率、高品质。

(5) 个性。品牌也反映一定的个性。"海尔"著名的广告词"真诚到永远"会让人想到"海尔"真诚、积极向上的个性。

(6) 使用者。品牌暗示了购买或使用产品的消费者类型。"追求卓越"的消费者是"海尔"所需关注的。

以上这些都说明品牌是一个复杂的象征，如果公司只把品牌当成一个产品名字，那相应的品牌策略就显得太肤浅了。当公众可以识别品牌的6个方面时称之为深度品牌，否则只是一个肤浅品牌。

3. 品牌的作用

(1) 从消费者角度看，品牌首先可以帮助消费者识别产品的来源或产品的生产者，从而有利于保护消费者利益。面对品种繁多的各类商品，大多数消费者都会受到缺乏商品知识的困扰，这时可通过对品牌商标的信赖，尤其是具有法律意义的商标，对消费者来说意味着一种产品标准。同一品牌商品表明其应该达到同样的质量水平和其他指标，这样消费者在选购商品时只要认清品牌，就能够获得性能适当的商品，从而可以降低消费者的购买成本，有利于消费者形成品牌偏好。

(2) 从销售者的角度看，品牌一旦拥有一定的知名度和美誉度后，企业就可利用品牌优势扩大市场，形成消费者的品牌忠诚，保护本企业利益不受侵犯。同时还有利于企业进行市场细分，企业可以在不同的细分市场上推出不同品牌以适应消费者的个性差异，更好地满足消费者的需要。另外，还有助于塑造和宣传企业文化，提高员工的凝聚力。好的品牌是企业宝贵的无形资产，具有极高的价值。

4. 品牌设计的原则

品牌在营销中的作用日益明显，为产品设计一个好的品牌无疑至关重要。为此，品牌设计应遵循以下原则。

(1) 简洁醒目。品牌设计者首先应遵循简单醒目、清晰可辨、易于识别和记忆的原则。来自心理学家的一项调查分析结果表明：人们接受到的外界信息中，83%的印象通过眼睛，11%借助听觉，3.5%依赖触摸，其余的源于味觉和嗅觉。基于此，为了便于消费者认知和记忆，品牌设计的首要原则就是简洁醒目、清晰可辨，使品牌能在一瞬间吸引消费者的注意。要满足这个要求，不宜把过长的和难以识别的字符串作为品牌名称(冗长、复杂、令消费者难以理解的品牌名称不容易记忆)，也不宜将呆板、缺乏特色感的符号、颜色、图案作为品牌标志。

案例 6-8

例如，"M"是一个极普通的字母，但通过对其施以不同的艺术加工就可以形成表示不同商品的标志或标记。鲜艳的金黄色拱门"M"是麦当劳(McDonalds)的标记，由于它棱角圆润、色泽柔和，给人以自然亲切之感，现如今麦当劳这个"M"型标志已经出现在全世界70多个国家和地区数以百计的城市的闹市区，成为社会公众喜爱的快餐标志。与麦当劳的设计完全不同，摩托罗拉(Motorola)的"M"虽然也是只取一个字头"M",但是,摩托罗拉充分考虑到其产品特点,把一个"M"设计得棱角分明,双峰突起,就像一双有力的翅膀,配以"摩托罗拉,飞跃无限"的广告词,突出了其在无线电领域的特殊地位和高科技的形象,展示出勃勃冲劲,生机无限。

(2) 构思巧妙。力求构思新颖、造型美观,既有鲜明的特点,又具有艺术性,力避庸俗繁复,可以暗示企业或产品的属性,便于顾客识别。例如,"强生"二字表示儿童使用"强生"护肤品后可以茁壮成长;饮品"果珍"则直截了当地表现了"水果中的宝贵精华"的含义,从而在消费者心目中或概念里确立了"有益于健康"的主题。

(3) 富蕴内涵。心理学研究表明:人们的注意力很容易被情意较为浓重、内涵较为深刻的字、句所吸引,因此品牌设计要力求富蕴内涵,情意浓重,例如"万家乐"、"家乐福"。

(4) 避免雷同。品牌要反映独特的文化背景,要与竞争品牌有明显的差别,切忌模仿,依样画葫芦。如美国著名品牌"匡威(CONVERSE)"和我国品牌"康威(KANGWEI)";德国品牌"阿迪达斯(ADIDAS)"与我国品牌"艾迪耐斯(ADDNICE)";"NIKE"旗下品牌"JORDAN"与我国品牌"QIAODAN";还有我国国内各种"神形"具似的功能饮料和众多的"鲜橙多"、"葡萄多"等。这些品牌无论读音还是品牌标志都比较相似,给人的感觉非常雷同,除非仔细辨认,否则从直观上很难加以区分。这种雷同品牌极易造成混淆,既不利于加强消费者对企业的认同,也不利于企业品牌的提升,从长远看来,对企业发展非常有害。

(5) 配合风俗。在产品命名中,要注重研究行销地区的文化,切忌与当地文化发生冲突。这方面失败的例子非常多,例如,我国的"白象"牌电池出口到欧洲国家备受冷落的主要原因是品牌设计失误。因为在欧洲人眼里,大象是"呆头呆脑"的象征,并且英文White Elephant(白象)是指"无用而累赘的东西"。谁愿意购买无用而累赘的东西呢?还有,我国的"芳芳"牌化妆品在国外也是因品牌设计失误而受到冷落,"芳芳"的汉语拼音是Fang Fang,而Fang的英文却指"毒蛇的牙","毒牙"之类的东西怎能用于健康肌肤、美化容颜呢?这无形中引起了消费者的反感,所以以Fang Fang作为品牌的产品在英语国家的销售未能如愿。

5. 品牌策略

1) 品牌有无策略

一般说来,使用品牌对大部分商品可以起到很好的促销和保护作用,但并非所有的商品都必须使用品牌。一般在下列情况下可以考虑不使用品牌。一是大多数未经加工的原料产品,如棉花、大豆、矿砂等;二是不会因生产商不同而形成不同特色的商品,如钢材、大米等;三是某些生产比较简单、选择性不大的小商品或一次性生产的商品。无品牌营销的目的是为了节省广告和包装费用,以降低成本和售价,加强竞争力,扩大销售。尽管品牌化是市场发展的大趋势，但对个别企业而言，是否使用品牌还必须考虑产品的实际情况。

2) 品牌归属策略

企业决定使用品牌以后，就要涉及采用何种品牌，一般有 3 种选择：第一种是采用本企业的品牌，这种品牌叫企业品牌、生产者品牌、全国性品牌；第二种是中间商品牌，也叫私人品牌，也就是说企业可以决定将其产品大批量地卖给中间商，中间商再用自己的品牌将货物转卖出去；第三种是一部分产品使用生产者品牌，另一部分使用中间商品牌。

企业究竟应该使用自己的品牌还是中间商的品牌，必须全面地权衡利弊。当制造商具有良好的市场信誉、拥有较大市场份额、产品技术复杂、要求有完善的售后服务等条件时，大多使用制造商品牌。相反，在制造商资金实力薄弱，市场开拓能力较弱，或者在市场上的信誉远不及中间商的情况下，则适宜采用中间商品牌。尤其是新进入某市场的中小企业，无力用自己的品牌将产品推向市场，而中间商在这一市场领域中却拥有良好的品牌信誉和完善的销售体系，在这种情况下利用中间商品牌往往是有利的。近年来，西方国家许多享有盛誉的百货公司、超级市场、服装商店等都使用自己的品牌，这样可以增强对价格、供货时间等方面的控制能力。

3) 品牌统分策略

(1) 个别品牌名称，即企业的每一种产品分别使用不同的品牌名称。这种品牌策略的优点是：企业不会因某一品牌信誉下降而承担较大的风险；个别品牌为新产品寻求最佳市场提供了条件，有利于新产品和优质产品的推广；新产品在市场上销路不畅时，不至影响原有品牌信誉；可以发展多种产品线和产品项目，开拓更广泛的市场。个别品牌策略的最大缺点是加大了产品的促销费用，使企业在竞争中处于不利地位，同时，品牌过于繁多也不利于企业创立名牌。

(2) 统一的家族品牌名称，即企业将所生产的全部产品都用统一的品牌名称，例如"海尔"系列产品。单一的家族品牌一般运用在价格和目标市场大致相同的产品上。运用家族品牌策略有以下优点：建立一个品牌信誉可以带动许多产品，并可以显示企业的实力，提高企业的威望，在消费者心中更好地树立企业形象；有助于新产品进入目标市场，因为已有的品牌信誉有利于解除顾客对新产品的不信任感；家族品牌有许多产品，因而可以运用各种广告媒体，集中宣传一个品牌形象，节约广告费用，收到更大的推销效果。在一个家族品牌下的各种产品可以互相声援，扩大销售。但企业采用家族品牌策略是有条件的，这种品牌必须在市场上已获得了一定的信誉；采用统一家族品牌的各种产品应具有相同的质量水平。如果各类产品的质量水平不同，使用统一的家族品牌就会影响品牌信誉，特别是有损于较高质量产品的信誉。

(3) 分类家族品牌名称，例如美国著名的西尔斯大型百货公司所经营的家用电器、妇女服装、家用设备等不同种类的产品分别使用不同的品牌。分类家庭品牌名称可以将需求具有显著差异的产品区别开来(如化妆品与农药)，以免相互混淆、造成误解。

(4) 企业名称与个别品牌并用，即在每一种个别品牌前面冠以公司名称。好处是可以使新产品享受企业的声誉，节省广告促销费用，又可以使品牌保持自己的特色和相对独立性。

6. 品牌延伸策略

品牌延伸指将一个现有的品牌名称用到一个新类别的产品上，即品牌延伸策略是将现有成功的品牌用于新产品或修正过的产品上的一种策略。例如，海尔品牌在冰箱上获得成功之后，又利用这个品牌成功地推出了海尔牌的洗衣机、电视机、热水器、计算机等新产品。

品牌延伸策略的优势：可以加快新产品的定位，保证新产品投资决策的快捷准确；有助于减少新产品的市场风险；品牌延伸有助于强化品牌效应，增加品牌这一无形资产的经济价值；品牌延伸能够增强核心品牌的形象，能够提高整体品牌组合的投资效益。

品牌延伸策略的缺点：如果某一产品出现问题就会损害原有品牌形象，一损俱损；有悖消费心理，实行延伸会影响原有强势品牌在消费者心目中的特定心理定位；容易形成此消彼长的"跷跷板"现象。

7. 品牌重新定位策略

某一个品牌在市场上的最初定位即使很好，随着时间推移也必须重新定位。这主要是因为以下情况发生了变化：①竞争者推出一个品牌，把它定位于本企业的品牌旁边，侵占了本企业品牌的一部分市场定位，使本企业品牌的市场占有率下降，这种情况要求企业进行品牌重新定位；②有些消费者的偏好发生了变化，他们原来喜欢本企业的品牌，现在喜欢其他企业的品牌，因而市场对本企业品牌的需求减少，这种市场情况变化也要求企业进行品牌重新定位。

企业在制定品牌重新定位策略时，要全面考虑两方面的因素：一方面，要全面考虑把自己的品牌从一个市场部分转移到另一个市场部分的成本费用，一般来讲，重新定位距离越远，其成本费用就越高；另一方面，还要考虑把自己的品牌定在新的位置上收入的高低。

8. 多品牌策略

多品牌策略指企业为同一种产品设计两种或两种以上相互竞争的品牌。例如，宝洁公司为洗发水设计了多个品牌，如：飘柔、潘婷、海飞丝、沙宣等。这种策略有助于壮大企业声势，适应消费者的不同需求，挤压竞争者产品；有利于提高市场占有率，分散企业风险。企业实施多品牌策略要考虑企业的盈利水平，因为品牌建立需要一定的资源投入，若不能获得相应的市场份额，就会影响企业的经济效益。同时，还要注意协调好多品牌之间的矛盾。

6.4.2 包装策略

1. 包装

包装(packaging)是指盛放产品的包装物及其形象，或者指企业设计、制造和包装产品的一系列活动。盛放产品的包装物及其形象是产品质量和形象的重要组成部分，包装在现代商品销售中具有十分重要的作用。

2. 包装的作用

(1) 保护物品。这是包装最基本和最重要的作用之一，即指包装是为了防止风险和损坏，诸如渗漏、浪费、偷盗、损耗、散落、掺杂、收缩和变色等。产品从生产出来到使用之前的这段时间，保护措施是很重要的，包装如不能保护好里面的物品，则这种包装是一个失败。

(2) 提供方便。既方便厂商进行产品销售，也方便顾客购买和使用。良好的包装是商业现代化的重要条件。例如，超级市场的自助销售如果没有良好的包装作保证是很难做到的。

(3) 促进销售。包装可以吸引顾客的注意力并能把注意力转化为兴趣，所以，有人认为"每一个包装都是一幅广告牌"。良好的包装能够提高产品的吸引力，包装本身的价值也能引起消费者购买某种产品的欲望。

(4) 增加利润。包装具有增值功能，优秀的包装能抬高产品身价，使产品卖一个好价钱。提高包装吸引力比在产品其他方面努力的代价低，而且效果好。另外，包装的保护功能本身就是增加利润的功能。

(5) 便于贮运。良好的包装对于产品的储存和运输是非常重要的。没有好的包装，产品在储存和运输中就会损坏，给企业造成不必要的损失。

3. 包装设计

产品包装的设计应符合下列原则。

(1) 美观大方，突出特色。造型美观大方，图像生动形象，不落俗套，避免模仿、雷同，尽量采用新材料、新图案、新形状，引人注目。

(2) 包装应与商品的价值或质量水平相配合，贵重商品和艺术品、化妆品的包装要烘托出商品的高雅和艺术性。

(3) 能显示商品的特点和风格。对于以外形和色彩表现其特点和风格的商品，如服装、装饰品、食物等，应考虑采用透明包装或在包装上附印彩色胶片。

(4) 便于运输、保管、携带。包装的造型和结构应考虑销售、使用、保管和携带的方便。容易开启的包装结构便于密闭式包装商品的使用；喷射式包装适合于液体、粉末、胶状商品。包装的大小直接影响商品使用时的方便程度，在便于使用的前提下还要考虑储存、陈列、携带的方便。

(5) 符合法律规定，兼顾社会利益。包装上的文字应能增加顾客的信任感并指导消费。产品的性能、使用方法和效果常常不能直观显示，需要用文字来表达，包装上文字的设计应根据顾客心理突出重点。如食品包装上应说明用料、食用方法，药物类商品应说明成分、功效、用量、禁忌以及是否有副作用，直接回答购买者所关心的问题，消除可能存在的疑虑。文字说明必须与商品性质相一致，有可靠的检验数据或使用效果证明。虚假不实的文字说明等于欺骗性广告，既损害消费者的利益，也损害企业的声誉。

(6) 尊重消费者的宗教信仰和风俗习惯。包装装潢的色彩、图案的含义对不同消费者来说是不一样的。中国人庆祝节日喜欢用红色，而日本人互赠白毛巾；埃及人喜欢绿色忌用蓝色、以蓝色象征邪恶，法国人却讨厌墨绿色、偏爱蓝色。在信奉伊斯兰教的国家和地区忌用猪作装饰图案；欧洲人认为大象呆头呆脑；法国人视孔雀为祸鸟；瑞士人以猫头鹰作为死亡的象征；乌龟的形象在很多地区都代表丑恶，而在日本表示长寿。有些色彩、图案或符号在特定地区有特定含义，如在捷克红三角是有毒的标志，在土耳其绿色三角是免费样品。不同年龄的消费者有不同的偏好，老年人喜欢冷色，稳重沉着；青年人喜欢暖色，开朗活泼。

4. 包装策略

符合设计要求的包装固然是良好的包装，但良好的包装只有同包装策略结合起来才能发挥应有的作用。供企业选择的包装策略有以下几种。

(1) 相似包装策略，是指企业将其所生产的各种不同产品，在包装外形上采用相同的图案、近似的色彩及其他共同的特征，使消费者或用户极易联想到这是同一家企业生产的产品。其优点在于能节约设计和印刷成本，树立企业形象，有利于新产品的推销。但有时也会因为个别产品质量下降而影响到其他产品的销路。

(2) 差异包装策略，即企业的各种产品都有自己独特的包装，在设计上采用不同的风格、色调和材料。这种策略能够避免由于某一商品推销失败而影响其他商品的声誉，但相应的也会增加包装设计费用和新产品促销费用。

(3) 相关包装策略，即将多种相关的产品配套放在同一包装物内出售，如系列化妆品包装。这可以方便顾客购买和使用，有利于新产品的销售。

(4) 复用包装策略，是指企业在进行产品包装时，要注意即使原包装的产品用完后，空的包装容器还可以作其他用途。例如，糖果包装盒还可以用作文具盒等。这种包装策略一方面可以引起用户的购买兴趣，另一方面还能使刻有商标的容器发挥广告宣传作用，吸引用户重复购买。这种战略的目的是通过给消费者额外利益而扩大产品销售。但是，这类包装成本一般较高，实际上包装已成为一种产品。

（5）等级包装策略，是指企业将产品分成若干等级，对高档优质产品采用优质包装，一般产品则采用普通包装，使包装产品的价值和质量相称、表里一致、等级分明，以方便购买力不同的消费者或用户选购。

（6）附赠品包装策略，这是目前国外市场上比较流行的包装策略。如儿童市场上玩具、糖果等商品附赠连环画等；化妆品包装中附有赠券，积累到一定数量，可以得到不同的赠品。这一战略对儿童和青少年比较有效。

（7）改变包装策略，商品包装上的改变，正如产品本身的改进一样，对于扩展销路同样具有重要的意义。当企业的某种产品在同类产品中质量相近但销路不畅时，就应注意改进这种包装设计。如果一种产品的包装已采用较长时间，也应考虑推陈出新，变换花样。这可以使顾客产生新鲜感，从而扩大产品销售。当然，这种通过改变包装来达到扩大销路的策略是有条件的，即产品的内在质量必须达到使用要求。如果不具备这个条件，产品的内在质量不好，那么即使在包装上做了显著的改进也无助于销售的增加。

 **案例分析**

轰动不仅仅是"摇"出来的——农夫果园上市表现策略分析

"喝前摇一摇！"这是刚到上海的外甥最喜欢说的口头禅，每次说完，还俏皮地扭动胖胖的屁股，接下来就是拉着我，要去卖场找农夫果园。

显然，农夫果园又像农夫山泉一样，有迅速进入果汁饮料领先行列的架势。依靠"农夫山泉有点甜"一炮轰响水市场的养生堂，这次上市农夫果园，无论是在广告表现、产品表现，还是品牌表现上，都道道十足……

从竞争的角度看，农夫果园仅仅只是果汁饮料领域的跟随者，前有汇源果汁，后有诸多大牌企业。可口可乐推出的酷儿、康师傅、娃哈哈、统一等，都大力进入了果汁饮品市场。

农夫果园，黑马本色。

农夫公司凭借农夫山泉已经淋漓尽致地扮演了一次水市场的黑马。从农夫果园的上市来看，产品在短期内迅速实现动销，并在大卖场实现热卖。下面不妨看看农夫果园的上市表现。

表现一：产品的五重差异。

农夫果园再次在产品上和其他果汁饮料形成鲜明差异，而且农夫果园的产品差异不仅仅是产品要素的某一个方面，在包装、特色和品质上都和竞争者有明显的不同。

（1）包装大气：首推600ml、宽口包装。同在货价陈列12个排面，相对目前采用较多的500ml装，显得更加有气势。瓶口设计为宽口，区别于绝大多数果汁小口包装，增加了大气和时尚的感官元素，便于消费者在终端中一眼辨认出产品。

（2）特色独到：3种果汁形成的混合型果汁，提出果汁新概念，区别于果汁市场单一的口味区分方式。如此特色，给消费者的印象是一次能够补充多种果汁的营养。

（3）品质更浓：农夫果园区分于绝大多数PET包装的果汁饮料，大多数PET包装果汁饮料的果汁含量大于等于10%。而农夫果园的果汁含量大于等于30%。显然,农夫果园的果汁含量对消费者更加具备吸引力。

(4) 产品组合:农夫果园的产品组合也很独到,采用多种水果分别组合,形成了不同口味的组合、果汁颜色的变化,在终端形成产品多样化的特点,满足消费者对不同口味的需要。

(5) 大小包装结合:小包装和大包装。小包装满足上市期的尝试性购买需求,并且也使消费者携带方便。600ml满足消费者追求实惠的心理需求。

表现二:品质特点与饮用方式巧妙结合。

产品上市阶段,诉求最大的困难在于:诉求要体现产品特色,还要便于诉求在最大范围内以最短时间被消费者认知和接受,由此产生消费者的尝试购买,促成产品动销。

农夫果园采用3种果汁混合,在果汁浓度、产品特色的确差异于竞争品牌,但是这也给产品带来了两个负面的影响。

(1) 3种果汁让农夫果园含有沉淀物(实际是果肉),果汁不够均匀。

(2) 三种果汁产生的口味有层次。

其实解决这两块产品物理特性的短板,方法十分简单,就是要让消费者在喝之前将果汁摇一摇。通常,企业在引导消费者时是在产品的商标的应用说明里加一句说明:瓶内沉淀物为新鲜果肉,不影响产品品质,搅拌均匀喝口味更好。

农夫果园诉求的巧妙在于将产品品质短板转变为饮用方式的推荐,并在推荐中加入了时尚元素,不但结合了产品的特色,而且增加了饮用方式的趣味性。此前农夫山泉的上市也有"上课时请不要发出这样的声音"的趣味诉求。"农夫果园,喝前摇一摇"摇出了以下特色。

(1) 对果汁含量大于等于30%最好的诠释。摇一摇再喝的潜台词是什么,对了,是"我有货"——3种果汁混合而成。

(2) 增加了产品饮用时的趣味性,给原本看起来平常的产品增加了动感因素,极度容易和消费者沟通,也方便消费者的口头传播。

(3) 将产品短板通过饮用方式的引导变成产品引用特色。

(4) 极具亲和力,便于消费者记忆。

表现三:品牌延伸顺理成章。

仔细看农夫果园的包装会发现商标上的"农夫果园"字样的右上角有 TM 标识,农夫山泉股份公司将"农夫果园"作为自己的产品品牌意图明显,由农夫果园品牌的高度亲和力可以看出产品品牌设计者的良苦用心。

(1) "农夫果园"这一产品名称看似简单,实际上是"农夫"+"果园"的巧妙嫁接。

(2) 农夫山泉是农夫山泉股份公司的注册品牌,品牌的知名度和美誉度都很高,农夫果园上市借农夫的品牌之势在情理之中。

(3) "果园"传递的信息有:混合型果汁饮料、单一产品的内涵丰富、丰富的产品线……

(4) "果园"直接打击竞争品牌,如"鲜橙多"等,单一的果汁原料作为产品名称,与"果园"相比显得产品内涵单薄。

(5) "农夫果园"不但让产品品牌很好地巧借农夫,向上与企业品牌对接,同时直接明了的产品品牌命名可以很好地涵盖其推出的所有产品。用如此产品品牌来涵盖系列产品,明显比"第五季"更有产品针对性。

作为一个新产品,产品品牌的定位和确立必须遵循向上对接企业品牌、向下涵盖所有系列产品的原则,同时又要能够很好地突出产品特性区隔竞争者,还要便于与消费者沟通,以利于消费者之间的口头传播。在这些原则上,农夫果园的命名不可谓不是一次悉心设计的结果。

资料来源:中国营销传播网.

问题讨论: 1. 农夫果园的新产品上市有何特点? 成功之处在什么地方?

2. 农夫果园的品牌策略有何特点?

思考与训练

1. 产品整体概念就是强调产品的核心价值,这句话对吗?

2. 产品的经济寿命与使用寿命是否是相同的,为什么?

3. 结合实际谈谈市场竞争与企业品牌的关系。

4. 可口可乐公司在1985年宣布改变品牌配方时引起轩然大波,顾客们怨声载道,纷纷抗议,迫使公司不得不恢复原有的配方。

问题:可口可乐改变品牌未被顾客接受说明了什么? 为什么?

5. "某一产品在不同市场中所处的生命周期阶段不同"这一特点对市场营销有何意义?

第 7 章 价 格 策 略

1. 理解并掌握影响企业定价的因素;
2. 理解定价的程序;
3. 掌握企业定价的方法;
4. 掌握企业定价的基本策略以及策略的调整。

导入案例

　　法国一家专营玩具的商店购进了两种"小鹿",造型和价格一样,只是颜色不同,上柜后很少有人问津。店老板想出个制造差价的主意,他把其中一种小鹿的售价由 3 元提高到 5 元,另一种标价不变。把这两种差价鲜明的玩具置于同一柜台上,结果提了价的小鹿很快销售一空。

　　价格(price)是市场营销组合中最为敏感而又难以控制的因素。从市场营销学的角度来讲,产品定价是一门艺术。所以,定价和价格竞争历来都是企业高级营销人员所面临的重大问题。这一章将来探讨这一问题。

　　在商品经济环境下,任何产品或服务都必须具有价格,这样供需双方才能进行交易。事实上,买卖双方的交易是否成功往往取决于价格的高低。价格策略是市场营销组合中非常重要的策略,是影响商品交易的关键因素,同时又是市场营销中较活跃的因素。企业定价是为了获得利润,扩大产品销售,这就要求企业的价格策略既要考虑产品成本的补偿,又要考虑能为消费者所接受。因此,制定合理的价格策略,对于增强企业竞争力,提高市场占有率,增加盈利都有十分重要的意义。

7.1　影响企业定价的因素

7.1.1　定价目标因素

　　定价目标是描述企业希望通过定价达到的总体目标。定价目标不同,其价格水平与价格策略也就不同。定价目标的影响包括金融、财务、生产等许多基础领域的决策,因此,它必须与企业的总体使命和目标相吻合。营销者可同时使用短期和长期定价目标,也可采用一个或多个定价目标。例如,一家公司可以希望其市场份额比过去 3 年提高 15%,同时达到 20% 的投资报酬率,并在市场上提升其质量形象。

　　企业的定价目标可分为利润导向目标(目标利润率,利润最大化)、销售导向目标(销售金额或数量增长,市场份额增长)、对等定价导向目标(应付价格竞争、稳定价格、非价格竞争)3 个导向目标。

1. 利润导向目标

　　(1) 以一定的利润率水平为目标,是将一种特定的利润水平作为目标。这种方法经常以一种销售百分比或投资百分比的形式出现。一家大的生产商可能瞄准 20% 的投资利润率,而便民超市或其他食品杂货连锁店的目标可能仅是 5% 的销售利润率。

　　(2) 以利润最大化为目标,是追求尽可能大的利润。它陈述了一种获取快速投资利润率的欲望。某些人相信任何追求利润最大化的人的目标将促使他制定高价。然而，获取利润最大化的定价并不一定是高价格，低价也可能扩展了市场份额，并由此导致大量的销售和利润。这是因为利润额=销量×(单价－单位产品成本)。

2. 销售导向目标

(1) 以实现销售增长率为目标。销售增长率高，意味着产品的竞争能力强。尤其是新产品进入市场后的一段时期内，销售额的增长会对企业产生积极的影响，因此，有些企业也常把追求销售额的增长作为新产品的定价目标。

有些管理者较多关注销售增长而非利润，认为销售增长总会产生更多的利润。其实，当企业的成本增长高于销售增长时，这种想法就会引起问题。最近，许多大企业已经倾向于过问利润而不过问销售增长情况了。

(2) 以提高市场占有率为目标。市场占有率是企业竞争能力和市场地位的综合反映。市场占有率高，反映企业的市场地位稳固、产品竞争力强，有利于企业控制市场，扩大产品销售。一些非盈利组织的管理者为增加市场份额而制定价格，准确地说，他们并非设法获取利润。例如，许多城市制定低票价让它们的公共汽车满员，当它们满员时，即使总收入不算太大，也有较多益处。

许多企业追寻获取某一市场的特定的占有率。如果一家公司有一个巨大的市场份额，它可能比其竞争对手具有更好的经济规模。此外，衡量一家公司的市场份额，通常比决定是否利润最大化更加容易。

在总体市场不断发展的时期，一家有长期经营意向的企业决定增加市场份额是一种明智的目标选择。

当然，目标瞄准增加市场份额，像直接追求销售增长目标一样，具有同样的缺陷。在占有比较巨大的市场份额时，如果价格太低，可能导致无盈利的"成功"。这种再简单不过的观点，却被许多主管人员忽视了。

3. 对等定价导向目标

(1) 以应付价格竞争为目标。价格竞争是市场竞争的重要方面。因此，企业在定价前，要广泛收集竞争者的有关资料进行分析比较，然后根据自身实力确定价格。实力强就利用价格竞争排挤其他竞争者，实力弱则追随竞争者的价格。

(2) 以稳定价格为目标。满足其目前的市场份额和利润的经理，往往以稳定价格为定价目标。管理人员可能会说其目的是想稳定价格或应对竞争，甚至回避竞争。当总体市场不再发展、扩大时，这种不扰乱价格的做法最为普通。保持稳定的价格可能阻碍了价格竞争和避免了对困难决策的需求。

(3) 以非价格竞争为目标。这是另一种对等定价目标，可能是集中于非价格竞争的进攻性的总体营销战略的一部分,营销集中在除价格外的一种或多种其他策略方面。快餐连锁店麦当劳和汉堡王通过坚持多年的非价格竞争,实现了巨大的效益增长。

7.1.2 成本因素

价格是产品价值的货币表现。以货币来表示产品或服务的价格就称为该产品或服务的价格。产品成本是价格的最低限度。一般来说,产品价格必须能够补偿产品生产及市场营销的所有支出,补偿产品的经营者为其所承担的风险支出,并有盈利。成本的高低是影响定价的一个重要因素。根据定价策略的不同需要,对成本可以从不同的角度作以下分类。

(1) 固定成本(fixed cost)。固定成本指在固定生产经营范围内,不随产品种类和数量变化而变动的成本费用,如折旧、借贷利息、照明、空调、市场调研、产品设计等费用。这种成本费用常常在实际生产过程中就得支付。

(2) 变动成本(variable cost)。变动成本指随产品种类和数量的变化而相应变动的成本费用,如企业原材料、燃料、储运等方面的支出,以及支付给员工的计件工资等。这种成本费用常常在实际生产过程开始后才需支付。

(3) 边际成本 (margin cost)。边际成本指产品在原有数量基础上增加或减少一个单位所引起的总成本的变动量。如果是针对增加产品数量而言,边际成本又称新增成本。除非加以特殊说明,边际成本与平均变动成本在概念上和数值上都是不同的。例如,某企业生产某种产品的固定成本为 9 000 元,生产一个单位产品的变动成本是 1 000 元,生产两个单位产品的平均变动成本是 900 元,则第二个新增产品的边际成本不是 900 元,按定义它等于生产这第二个产品的总成本的增加额,即

$$(9\ 000+2×900)-(9\ 000+1×1\ 000)=800(元)$$

(4) 机会成本(opportunity cost)。机会成本指企业为从事某项经营活动而放弃另一项经营活动的机会,或利用一定资源获得某种收入时所放弃的另一种收入。另一项经营活动应取得的收益或另一种收入即为正在从事的经营活动的机会成本。通过对机会成本的分析,要求企业在经营中正确选择经营项目,其依据是实际收益必须大于机会成本,从而使有限的资源得到最佳配置。

7.1.3 需求因素

在价格与需求的关系方面,营销者需要了解需求的价格弹性(price elastic),即产品价格变动对市场需求量的影响。不同产品的市场需求量对价格变动的反应不同,也就是弹性大小不同。

一般情况下,企业每制定一种产品价格,该产品的需求量都会发生不同程度的变化。通常价格与需求量成反比例变化,即价格越高需求量越少。

需求价格弹性(E)=-需求量变动的百分比/价格变动的百分比

按上述公式计算出来的具体数值称为需求弹性系数。价格高，买的人少；而价格低，买的人多。价格与需求是呈反方向变动的，所以通常需求价格弹性 E 为负值。为应用方便，在上述公式中引入一个负号，使 E 成为正数。需求价格弹性的大小，一般以 E 的值大于 1 或小于 1 来表示。如果 $E>1$，称为需求价格弹性大或称富于弹性的需求；如果需求量变化的幅度小于价格变化的幅度，即 $E<1$，称为需求价格弹性小或称缺乏弹性。

需求价格弹性在企业决定某一产品是提价或降价时特别有用。如果该产品的需求价格弹性系数大于 1，也就是价格只要稍微上升或下降，需求量就会大幅度下降或增加，因此企业往往可采取降价策略，这时产品的单位利润虽有所下降，但产品的销售总收入和总利润却会大大增加；如果该产品的需求价格弹性系数小于 1，也就是即使价格大大提高或下降，需求量也不会显著减少或增加，因此企业可采取提价策略，这时需求量虽有减少，但由于价格大大提高，产品的销售总收入和利润总量仍会增加。当然，不论提价或降价都是有一定限度的。

通常影响需求价格弹性大小的因素主要有：商品的可替代性；商品的供求状况；商品在消费支出中所占的比重等。

7.1.4 竞争因素

市场上有卖方之间的竞争，也有买方之间的竞争，两类竞争都直接影响企业的价格行为。市场竞争多指卖方之间的竞争，因为这类竞争与企业的定价工作及其整个营销活动关系最大。现代企业无不十分注意对竞争情况的研究。

 案例 7-1

赵亮是卖绳索的，他在麻的产地将 5 角钱一条、长 45cm 的麻绳大量买进后，又照原价 5 角钱卖给纸带工厂。完全没有利润反而赔本的生意做了半年之后，"赵亮的绳索确实便宜"的名声传扬四海，订货单从各地像雪片纷飞般源源而来，赵亮一看时机成熟，就按部就班地采取第二步行动，他拿着购物收据前去与订货客户说："到现在为止，我是一分钱也没赚到你们的，但如果长期这样下去，我只有破产的一条路了，你们不会忍心吧？"赵亮的诚实感动了客户，客户心甘情愿地把货价提高到 5 角 5 分钱一条。

与此同时，他又与供应商说："你卖给我 5 角钱一条麻绳，我是照原价卖出的才有了这么多订货，这种无利而赔本的生意我不能再做下去了。"厂商看到赵亮给客户开的收据发票大吃一惊，头一次遇到这种甘愿不赚钱的生意人，于是一口答应以后每条麻绳以 4 角 5 分钱供应。这样两头一交涉，一条麻绳就赚 1 角钱，赵亮当时一年有 675 万的订货量，纯收入 150 万元。

资料来源：伍杰. 一分钱不赚的百万富翁. 财会月刊. 2001 年 04 期.

7.1.5 环境因素

企业定价时还必须全面考虑其他环境因素，如国内或国际的经济状况：经济是繁荣还是萧条，是通货膨胀还是需求不足，当前利息率是高是低等。这些情况都会影响定价策略，因为这些因素影响生产成本和顾客对产品价格和价值的理解。此外，政府的有关政策法令也是影响企业定价的一个重要因素。如 2007 年，我国投资过热导致了消费过热、通货膨胀物价上涨，为控制经济过热的现象，国家出台了多项抑制房价过快上涨的政策，尤其是对购买第二套住房的信贷政策的调整，使主要城市的房屋销售由热转冷，开发商纷纷采取让利、打折、赠送等降价措施。

7.2 企业定价的程序与定价方法

7.2.1 企业定价的程序

1. 明确定价目标

企业在制定价格之前必须明确定价目标，即明确定价的指导思想。企业应根据不同的市场状况、不同的产品选择不同的定价目标，从而采用不同的定价方法和技巧。

2. 测定需求

需求的测定主要是调查了解市场容量，即调查该产品有多少现实和潜在的顾客；分析产品价格变动对市场需求的影响；掌握不同价格水平上的需求量，即测定需求价格弹性。

3. 估算成本

成本是制定产品价格的最低限度，是定价的基础。一般情况下，价格不能低于成本，否则企业将出现亏损，这里主要是指估算平均成本和平均变动成本。

4. 掌握竞争者的产品和价格

企业定价必然要受到竞争者同类产品价格的制约。要想在市场竞争中取胜，企业就必须"知己知彼"，掌握并认真分析竞争者的产品价格和特色，经过比质比价，为自己的产品制定出具有竞争力的价格。

5. 选择定价方法

企业定价方法主要有 3 种，即成本导向定价法、需求导向定价法和竞争导向定价法。在每一种方法中又有许多种具体的方法，企业应根据自己的定价目标选择不同的定价方法。

6. 确定最终价格

企业运用一定的方法制定出基本价格后，还要定性地考虑一些因素的变化，采用定价技巧对基本价格进行适当的调整，确定出最终的价格。例如，制定的价格是否符合国家有关政策法规，是否适应消费者的心理，是否维护了企业形象，竞争者对这一价格将做出如何反映,等等。

7.2.2 企业定价方法

1. 成本导向定价法

成本导向定价法(cost-oriented pricing)就是以产品的总成本为中心来制定价格,这一价法主要包括以下几种。

1) 成本加成定价

成本加成定价(cost-plus pricing)是以收回经营成本为基础的一种定价方法。这种方法先确定盈利率,然后用顺算法定价,即单位产品成本加上按一定盈利率确定的销售利润。其计算公式为:

$$产品单价=单位产品成本×(1+成本加成率)$$

例如,已知某产品单位产品成本为 20 元,成本加成率为 20%,则该产品单价为:

$$20×(1+20\%)=24(元)$$

此外,有些企业是有出口任务的,它认为固定成本在国内销售时已赚回,出口主要是赚取边际利润,这时可采用变动成本加成定价方法。例如,已知某产品的变动成本是 1 000 000 元,企业期望相对于变动成本的利润率是 20%,预计产量是 100 000 单位,则:

$$单位价格=(变动成本+变动成本×利润率)/产量$$
$$=(1\ 000\ 000+100\ 000×20\%) / 100\ 000=12(元)$$

对于商业企业可按如下公式确定产品的售价。

$$单位产品售价=进价/(1-毛利率)$$

例如,某产品进价为每件 8 元,期望毛利率为 20%,则该产品售价为:

$$8/(1-20\%)=10(元)$$

2) 盈亏平衡定价

盈亏平衡定价(breakeven pricing)是以总成本和总销售收入保持平衡为定价原则的。总销售收入等于总成本,此时利润为零,企业不盈不亏,收支平衡。盈亏平衡法的优点是计算简便,可使企业明确在不盈不亏时的产品价格和产品的最低销售量。其计算公式为:

$$单位产品价格=固定成本/预计销售数量+产品单位变动成本$$

例如,某产品的固定成本为 50 万元,单位变动成本为 20 元,预计销售量为 10 万件,则该产品在收支平衡时的价格为:

$$50/10+20=25(元)$$

3) 投资报酬额定价

投资报酬额定价是以总成本和目标利润作为定价原则的。使用时先估计未来可能达到的销售量和总成本，在收支平衡的基础上，加上预期的投资报酬额，然后再计算出具体的价格。这种方法简便易行，可提供获得预期利润时最低的可能接受价格和最低的销售量。它常被一些大型企业和公用事业单位所采用。其计算公式如下：

$$投资报酬额=总投资额/投资回收期$$

$$单位产品价格=(总成本+投资报酬额) / 预计销售量$$

例如，某产品预计销售量为 10 万件，总成本为 30 万元，该产品的总投资额为 40 万元，要求 5 年回收投资，投资回收率为 20%，则该产品的售价为：

$$投资报酬额=40 / 5=8(万元)$$

$$单位产品价格=(30+8) / 10=3.8(元)$$

4) 边际贡献定价

边际贡献是指产品售价高于变动成本的差额。边际贡献定价是一种只计算变动成本，而暂不计算固定成本，也就是按变动成本加预期的边际贡献来定价的方法。其计算公式为：

$$单位产品售价=单位变动成本+单位产品贡献额$$

当市场价格低于产品总成本，企业又拿不出别的对策时，只能按边际贡献定价法定价。只要变动成本低于市场价格，企业即可获得一定的边际贡献来弥补企业的固定成本，这样做总比不做好，因为不管做不做，固定成本总是要如数支付的。边际贡献等于零是极限，如果边际贡献小于零，则做得越多就赔得越多，那就毫无经济意义了。

例如，某企业生产某产品固定成本为 10 000 元，单位变动成本为 0.6 元，预计算销售量为 10 000 件，根据市场条件，只能定价为 1 元/件，则边际贡献为 4 000(10 000-6 000)元。这样虽不能全部补偿固定成本，但可减少企业的亏损额。

在实践中，由于边际贡献定价往往能刺激产品销售量的增加，所以边际贡献就有可能弥补固定成本甚至带来盈利。

2. 需求导向定价法

需求导向定价法(demand-oriented pricing)即把市场需要状况及消费者对商品价值的理解作为定价的主要因素和依据。一般可采用理解价值定价法、区分需要定价法、反向定价法 3 种方法。

1) 理解价值定价法

理解价值定价法是根据顾客对商品价值的感受和理解程度而不是以商品成本为依据来制定商品价格的。顾客购买商品总是选择那些既能满足其需要又符合其支付标准的商品的。当顾客对某种商品的理解程度高于或至少不低于其支付的价值标准时，就会顺利接受这种价格，否则就不会接受这一价格，商品也就难以销售出去。因此，根据理解价值定价法，某种商品的价格，一定程度上取决于该商品对顾客的影响程度，或者说取决于顾客对商品价值的理解程度。顾客对商品价值的理解程度越高，其愿意支付的价格限度也越大。

为了加深顾客对商品价值的理解程度，提高其愿意支付的价格限度，企业定价时，应首先搞好市场定位，突出产品特色，并综合运用各种营销手段，不断加深顾客对商品的印象，使顾客感到购买某商品能带来更多的利益和好处。

有效的市场营销活动可以提高产品可认知的价值。例如，将狗粪加草木灰搅拌而成的一堆东西表述成："通过平衡膳食的良种狗所产生的优质有机氮肥，配之以天然生成无污染草木高温处理之精华钾肥，经过同一性均质化复合工艺所生产的高级自然绿色复合氮钾肥，能给您的土地以全面均衡之营养，以利于各种农作物的生长。"又是什么感觉？

对名牌产品的定价主要依据其认知价值。名牌货，特别是世界名牌，与普通大路货的价格相差悬殊，其价格往往高出普通大路货数倍甚至十余倍。例如，市场上一件法国名牌男衬衣售价约 500 元，中外合资名牌男衬衣约 150 元，而无名的普通衬衣只能卖十几元。这样大的差价并不是来自成本和质量的差别，而是根据消费者所理解和认可的价值来确定的。

例如，某品牌冰箱，其成本与竞争产品的成本差不多，竞争产品每台定价 2 600 元，而该产品却定价 3 000 元，其结果是其销量反而比竞争产品高，原来是下面的这张清单起了作用。

(1) 2 600 元仅仅是相当于竞争者的冰箱价格；

(2) 300 元是产品优越的耐用性增收的溢价；

(3) 200 元是因为产品更省电增收的溢价；

(4) 200 元是为产品优越的服务增收的溢价；

(5) 100 元是为产品造型更美观、颜色更漂亮增收的溢价；

(6) 以上 5 项目计为 3 400 元；

(7) 400 元是给予顾客的折扣；

(8) 3 000 元是最终价格。

这张清单实际上是在帮助消费者理解和认知该产品的价值，花 3 000 元买到 3 400 元的产品，消费者当然是满意的，所以愿意购买。

如今，认知价值定价法不仅应用于品牌产品，许多商家也开始在其商店中应用。其中最著名的就是美国的沃尔玛公司，它利用相当低的价格出售高质量的产品，然后通过内部管理降低产品经营成本，最终大规模地销售产品使企业获得发展。认知价值定价法代表了向消费者提供可以认知的高价值的思路。

企业按照理解价值定价法所制定的某种商品价格只是一个初始价格，还应估算在初始价格水平下商品的成本、销售量和盈利状况，最后确定实际价格。

2) 区分需要定价法

区分需要定价又称差别定价法，是指对于同一种产品，企业可根据不同的顾客、不同的时间、不同的地点、不同的式样制定不同的价格。

（1）对不同顾客采用不同价格。即根据顾客不同的需求强度，制定不同的价格。如电力工业对工业用户定价低，对民用定价高。

（2）对同一品种不同式样的产品采用不同的价格。如同等规格和质量但花色款式陈旧的产品，价格可定得低些；而花色款式新颖的，其价格可定得高些。

（3）同一产品在不同的时间采用不同的价格。如市场上出售的新鲜蔬菜，当天卖与隔日卖的价格应有所区别；节假日的应节商品，与平时相比价格也有明显差异。

 案例 7-2

蒙玛公司在意大利以无积压商品而闻名，其秘诀之一就是对时装分多段定价。它规定新时装上市，以3天为一轮，凡一套时装以定价卖出，每隔一轮按原价削10%，以此类推，那么到10轮（一个月）之后，蒙玛公司的时装价就削到只剩35%左右的成本价了。这时的时装，蒙玛公司就以成本价出售。因为时装上市还仅一个月，价格已跌到1/3，谁还不来买呢？所以一卖即空。蒙玛公司最后结算，赚钱比其他时装公司多，又没有积货带来的损失。国内也有不少类似范例。杭州一家新开张的商店，挂出日价商场的招牌，对店内出售的时装价格每日递减，直到销完。此招一出，门庭若市。

（4）同一产品在不同空间采用不同的价格。典型的例子如影剧院、体育场因座位不同，票价也不同。

实行区分需要定价法要具备一定条件：第一，市场能够细分，而且不同细分市场有不同程度的需求；第二，注意防止低价细分市场的买主将产品向高价细分市场转售；第三，差别定价不会引起顾客反感。

 案例 7-3

巴厘克是印度尼西亚久负盛名的服装，深受印尼和东南亚各国妇女的喜爱。随着社会的发展，人们对服饰的时代感也在增强。一位印尼青年企业家适应了消费者的这一要求，将巴厘克集精美、新潮于一身，化娟秀与华丽为一体，备受印度尼西亚和东南亚妇女的青睐。

这个企业家率领更新后的巴厘克及其模特来到日本，举办了一场十分壮观的服装展销。许多社会名流和贵妇应邀光临了这场服装展销，但遗憾的是，当展销结束时并没有多少人购买巴厘克，这令年轻的企业家大为不解，于是他请来的专家诊断说："这样的价格上层妇女谁会买呢？因为如果买件便宜货穿在身上，她们会感到脸上无光，并遭人讥笑。"

听罢专家的诊断，年轻的企业家恍然大悟。他回到国内后，再次改进设计，使巴厘克更加光彩照人。次年，当他率领时装模特来日本再度举办巴厘克时装展销时，巴厘克的定价比一年前高出了3倍，果然这一价格使他所带去的巴厘克很快被抢购一空。

资料来源：温州科技职业学院精品课程网站.

3) 反向定价法

这是根据市场需求、购买力情况及消费者愿意支付的价格来定价。其具体的作法是：企业先进行市场调查并征求中间商的意见，拟定出可能的销售量和一个适合顾客心理需求的零售价，在此基础上，扣除各中间商的加成，倒算出出厂价。

例如，某产品零售价为 15 元，零售商加成 20%，批发商加成 15%，该产品出厂价推算如下：

零售价	15 元
零售商加成 20%(按售价计)	3 元
批发商售价	12 元
批发商加成 15%(按售价计)	1.80 元
出厂价	10.20 元

或：

$$批发价=零售价×(1-零售商加成率)=15×(1-20\%)=12(元)$$
$$出厂价=批发价×(1-批发商加成率)=12×(1-15\%)=10.20(元)$$

3. 竞争导向定价(competition-oriented pricing)

竞争导向定价是以市场上同类竞争产品的价格为定价依据，并随竞争状况的变化不断调整价格水平的定价方法。其主要有通行价格定价法、主动竞争定价法和投标定价法 3 种。

1) 通行价格定价法

通行价格定价法即企业制定的产品价格与竞争产品的平均价格保持一致。这种定价方法的优点是：平均价格水平往往被消费者认为是"合理价格"，定价容易被市场接受；企业与竞争者能和平相处，避免价格竞争，能为企业带来合理的利润。企业一般在下列情形下采用这种定价方法：难以估算成本；企业打算与同行和平相处；如果另行定价，很难了解消费者和竞争者对产品价格的反应。这种定价法主要适用于竞争激烈的均质产品，如面粉、钢铁及某些原材料的价格确定的产品。

2) 主动竞争定价法

与通行价格定价法相反，主动竞争定价法不是追随竞争者的价格水平，而是根据企业产品的特征和其他营销手段，将产品以高于、低于或与竞争者产品价格一致的价格出售。企业首先对本企业产品的性能、质量、功能、款式、成本等及营销手段与竞争者的同类产品及营销手段进行比较，分析形成价格差异的原因，然后结合本企业产品的特点及营销手段的优劣势，确定价格水平。如果企业产品特征及其营销手段占优势，则确定的价格高于通行价格，否则确定的价格低于通行价格或与通行价格保持一致。

案例 7-4

　　爱普丽卡是日本专门生产童车的一家小公司,其产品在日本国内很畅销。1980 年该公司将这种产品拿到美国去推销。当时美国市场上也有各种各样的童车,价格最贵的仅为 58 美元一辆。而爱普丽卡童车到美国后,每辆定价高达 200 美元,这一昂贵的价格把人给吓住了,美国商人拒绝经销。

　　爱普丽卡公司没有被严峻的形势所吓倒,公司相信其童车的质量,坚持不降价竞争,力争在美国市场上树立其童车"优质、高档、名牌"的产品形象,以高价高质给美国的消费者造成良好的第一印象。公司坚信美国的消费者终会喜欢其产品的,且有能力接受这一价格。为此,公司广为宣传,派推销员向消费者介绍产品的优良质地。经过努力,爱普丽卡童车终于在美国市场上打开了销路。1981 年爱普丽卡童车在美国市场上售出 5 万辆,以后销量年年上升,1985 年售出 20 万辆,获利润 1 800 万美元。

　　不仅如此,爱普丽卡公司还由于其童车质量好,使公司在美国获得了好名声。目前在美国的许多州和大城市里,爱普丽卡这家小公司已经和丰田等大公司一样为人们所熟悉,爱普丽卡童车也进入了美国许多著名的连锁商场。

　　3) 投标定价法

　　在建筑工程和政府采购时往往采用密封投标交易方式。投标价格是投标者根据竞争者的报价估计而不是按自己的成本费用来确定的。一般来说,投标者的报价高,利润就大,但中标的机会小;相反,投标者的报价低,中标机会就大,但利润也低。因此,报价既要结合竞争状况考虑中标概率也要考虑企业利润目标。参加投标的企业往往要计算期望利润,然后根据最高的期望利润递价。期望利润可以根据估计的中标率和利润计算。例如,有一个投标项目见表 7-1。

表 7-1　企业投标期望利润分析

企业递价(万元)	企业利润(万元)	估计中标可能性(%)	期望利润(万元)
800	60	70.00	42
900	160	30.00	48
1 000	260	10.00	26
1 100	360	5.00	18

　　根据计算分析,企业期望利润最高是 48 万元,即投标递价应为 900 万元。

　　投标定价法的另一种形式是拍卖定价。一般由拍卖行受出售者的委托,用公开唱价的方式,引导购买者报价,利用买方竞争求购的心理,从中选择最高价格成交。这种方法历史悠久,现仍流行于世界各地,尤其在出售古董、珍品、高级艺术品时常用此法。

7.3 企业定价的基本策略

企业在利用各种定价方法确定了基本价格以后，应根据产品特点、消费心理、销售条件，运用灵活的定价策略对基本价格进行修改，以保证企业的价格策略取得成功。

7.3.1 新产品定价策略

新产品定价策略是企业定价策略的一个关键环节，对于新产品能否及时打开销路、占领市场和取得满意的效益有很大关系。新产品定价策略一般有取脂定价策略、渗透定价策略和满意定价策略 3 种。

1. 取脂定价策略

取脂定价策略是企业在追求最大利润目标指导下，在新产品上市初期，利用顾客的求新心理，将产品的价格定得较高的策略。其目的在于力求短期内补偿全部固定成本，并迅速获取盈利。这是对市场的一种榨取，就像从牛奶中撇取奶油一样。例如，美国宝丽来公司开始推出它的一次成像新式相机时，就是运用这种定价策略的。这种相机在引入期以高价上市，由于其特有的一次成像功能，目标市场上许多顾客都争相选购。但当销售量开始减少时，公司便降低价格，将目标市场转向对价格敏感的另一些顾客。取脂定价在高价仍有需求的情况下能帮助企业赚大钱。这种策略的优点是使企业能迅速实现预期盈利目标，掌握市场竞争的主动权，为以后价格的调整留有充分余地；缺点是在高价抑制下，销路不易扩大，同时，丰厚的利润必然诱发竞争，也极易招致公众的反对。因此在以下条件下，企业才可以采用取脂定价策略。

(1) 市场上有相当数量的收入水平较高的、具有求新动机的消费者，产品价格需求缺乏弹性，即使价格定得较高，市场需求也减少不大。

(2) 在高价情况下，市场上没有强有力的竞争者，企业仍能独家经营。

 案例 7-5

iPod 的成功运用

苹果 iPod 是近几年来最成功的消费类数码产品之一。第一款 iPod 的零售价高达 399 美元，即使对于美国人来说，也是属于高价位的产品。但是有很多"苹果迷"既有钱又愿意花钱，所以纷纷购买。苹果公司认为还可以"撇到更多的脂"，于是不到半年又推出了一款容量更大的 iPod，定价 499 美元，仍然销路很好。苹果公司的撇脂定价大获成功。

2. 渗透定价策略

渗透定价策略即在新产品刚上市时，利用顾客的求廉心理，采用低价政策，使产品在市场上广泛渗透，从而提高市场占有率，然后随市场份额的增加调整价格，降低成本，实现企业盈利目标。这种策略的优点是能迅速打开新产品的销路，提高市场占有率，树立企业的良好形象，同时低价不易诱发竞争，能有效排斥竞争者；缺点是投资回收期长，价格调整余地小。因此，渗透定价策略适合于以下情况。

(1) 产品价格需求弹性大，低价能迅速扩大销量，提高市场占有率。

(2) 产品市场已为他人先占领，为了挤进市场，只好采用低价渗透策略。

(3) 潜在市场大，对竞争者有吸引力，实行低价能有效排斥竞争者，便于企业长期占领市场。

3. 满意定价策略

满意定价策略也称温和价格策略，是介于取脂定价和渗透定价之间的定价策略。其价格水平适中，同时兼顾生产者、中间商及消费者的利益，使各方面都感到满意。即使当生产企业处于优势地位、本可采用高价时，但为了博得顾客的好感和长期合作，也仍然可选择温和价格策略。这样既能赢得各方尊重，又能使各方都感到满意。这种策略的优点是价格比较稳定，在正常情况下能实现企业盈利目标，赢得中间商和消费者的广泛合作；缺点是这种价格策略应变能力差，不适合复杂多变和竞争激烈的市场环境。运用这一策略的具体定价一般采用反向定价法，即企业先通过调查或征询拟定出消费者易于接受的零售价格，然后反向推算出出厂价格。

7.3.2 心理定价策略

这种定价策略是根据顾客的购买心理制定价格的，通常被零售商所采用，主要有以下几种。

1. 尾数定价

这种定价策略又称奇数定价、非整数定价。对于多数日用品或低价商品，顾客购买时比较注意价格的细微差别。对这些商品定价时，常采用尾数定价，使价格水平保留在较低档次，如一管牙膏定价为 1.98 元，而不是 2.00 元。尾数定价跟整数定价相比，实际上相差无几，但给人以便宜感，另外尾数比整数准确，把价格定成尾数，似乎是企业精心计算得出的，给人以信赖感。尾数定价策略的对象主要是求实心理的消费者，使之感到物美价廉。

2. 整数定价

一些高档耐用消费品，特别是一些消费者不太熟悉的产品，消费者往往以价格高低来衡量产品质量的优劣，存有"一分钱，一分货"的心理。对于这些商品，企业可采用整数定价，使价格上升到较高档次。如将价格定为 10 元，而不是 9.8 元，借以迎合人们的高消费心理，提高了产品形象，也更有利于这类产品的销售。

3. 声望定价

这种定价策略是把消费者心目中有极高声望的名牌产品定以较高的价格。这种定价策略能显示出商品的档次和企业的声望，又能迎合消费者的求名心理，满足较高层次消费者的需要，如我国的名烟、名酒定价都很高。

4. 习惯定价

某种商品，由于在市场上销售已久，在消费者心目中已形成一种习惯性价格标准，符合其标准的价格能被顺利接受，偏离其标准的价格则易引起疑虑。因此，当生产者对这种产品定价时，通常应顺应这种习惯价格水平，不轻易涨价也不轻易降价。因为涨价会引起消费者的不满，而降价又会导致消费者对产品质量产生怀疑。

当这类产品因成本升高或其他原因维持原价已无利可图时，企业应通过改进生产工艺、提高劳动生产率等途径降低成本解决问题。在必须变价时，应同时改变包装和品牌，以避开习惯价格对新价格的影响，引导消费者逐步形成新的习惯价格。

5. 招徕定价

招徕定价也称特价品定价，是指企业利用消费者的求廉心理，在一定时期内，有意识地对企业经营的部分产品以低价销售，招徕顾客，借以带动和扩大其他正常价格的产品的销售。有些商店在节假日或季节更替时实行"减价"销售，这就是这种策略的运用。采用招徕定价应注意以下几点。

(1) 招徕顾客的特价品必须是大多数消费者都需要的，且市场价格为大多数消费者所熟悉。招徕商品应货真价实，不得欺骗消费者，否则会弄巧成拙。

(2) 特价品的特价要有足够的吸引力。降价幅度太小，难以引起消费者的注意和兴趣；降价幅度太大，会造成误会，使顾客误以为是质量低劣的残次品。

(3) 特价品的供应数量要适当，太多会影响企业利润，太少又会使顾客失望，起不到招徕顾客的作用。

案例 7-6

日本创意药房在将一瓶 200 元的补药以 80 元超低价出售时，每天都有大批人涌进店中抢购补药。按说如此下去肯定赔本，但财务账目显示出盈余逐月骤增，其原因就在于没有人来店里只买一种药。人们看到补药便宜，就会联想到其他药也一定便宜，促成了盲目的购买行动。

7.3.3 折扣与让价策略

企业价格一般有基本价格和成交价格之分。基本价格是价目表中标明的价格；成交价格则是在基本价格基础上根据交易数量、方式和条件，通过一定折扣和让价所形成的实际交易价格。运用折扣和让价策略有助于企业争取更多的顾客，扩大产品销售。折扣与让价策略主要有以下几种方式。

1. 数量折扣

数量折扣是根据顾客购买数量的多少，分别给予不同的折扣，购买数量越多，折扣越大。其目的在于鼓励顾客大量购买。数量折扣又可分为累计数量折扣和非累计数量折扣。

(1) 累计数量折扣。累计数量折扣适用于长期性的交易活动，即在一定时期内(如一月、一季、一年等)，按照顾客购买商品累计达到的数量和金额的大小，分别给予不同的折扣。例如，某企业为促进某商品销售采用累计折扣定价，规定凡在一个季度内，对购买某商品5万元以上的中间商，给予5%的折扣，累计购买达10万元的，给予10%的折扣，达15万元的，给予12%的折扣。累计折扣有利于买方企业拉住中间商，扩大销售。对中间商而言，既可保证货源，又能获得折扣，减少费用，降低成本。

(2) 非累计数量折扣。非累计数量折扣是指按顾客每次购买商品的数量和金额的多少，给予不同的折扣。其目的在于鼓励顾客增加每次购买的数量和金额，便于卖方企业组织大批量商品销售。

2. 现金折扣

这是指在分期付款销售商品的条件下，企业对按期付款和提前付款的顾客给予一定的价格折扣。其目的在于鼓励顾客尽早付款，加速资金周转，减少呆账风险。折扣的大小一般根据付款期间的利息和风险成本等因素确定。如制造商向在特定的时间内购买企业产品的顾客给予现金回扣，以清理存货。美国的汽车生产厂商曾多次使用现金折扣来促进汽车销售，在最初阶段比较有效，后来便失效了。因为它只可能给那些准备买的顾客以优惠，但并不能刺激其他人来买车。

3. 季节折扣

这是指生产季节性产品的企业对在消费淡季购买产品的中间商提供一定的价格优惠。其目的在于鼓励中间商淡季采购，以减少生产企业的仓储费用和资金占用。零售商也可采用季节折扣鼓励消费者淡季购买，以减少库存、调节供求。例如，旅馆、旅游景点、航空公司在他们的经营淡季会提供季节折扣，服装商场对反季节购买服装的顾客也会提供季节折扣。

4. 交易折扣

其也称功能折扣，就是根据各类中间商在市场营销中承担的不同职能给予不同的价格折扣，如给予批发商的折扣较大，给予零售商的折扣较小。其目的是利用价格折扣刺激各类中间商更充分地发挥其市场营销活动的功能。例如，一家制造商可能允许零售商从建议的零售清单价格中提一个 30% 的商业折扣以抵消零售功能成本并获取利润。同样，制造商可能允许批发商给出一种低于建议零售价 30% 和 10% 的连锁折扣即 100 / 30 / 10。在这个例子中，零售价 100 元，零售商拿到的价格是 70 元，批发商拿到的价格是 60 元。

5. 折价券

折价券是一种给予使用产品人的削减价格。折价券给了营销经理一种不通过降低价目表价格来降低价格影响力的方法。合适的折价券交易在销售耐用品时是重要的。

许多生产商和零售商通过分装在包装、邮件、印刷广告内或商店内的折价券提供折扣。通过现有的给零售商的折价券，消费者获得了低于价格清单的折扣，这在消费包装商品交易中特别常见。

6. 临时性的推销价格

这是一种价目表价格中的临时折扣。推销价格折扣鼓励顾客立即购买。换句话说，为了获得推销价格，顾客放弃了他们原想购买的商品，而买了卖主想要出售的商品。一位零售商可能运用一种帮助清理存货清单或者应付竞争商店的推销价格，而一位生产商可能为一个中间商提供一份特殊协定，增加正常商业折扣以外的折扣，使中间商在推销产品时获取更多利润。

近些年来，推销价格和协定已经屡见不鲜，看起来好像消费者从所有这一切中获益了。但实际上经常变动的价格也会让消费者困惑，而且容易侵蚀其品牌忠诚度。

7. 促销让价

其是指生产企业和中间商为促进产品销售所进行的各种活动，如刊登地方性广告、布置专门橱窗等，给予一定让利作为报酬，以鼓励中间商宣传产品，扩大产品销售。这种方法尤其适用于新产品的导入期。

8. 刺激主动性购买的补贴

补贴(allowances)是由制造商或批发商传递给零售商并给予其销售职员用于主动性销售某种商品的费用。补贴一般用于新项目、周转较慢的项目或较高毛利差额的产品。它们经常被用来推动家具、服装、消费电器和化妆品的销售。

(1) 广告补贴(advertising allowances)。广告补贴是通过价格削减给予渠道中间公司的优惠，鼓励它们做广告或促销其供应商在当地的产品。例如，电器公司给予它的家用电器批发商一种补贴(销售额的 5％)作为回报，期待他们把这补贴花在当地的广告中。

(2) 仓储补贴(stocking allowances)。仓储补贴是给予中间商获取某种商品的货架空间的补贴。例如，一位生产商可能为零售商存放新产品提供现金补贴或免费商品。仓储补贴主要用于获取连锁超市经营新产品的目的，因为超市没有足够的货架位置经营所有可获得的新产品。他们比较乐意为降低他们交易成本的供应商的新产品提供空间——腾出仓库空间，增加计算机系统的信息量和重新设计商店货架，等等。

关于仓储补贴有所争执。有人说零售商需要大的进货仓储补贴延缓了新产品的导入，而且它也使小的生产商竞争困难；一些生产商觉得零售商的需求是不道德的，它是一种敲诈。另外，零售商认为从生产商那里得到费用，只是想要推动越来越多的同类的产品进入他们的货架。对于生产商应付这种问题的最好的方法可能是开发新的能真正提供给消费者卓越价值的产品。那样，它让渠道中的每一成员都能获益，包括零售商把产品导入目标市场。

7.3.4　产品组合定价策略

当某种产品成为产品组合的一部分时，对这种产品的定价必须加以修订。在这种情况下，企业要寻找一组在整个产品组合方面能获得最大利润的共同价格。

1. 产品线定价

产品线定价(product line pricing)是指公司宁愿发展产品线而不愿搞单件产品。例如，松下电器公司向市场提供了多种不同的彩色音像摄影机，从一个简单摄影机到一个带有自动定焦并具有感光控制器和两种速度的变焦镜头的复杂摄影机，其价格从低到高形成一条线，以满足不同层次人们的需要。

2. 产品群定价

产品群定价(product group pricing)是为了方便顾客，有时营销者不是卖单一产品，而是将有连带关系的产品组成一个群体一并销售。例如，中国足球甲 A 联赛有时不单卖一场比赛的票，而是将一年的全部主场比赛合在一起售票；饭店不单独出租客房，而是将客房、膳食和娱乐一并出售收费。采用这种策略时，必须使价格足够的低廉，否则顾客不会购买。

3. 附带产品定价

附带产品定价(byproduct pricing)中所必需的附带产品是指那些与主要产品密不可分的产品，如刀片、胶卷、计算机软件等。对这类产品通常采用的定价策略是将载体产品的价格定得较低而附带产品的价格定得较高，以弥补主要产品低价所损失的利润。如电子游戏机卖得很便宜，但其游戏软件卖得很贵，这就是一个典型的例子。

7.3.5　价格调整策略

企业处在一个不断变化的环境之中，为了生存和发展，有时候需要主动提高价格，有时又需要主动降低价格。

1. 提高价格

提价的原因是多方面的，按理想状态来说，当一个企业的产品质量提高之时可以进行提价，这样顾客也不会有太大意见，企业也能获得可观收入，而且企业产品质量与价格相匹配是营销中心普遍使用的一种方法。但问题是，由于消费者对提价需要一个心理调整的过程，所以企业应在提价前告之消费者，以提高其心理承受力。另外还存在一些提价原因，如原材料价格上涨、企业生产产品的成本增加。在这种情况下，有的企业采用提价策略，把成本摊到消费者头上，有些企业甚至使提价幅度高于涨幅。从短期看，也许能获得一些利润，但从长期看，频繁调价或调价过高只会导致消费者的不信任，从而减少企业盈利。因此有些企业往往采取保持原价的策略，而着重抓好企业内部管理，修炼内功以降低成本，总体上仍能盈利，从而在竞争中取胜。

还有，就提价时间的选取而言，一种是在竞争者调高价格之后再进行调整，这一般在市场对价格较为敏感的情况下进行；另一种便是在竞争者之前率先提价，以获取额外的利润，当然，这必须在价格敏感度不高的情况下才能进行。而且，对于不同的企业可供其选择的调价策略是不一样的。一个处于市场领先地位的企业一般有足够的实力进行提价，而一般小企业是作为提价的追随者，若想与大企业对抗而不提价，对大企业是不能造成太大影响的。当然，一个小企业也可出于其具体情况的考虑而率先提价，若其他企业跟随则整个行业也许都能获利，若其他企业不跟随，尤其是大企业，则此次提价策略有可能失败。对于价格灵敏度较高的产品而言，提价时一定要三思。

这里要补充说明的是还有其他方法可以不必提价而弥补高额成本或满足大量需求。企业可以有以下选择。

(1) 压缩单位产品的分量，价格不变。

(2) 使用便宜的材料或配件做代用品。

(3) 减少或改变产品的某些含量与成分，降低成本。

(4) 改变或减少服务项目。例如，取消安装、免费送货、长期保修等售后服务。

(5) 使用价格较低廉的包装材料，推出更大包装的产品，以降低包装的相对成本。

(6) 创造新的经济品牌或者生产非注册品牌的产品。例如，一些食品店向那些重视价格的顾客推出上百种未经注册的食品，价格比注册商标的产品低 10%～30%。

2. 降低价格

降价策略是价格调整的又一策略。当情况突然变化时，企业可以作临时性降价；当企业的成本长期下降时，则较长期降价也是值得考虑的。但是对于市场营销人员来说，降价策略并非是随时都可采用的策略。顾客并非都对价格低的产品感兴趣，因此营销人员需要考虑的问题是很多的。诸如：人们会如何看待这次降价？消费者的反应如何？竞争者的反应如何？人们会在临时性降价时期进行大量采购，然后在下一时期就几乎不买东西吗？人们会认为这还只是初步降价，从而等待观望，等进一步降价时才购买吗？这一系列问题归结起来无外乎是顾客怎么想、怎么做，竞争者怎么想怎么做的问题。从顾客方面来说，降得太少可能对他们起不了什么作用；从竞争者来说，降得太多，又会引起他们的强烈反击。这里从两方面对其看法及反应做一归纳。

顾客可能对降价有如下看法。

(1) 这类产品将要过时，新产品将会出现，企业降价是为尽快减少库存。对此，有些顾客只在乎产品实用性，而不在乎产品的新样式、新款式，他们可能会购买降价产品。

(2) 企业降价也许是因为产品滞销、卖不出去，那么产品肯定具有某些缺陷。在这种情况下，哪怕质量较好的产品，顾客也会停步不买，敢于购买的顾客不是贪图便宜者，就是对产品质量、性能的辨认能力较强者。

(3) 企业资金缺乏，故降价销售以解燃眉之急。这种情况下，有些产品人们可能会竞相购买；而有些产品，若需要该企业配套生产，则人们便会考虑企业是否会由于资金缺乏而转产，由于这种担心，其购买热情也就无法提高。

(4) 产品质量有所下降，从而降价与降质相匹配。这相当于企业的定价战略方向由高质高价区转向中质中价区或低质低价区，这时的产品销售情况很难预测，因为目标市场发生了较大的变化。

当然，就不同产品而言，降价在顾客心目中的影响是不一样的，这还涉及产品本身的需求价格弹性问题。人们对费用高的产品和经常买的产品价格较敏感，降价则能刺激需求；而非经常购买的小商品价格人们则不是太了解，降价的影响也不会太大；另外高档商品降价则有可能减少其需求，因为许多人购买商品是冲着高价而去的，它是有钱、有地位的一种象征。

另外来看一下竞争者对降价的看法和反应。

(1) 企业降价是为了渗透扩张以占领更大的市场。这种情况下，该企业一般应在这个行业具有一定的竞争实力才会受到竞争者的注意。

(2) 企业降价是因为经营不善、销售不佳。这时企业可能不受竞争者的关注。

(3) 企业降价是因为生产成本大幅度下降。这对竞争者来说是一个较大的威胁，也是一个较大的挑战。

(4) 企业降价是要带动整个行业降价以刺激需求的增长。

(5) 企业是想大幅度降价，销售出库存产品，最终退出该行业。

竞争者不同的考虑会做出不同的反应，而企业本身在降价前也应对降价目的有个明确定义，并充分考虑到竞争者会做出的反应。企业与竞争者可能做出的反应及对策有赖于企业在市场竞争中的地位和作用。一个领先企业率先降价，其他企业一般只能跟从，除非其产品与领先企业的产品有不同之处，产品差异性能使其确信有一部分忠实的顾客会继续购买其产品；一个普通企业率先降价，应先发出一定的价格信号，即使只是临时性的不得以降价，也应把这种信息表达出去，以免竞争者采取强烈的反击措施。当然，一个小企业降价也许不会引起大企业的重视。

就降价所导致的竞争者的反应来说，最坏的结果就是引起一场空前的价格战，最终是两败俱伤，无人得利。因此，无论是企业还是竞争者，在采取降价策略时都必须作长远考虑。

企业会主动降低价格，同样，竞争对手有时也会主动降低价格。面对竞争对手的降价行为，企业如何应对呢？一般有以下 3 种选择。

(1) 降价，与对手匹敌。

(2) 维持，提高产品和服务的直觉质量。

(3) 推出一个低价的"竞争品牌"。

下面的价格反应模型提供了一个较好的参考，如图 7.1 所示。

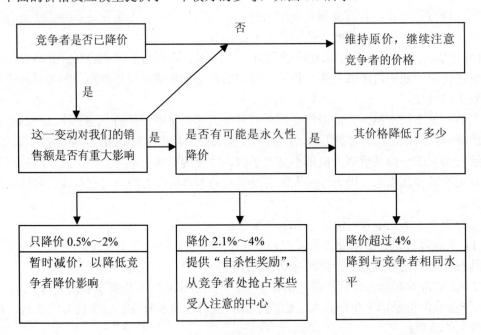

图 7.1　适应竞争者降价的价格反应模型

亚马逊公司的差别定价

差别定价被认为是网络营销的一种基本的定价策略，一些作者甚至提出在网络营销中要"始终坚持差别定价"。然而，没有什么经营策略在市场上可以无往不胜，差别定价虽然在理论上很好，但在实施过程中却存在着诸多困难，下面将以亚马逊的一次不成功的差别定价试验作为案例，分析企业实施差别定价策略时面临的风险以及一些可能的防范措施。

1. 亚马逊公司实施差别定价试验的背景

1994 年，当时在华尔街管理着一家对冲基金的杰夫·贝佐斯(Jeff Bezos)在西雅图创建了亚马逊公司。该公司从 1995 年 7 月开始正式营业，1997 年 5 月股票公开发行上市。从 1996 年夏天开始，亚马逊极其成功地实施了联属网络营销战略，在数十万家联属网站的支持下，亚马逊迅速崛起成为网上销售的第一品牌。到 1999 年 10 月，亚马逊的市值达到了 280 亿美元，超过了西尔斯(Sears Roebuck&Co.)和卡玛特(Kmart)两大零售巨人的市值之和。亚马逊的成功可以用以下数字来说明。

根据 Media Metrix 的统计资料，亚马逊在 2000 年 2 月的访问量最大的网站中排名第 8，共吸引了 1 450 万名独立的访问者，亚马逊还是排名进入前 10 的唯一一个纯粹的电子商务网站。

根据 PC Data Online 的数据显示，亚马逊是 2000 年 3 月最热门的网上零售目的地，共有 1 480 万独立访问者，独立的消费者也达到了 120 万人。亚马逊当月完成的销售额相当于排名第二位的 CDNow 和排名第三位的 Ticketmaster 完成的销售额的总和。在 2000 年，亚马逊已经成为互联网上最大的图书、唱片和影视碟片的零售商，亚马逊经营的其他商品类别还包括玩具、电器、家居用品、软件、游戏等，品种达 1 800 万种之多，此外，亚马逊还提供在线拍卖业务和免费的电子贺卡服务。

但是，亚马逊的经营也暴露出不小的问题。虽然亚马逊的业务在快速扩张，但是亏损额也在不断增加。在 2000 年第一个季度中，亚马逊完成的销售额为 5.74 亿美元，较前一年同期增长 95%，第二季度的销售额为 5.78 亿美元，较前一年同期增长了 84%。但是，亚马逊第一季度的总亏损达到了 1.22 亿美元，相当于每股亏损 0.35 美元，而前一年同期的总亏损仅为 3 600 万美元，相当于每股亏损 0.12 美元，亚马逊 2000 年第二季度的主营业务亏损仍达 8 900 万美元。

亚马逊公司的经营危机也反映在它股票的市场表现上。亚马逊的股票价格自 1999 年 12 月 10 日创下历史高点 106.687 5 美元后开始持续下跌，到 2000 年 8 月 10 日，亚马逊的股票价格已经跌至 30.438 美元。在业务扩张方面，亚马逊也开始遭遇到了一些老牌门户网站——如美国在线、雅虎等的有力竞争。在这一背景下，亚马逊迫切需要实现盈利，而最可靠的盈利项目是它经营最久的图书、音乐唱片和影视碟片，实际上，在 2000 年第二季度亚马逊就已经从这 3 种商品上获得了 1 000 万美元的营业利润。

2. 亚马逊公司的差别定价实验

作为一个缺少行业背景的新兴的网络零售商，亚马逊不具有巴诺(Barnes & Noble)公司那样卓越的物流能力，也不具备像雅虎等门户网站那样大的访问流量，亚马逊最有价值的资产就是它拥有的 2 300 万注册用户，亚马逊必须设法从这些注册用户身上实现尽可能多的利润。因为网上销售并不能增加市场对产品的总的需求量，为提高在主营产品上的盈利，亚马逊在 2000 年 9 月中旬开始了著名的差别定价实验。亚马逊选择了 68 种 DVD 碟片进行动态定价试验。试验当中，亚马逊根据潜在客户的人口统计资料、在亚马逊的购物历史、上网行为以及上网使用的软件系统确定对这 68 种碟片的报价水平。例如，名为《泰特斯》(Titus)的碟片对新顾客的报价为 22.74 美元，而对那些对该碟片表现出兴趣的老顾客的报价则为 26.24 美元。通过这一定价策略，部分顾客付出了比其他顾客更高的价格，亚马逊因此提高了销售的毛利率。但是好景不长，这一差别定价策略实施不到一个月，就有细心的消费者发现了这一秘密，通过在名为 DVDTalk (www.dvdtalk.com)的音乐爱好者社区的交流，成百上千的 DVD 消费者知道了此事。那些付出高价的顾客当然怨声载道，纷纷在网上以激烈的言辞对亚马逊的做法进行口诛笔伐，有人甚至公开表示以后绝不会在亚马逊购买任何东西。更不巧的是，由于亚马逊在其后不久才公布了它对消费者在网站上的购物习惯和行为进行了跟踪和记录。因此，这次事件曝光后，消费者和媒体开始怀疑亚马逊是否利用其收集的消费者资料作为其价格调整的依据，这样的猜测让亚马逊的价格事件与敏感的网络隐私问题联系在了一起。

资料来源：中国 MBA 网.

问题讨论：1. 在本案例中，亚马逊是如何定价的？

2. 亚马逊采取了什么定价策略？该如何评价这种定价策略？

案例分析 2

利乐中国的"免费午餐"

对于中国普通的消费者来说，相信知道利乐中国的人可能并不多，但是对于中国乳业巨头们，利乐中国是他们再熟悉不过的一个企业了。1985 年进入中国市场的利乐公司一直像它的名字一样，给中国企业乐善好施的感觉。

瑞典利乐公司是全球知名企业，世界 500 强之一。它的包装材料、饮料加工设备和灌装设备行销世界。但是利乐中国在中国市场上的一系列动作让中国本土的设备制造商很难理解。

首先是利乐中国提供给中国市场的饮料罐装设备全部是免费的。众所周知，对于饮料与乳制品企业来说，设备投资是一笔不菲的开支。有这么一家全球著名的设备提供商来做这样的免费生意，中国乳制品企业欣喜若狂。伊利、蒙牛、光明等中国乳业巨头很快就成为利乐中国的主要客户。不仅如此，利乐中国遍寻中国市场乳制品成长冠军，大肆游说这些企业投资利乐生产线，于是，沈阳辉山乳业、云南东亚乳业、云南邓川乳业等一大批成长性很好的中小乳制品企业成为利乐中国的新客户。

其次，利乐中国不仅免费提供生产设备，而且提供系统的、卓越的设备服务。针对中国内地市场的现实，利乐中国推出技术服务工作室制度，在使用利乐设备的企业配备专职的技术人员进行跟踪性服务。

再次，利乐中国不仅提供免费的设备，而且更深入到客户的营销系统帮助客户做市场判断与市场分析，推动乳制品企业产品的销售升级。利乐中国为了使得自己设备生产出来产品为广大消费者所接受，不仅关心设备自身的技术问题，而且对乳制品行业的发展趋势更是了如指掌。利乐针对中国乳制品行业的发展现状，推出了多种中国乳业信息方面的战略性报告，推动中国乳业形成了常温奶主导的战略格局，使得自己的设备为众多的乳制品企业所接受。

利乐中国如此的乐善好施绝对不是一个慈善的举动，利乐就是要将中国乳业市场推向一个自己可以主导的方向，然后通过排他性合同掌握中国乳业利润的走势。利乐中国的利润来自于何方？经过中国乳业十年的狂飙突进，利乐中国开始在中国市场收获自己丰厚的利润了。国家工商总局公平交易局发布的《在华跨国公司限制竞争行为表现及对策》中指出，利乐在中国控制了 95%的无菌软包装市场，居于绝对垄断地位。

"在饮料包装方面，我们做得比较早，所以我们在中国的发展也比我们的竞争对手快一点"。利乐首席执行官蔡尔柏(Nick Shreiber)这样解释利乐的"绝对垄断"地位。"目前我们客户的竞争很激烈，自从中国市场开放以来，这个市场给了我们很大的机会。中国是一个非常庞大的机会"。蔡尔柏认为，"我们一般帮助客户建立他们的品牌，支持他们在中国某一个区域推广他们的业务"。

据称，利乐的客户包括伊利、光明、三元、蒙牛、娃哈哈、汇源等中国的乳业及果汁饮料行业巨头。利乐在中国则建立了 800 多条生产线，只要这些生产线能保持稳定的生产，利乐就能源源不断地向它们提供利乐包装纸。目前在利乐所在的行业里，盈利几乎都来自于包装纸的销售。

作为利乐在中国的最大客户，伊利最初只是一家小型乳品厂，主要服务于呼和浩特周边地区。自 1997 年伊利向利乐购买第一台灌装机，截至 2002 年年底，利乐已经为伊利提供了 61 条生产线。利乐的包装材料公司从乳业包装纸上获取了大量利润。乳业企业必须承担这部分成本，而它们大多把这部分包装费用转嫁到消费者头上，让他们承担。这是利乐所受的指责中最关键的。

人们终于看到，利乐中国绝对不是一个慈善家，其通过设备垄断包装材料的营销手段，说明工业品营销完全可以通过战略性布局实现对市场利润的攫取，中国市场 800 多条生产线的液态食品生产，无疑是利乐中国的一个活的取款机。

资料来源：中国营销传播网.

问题讨论：利乐中国在中国市场制定了什么价格策略？

思考与训练

1. 在价格决策中必须掌握哪几个重要成本概念？
2. 一般情况下，企业每制定一种产品价格，该产品的需求量都会发生不同程度的变化，这是为什么？
3. 为什么有些经理较多关注销售增长而非利润？
4. 供求关系决定价格与价值规律是矛盾的。这句话对吗？为什么？
5. 一家时装经营企业，经常有少量的服装以低于成本价出售。这样经营正常吗？为什么？

第 *8* 章 渠 道 策 略

教学目标

1. 理解分销渠道的概念、作用;

2. 掌握分销渠道的类型;

3. 掌握影响分销渠道构建的因素以及分销方案的评估和选择;

4. 掌握分销渠道的管理, 即采用间接销售时, 对渠道成员的选择、激励、评估及渠道变革。

导入案例

　　某饮料生产企业的"果冠"牌产品，多年以来，深受消费者的喜爱，市场销售状况良好。与此同时，为了回报消费者，该企业展开了一系列的针对消费者的营销活动，使品牌忠诚度得到了很大的提升。但是，好景不长，该企业发现竞争对手的产品"野力"逐渐在市场中走俏，市场份额节节上升。使该企业困惑的是竞争品牌的消费者认知程度并不高，分析其原因之后，该企业终于发现，原来竞争对手针对中间商采取了大规模的营销活动，极大地调动了经销商的积极性，结果不仅抢占了该企业的货架空间，也抢占了其市场空间。

　　由此可见，在销售工作中，如果说制造商是水库，那么经销商就是分散在各地的小水库，整个灌溉系统能否保持畅通无阻，中间商起着关键的作用。

　　分销渠道是 4P 理论中第 3 个可控制的营销要素。在市场竞争中，企业若能有效管理渠道和协调渠道成员的利益，就能构筑竞争堡垒，实现产品的流通，获取竞争优势。本章着重阐述和分析分销渠道的概念和类型、分销渠道的构建和分销渠道的管理。

8.1　分销渠道概述

8.1.1　分销渠道的概念

　　在商品经济中，产品必须通过交换发生价值形式的运动，才能使产品从一个所有者转移到另一个所有者直至消费者手中，同时伴随着产品实体的空间移动。

　　菲利普·科特勒认为：分销渠道(place channel)是指某种货物或劳务从生产者向消费者移动时，取得这种货物或劳务的所有权或帮助转移其所有权的所有企业和个人。一条分销渠道主要包括商人中间商(因为他们取得所有权)和代理中间商(因为他们帮助转移所有权)，此外，它还包括作为分销渠道起点和终点的生产者和消费者，但是，它不包括供应商、辅助商等。

8.1.2　分销渠道的作用

　　分销渠道作为连接生产与消费的中间环节，其对生产企业的作用主要体现在以下几个方面。

　　(1) 分销渠道加速商品流通，为生产者开拓广阔的市场。

　　企业的发展、壮大导致企业目标市场的范围不断扩大，使得大部分生产企业困于资源和能力所限并不能将产品全部直接销售给最终消费者或用户，而是借助于一系列中间商，即分销渠道来完成。

生产厂家的买卖能力毕竟是有局限性的，而商品交换的"天然属性"使商业渠道具有市场扩散的作用。而有些厂家忽视了这一作用，自己建立了庞大的销售机构，背上了沉重的包袱。

企业只有合理地选择和利用分销渠道，才能低成本、高效率地将产品销售给消费者和用户，通过满足他们的需要来使商品的价值得以实现，从而使企业的生产经营活动能够获得进一步的发展。

(2) 提高生产企业的市场营销活动的效率。

如果离开了中间商构成的分销渠道的支持，由生产企业直接将产品销售给顾客，生产企业将会陷入繁重复杂的购销交易工作之中，其复杂程度是难以想象的。

分销渠道是社会分工和商品经济发展的产物，大规模的生产必须要有大规模的分销渠道。中间商的作用如图 8.1 所示。由于没有分销渠道，4 家企业与 10 位消费者要交易 40 次。通过中间商，交易由 40 次降为 14 次，企业的分销效率大大提高。分销渠道是生产企业实行专业化生产、利用规模经济效益来达成企业经济目标的前提条件。此外，生产的均衡性与消费的季节性、供给与需求在品种和数量上的矛盾可以通过分销商来解决。中间商通过自己的工作把产品汇集在一起，适时适地地供消费者选择，极大地方便了消费者的日常购买，解决了生产者与消费者在数量、品种、时间、地点等方面的矛盾。

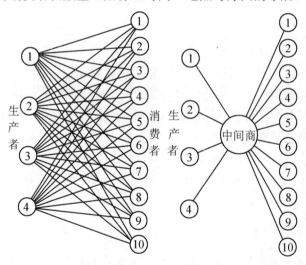

图 8.1　中间商作用示意图

(3) 分销渠道反馈市场信息，有助于企业进一步调整生产经营行为。

对一个生产企业来说，分销渠道不仅是将产品输送给消费者的工具，而且还要承担反馈市场信息的职责，要很好地实现"市场信息反馈"的功能。

商业起着纽带的作用，把产销联系在一起，在生产者和消费者之间传递信息，使商品生产得以不断改进，从而使消费者对生产者的商品感到满意。合理有效的分销渠道将使企业及时、准确地获得相关的市场信息，从而为下一阶段的生产计划调整提供依据。分销渠道选择不当，市场信息不能及时反馈或出现变形失真，将给企业的生产经营决策造成不良影响，以致使企业蒙受巨大的经济损失和声誉损失。

8.1.3　分销渠道的类型

1. 直接渠道与间接渠道

(1) 直接渠道(direct-marketing channel)：指企业不利用中间商，生产和流通职能都由企业自己承担，实行产销直接见面。直接渠道是产品销售渠道的主要类型。直接分销渠道的形式是：生产者——用户。

直接分销是工业品分销的主要类型。例如，大型设备、专用工具及技术复杂等需要提供专门服务的产品都采用直接分销，消费品中一部分也采用直接分销类型，诸如鲜活商品等。近几年来，企业自销的比重明显增加。

(2) 间接渠道(indirect- marketing channel)：指在企业和消费者之间加入了商业中介人的转手买卖活动，商品流通职能由中间商来承担，产品从生产领域到消费领域时经过若干中间环节的分销渠道，是产销分离的一种形式。间接分销渠道的典型形式是：生产者——批发商——零售商——消费者(用户)。

现阶段，我国消费品需求总量和市场潜力很大，且多数商品的市场正逐渐由卖方市场向买方市场转化。与此同时，对于生活资料商品的销售，市场调节的比重已显著增加，工商企业之间的协作已日趋广泛、密切。因此，如何利用间接渠道使自己的产品广泛分销已成为现代企业进行市场营销时所研究的重要课题之一。

2. 长渠道和短渠道

分销渠道的长短一般是按通过流通环节的多少来划分的，具体包括以下 4 层。

1) 零级渠道(zero-level channel)

零级渠道即由制造商直接到消费者。

2) 一级渠道(one-level channel)

(1) 制造商——零售商——消费者(用户)。

(2) 制造商通过零售商到消费者。

3) 二级渠道(two-level channel)

(1) 制造商——批发商——零售商——消费者(用户)。

(2) 制造商——批发商——零售商——消费者(多见于消费品分销)。

(3) 制造商——代理商——零售商——消费者(多见于消费品分销)。

4) 三级渠道(three-level channel)

(1) 制造商——一级批发商——二级批发商——零售商——消费者(用户)。

(2) 制造商——代理商——批发商——零售商——消费者。

可见,零级渠道最短,三级渠道最长。

3. 宽渠道和窄渠道

渠道的宽窄取决于渠道的每个环节中使用同类型中间商数目的多少。

(1) 宽渠道:企业选择较多的同类型中间商来经销产品,这种分销渠道称为宽渠道。如一般的日用消费品(毛巾、牙刷、开水瓶等), 由多家批发商经销,又转卖给更多的零售商,能大量接触消费者,大批量地销售产品。

(2) 窄渠道:企业只选择一个中间商来经销产品,这种分销渠道称为窄渠道。它一般适用于专业性强的产品或贵重耐用的消费品,由一家中间商统包,几家经销。它使生产企业容易控制分销,但市场分销面将受到限制。例如,牙膏、洗衣粉等日用品的制造商通过较多的批发商、零售商将其产品销售给广大地区的消费者,这种产品的分销渠道就比较宽;家电、计算机等产品的制造商只通过较少的批发商、零售商经销其产品,或者在某一地区仅授权给一家批发商或零售商经销其产品,这种分销渠道就比较窄。

4. 单渠道和多渠道

当企业的全部产品都由其直接设立的门市部销售或全部交给批发商经销,则称之为单渠道。多渠道则可能是在本地区采用直接渠道,在外地采用间接渠道;在有些地区独家经销,在另一些地区多家分销;对消费品市场采用长渠道,对生产资料市场则采用短渠道等。

 案例 8-1

娃哈哈集团分销渠道策略

娃哈哈集团其分销渠道的结构经历了3个不同的阶段,其中第三阶段的结构模式是:总部——各省区分公司——特约一级批发商——特约二级批发商——二级批发商——三级批发商——零售终端。其运作模式是:每年开始,特约一级批发商根据各自经销额的大小打一笔预付款给娃哈哈,娃哈哈支付与银行相当的利息,然后,每次提货前结清上一次的货款。特约一级批发商在自己的势力区域内发展特约二级批发商与二级批发商,两者的差别是前者将打一笔预付款给特约一级批发商以争取到更优惠的政策。

娃哈哈保证在一定区域内只发展一家特约一级批发商,同时,公司还常年派出一到若干位销售经理和理货员帮助经销商开展各种铺货、理货和促销工作。这是一种十分独特的协作框架。批发商帮娃哈哈卖产品却还要先付一笔不菲的预付款给娃哈哈,这笔资金达数百万元;而在娃哈哈方面,则"无偿"地出人、出力、出广告费,帮助批发商赚钱。对经销商而言,他们是十分喜欢娃哈哈这样的厂家的。一则,企业大,品牌响,有强有力的广告造势配合;二则,系列产品多,综合经营的空间大,可以把经营成本摊薄;三则,有销售公司委派理货人员"无偿"地全力配合，总部的各项优惠政策可以不打折扣地到位。不过他们也有压力，首先要有一定的资本金垫底，其次必须全力投入把本区域市场做大，否则第二年经销权就可能花落他家了。

资料来源：兰岑. 现代市场营销学. 首都经济贸易大学出版社. 2005

8.2　分销渠道构建

分销渠道的构建是一个系统工程，涉及方方面面，如果处理不当会产生不良影响。

8.2.1　影响分销渠道选择的因素

影响分销渠道选择的因素很多。生产企业在选择分销渠道时，必须对下列几方面的因素进行系统的分析和判断，才能做出合理的选择。

1. 产品因素

1) 产品价格

一般来说，产品单价越高，越应注意减少流通环节，否则会造成销售价格的提高，从而影响销路，这对生产企业和消费者都不利；而单价较低、市场较广的产品，则通常采用多环节的间接分销渠道。

2) 产品的体积和重量

产品的体积大小和轻重直接影响运输和储存等费用。过重的或体积大的产品应尽可能选择最短的分销渠道；对于那些按运输部门规定的起限(超高、超宽、超长、集重)的产品，尤其应组织直达供应；小而轻且数量大的产品则可考虑采取间接分销渠道。

3) 产品的易毁性或易腐性

产品有效期短、储存条件要求高或不易多次搬运的应采取较短的分销途径，尽快送到消费者手中，如鲜活品、危险品。

4) 产品的技术性

有些产品具有很高的技术性或经常需要技术服务与维修。这时应由生产企业直接销售给用户为好，这样可以保证向用户提供及时良好的技术服务。

5) 定制品和标准品

定制品一般由产需双方直接商讨规格、质量、式样等技术条件，不宜经由中间商销售。标准品具有明确的质量标准、规格和式样，分销渠道可长可短，有的用户分散，宜由中间商间接销售，有的则可按样本或产品目录直接销售。

6) 新产品

为尽快地把新产品投入市场，扩大销路，生产企业一般重视组织自己的推销队伍，直接与消费者见面，推介新产品和收集用户意见。如能取得中间商的良好合作，也可考虑采用间接销售形式。

2. 市场因素

1) 购买批量大小

购买批量大，多采用直接销售；购买批量小，除通过自设门市部出售外，多采用间接销售。

2) 消费者的分布

某些商品消费地区分布比较集中，适合直接销售；反之，适合间接销售。工业品销售中，本地用户产需联系方便，因而适合直接销售；外地用户较为分散，通过间接销售较为合适。

3) 潜在顾客的数量

若消费者的潜在需求多，市场范围大，需要中间商提供服务来满足消费者的需求，宜选择间接分销渠道；若潜在需求少，市场范围小，生产企业可直接销售。

4) 消费者的购买习惯

有的消费者喜欢到企业买商品，有的消费者喜欢到商店买商品，所以，生产企业应既有直接销售也有间接销售，以满足不同消费者的需求，也增加了产品的销售量。

3. 生产企业本身的因素

1) 资金能力

企业本身资金雄厚，则可自由选择分销渠道，可建立自己的销售网点，采用产销合一的经营方式，也可以选择间接分销渠道；企业资金薄弱则必须依赖中间商进行销售和提供服务，只能选择间接分销渠道。

2) 销售能力

生产企业在销售力量、储存能力和销售经验等方面具备较好的条件时，则应选择直接分销渠道；反之，则必须借助中间商，选择间接分销渠道。另外，企业如能和中间商进行良好的合作，或对中间商能进行有效的控制，则可选择间接分销渠道。若中间商不能很好地合作或不可靠，则将影响产品的市场开拓和经济效益，不如进行直接销售。

3) 可能提供的服务水平

中间商通常希望生产企业能尽可能多地提供广告、展览、修理、培训等服务项目，为销售产品创造条件。若生产企业无意或无力满足这方面的要求，就难以达成协议，迫使生产企业自行销售。反之，提供的服务水平高，中间商则乐于销售该产品，生产企业则选择间接分销渠道。

4) 发货限额

生产企业为了合理安排生产，会对某些产品规定发货限额。发货限额高，有利于直接销售；发货限额低，则有利于间接销售。

4. 政策规定

企业选择分销渠道必须符合国家有关政策和法令的规定。某些按国家政策应严格管理的商品或计划分配的商品，企业无权自销和自行委托销售；某些商品在完成国家指令性计划任务后，企业可按规定比例自销，如专卖商品(如烟)、专控商品(控制社会集团购买力的少数商品)。另外，如税收政策、价格政策、出口法、商品检验规定等，也都影响分销途径的选择。

5. 经济收益

不同分销途径经济收益的大小也是影响分销渠道选择的一个重要因素。对于经济收益的分析，主要考虑的是成本、利润和销售量 3 个方面的因素，具体分析如下。

1) 销售费用

销售费用是指产品在销售过程中产生的费用，它包括包装费、运输费、广告宣传费、陈列展览费、销售机构经费、代销网点和代销人员手续费、产品销售后的服务支出等。一般情况下，减少流通环节可降低销售费用。但减少流通环节的程度要综合考虑，做到既要节约销售费用，又要有利于生产发展和体现经济合理的要求。

2) 价格分析

(1) 在价格相同的条件下，进行经济效益的比较。目前，许多生产企业都以同一价格将产品销售给中间商或最终消费者。当直接销售量等于或小于间接销售量时，由于生产企业直接销售时要多占用资金，增加销售费用，所以间接销售的经济收益高，对企业有利；若直接销售量大于间接销售量，而且所增加的销售利润大于所增加的销售费用，则选择直接销售有利。

(2) 当价格不同时，进行经济收益的比较主要考虑销售量的影响。若销售量相等，直接销售多采用零售价格，价格高，但支付的销售费用也多；间接销售采用出厂价，价格低，但支付的销售费用也少。究竟选择什么样的分销渠道可以以两种分销渠道的盈亏临界点作为选择的依据。当销售量大于盈亏临界点的数量时，选择直接分销渠道；反之选择间接分销渠道。在销售量不同时，则要分别计算直接分销渠道和间接分销渠道的利润并进行比较，一般选择获利较大的分销渠道。

6. 中间商特性

各类各家中间商实力、特点不同，诸如广告、运输、储存、信用、训练人员、送货频率方面具有不同的特点，从而影响生产企业对分销渠道的选择。

(1) 中间商的不同对生产企业分销渠道的影响。例如，汽车收音机厂家考虑分销渠道，其选择方案有如下几种。

① 与汽车厂家签订独家合同，要求汽车厂家只安装该品牌的收音机。

② 借助通常使用的渠道，要求批发商将收音机转卖给零售商。

③ 寻找一些愿意经销其品牌的汽车经销商。

④ 在加油站设立汽车收音机装配站，将收音机直接销售给汽车使用者，并与当地电台协商，使其推销企业的产品，企业付给相应的佣金。

(2) 中间商的数目不同的影响。按中间商的数目的多少，可选择密集分销、选择分销、独家分销。

① 密集分销(intensive distribution)指生产企业同时选择较多的经销代理商销售企业产品。一般来说，日用品多采用这种分销形式，工业品中的一般原材料、小工具、标准件等也可用此分销形式。

② 选择分销(selective distribution)指在同一目标市场上选择一个以上的中间商销售企业产品，而不是选择所有愿意经销本企业产品的中间商，这有利于提高企业经营效益。一般来说，消费品中的选购品和特殊品、工业品中的零配件宜采用此分销形式。

③ 独家分销(exclusive distribution)指企业在某一目标市场，在一定时间内，只选择一个中间商销售本企业的产品。双方签订合同，规定中间商不得经营竞争者的产品，制造商则只对选定的经销商供货。一般来说，此分销形式适用于消费品中的家用电器和工业品中的专用机械设备，这种形式有利于双方协作，以便更好地控制市场。

(3) 消费者的购买数量。如果消费者购买数量小、次数多，可采用长渠道；反之，购买数量大、次数少，则可采用短渠道。

(4)竞争者状况。当市场竞争不激烈时，可采用同竞争者类似的分销渠道，反之，可采用同竞争者不同的分销渠道。

 案例 8-2

海尔集团分销渠道策略

海尔集团在分销渠道的选择中，根据其产品的特点、市场情况以及结合企业的综合因素等，实施 3 个 1/3 的经营战略(即 1/3 的产品在国内销售，1/3 的产品销售到国外，1/3 的产品在国外生产)。这没有销售渠道的保证显然是不行的，为此，"海尔"尽力拓展销售渠道。到 1997 年年初，"海尔"在国内已拥有 8 000 余个营销点，覆盖了所有一、二、三级市场；在国外 120 个国家和地区注册了自己的品牌商标，在 40 多个国家和地区都有专营商，专营商的总数已达 5 879 个。在科隆国际博览会开幕的当天下午，海尔集团总裁向来自欧洲的 12 位海尔产品专营商颁发了"海尔产品专营证书"。这些经销商获得了"海尔"的空调、冰箱等系列家电产品在德国、荷兰、意大利等欧洲国家的代理权。我国企业向外国经销商颁发产品专营证书，这在家电企业中还是第一家。这是"海尔"走向世界市场的扎扎实实的第一步。海尔产品终将成为西方人追求的"洋货"。

8.2.2 评估选择分销方案

分销渠道方案确定后，生产厂家就要对各种备选方案进行评价，找出最优的渠道路线。通常渠道评估的标准有 3 个，即经济性、可控性和适应性，其中最重要的是经济标准。

1. 经济性标准评估

经济性标准评估主要是比较每个方案可能达到的销售额及费用水平。

(1) 比较由本企业推销人员直接推销与使用销售代理商两种方式中哪种方式销售额更高。

(2) 比较由本企业设立销售网点直接销售所花费用与使用销售代理商所花费用，看哪种方式支出的费用大。企业对上述情况进行权衡，从中选择最佳的分销方式。

2. 可控性标准评估

一般来说，采用中间商可控性小些，企业直接销售可控性大；分销渠道长，可控性难度大，渠道短，可控性难度小些。企业必须进行全面比较、权衡，选择最优方案。

3. 适应性标准评估

如果生产企业同所选择的中间商的合约时间过长，而在此期间，其他销售方法如直接邮购更有效，但生产企业不能随便解除合同，这样企业选择分销渠道便缺乏灵活性。因此，生产企业必须考虑选择策略的灵活性，不签订时间过长的合约，除非在经济或控制方面都具有十分优越的条件。

 案例 8-3

乐凯胶片公司的渠道建设

1993 年，国内彩色胶卷销量为 4 000 万卷，1994 年上升到 1 亿卷，1995 年则达到 1.25 亿卷。中国彩色胶卷市场总体上是城镇大于乡村。据统计，1991 年美国人均年消费胶卷 3.5 个，而中国只有 0.053 个。据权威人士估计，中国的胶卷市场将以每年 15%的速度增长。

在中国彩色胶卷市场上，日本富士是最强有力的竞争者，其在中国境内设有 3 000 多家专卖店，占有 40%的市场份额。柯达为第二大竞争者，1996 年，其在中国建有 1 700 多家专营店，正在缩小与富士所占市场份额的差距。日本柯尼卡的快速冲扩店也已遍及中国内地，市场份额近 10%。德国爱可发建有 300 多家冲扩连锁店，份额较少，但已把中国市场作为重要的目标市场。

乐凯公司的分销目前是由总公司以出厂价交给自己的销售公司，销售公司再以批发价格向各器材店、市场、冲扩店和其他零售店批发，最后由零售商卖给消费者。总公司每年都要给销售公司1 000多万元的补贴，才能使其维持正常运转。总公司给销售公司每卷8.5元的出厂价，而销售公司的批发价为8.65～8.70元，微小的差价难以维持销售公司的日常开支。

近年来，柯达、富士大搞连锁专卖，柯尼卡和爱可发也不甘落后。为了挤垮乐凯，一些品牌连锁店不收乐凯胶卷冲扩，即使勉强接收，也是使用废药液或用柯达、富士频道冲扩，严重影响了质量。

公司李经理正在思考在每个城市建一个冲扩中心店，然后建立大量的收活点以弥补网点不足的建议。

8.3 中 间 商

中间商是在商品从生产领域转移到消费领域的过程中，参与商品交易活动的专业化经营的个人和组织。中间商按其在流通过程中的地位和作用可分为批发商和零售商。

8.3.1 批发商

批发商(distributors)是把商品出售给那些为转卖商品而购买的零售商和批发商的中间商。批发商的交易对象除了零售商和其他批发商外，还有进行大宗购买的企业、机构、团体等客户。一般来讲，批发商在销售渠道中居于起点阶段和中间阶段，他向生产企业购进商品，向零售商批销商品，交易业务活动结束以后，商品仍在销售渠道中。批发商从事的是大宗的商品买卖活动，每次的交易量比较大，特别是购进商品的批量比较大。

1. 批发商的职能

批发商的地位、性质及特点决定了他在销售渠道中的职能，并通过执行其职能为生产企业和零销商服务来实现其作用。批发商的职能主要有以下几种。

1) 集散商品

批发商通过收购业务将各个地区、各个不同的生产企业分散生产的商品集中起来，进行必要的初步加工、整理、包装等处理，再通过商品交易活动，分散供应给零售企业和生产用户。

2) 调节供求

批发商一方面集中大批量地向生产者购进商品，使生产者及时实现商品的价值，提高资金周转率，加速再生产过程；另一方面小批量地将商品批售给零售商，减少零售商储存商品的负担。批发商实际上承担了商品"蓄水池"的功能，把市场上一时多余的商品收购储存起来，当市场供应不足时再投放出去。

3) 沟通产销信息

批发商处于生产企业和零售商之间的中介地位，既可以了解商品的生产情况，又可以了解商品的市场销售动态。因此他可利用这种便利条件，向生产企业提供市场需求信息和消费者的反馈意见，向零售商做产品情况的介绍和宣传。

4) 承担市场风险

商品在实现价值的过程中具有一定的风险，如市场供求和价格变动带来的风险，商品储存、运输过程中可能产生的风险以及商品交易中因预购、赊销造成的呆账风险等。批发商在多数情况下是大批量地购进和储存商品，分批少量地销售商品，在这个过程中生产企业和零售商承担了一定的市场风险。

2. 批发商的类型

批发商有 3 种主要类型：买卖批发商、代理商和经纪人以及制造厂家的销售部。

1) 买卖批发商

买卖批发商又称做经销批发商。买卖批发商在自负盈亏的情况下从事商品买卖，对其经营的商品具有所有权，是一种最主要的批发商类型。以美国为例，虽然大多数买卖批发商的规模较小，但其销售业务量却占美国批发业务总量的一半以上。

买卖批发商根据其经营商品的范围可分为 3 种类型。

(1) 综合批发商。这种批发商经营商品的范围广、种类繁多，商品大众化。其销售对象主要是综合性比较强的零售商店，如百货商店、食品杂货商店、服装商店、五金商店等。

(2) 产品线批发商。这种批发商主要经营某条产品线中的各种产品，其中主要是食品杂货、药品和五金等。

(3) 专业商品批发商。这种批发商主要经营一条产品线中有限的几种产品项目，由于专业化程度比较高，一般适合与大零售商做交易。其优势是对自己经销的有限的几种产品项目具有全面的知识和经商学问。

买卖批发商还可以根据其不同的经营方式划分为以下几种类型。

(1) 工业品经销商。这种批发商主要从事工业品的批发业务，所经销的产品具有一定的深度和广度。

(2) 农产品收购批发商。农产品生产者的规模较小，比较分散，农产品收购批发商专门收购农民和农场主的产品，再销售给使用这些农产品的企业。其收购的产品主要有海产品、家禽和粮食等。对于蔬菜和水果等产品，收购批发商通常收购后进行筛选和分类，然后存贮和发货。其销售对象是食品加工厂、面粉厂、工业用户以及其他批发商等购买量大的购买者。

(3) 进出口批发商。进出口批发商从国内购买向国外销售，或从国外购买向国内销售。

(4) 现购自运批发商。这种批发商从事商品的调集、存贮和进行批货处理，但不提供信用条件和送货服务。零售商来购货，支付货款，自己承担运输。

(5) 邮购批发商。邮购批发商的经营方式与提供全面服务的批发商的经营方式很相似，只是在接收订单和送货方面采用的是邮寄方式。

(6) 卡车经销商。这种经销商又叫货车经销商，他以一种造价很高的卡车销售商品。这种批发商的规模一般都比较小，主要经销水果、蔬菜、啤酒等周转率高或易腐的食品类产品。其经营成本较高，每次销售量相对来说较小。

(7) 直达货运商。直达货运商在进货时让生产者将商品直接从生产厂家运到这种批发商的购买者手中。他们只管销售，不管储存和送货，其特点是了解货源。其经营的商品通常是大宗货物(如煤炭和木材)和不按品牌而按等级销售的商品。

2) 代理商和经纪人

代理商和经纪人是为自己的委托人代购代销商品，按销售额提取一定比例报酬的商人。他们对自己经办的商品没有所有权，主要替那些不具备销售力量或没有在某地区派遣销售人员的厂家销售产品，其销售对象主要是工业用户、其他批发商和零售商。代理商和经纪人提供的服务项目较少，因此其成本往往比买卖批发商低。

(1) 代理商。代理商有多种类型，如制造商代理、销售代理、拍卖公司、进口代理和出口代理等。

制造商代理是授权向某个地区销售制造厂家的部分产品的独立商人。他们不拥有产品所有权，制定销售价格和销售条件、提供信用条件、交货和开账单等工作都由制造厂家承担。一个制造厂家与许多代理人有合同关系，而一个代理人往往又替许多厂家代销商品，这些厂家的产品有一定关联，但不存在竞争关系。

销售代理销售一个厂家的全部产品，或者在厂家的全部市场上销售一条或一条以上的产品线。与制造商代理不同，他们在委托人的经营管理问题上有发言权，并有权制定价格、销售条件和广告推销甚至产品设计。一个销售代理人通常与两个以上的委托人建立承销关系，但一个厂家却只有一个销售代理人来销售其全部产品或某条产品线的全部产品。代销的产品一般有煤炭、纺织品、罐头食品和家具等。

拍卖公司提供商品买卖的场所，经营的商品大多是烟草和家禽等农产品以及汽车、机器等旧设备，有时经营"亏本"商品或破产公司的库房和设备。它在整个批发贸易中占的比例很小。

 案例 8-4

联通的代理商渠道

联通公司建立分销渠道的目的是为扩大联通 CDMA 的在整个电信市场的市场份额，并且将 CDMA 产品更好地介绍给广大潜在用户，保证市场占有率能够稳定地上升。

就代理商渠道而言，目前联通代理商渠道包括联合营业厅、专营店、一级代理和普通代理等几个层次。

划分渠道层次的标准,一是代理联通业务的种类,是否代理其他电信运营商的业务(主要是移动业务); 二是代理业务(主要是移动业务)的规模、数量和业绩; 三是否具有服务功能。联合营业厅是联通与代理商共同建设的营业厅,它代理联通的所有业务,可以办理 130 入网、过户、交费等业务,是联通与代理商合作最紧密的代理商,具有一定的服务功能。

因为目前的网络产品,如 CDMA 或 GSM 的 SIM 卡,都是由手机分销商在销售手机时一同销售给顾客的,且往往是由销售商将网络向顾客做介绍,顾客通过介绍和平时得到的信息进行判断和选购。这就决定了一级代理和普通代理在整个销售渠道中占有非常重要的地位。

目前这些一级代理和普通代理通常有手机专卖店、通信产品专营店、一些大的超市和卖场,还有网络也越来越成为手机销售的一大途径。而有时有些单位会通过代理商直接购买大批手机装备员工,绕过了零售这一关。这些就是联通公司目前所要面对的已有的主要销售渠道。

(2) 经纪人。经纪人是受委托安排买卖双方的合同和维持他们之间的联系的中间商。他们也不拥有产品的实际所有权,不承担货主责任和价格变化的风险。与代理商不同的是,经纪人与委托人之间的关系通常不是持久性的,当经纪人促成一项交易之后,这种关系便告终止。经纪人的优势是了解卖方和买方的需求,其服务项目主要是提供市场购销信息。

3) 制造商的销售部

这类批发商是制造厂家自己的销售部,是专门经营其批发销售业务的独立机构,也是批发商的主要类型之一。制造商的销售部可分为两种类型,一种是销售业务部,没有仓储设施和产品库存,只销售产品,经营方式类似直达货运商;另一种是销售经营部,有仓储设施和产品库存,经营方式类似提供全面服务的买卖批发商。

3. 批发商的营销策略

无论是哪种类型的批发商,在竞争加剧、顾客需求不断变化、新技术的采用以及直销增多的形势下,都得考虑如何在市场上站住脚,如何比竞争对手更有效地将产品销售给用户。因此必须慎重考虑其营销战略和策略,尤其是在目标市场、产品品种和服务、定价、促销和销售地点等方面需要作策略上的考虑和安排。

1) 目标市场策略

批发商也应做到目标市场明确。在确定目标市场时,可以以顾客的规模、类型以及顾客所需要的服务内容等为标准,从中选择一个目标顾客群,然后在这个目标顾客群里,找出比较有利的顾客,设计有效的供应物,同顾客建立良好的关系。其具体措施包括:建立自动再订购系统;建立管理培训和顾问制度;创办自愿连锁组织;等等。

2) 产品品种和服务策略

对于批发商来说,所经营的产品必须花色品种齐全并且要有充足的存货以便随时供应,但这可能会影响企业的盈利。因此,批发商得考虑应该经营多少品种最为合适并选择盈利较高的品种,一般采用 ABC 分类法进行控制。批发商也需要考虑服务组合的问题,研究在与顾客建立良好关系的过程中，哪些服务最为重要，哪些服务可以取消，哪些服务应该酌情收取费用，以形成最佳服务组合。

3) 定价策略

批发商通常采用成本加成定价法确定价格，加成率为各行业中的惯例化的比率，也可以考虑新的定价方法，如减少某些产品的毛利以赢得新的重要的顾客，同时要求供应商给予特别的价格折让。

4) 促销策略

批发商的促销手段主要是人员推销。为实现促销目标，应把推销当做面向主要客户推销产品、建立联系和提供服务的系统工程来对待。同时也可采取非人员促销手段，像零售商那样采用树立形象的策略，充分利用供应商的宣传材料和计划方案进行促销。

5) 批发地点策略

批发地点一般设在租金低廉、征税较少的地段，其物质设施和办公条件多半比较简单，用于货物管理系统和订单处理系统的手段也比较落后。目前，为了改变这种状况，寻找降低成本的方法，有些批发商正在对货物管理过程中的时间和动作进行研究并应用新的技术手段，如自动化仓库。在自动化仓库里，订单被输入计算机，商品由机器自动取出，通过传送带送到平台，在平台上集中供货。还有很多批发商充分利用网络和计算机，将信息技术应用到记账、开单、存货控制和市场预测等方面。

8.3.2 零售商

零售商(retailer)是将商品销售给为个人或家庭使用而购买的最终消费者的中间商。零售商的对象是众多的消费者。在分销渠道中，零售商居于终点阶段，零售商从生产者或批发商那里小批量购进，再直接向消费者零星、多品种地销售商品，每次销售的量小，交易频繁，在交易过程中或结束后要向购买者提供相应的销售服务。

1. 零售商职能

零售商是生产者与消费者或批发商与消费者之间的中间环节，其职能主要体现在两个方面。

(1) 为生产者承担风险，促进销售，提供信息。

零售商对于生产者来说是承担所有权和占用权风险的买卖中间商，为生产者或批发商减轻了流通过程中的负担，如储存、运输方面的费用和风险等。零售商利用人员推销、广告宣传以及促销活动等各种营销手段来促进产品销售，扩大产品的市场占有率，还向生产者提供有关零售市场上消费者、竞争者和市场状况等有价值的信息。

(2) 以多种方式为消费者服务。

零售商的这种职能表现为：将不同生产者的产品汇集在一起供消费者挑选；通过广告

和推销员等促销手段向消费者传播商品信息；向消费者提供赊购和分期付款等信用条件；在适当条件下送货上门。

2. 零售商的类型

根据所有权的归属不同，零售商可分为连锁商店和独立商店两种类型。

(1) 连锁商店。连锁商店是在同一所有者控制下，拥有数个经销同类商品、统一名称、统一管理的商店的商业集团。连锁商店的经营采取核心化控制，集中大批量进货，可获得规模经济效益。其经营成本较低，售价也相应较低，在许多方面实行标准化，如商店的建筑风格、店内外布局一致等。连锁商店是 20 世纪零售业最重要的发展之一，已在各类零售经营形式中出现，其运用最多的是百货商店、食品商店、药店、鞋店和妇女服装商店。其优势在于：大量进货，可享受数量折扣，运输费用低；聘用优秀管理人员，在定价、商品宣传、推销、存货控制和销售预测等领域实现科学管理；统一宣传，可获得促销规模经济；给予连锁分店一定的自主权，以适应市场上消费者不同的偏好，有效地应付竞争。

(2) 独立商店。独立商店是独自拥有所有权的小型零售商店。为了面对强大零售业的竞争压力，独立商店中已有不少通过不同的途径寻求联合，以增强竞争实力。有的通过契约与其他零售店建立了合作组织，有的与批发商建立了自愿联合组织，有的则与制造厂家建立了特许代理关系。

根据是不是购置店铺进行商品交易，零售商可分为有店铺零售商和无店铺零售商两种类型。

(1) 有店铺零售商。有店铺零售商即在商店内出售商品的零售商，这是零售商的基本类型，其主要形式如下所示。

① 百货商店。百货商店提供的商品有相当大的深度和广度。店内的每一个部都是自负盈亏、相对独立的单位，都是经营一条产品线的部门或一个专业化的商店，由此促进了商店的核算、管理和促销等工作。百货商店大都向消费者提供送货、信用以及自由退货等服务项目。

② 专业商店。专业商店仅销售一类产品或有限几类产品。其经销的商品种类不多，但产品线的深度可以很大。其一般出售那些既需要一定商品知识又需要提供销售服务的商品，能较好地满足消费者的需要，如家用电器商店、服装店、食品店、家具店等。有些专业商店专门包销某些名牌产品。

③ 超级市场。超级市场规模庞大，经营范围广泛，成本相对较低。其经营方式的特点一是现购自运；二是消费者自选；三是大量购买的优惠价。目前，超级市场正在向规模更大、经营品种更多、对顾客提供更多便利的方向发展。在超级市场之后，又出现了超级商店——规模较大，日用品种全，服务范围较广；综合商店——规模大，多样化经营，有综合食品商店和药品商店；巨型超级市场——规模更大，融合了超级市场、折扣商店和仓库

零售的特点，产品超出了一般日用品的范围，如家具、服装等。

④ 折扣商店。折扣商店的价格低于一般商店，其特点为：毛利较少；薄利多销，销售量较大；出售标准商品，提供的基本上都是最流行的全国性品牌。有一些特殊商品也采用了折扣零售的方式，如运动用品折扣商店、折扣书店等。

⑤ 廉价零售商。廉价零售商在低价、数量等方面更具特点，所经营的是高质量但变化不定的商品。廉价零售商有 3 种主要形式：一是工厂门市部，由制造商拥有和经营，销售多余的或不规范的商品，采用多家工厂门市部在工厂门市部大厅联销的方式经营，价格大部分低于零售价 50%；二是独立的廉价零售商，由企业自己拥有和经营或从大零售公司划分出来；三是仓库俱乐部，销售有限的有品牌的杂货、器具、衣服等商品，以大量的、低管理费、类似仓储设施的方式经营，参加者每年交纳一定数目的会费，便可得到高折扣。

⑥ 样品目录陈列室。样品目录陈列室运用商品目录和折扣原则，销售可供选择的毛利高、周转快的有品牌商品，如珠宝、电动工具、照相机、皮包和运动器材等。

(2) 无店铺零售商。无店铺零售商即销售商品不是在商店内进行，能为消费者提供方便的零售商。这种类型的零售商前景广阔，发展很快，主要形式有以下几种。

① 直接推销。企业派推销员上门推销产品，有挨门挨户推销或上办公室推销；有家庭推销会推销，即邀请几个朋友和邻居到某人家里聚会，在这人家里展示推销产品。直接推销还有一种方式称作多层传销，即生产企业的销售人员通过发展两个以上层次的传销员，由传销员将本企业的产品直接销售给消费者。这种方式中，一位传销员的报酬包括他自己直销产品获得的利润以及他所发展的传销员的全部销售额的比例提成，故这种方式被称为"金字塔推销"。这种方式的采用有一些限制条件，如产品的质量和范围、组织的管理等，而且这种方式是一种有争议的销售方式。我国自 20 世纪 90 年代初引进这种方式，几起几伏，最后由于其发展走入误区造成大量的社会问题，已被政府禁止。

② 直复营销。直复营销起源于邮购推销，其特点是直接从目标顾客或潜在顾客那里获得订单，是一种正在发展的营销方式。营销学界将直复营销定义为一种为了在任何地方产生可度量的反应或达成交易而使用的一种或多种广告媒体的交互作用的市场营销体系。其主要形式如下所示。

(a) 邮购。邮购有不同的形式，一种是邮购目录，通过邮寄商品目录向顾客介绍产品，所推销的商品范围比较广；另一种是直接邮购，通过邮寄各种邮件如信件、传单、折叠广告和其他"长翅膀的推销员"给顾客进行推销，适用于推销书籍、杂志和保险，新奇产品、礼品和服饰等的推销也较多地使用这种形式。

(b) 电话订购。可直接利用电话向消费者和企业推销产品，也可向现实顾客或潜在顾客提供免费的 800 电话号码，以便顾客在受到相关广告的刺激后，通过电话订购有关产品或服务。

(c) 电视购物。电视购物有两种途径，一是通过购买电视广告时间介绍产品，二是利用家庭购物频道推销产品。电视购物也提供免费电话并提供快速送货。

(d) 电子购物。电子购物有两种方式。一种是通过视频信息系统，这是一种通过电缆或电话线联结消费者电视机和销售者计算机信息库的双向装置。消费者在一台普通电视机上安装通过双向电缆联结视频系统的一种专门的键盘装置，便可根据系统提供的商品目录按动键盘订购商品。另一种是消费者使用个人计算机打电话要求订购，多数是服务销售，按月或按次计费，这种方式应用很少。

(e) 网络购物。网络购物是在电子购物的基础上发展起来的。企业在计算机网络上开设主页，在主页上开设"虚拟商店"，用以陈列宣传企业的商品，顾客通过计算机进入虚拟商店选购商品。网络购物可通过商业联机渠道来实现，但更多的是通过国际互联网(Internet)。国际互联网自 1990 年开始商业应用以来得到了不断完善，为企业营销带来了新的契机，也向传统营销提出了新的挑战，这预示着网络营销时代的到来。实行网络购物，上网企业可利用网络渠道进行直接的网上交易(如销售计算机软件、电子图书等产品)，或配合传统的送货上门、结算完成交易过程；可通过网络提供各种售后服务，建立顾客档案，与顾客进行一对一的双向互动沟通。网络购物是一种刚刚兴起、发展迅速、潜力巨大的销售方式。网络购物使渠道缩短，减少业务人员及管理人员，采用虚拟组织如虚拟橱窗布置、虚拟商品、虚拟经销商、虚拟业务代理，导致经理、代理及分店、门市数量减少或消失。"按单制造，及时送货"使库存成本及风险减少，由此所带来的商品交易效率与低交易成本势必会大大降低营销成本，提高营销效率、质量和效益。

③ 自动售货机。自动售货机往往被安置在商店外面或工厂和办公楼里，出售诸如软饮料、咖啡、糖果、香烟和洗衣剂等商品，使零售商在因时间和地点的限制而不可能安排售货员时也能出售少量商品，为消费者提供了方便，但其经营成本较高，从而价格也较高。

④ 购物服务。购物服务是一种为特定委托人服务的无店铺零售方式。特定委托人主要指一些大型组织如学校、医院、协会和政府机构的雇员，他们作为购物服务组织的成员，有权向一组选定的与购物服务组织有约定的零售商购买，并获得一定的折扣。这种形式因购物服务组织没有店铺而归在无店铺零售商之内。

3. 零售商的营销策略

由于竞争激烈，零售商所提供的产品、价格以及服务项目的差异正逐渐缩小。如何招徕顾客，促进销售呢？零售商需要在目标市场、产品搭配和实现、服务、商店气氛、定价、促销和销售地点等方面慎重考虑其营销对策。

1) 目标市场策略

确定目标市场是零售商最重要的决策。商店是面向哪种档次的顾客，高档、中档还是低档？目标顾客的需要是什么，是侧重多样化、侧重产品组合的深度还是侧重购买和使用方便？零售商必须在确定了目标市场策略后再考虑其他策略。目标市场策略对于大零售商也是必要的。大零售商经营的品种繁多，为各种各样的顾客服务，但也要像美国的西尔斯公司那样明确哪些顾客群是自己主要的目标顾客，并针对这些顾客在产品花色品种、价格、销售地点和促销方面做出正确的决策。在确定了目标市场后，还应定期进行市场营销调研，以检查其是否真正满足了目标顾客的需求，同时注意市场定位应有弹性。

2) 产品品种策略

这种策略的内容是确定所经营产品品种可供顾客选择的范围，即产品组合的宽度和深度；确定产品的质量水平。当竞争者用相似的品种和质量与零售商竞争时，可采用产品差异化策略，并在此基础上，决定其采办资源、政策和具体做法。小企业通常自己处理商品的选购和购买，而对于大企业，采购是一项专业化的工作。

3) 服务策略

服务策略是一家商店区别于另一家商店的主要方面之一。零售商须确定服务策略，包括售前服务内容、售后服务内容以及辅助服务内容。

4) 商店气氛策略

零售商必须考虑商店的实体布局以及整体形象，制造一种适合目标市场的气氛，使顾客乐于购买。不少零售店采用了刺激顾客感官的方法来布置商店环境，如超级市场在货架上张贴标签散发香味，以刺激顾客的饥饿和干渴感。有的零售商将购物中心与主题公园融合在一起，顾客在商店里不仅购买产品还购买服务，其中最有发展前景的是购买娱乐。

5) 定价策略

价格必须根据目标市场和产品组合策略以及市场竞争状况来确定。零售商的价格策略一般有两种：高成本低销量(如高级专用品商店)和低成本高销量(如大型综合市场和折扣商店)。在具体定价时，大部分零售商采用招徕定价策略，也有的择时对全部商品进行大减价或对周转较慢的商品降价出售。

6) 促销策略

促销策略是指零售商利用促销工具支持并加强其形象定位，在杂志、报纸、电台和电视等大众媒体上做广告，如折扣商店在电台上做广告，宣传其价格低廉、富有特色，同时使用人员推销和营业推广手段。

7) 销售地点策略

店址选择是零售商能否吸引顾客的一个关键性因素。选择店址须特别谨慎，不但要考虑在一个国家的哪些地方、哪些城市、哪些具体的场所开店，还要考虑是在许多地区开设许多小店还是在少数地区开设几个大店。一般来说，大零售商应在每个城市开设足够的商店，以扩大其影响。商店越大，其交易范围也越大。通常可用 4 个指标对设店地点进行评估：平均每天经过的人数；来店光顾的人数比例；光顾的人中购货顾客的比例；每次购买的平均金额。

8.3.3　中间商的作用

在中间商出现之前，商品以简单商品流通形式流通，生产者将商品直接销售给消费者。随着社会分工的发展，在生产者和消费者之间出现了专门帮助商品从生产领域转移到消费领域的中间商。中间商的出现对促进商品生产和流通起了重要的作用。中间商在销售渠道中所发挥的作用主要表现在以下几点。

(1) 促进生产者扩大生产和销售。

中间商的出现使生产企业将其优势和实力集中于生产之上，有效地实现了企业的经济目标。中间商的专业化购销活动帮助生产者扩大了产品销售量，也扩大了产品市场。

(2) 协调生产与需求之间的矛盾。

专业化生产者生产的商品一般种类不多但数量很大，而消费者需要的商品却种类繁多、数量很少。中间商可以面向许多生产者购进商品，将商品汇集在一起向消费者供应，从品种、数量、时间、地点等方面为生产者和消费者之间的交换排除了障碍，从而较好地解决了产需之间的矛盾。

(3) 方便消费者购买商品。

居于中间环节的中间商能够充分利用专职销售的优势，针对消费者的需求组织货源，在很大程度上满足消费者对商品多种多样的需求。同时，中间商通过对商品的宣传推广，使消费者了解商品的性能、特点和使用方法等商品知识和信息，从而起到了指导消费的作用。

8.3.4　中间商的选择

中间商是企业产品分销渠道的重要组成部分。在市场营销活动中，中间商既能为制造商和消费者带来方便，又可以解决或缓解产需在时间、空间、产品结构、数量之间的矛盾，为制造商生产的产品顺利地进入消费领域创造条件。企业对中间商的选择应考虑以下 7 个条件。

(1) 中间商的服务对象是否与制造商所要达到的市场面相一致。即企业所要选用的中间商的经营范围应该与制造商的产品销路基本对口，这是最基本的条件，如专门生产高档服装的制造商应选择有名的服装商店或选择在大型的综合商厦设立专柜销售。

(2) 中间商的地理位置是否与制造商产品的用户相接近。即选择零售商的地理位置最好是企业产品的顾客经常到达之处；而选择批发商的地理位置则要看其是否能较好地发挥其储存、分销、运输的功能和有利于降低销售成本。

(3) 中间商的商品构成中是否也有竞争者的产品。具体地说，如果本企业的产品优于竞争者的产品，价格又不高，则适宜选择这个中间商，否则不宜选用。

(4) 中间商的职工素质及服务能力。如果中间商在销售商品的过程中能够向顾客提供比较充分的技术服务与咨询指导，具有懂技术、善经营、会推销的营销职工队伍，则适宜选择这个中间商，否则不宜选用。

(5) 中间商的储存、运输设备条件。选择的中间商要具备经营本企业产品的必要的仓库、运输车辆等储运设施设备。

(6) 中间商的资金力量、财务和信誉状况。资金力量雄厚、财务状况良好、信誉度高的中间商，不仅能及时付款，而且能够对有困难的制造商给予适当的帮助，有利于形成制造商与中间商的联合或密切结合。反之，中间商的财务状况不好，信誉度不高，不仅不利于产品销售，甚至会给制造商带来风险。

(7) 中间商的营销管理水平和营销能力。如果中间商的经营者不仅是行家里手，而且精明强干、工作效率很高、企业管理井然有序、办事效率高，显然其推销能力就强、产品销售业绩就好，否则就难以使产品占领市场。

由此可见，制造商对中间商的选择是否恰当，不仅关系到营销渠道是否畅通无阻，而且关系到产品销路的好坏和企业营销活动的成效，因此制造商应全面考虑以上条件，慎重选择。

 案例 8-5

九阳公司选择经销商的 3 个首要条件

济南九阳电器有限公司是一家从事新型小家电研发、生产与销售的民营企业。公司设立于 1993 年下半年，起步资金仅有数千元。1994 年 12 月份推出产品豆浆机后，市场连年大幅增长，公司目前已发展成全国最大的家用豆浆机生产厂家。

九阳公司在选择经销商时，并不是一味地求强求大。其选择经销商的 3 个条件是：一，经销商要具有对公司和产品的认同感；二，经销商要具有负责的态度；三，经销商要具有敬业精神。

九阳公司认为，经销商要具有对公司和产品的认同感。经销商只有对企业和企业的产品产生认同，才会重视其产品和市场，才会将其产品作为经营的主项，主动投入所需的人力、物力、财力。同时，经销商对企业经营理念的认同有助于经销商与企业的沟通和理解，自觉施行企业营销策略，与企业保持步调一致。

另外，经销商要有负责的态度，即经销商要对产品负责、对品牌负责、对市场负责。那些实力较强但缺乏这种负责态度的经销商不在九阳公司的选择范围之内。

当然，经销商也要具备一定的实力。经销商一定的实力是实现企业营销模式的保证，但是要求实力并不就是一味地求强求大。九阳公司在如何评价经销商的实力上采用了一种辩证的标准，即只要符合九阳公司的需要，能够保证公司产品的正常经营即可，并不要求资金最多。其关键是双方建立起健康的合作伙伴关系，谋求双方的共同发展。适合的就是最好的，双方可以共同发展壮大。

现在，越来越多的中小企业也变得聪明起来。很多企业宁愿重点扶植、重点支援那些目前实力虽然不强但忠诚度很高的中小型经销商，与企业共同发展。在扶持和培育中小型经销商的方法上，一些中小企业的成功经验就是采用"助销"模式，即通过助销的方式协助经销商工作从而启动市场。厂家派"助销队伍"

去帮经销商做市场，或者由厂家把市场先做开，经销商再接着做。

资料来源：汤定娜，万后芬. 中国企业营销案例. 高等教育出版社. 2001.

8.4 分销渠道管理

分销渠道的管理即采用间接销售时，对渠道成员的选择、激励、评估及渠道变革。

8.4.1 渠道成员的选择

(1) 选择中间商(批发商、零售商、代理商)需考虑以下几点。

① 中间商的市场范围。

② 中间商的产品政策。

③ 中间商的地理区位优势。

④ 中间商的产品知识。

⑤ 预期合作程度。

⑥ 中间商的财务状况及管理水平。

⑦ 中间商的促销政策和技术。

⑧ 中间商的综合服务能力。

(2) 理想的中间商应具备的条件有以下几点。

① 与生产企业的目标顾客有较密切的联系。

② 经营场所的地理位置较为理想。

③ 市场渗透能力较强。

④ 有较强的经营实力(支付能力、销售队伍、流通设施等)。

⑤ 良好的声誉。

(3) 使用中间商商标与使用制造商商标。

(4) 使用代理商(适于新企业和小企业)。

优点：①易于开拓市场，节省渠道投资；②经济、灵活、适应性强。

缺点：①代理商市场拓展积极性不高；②销量较大时，代理成本较高。

8.4.2 渠道成员的激励

1. 了解中间商

中间商并非受雇于制造商而成为其分销连锁的一环，他是一个独立的市场。中间商首先是作为其顾客的买卖代理商，其次才是供应商的销售代理商，其主要兴趣是销售顾客喜欢的产品。

中间商力图将所有相关产品组合并销售，其销售目标在于取得该产品组合的订单，而非单一货物。除非给予某种激励，否则中间商绝不会保存各品牌商品销售情况的资料。制造商要从中间商的角度来考虑激励中间商。

2. 制造商处理与中间商的关系的 3 种方式

(1) 合作，如何取得与中间商的合作？

"胡萝卜+大棒"政策：一方面提供激励，如高利润、特别交易、额外奖金、广告津贴、销售测试等；另一方面采用制裁措施，威胁减少中间商的利润、推迟交货、销售测试等("刺激—反应模式")。

(2) 合伙，公司努力与其中间商建立长久的关系。

制造商努力取得中间商在库存、市场份额、市场开发、寻找客户、市场信息等方面的合作，并按其遵守程度确定"职能付酬方案"。

(3) 分销规划。

迈克卡门定义："分销规划是把制造商的需要和中间商的需要结合起来，建立的有计划的、专业化管理的垂直市场营销系统"。制造商设"分销关系规划处"的部门，负责确定中间商的需要，制定交易计划，帮助经销商以最佳方式经营。该部门与中间商共同制定交易目标、存货水平、商品陈列计划、销售培训要求、广告与销售促进计划。

3. 制造商对中间商的主要激励措施

(1) 开展促销活动。
(2) 资金资助。
(3) 协助中间商搞好经营管理，提高市场营销效果。
(4) 提供信息。
(5) 与中间商结成长期的伙伴关系。

8.4.3 渠道成员的评估

生产者除了选择和激励渠道成员外，还必须定期评估他们的绩效。评估标准主要有以下几点。

(1) 销售配额完成情况。
(2) 平均存货水平。
(3) 送货时间。
(4) 对次品与丢失品的处理情况。
(5) 在促销和培养方面的合作。
(6) 对消费者提供的服务等。

如果某一渠道成员的绩效过分低于既定标准，则须找出主要原因，同时还应考虑可能的补救办法。当放弃或更换中间商将会导致更坏的结果时，生产者则只好容忍这种令人不满的局面；当不至于出现太坏的结果时，生产者应要求工作成绩欠佳的中间商在一定时期内有所改进，否则就取消他。

8.4.4 渠道变革

当市场条件发生变化时，如消费者购买模式发生改变、市场扩大、产品成熟、新竞争者加入、新的分销渠道出现等，就需要对渠道进行变革。分销渠道及渠道中各成员之间的关系不是一成不变的，伴随着新的商业业态的出现和渠道成员关系及营销策略的变化，分销渠道系统亦在新变化中呈现出新的发展趋势。

1. 直接渠道系统的发展

传统的直接营销是指上门推销。随着科技的发展，特别是社会信息化，直接渠道系统内容日益丰富，直邮广告、电话直销、邮购直销、网络直销、会议直销五彩缤纷，尤其是互联网的商用化开发和普及。例如，工商企业在网上设立网址，开设电子商场(网上商场)。进行网上销售已成为一种具有广阔发展前景的最新的直销商业形态。

2. 垂直渠道系统的发展

垂直渠道系统(vertical marketing system)近年来最重要的发展趋势是一改传统的销售渠道中生产者、批发商和零售商互相分设、为着各自利益讨价还价、各行其是、忽视渠道整体利益的状态，而由生产者、批发商和零售商组成一个统一的联合体。不管在联合体中由谁处于支配地位，彼此都形成了统一的兼顾整体利益的系统。其基本特征在于专业化的管理和集中执行的网络组织有利于消除渠道成员之间的冲突，能够有计划地取得规模经济效益和最佳的市场效果。

垂直渠道系统主要有 3 种类型。

(1) 公司垂直渠道系统。它是指由一家公司拥有和统一管理若干个制造商和中间商，控制整个渠道，同时开展生产、批发和零售业务。

(2) 管理式垂直渠道系统。它是由一个规模大、实力强的企业出面组织，由它来管理和协调生产和销售的各个环节。名牌制造商有能力从零售商那里得到强有力的贸易合作和支持。

(3) 契约式垂直渠道系统。它是由各自独立的公司，在不同的制造商和中间商为了获得其单独经营所不能取得的经济效益时，以契约形式为基础组成的一种联合体，包括特许经营系统、批发商倡办的自愿连锁组织、零售合作组织等。

3. 水平渠道系统的发展

水平渠道系统(horizontal marketing system)是指由同一层次上的两个或两个以上的公司为共同开拓新的市场机会而联合开发的营销机构。当一个企业无力单独进行开发或承担风险或相互合作有利于优势互补、能产生协同效应时，企业间就谋求这种合作。企业间的联合行动可以是暂时的，也可以是永久的，还可以创立一个专门的营销公司，这被称为共生营销。

4. 多渠道系统的发展

多渠道系统(multichannel marketing system)是指通过两条或两条以上的渠道将产品送到同一个或不同的目标市场。建立多渠道营销系统可以扩大市场覆盖面，降低渠道成本，更好地满足顾客需要，扩大产品销售，提高经济效益。但多渠道营销也有可能产生渠道冲突。因此，企业实行多渠道营销时必须要加强渠道的控制与协调，使多渠道系统健康发展。

 案例 8-6

实达计算机营销策略借鉴：变分销商为物流平台

实达计算机在前不久提出了让分销去做物流，在部分区域初步建立区域物流平台运作体系的想法，并很快地付之于行动。实达的这种做法不仅拓展了渠道建设，而且保证了渠道的良性循环，更保证了消费者能更好地享受到实达的政策。

2003 年，实达计算机结合自身特点，提出相对的扁平化策略，即在部分区域初步建立区域物流平台运作体系，同时在渠道基础比较雄厚的区域和三、四级市场发展比较成熟的地区变革零售渠道模式，大力发展金牌专卖店体系，建立强大的终端零售渠道。

区域物流平台是以实达计算机现有的核心分销商为主体，负责除商用计算机产品以外所有产品物流及货款回收工作。作为区域物流平台将不再与实达计算机直接发生交易行为，也不再有销售量和库存的压力。在这样的模式下，实达计算机可以把原来给分销商的有限资源最大限度地投入到终端渠道去，开发重点区域三、四级市场，并进一步地实现销售一线业务管理和开拓向终端转移的目标。

分销商通过转型改做区域物流平台之后，所有的分货都由实达调配，区域物流平台只负责区域内的物流和货款回收工作。他们虽然没有了分销的利润，但是仍然可以赚取物流费用，而且不再承担库存和压货的风险。实达这样做一方面可以逐步推进渠道的扁平化，另一方面也可以帮助那些合作关系好的有实力的分销商实现转型。

专家认为，IT 市场竞争的不断白热化直接导致了 IT 厂商和分销商利润的降低。为了充分保证激烈市场竞争环境下的利润增长点，各 IT 厂商在不断完善产品品质、降低生产制造环节成本的同时，纷纷打出了渠道扁平化的大旗，力求通过压缩和降低产品流通环节的成本来提高产品的市场竞争力。实达计算机的此次尝试，一方面最大限度地降低了企业在流通环节的成本，提高了产品的竞争力；另一方面也最大限度地保护了长久以来与企业同生死共患难的分销商的利益，得到了众多分销商的积极响应和拥护，为国内其他 IT 企业的渠道转型提供了一条值得借鉴的新路。

资料来源：搜狐网.

 **案例分析**

戴尔：网上直销先锋

计算机销售最常见的方式就是由庞大的分销商进行转销。这种方式似乎坚不可摧，也令许多计算机制造厂商的直销屡屡受挫，因为广大的消费者似乎已经认同了这种销售形式。而戴尔却抗拒了这种潮流，决定通过网络直销 PC，并接受直接订货，精彩地演绎了业界的经典故事。

1. 戴尔公司的核心理念

在戴尔刚刚接触计算机的时候，他用自己卖报纸存的钱买了一个硬盘驱动器，用它来架设一个 BBS，与其他对计算机感兴趣的人交换信息。在和别人比较关于个人计算机的资料时，他突然发现计算机的售价和利润空间没什么规律。当时一台 IBM 的个人计算机在店里的售价一般是三千美元，但它的零部件很可能六七百美元就买得到，而且还不是 IBM 的技术。他觉得这种现象不太合理。另外，经营计算机商店的人竟然对计算机没什么概念，这也说不过去。大部分店主以前卖过音响或车子，觉得计算机是一个"可以大捞一把"的时尚，所以也跑来卖计算机。光是在休斯顿地区就忽然冒出了上百家计算机店，这些经销商以两千美元的成本买进一台 IBM 个人计算机，然后用三千美元卖出，赚取一千美元的利润。同时，他们只提供顾客极少的支持性服务，有些甚至没有售后服务。但是因为大家真的都想买计算机，所以这些店家还是大赚了一把。

意识到这一点后，戴尔开始买进一些和 IBM 机器里的零件一模一样的零部件，把他的计算机升级之后再卖给认识的人。他说："我知道如果我的销量再多一些，就可以和那些计算机店竞争，而且不只是在价格上的竞争，更是品质上的竞争。"同时他意识到经营计算机"商机无限"。于是，他开始投身于计算机事业，在离开家进大学那天，他开着用卖报纸赚来的钱买的汽车去学校，后座载着三台计算机。

在学校期间，他的宿舍经常会有一些律师和医生等专业人士进出，把他们的计算机拿来请戴尔组装，或是把升级过的计算机带回家去。他还经常用比别人低得多的价格来销售功能更强的计算机，并多次赢得了得克萨斯州政府的竞标。他说："很多事情我都不知道，但有一件我很清楚，那就是我真的很想做出比 IBM 更好的计算机，并且凭借直接销售为顾客提供更好的价值及服务，成为这一行的佼佼者。"

他从一个简单的问题来开展他的事业，那就是：如何改进购买计算机的过程。答案是：把计算机直接销售到使用者手上，去掉零售商的利润剥削，把这些省下来的钱回馈给消费者。这种"消除中间人，以更有效率的方式来提供计算机"的原则，就是戴尔计算机公司诞生的核心理念。

2. 直接模式的开始

1988 年，戴尔公司股票公开上市发行，"直接模式"正式宣告开始。

从一开始，他们的设计、制造和销售的整个过程就以聆听顾客意见、反映顾客问题、满足顾客所需为宗旨。他们所建立的直接关系，从电话拜访开始，接着是面对面的互动，现在则借助于网络沟通。这些做法让他们可以得到顾客的反应，及时获知人们对于产品、服务和市场上其他产品的建议，并知道他们希望公司开发什么样的产品。

直销模式使戴尔公司能够提供最有价值的技术解决方案、系统配置强大而丰富、无与伦比的性能价格比。这也使戴尔公司能以富于竞争力的价格推出最新的相关技术。戴尔在他的回忆录中这样描述了直销模式的好处，他说："其他公司在接到订单之前已经完成产品的制造，所以他们必须猜测顾客想要什么样的产品。但在他们埋头苦猜的同时，我们早有了答案，因为我们的顾客在我们组装产品之前，就表达了他们的需求。其他公司必须预估何种配置最受欢迎，但我们的顾客直接告诉我们，他们要的是一个软盘驱动器还是两个，或是一个软盘驱动器加一个光盘驱动器，我们完全为他们定做。"

与传统的间接模式相比，直接模式真正发挥了生产力的优势。因为间接模式必须有两个销售过程：一是从制造商向经销商；二是从经销商向顾客。而在直接模式中，只有一级销售人员，并得把重心完全摆在顾客身上。在这点上，戴尔公司并没有以一种方式面对顾客，他们把顾客群进行细分，一部分人专门针对大企业进行销售，而其他人则分别负责联邦政府、州政府、教育机构、小公司和一般消费者。这样的架构对于销售大有好处，因为销售人员因此成为专才。他们不必一一搞懂多家不同制造商所生产的不同产品的全部细节，也不必记住每一种形态的顾客在产品上的所有偏好，而在处理自己客户的问题时则成了行家里手，这使得戴尔公司与客户之间合作的整体经验更为完善。

同时，按单定制的直销模式使戴尔公司真正实现了"零库存，高周转"。正如戴尔所说："人们只把目光停留在戴尔公司的直销模式上，并把这看做是戴尔公司与众不同的地方。但是直销只不过是最后阶段的一种手段，我们真正努力的方向是追求零库存运行模式。"

由于戴尔公司按单定制，它的库存一年可周转15次。相比之下，其他依靠分销商和转销商进行销售的竞争对手，其周转次数还不到戴尔公司的一半。对此，波士顿著名产业分析家J•威廉•格利说："对于零部件成本每年下降15%以上的产业，这种快速的周转意味着总利润可以多出1.8%到3.3%"。

资料来源：搜狐网.

问题讨论： 1. 戴尔公司的分销渠道是如何建立的，有什么优点和缺点？

2. 传统分销渠道与戴尔的直销模式是如何区别的？

思考与训练

1. 海尔集团的电器以质量高、服务完善而闻名国内外。如果海尔公司希望在你所在的城市建立一个海尔电器的销售渠道网络，你有什么建议？

2. 某饮料公司开发出一种美容保健型饮料产品后，力图通过众多的中小商店销售给普通消费者。由于其价格相对较高，比普通保健饮料高出50%，所以销售量一直没有达到预期水平。为了促进销售，该公司要求经销商大做广告宣传，并以此作为保持渠道成员资格的条件。但是，这遇到了中小商店的抵制，许多中小商店宁可不再经销该公司的产品，也不愿意在该商品上投资做广告。请分析其中可能的原因是什么？如果你是该公司的市场营销经理，你将会采取什么策略来扭转当前的局面呢？

3. 联想科技商城先后在全国9个中心城市建立了分店，成为中国目前最大的IT产品连锁直销机构，这对联想品牌的发展有什么好处？

4. 近几年，大量的制造商越过中间商，特别是批发商，将产品直接推向市场。批发商在分销过程中的地位遇到了严峻的挑战，甚至陷入困境。批发商面对挑战与困境时，应采取何种对策？

第9章 促销策略

教学目标

1. 理解促销的本质以及促销组合的概念；

2. 了解促销预算的方法，掌握促销组合策略的影响因素；

3. 了解人员推销的含义和特点，掌握人员推销的策略；

4. 理解营业推广的概念，掌握营业推广的方法；

5. 理解广告的概念和分类，掌握广告媒体的特点及其选择，掌握广告策略；

6. 理解公共关系的概念和特征，掌握公共关系的活动方式和公共关系促销策略。

五粮液集团有限公司的前身是宜宾五粮液酒厂，1998 年经过公司体制改造成为集团有限公司。1999 年，五粮液集团和湖南新华联集团强强联合，推出了国内著名的白酒品牌——金六福。该品牌的主打产品为金六福系列和福星系列。

"好日子离不开它，金六福酒"，提起金六福，恐怕很多人首先联想起的就是这个脆亮的童音广告口号。依靠"开门见福"的概念符号和具有冲击力的广告口号，金六福迅速红遍大江南北。

当中国足球队在 2001 年冲击世界杯的十强赛中胜利出线时，主教练米卢一时间成了拯救中国足球的英雄，更有很多人将米卢誉为"中国足球的大福星"，米卢的人物形象和福星品牌"运气就是这么好"的定位不谋而合。终于，金六福费尽心思请来米卢拍摄他在中国的第一个广告。广告中米卢说："喝福星酒，运气就是这么好！"这支广告的效果可想而知非常理想。

从 2004 年 6 月开始，消费者发现金六福在中央电视台以及黄金地段的户外广告已经换上了新装："奥运福•金六福"。伴随着雅典奥运火炬来到北京，金六福借奥运东风推出了新一轮的整合营销传播。金六福通过大量的电视、路牌广告，围绕金六福一贯的"福文化"理念，使"奥运福•金六福"这一口号深入人心；同时，销售队伍的战术推广也以"奥运福•金六福"为核心，将"福文化"的理念以具体的促销手段、公关活动和消费者形成互动。

金六福的成功在很大程度上是由于其促销策略的正确使用。那什么是促销呢？如何正确地使用策略呢？这便是这一章要学习的主要内容。

9.1 促销组合

9.1.1 促销和促销组合的概念

企业为取得营销活动的成功，不仅要以适当的价格，通过适当的渠道向市场提供适当的产品，而且需要采取适当的方式促进产品的销售。因此，促进销售(简称"促销")也是营销组合(4P)的要素之一。

所谓促销(Promotion)就是营销者将有关企业及产品(品牌)的信息通过各种方式传递给消费者和用户，促进其了解、信赖并购买本企业的产品，以达到扩大销售的目的。因此，促销的实质就是营销者与购买者和潜在购买者之间的信息沟通。

为了有效地与购买者沟通信息，可通过广告来传递有关企业及产品的信息；可通过各种营业推广方式来增加顾客对产品的兴趣，进而促使其购买产品；可通过各种公共关系手段来改善企业在公众心目中的形象；还可派遣推销员面对面地说服顾客购买产品。这就是说，企业可采用多种方式来加强与顾客之间的信息沟通，促进产品的销售。

企业促销的主要方式有 4 种：广告、人员推销、营业推广和公共关系。这 4 种方式的组合与搭配称为促销组合(promotion mix)。所谓促销组合策略就是这几种促销方式的选择、运用与组合搭配的策略，即如何确定促销预算及其在各种促销方式之间的分配。

9.1.2　影响促销组合策略的因素

影响促销组合策略的因素主要有促销目标、市场类型与产品特点、促销策略、产品生命周期阶段等。

1. 促销目标

企业在不同时期、不同市场环境下所进行的促销活动都有特定的促销目标。促销目标不同，促销组合也随之变化。当促销目标为树立企业形象、提高产品知名度时，促销重点应在广告上，同时辅以公关宣传；当促销目标是为了让顾客充分了解某种产品的性能和使用方法时，印刷广告、人员推销或销售促进是最好的办法；当促销目标为在近期内迅速增加销售时，则销售促进最易产生立竿见影的效果。从整体上看，由于广告和公关宣传有广而告之的特点，在顾客购买决策过程的初始阶段成本效益最优，而人员推销和销售促进在最后阶段更具成效。

2. 市场类型与产品特点

产业市场和消费者市场在顾客数量、购买特点和分布范围上相差甚远，各种促销方式的效果也不相同，其最大的区别是在产业市场上更多采用人员推销，而在消费者市场上大量采用广告。因为产业市场上的顾客数量少，分布集中，购买批量大，适宜人员推销；消费者市场的顾客数量多且分散，通过广告可以用较低的相对成本达到广而告之的作用。从产品的特点看，技术复杂、单价昂贵的商品适用人员推销，如生产设备、计算机等高技术产品，通过推销人员面对面的专门介绍、操作演示、售后安装、调试等技术保障能使顾客深入了解产品，达到良好的促销作用。反之，结构简单、标准化程度较高、价格低廉的产品适合广告促销。对于中间商而非最终个人消费者，仍需以人员推销为主。

3. 促销策略

促销策略有推式策略(push-strategy)和拉式策略(pull-strategy)两种类型。如图 9.1 所示，推式策略强调将产品沿分销渠道向最终消费者推销，即生产企业把产品推销给批发商再向消费者推销。这种策略通常采用人员推销和销售促进，以中间商为促销对象。拉式策略则以最终消费者为主要促销对象，即首先靠广告公关、宣传等促销方式引起潜在顾客对该产品的注意，刺激他们产生购买欲望和行为。当消费者纷纷向中间商询购这一商品时，中间商自然会找到生产厂家积极进货。

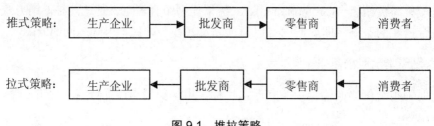

图 9.1 推拉策略

4. 产品生命周期阶段

产品所处的生命周期阶段不同，其促销目标通常也有所不同，采取的促销方式自然不同。

(1) 导入期。以广告为主，通过各种传媒大力宣传新产品的品牌、特性、功能、服务等，使消费者对刚投入市场的新产品有所了解和认识。

(2) 成长期。产品已被消费者和用户认识，销售量开始迅速上升。促销以广告为主，但重点应从一般的提高产品知名度转移到提高产品的偏好度、树立产品特色与品牌形象。对原有的广告内容应重新挑选和调整。

(3) 成熟期。这个时期有更多的竞争者进入市场，大多数消费者已了解产品，促销的主要目标是力图使企业的产品在竞争中处于优势。这时消费品的促销应以广告为主，广告的内容应多着重强调产品的价值和给消费者或用户带来的特殊利益，以保持并扩大企业产品的市场占有率。同时还应配合使用销售促进，增强对消费者或用户的吸引，以坚定其在成熟期继续购买本企业产品的信心。工业品则需要更多地使用人员推销，挖掘潜在市场，巩固老用户，争取新用户。

(4) 衰退期。市场需求已饱和，可替代的新产品已在市场上批量出售，消费者的兴趣和爱好开始转移，产品销量急剧下降。这个时期应大量削减原有产品的促销费用，仅针对某些老用户保持一定份额的销售促进开支，配合少量提示性广告。

9.1.3 促销预算方法

促销预算即企业确定在活动上应花费的资金数额。它决定着组合的规模，影响着促销的效果。经常采用的促销预算方法有以下几种。

1. 量力支出法

企业在制定促销预算时，以本身的经济能力为基础，促销预算的多少取决于能够负担的促销预算的能力。量力支出法(affordable method)简单易行，量力付出，但它忽略了促销预算和销售量之间的关系，忽略了促销预算对实现销售额的作用。

2. 百分比法

百分比法(percentage-of-sales method)是一种较常用的方法，即以目前或预期销售额的一定百分比来确定促销开支。例如某企业在 2004 年销售收入 100 万元，以总额的 2% 作为 2005 年的促销预算为 2 万元，或者以 2005 年预计销售收入 120 万元为基数，即 2005 年的促销预算为 2.4 万元。

采用这种方法的主要优点是：它与企业的经济能力没有直接的关系，而与销售收入保持密切的关系；竞争者均按销售额的一定比例支付促销费用，可以避免促销大战；按销售额确定预算，便于计算和管理。但是这样也存在若干缺点：把销售额当作促销的原因而不是结果，从根本上颠倒了促销与销售额之间的因果关系，从而忽略了促销对销售额的主动作用，使企业失去发展机会；销售额经常变动，不利于长期的预算计划；按销售额所确定的百分比率缺乏灵活性，在不同市场或产品生命周期的不同阶段，应根据具体情况确定促销预算。

3. 竞争对等法

竞争对等法(competitive-parity method)即企业在制定促销预算时，主要参照竞争者的促销水平，形成与竞争者旗鼓相当、势均力敌的对等局势。如果竞争者的促销预算确定为 100 万元，那么本企业也确定为 100 万元甚至更高。美国奈尔逊调查公司的派克汉通过对 40 多年的统计资料进行分析，得出结论：要确保新上市产品的销售额达到同行业平均水平，其促销预算必须相当于同行业平均水平的 1.5～2 倍。这一法则通常称之为派克汉法则(J. O.Peck-ham)。

采用这种方法的主要优点是：经过长期实践，同行中大多数竞争对手惯用的促销预算具有一定的合理性；竞争者彼此看齐，有助于"和平共处"。该方法存在的不足是：竞争者的方法不一定合理；企业之间的营销目标、资源、目标市场、产品所处的生命周期阶段等各有所不同，使用相同的促销预算并非总是上策，可能带有较大的盲目性。

4. 目标任务法

目标任务法(objective-task method)即企业根据营销目标制定促销目标，然后再估算为完成促销目标而必须实施的促销活动及所需要的费用开支。这是一种比较科学的方法，它可以使促销管理人员将促销预算与促销目标直接联系起来，针对性强，效果较好，但这种方法没有考虑为实现某一促销目标而支付的促销费用能否从利润中收回的问题。例如，企业的广告目标是下年度将某品牌的知名度提高 20%，这些所需要的广告费用也许会比实现该目标后对利润的贡献额超出许多。

以上几种方法各有优缺点，具体使用时应根据自身的条件和客观环境来选择。

9.2 人员推销

9.2.1 人员推销的含义及特点

根据美国市场营销协会定义委员会的解释，所谓人员推销(personal selling)是指企业通过派出销售人员与一个或几个以上可能成为购买者的人交谈，做口头陈述，以推销商品，促进和扩大销售。人员推销活动中，推销人员、推销对象和产品是几个基本要素，其中前二者是推销活动的主体，后者是推销活动的客体。通过推销人员与推销对象之间的接触、洽谈，将推销品推销给推销对象，从而达成交易，实现既销售商品又满足顾客需要的目的。与非人员推销相比，人员推销既有优点又有缺点。其优点表现在4个方面。

1. 信息传递的双向性

在人员推销过程中，一方面推销人员将有关产品的特性、用途、使用方法、价格等方面的信息传递给顾客；另一方面推销人员通过观察和了解，又将顾客对产品的性能、规格、质量、价格、服务等方面的要求及时反馈给企业，为企业制定战略规划和营销策略提供依据。

2. 推销目的的双重性

一重是激发需求与市场调研相结合；另一重是指推销商品与提供服务相结合。就后者而言，一方面推销人员施展各种推销技巧，目的是推销商品；另一方面推销人员与顾客直接接触，向顾客提供各种服务，是为了帮助顾客解决问题，满足顾客的需求。双重目的相互联系、相辅相成，推销人员只有做好顾客的参谋，更好地实现满足顾客需求这一目标，才有利于诱发顾客的购买欲望，促成购买。

3. 推销过程的灵活性

推销在推销过程中不仅可以亲自观察到顾客对推销陈述和推销方法的反应，并揣摩其购买心理变化过程，还可以有针对性地调整自己的推销方式、方法，以适应不同顾客的需要，达成交易行为。

4. 友谊、协作的长期性

推销人员与顾客直接见面、长期接触，可以促使买卖双方建立友谊，密切企业与顾客之间的关系，易于使顾客对企业的产品产生偏爱。在长期保持友谊的基础上开展推销活动，有助于建立长期的买卖协作关系，稳定地销售产品。由于人员推销对推销员的素质、费用要求较高，并且访问客户的数量受到时间和费用的限制，使人员推销的运用受到一定的限制。因此，其主要用于买主数量有限、分布区域集中、购买批量大的产业市场。

9.2.2 人员推销的目标与任务

1. 人员推销的目标

人员推销的目标在不同的营销观念之下具有显著差异。传统观念认为，人员推销的目标就是追求最高销售额，商品的销售额被作为衡量推销员工作效益的唯一标准。而按照现代营销观念，人员推销的最终目标应是为企业带来最大的长期稳定的利润及有利的市场地位。人员推销目标的建立一般要受到以下因素的影响。

(1) 企业总体营销目标。人员推销目标必须依据企业总体营销目标来建立。例如某企业在一定时期内的市场营销目标是为实现一定的销售增长率，则人员推销目标必须是开拓新市场、寻求新顾客。

(2) 顾客的购买行为。推销员对初次购买者和重复购买者应采取不同的方法和策略。因为初次、重复购买者对产品的认识、偏好程度不同，前者显然不如后者，因此人员推销目标也会有所差异。

(3) 促销的策略。对于实施"拉式"策略的企业，推销人员主要的工作目标是注意经销商是否有充足的货源，商品的陈列摆布是否有利于顾客购买，并对经销商的促销活动给予必要的支持和鼓励。对于实施"推式"策略的企业，则要求推销人员做出具有创造性的推销工作，包括使用不同的推销手段和技巧，有效地分析潜在买主的需求与他们所期望的最大利益，并根据不同情况向他们提供各种奖励、折扣等，诱导他们实现购买行为。

2. 人员推销的任务

人员推销的任务有以下几个方面的内容。

(1) 寻找顾客开拓市场。推销人员不仅要与现有顾客保持密切联系，更主要是深入市场，寻找、培养新顾客。

(2) 传递信息，促进销售。推销人员必须向目标市场传递有关企业产品的信息，通过信息的沟通赢得用户信任与好感。

(3) 热情服务、协调关系。为用户提供技术咨询、义务指导、帮助解决运输问题等。当供需双方发生误解和纠纷时，要善于协调关系，化解矛盾。

(4) 收集信息，预测需求。推销人员在销售产品的同时还担负着一定的调研和情报收集分析的任务。通过捕捉市场信息、了解同类产品的市场状况，来预测市场需求动向。

(5) 分配产品。即当企业的某些产品因短缺不能满足全部顾客的需要时，分析和评估各类顾客，然后向企业提出如何分配短缺产品、安排发货顺序的建议。

9.2.3　人员推销的策略

推销人员应根据不同的销售环境、推销气氛、推销对象和推销商品，审时度势，巧妙而灵活地采用不同的推销策略，吸引顾客的注意，激发顾客的购买欲望，促成交易。人员推销的策略主要有以下 3 种。

1) 试探性策略

试探性策略(probing strategy)是推销人员在尚未掌握顾客需求的情况下，用事先准备好的开场白对顾客进行试探，以观察顾客反应的策略，这种策略一般用于初次接触。因为销售人员在没有弄清顾客需求和真实意图的情况下，贸然推销显然会遭到拒绝。因此，要先讲一些与推销关系不太大的试探性的话，以观察对方的反应，然后根据其反映采取具体的推销措施。如见面时先问顾客："最近企业效益如何？"如果顾客回答："可以"、"不错"，可断定企业的产品生产、销售及财务状况都可以，因而原料或生产工具方面有需求，这样下一步就可以过渡到该企业产品的推销上。如果顾客回答："不好"，那就意味着产品积压，生产压缩，财务状况不佳，需求不大，再谈下去也没有必要了。

2) 针对性策略

针对性策略(pertinency strategy)即推销人员已基本掌握了顾客的需求，有针对性地进行宣传，介绍商品特性和用途，劝其购买的策略，这一策略多用于洽谈过程中。如顾客求美心理强烈，销售人员就要重点宣传商品的款式、造型、色泽、美观、艺术，如顾客喜欢求实，则应突出介绍商品的牢固、耐用、实用。

3) 诱导性策略

诱导性策略(derivational strategy)即推销人员运用能刺激顾客某种需求的说服方法，诱导顾客采取购买行为的一种推销策略，这种策略要求推销人员能唤起顾客的潜在需求。推销员要先设计出鼓动性、诱惑性强的购货建议，诱发顾客产生某方面的需求，并激起顾客迫切要求实现这种需求的强烈动机，然后抓住时机向顾客介绍商品的效用，说明所推销商品正好能满足这种需求，从而诱导顾客购买。

9.2.4　人员推销的主要步骤

在众多的推销理论中，应用最广泛的是"程序化推销"(formality sale)理论。这种理论把推销过程分成 7 个不同步骤，如图 9.2 所示。

1. 确定目标

人员推销的第一个步骤就是要先研究潜在的消费者，选择极有可能成为顾客的人，即潜在顾客。这些潜在顾客可从对消费者、企业的调研以及通过亲朋好友的介绍、公共档案、电话号码簿、工商企业名录、公司档案中获得。推销人员应把重点放在那些有资财、有意愿和有能力购买产品的潜在顾客上。

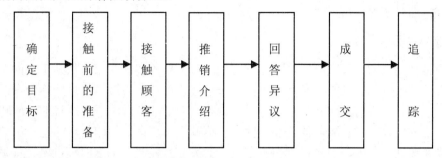

图 9.2 推销的主要步骤

 案例 9-1

有一天，日本"推销之神"原一平到一家百货公司买东西。任何人在买东西的时候，心里总会有预算，然后在这个预算之内，货比三家，寻找物美价廉的东西。忽然间，原一平听到旁边有人问女售货员："这个多少钱？"

说来真巧，问话的人要买的东西与原一平要买的东西一模一样。

女售货员很有礼貌地回答："这个要 7 万日元。"

"好，我要了，你给我包起来。"

想来真气人，购买同一样东西，别人可以眼也不眨一下就买了下来，而原一平却得为了价钱而左右思量。原一平有条敏感的神经，他居然对这个人产生了极大的好奇心，决心追踪这位爽快的"有钱先生"。有钱先生继续在百货公司里悠闲地逛了一圈，他看了看手表后，打算离开。那是一只名贵的手表。

"追上去。"原一平对自己说。

那位先生走出百货公司门口，穿过人潮汹涌的马路，走进了一幢办公大楼。大楼的管理员殷勤地向他鞠躬。果然不错，是个大人物，原一平缓缓地吐了一口气。眼看他进了电梯，原一平问管理员：

"你好，请问刚刚走进电梯那位先生是……"

"你是什么人？"

"是这样的，刚才在百货公司我掉了东西，他好心地捡起给我却不肯告诉我大名，我想写封信向他表示感谢，所以跟着他，冒昧向你请教。"

"哦，原来如此，他是某某公司的总经理。"

"谢谢你！"

看来，推销没有限制地方，只要有机会，都可以找到要找的准客户。

2. 接触前的准备

与顾客接触前必须做好一定的准备，要尽可能多地了解顾客的情况，如可能的采购量、决策者是谁、采购习惯等。不了解对方底细贸然推销，成功的机会极小。准备工作还包括推销人员的心理准备、确定介绍方法、选择接触方法(登门拜访、打电话等)、制定推销访问计划以及准备携带的物品等。

3. 接触顾客

同顾客会见之初,最重要的是唤起顾客的注意,把顾客的注意力从其手头的工作吸引到自己方面,吸引到自己的产品上。由信息传播理论可知,为提高信息传播效果,就必须排除干扰,顾客手头的工作就是干扰,必须排除。为了达到排除干扰的目的,应和顾客谈论其最关心的问题,唤起顾客的情趣,同时应给顾客一个良好的印象,注意自己的仪表、服装、懂礼貌,有教养,做到稳重而不呆板、活泼而不轻浮、谦虚而不自卑、直率而不鲁莽、敏捷而不冒失。

 案例 9-2

原一平有一次去拜访一家商店的老板。

"先生,你好!"

"你是谁呀!"

"我是明治保险公司的原一平,今天我刚到贵地,有几件事想请教你这位远近出名的老板。"

"什么? 远近出名的老板?"

"是啊,根据我调查的结果,大家都说这个问题最好请教你。"

"哦,大家都在说我啊! 真不敢当,到底是什么问题呢?"

"实不相瞒,是⋯⋯"

"站着谈不方便,请进来吧!"

原一平就这样轻而易举地过了第一关,也取得了准客户的信任和好感。赞美几乎是屡试不爽的,没有人会因此而拒绝你的。原一平认为,这种以赞美对方开始访谈的方法尤其适用于商店铺面。那么,究竟要请教什么问题呢? 一般可以请教商品的优劣、市场现况、制造方法等。

对于商店老板而言,有人诚恳求教,大都会热心接待,会乐意告诉你他的生意经和成长史。而这些宝贵的经验,也正是推销员需要学习的,既可以拉近彼此的关系,又可以提升自己,何乐而不为呢?

4. 推销介绍

在很多情况下,这一阶段除了对产品进行实际推销介绍外,还包括产品的展示。在这一过程中,推销人员应指出产品的特点和利益,以及它们如何优于竞争者的产品,有时甚至也可指出本产品的某些不足或可能出现的问题及如何减免或防范。在展示产品时,推销人员还可提请潜在顾客亲自演练使用展示品。在这种产品的展示和试用中,必须把重点放在推销介绍时所指出的特点上。

5. 回答异议

潜在顾客任何时候都可能提出异议或问题，这就给推销人员提供了一个机会去消除可能影响销售的那些反对意见，并进一步指出产品的其他特点，或提示公司可提供的特别服务。也就是潜在顾客所提问题可分为两类：第一类所提异议必须在成交前加以解决；第二类需要进一步沟通。

6. 成交

一旦对潜在顾客所提问题作答后，推销人员就要准备达到最重要的目标——成交，就是要使顾客同意购买自己推销的产品。在洽谈过程中，推销人员要随时给予对方以成交的机会。有些买主不需要全面的介绍，介绍过程中如果发现对方有愿意购买的表示时，应立即抓住时机，签约成交。为了促成交易，推销人员可提供一些优惠条件。

7. 追踪

商品售出后推销人员必须予以跟踪，以确保产品按时、保质、在良好状况下送达消费者手中，并确保能处于正常的使用状态。这种追踪可给顾客留下一个好印象，是保证顾客满意、培育忠诚顾客所必不可少的，因此它是推销过程的重要环节。对一些重要的顾客，推销人员要特别注意与之建立长期合作关系，帮助顾客解决问题，提供各种必要的售前售后服务，发展个人之间的友谊，实行"关系营销"。尤其是在企业与企业之间的交易，关系营销的重要性正在与日俱增。

上述推销过程逻辑性很强，在实际工作中，推销员应尽力遵循，但也不能死守教条，应灵活将一些步骤根据顾客的反应加以合并，有的步骤可以越过，但大笔生意，上述程序一般不可少。

9.2.5 推销人员的选聘与培训

选聘推销人员可以有两种途径：一是从企业内部选拔到推销部门工作；二是从企业外部招聘，即在社会范围内招聘。推销人员是市场的开拓者，代表着企业的形象，他们不仅要善于推销商品，而且要善于用推销使顾客满意。无论从哪种途径招聘人员，推销人员都应具备以下素质。

1. 心理素质

推销员要能够出色地完成推销任务，必须具备适合推销工作的心理素质(mentality)。具体包括以下几点。

(1) 开朗友善，意志坚定。推销员远离企业独立进行推销活动，自己解决各类问题，并通过同顾客打交道取得推销成功，这就要求推销员必须开朗活泼。推销员的工作是一项独立进行的工作，碰到问题要自己想办法，自主性强，推销员只有在紧急情况下镇定自若、处理果断，才能在工作中独当一面。

(2) 充满自信，坚持不懈。推销的成功常常在于遭到拒绝后的坚持不懈之中。一个人有了自信心才会产生自信力，坚信事业成功，敢于开拓进取，最终创造出优秀业绩。

(3) 喜欢交际，开放创新。对推销员来说"朋友就是财富，朋友就是效益"，所以推销员必须善于交际。一个成功的推销员必须具有开放创新意识，能和与自己性格、风格不同的人建立良好的关系。

2. 业务素质

推销员的业务素质(operation)直接关系到心理素质的发挥和整体素质的提高。业务素质具体包括以下几点。

(1) 推销理论知识。推销工作的基础理念主要是营销学、消费心理学等。

(2) 推销环境知识。其主要指政治、经济、法律、社会文化等环境对购买产生的影响。

(3) 推销实务知识。推销工作不是专门的理论研究，而是一种实务性、操作性很强的工作。实务性知识主要是指企业知识、商品知识、市场知识、推销技巧等。

3. 能力素质

能力素质(capability)是指一个人从事一定社会实践活动的本领，它是干好工作的基础。推销员要想在工作中取得好的成绩，必须具备敏锐的观察力和敏捷的思维能力；具有善于控制情绪和灵活应变的能力；具有交朋友与良好的语言表达能力；具有熟练的技术维修能力；具有协调和组织能力。

4. 身体素质

推销员必须跑市场，经常出差在外，而各地的环境、气候又有很大差异，推销员要想以旺盛的精力做好工作，就必须有坚强的体魄作为后盾，即身体素质(body quality)。否则难以胜任。

选聘的推销人员必须经过培训后方能上岗。对在岗的推销人员也要定期培训，使他们及时了解企业的新产品、新的经营计划和市场策略，进一步提高素质。培训的内容通常包括企业知识、产品知识、市场知识、心理学知识和政策法规知识等内容。

培训推销人员的方法有很多，使用较多的有以下 3 种方法。一是课堂讲授，企业聘请一些专家、教授和有丰富经验的推销员，在课堂上讲授基础理论和专业知识、推销方法和技巧；二是现场实习，由企业有经验的推销人员带领受训人员参加各种推销实践活动；三是委托培训，委托其他单位或大专院校为其代培推销人员，使他们得到科学、系统、全面的培训，但费用较高，应量力而行。

9.2.6 推销人员的激励和评估

1. 对推销人员的激励

企业为了扩大产品的销路，牢牢占领市场，必须充分调动推销人员的积极性，运用各种激励手段使推销人员感到工作和个人的价值，从而发挥其最大潜力。

(1) 销售定额(sale ration)。各地区将每年的目标任务分配给每个销售人员作为销售定额，并根据定额完成情况决定报酬的多少。

(2) 佣金制度(commision system)。它是指企业按销售额或利润额的大小给予销售人员固定或根据情况可调整比率的报酬。它能激励销售人员尽力工作，形成竞争机制。但是由于各种产品及用户的特点不同，推销人员的工作难度也会有所差别，企业在工作分配上的平衡度不易把握。因此，销售人员的佣金也要因产品、工作性质的不同而有差异。通常推销人员的收入中固定工资占 70%，机动工资大约占 30%。

2. 对推销人员的评估

为了对推销人员进行有效的管理同时也作为分配报酬的依据，必须对推销人员的工作业绩建立科学的评估、考核制度。对推销人员业绩的科学评估，首先需要阅读和分析有关情报资料，包括推销人员根据考核指标所撰写的定期报告。其次要建立有效的评估标准，评估标准应能反映推销人员的销售绩效。其主要指标有：销售量及增长率、毛利、每天访问次数、访问成功率、平均订单数、销售费用与费用率、新顾客的增加数及失去的顾客数等。同时也要注意一些客观条件，如销售区域的潜力、地理状况、交通条件等，这些条件都会不同程度地影响销售效果。最后实施正式评估，企业在掌握了足够的资料、确立了科学的标准之后，就可以正式评估了。大体上，评估有两种方式。一种方式是将各个销售人员的绩效进行比较和排队。这种比较应当建立在各区域市场的销售潜力、工作量、竞争环境、企业促销组合等大致相同的基础上，否则不太公平。同时，比较的内容也应该是多方面的，销售额并非是唯一的，销售人员的销售组合、销售费用及对净利润所作的贡献也要纳入比较的范围。另一种方式是把推销人员目前的绩效同过去的绩效相比较。这种方式有利于衡量推销人员工作的改善状况。除了对推销人员的工作成绩进行评估外，在有条件的情况下也应对推销人员的素质进行评估。素质评估包括对推销人员的知识、人格、工作热忱、思想品质、奋发向上精神的评价。

9.3 营 业 推 广

营业推广是指除广告、人员推销和公共关系与宣传之外，企业在特定目标市场上，为迅速起到刺激需求的作用而采取的促销措施的总称。营业推广对在短时间内争取顾客扩大购买具有特殊的作用，故也称特殊推销。

营业推广预算占促销预算的比例越来越高，特别是在消费品行业，其营业推广费用已超过广告费用。营业推广之所以发展较快是因为：营业推广短期效果较明显，成为营销人员寻求短期增加销售的方法；竞争加剧，品牌数量和产品种类增多，产品相似性增加，营业推广成为购买行为的最主要刺激因素；效果较易测量，比较直接，短期销量的改变是营业推广的直接诱因，因此，营销人员希望运用营业推广来迅速改变销售状况。

营业推广在营销沟通中介绍新产品和建立品牌认知，帮助实施推式和拉式策略。

9.3.1 营业推广的方法

营业推广的方法五花八门，不拘一格，企业应根据市场类型、顾客心理、销售目标、产品特点、竞争环境以及各种营业推广的费用和效率等因素进行选择。

根据营业推广活动所面对的对象的不同，营业推广方法可分为三大类。第一类是面对消费者的，有赠品、奖券、代金券、现场表演等；第二类是面对中间商的，有购货折扣、合作广告、推销奖金、降价保证、经销竞赛等；第三类是面对推销员的，有奖金、接力推销等。

1. 赠品促销

赠品促销即通过赠送样品、纪念品、试销品及各种小物品等，使部分消费者免费获得对产品的试用，从而得到对产品的特点的体验，形成对产品的认知，同时形成口碑对产品进行口传。

2. 有奖销售

有奖销售即企业在销售某种产品时设立若干奖励并印有奖券，规定购买数量，顾客购买达到数量后可获奖券，然后由销售者按期宣布中奖号码，中奖者持券兑奖。这种推广方法，利用人们的侥幸心理，对购买者刺激较大，有利于在较大范围内迅速促成购买行为，但应注意适度奖励。

3. 展览和展销

展览和展销即通过举办展览会、展销会及其他形式的展览，进行现场表演和示范操作以招徕顾客。这种方法销售集中，说服力较强。

4. 商品陈列

商品陈列即在橱窗内或货柜前集中陈列商品，突出特色，以吸引顾客的注意力。

5. 廉价包装

廉价包装即在商品包装或招贴上注明廉价包装比一般包装减价若干。该法对于刺激短期销量非常有效。

6. 折价购货券

折价购货券销售者向购买者赠送或散发折价购货券,持券者可凭券享受价格优惠待遇。企业通常规定折价购货券的有效期、折价商品的品种和购货地点。

7. 推销竞赛

推销竞赛即企业确定推销奖励的办法,以刺激、鼓励中间商及企业推销人员努力推销商品、展开竞赛,成绩优异者给予奖励。

 案例 9-3

北京安贞华联商厦购物返券风波

2004 年国庆节的黄金周还没开始,商家的节日促销战就如同 "嗞嗞" 冒烟的导火线,只待购物的狂潮来引爆。安贞华联在 9 月 17 日~10 月 14 日期间推出了满 200 元送 300 元礼券的促销活动,活动的具体规则如下所示。

凡购物满 200 元送 9 月 17 日~10 月 14 日面值 200 元的黄色购物券一张、10 月 15 日~11 月 4 日面值 50 元的粉色购物券一张、11 月 5 日~11 月 25 日面值 50 元的绿色购物券一张。"十一"期间由于商家的活动正常进行,多数消费者花掉了手里的 200 元返券,但是消费者在后面两个时段准备花返券时却发现了不少的问题。

10 月 15 日,当粉色券第一天可以使用时,有媒体就报道了许多顾客 "花返券难" 的问题。当天有许多顾客在商场购物时发现,里面大部分商品都只收现金,用返券几乎什么都买不到。

11 月 6 日绿色返券开始使用的时候也遇到了难以花出去的问题,安贞华联负责人的解释是自从 "十一" 商厦进行 "满 200 元返 300 券" 的活动以来,销售额直线上升,返券的数额较大。许多顾客因为没有耐心或没有时间在两个月内多次往返商厦,一批 "黄牛党" 就利用消费者的这种心理开始在商厦门前倒卖返券。还有人印制假券与真券进行混买,以谋求更大的利益。为了杜绝这一情况,商厦投资了近百万进行计算机系统改造。"黄牛党" 眼看生意不好做,就开始到商场门前煽动消费者闹事,这样的事情近来已经发生了多起。

针对这种情况,顾客和商厦各执一端,顾客认为商厦在搞欺诈,商厦则认为是黄牛党在捣乱。

资料来源:搜狐网.

9.3.2 营业推广方案的制订

为了充分发挥营业推广的积极作用,企业在开展营业推广活动前,应先拟定好营业推广方案,然后加以实施。营业推广方案应包括以下主要内容。

1. 营业推广的对象与目标

首先要明确营业推广的对象，是中间商还是消费者，是男性消费者还是女性消费者等。然后进一步明确目标，是稳定老主顾还是发展新用户，是鼓励继续购买还是争取试用等。

2. 营业推广的措施

由于营业推广的各种方法特点不同，同一种方法对不同对象的吸引力也有差异，营业推广的措施须经比较和选择确定。同时应注意，在一次营业推广活动中，选样的措施不宜太多，以便增强针对性。

3. 营业推广的时机、规模与时间

营业推广的时机选择是否恰当会对其实施效果产生显著影响。确定营业推广的规模应与目标顾客结合起来考虑，如目标顾客面广，可把规模扩大些；同时还应尽可能选择效率高而费用省的营业推广方法，以收到事半功倍的效果。营业推广的时间一般不宜太长，以免使顾客出现怀疑或逆反心理，失去吸引力；但也不能太短，以防失去一些本可争取到的顾客，造成遗憾。

此外，营业推广方案中还应包括营业推广的范围和途径、参加者的条件、费用预算以及其他有关内容。方案实施以后，应注意对其实施效果进行评价。

9.3.3 在营业推广中必须注意的问题

营业推广在实施过程中必须和其他营销沟通工具结合在一起才能创造强有力的协同作用。例如，广告提供消费者消费某种产品的理由，营业推广工具则配合广告刺激消费者购买。

营业推广与其他营销沟通工具相比有明显特征。通常其信息比较直接，容易引起消费者注意，把他们引向产品，采取让利、诱导或免费赠送的办法给顾客某些好处，产生更强烈、更快速的反应，迅速扭转销售下降。但是，这种影响常常是短期的，对建立长期的品牌偏好影响不是很大，因此营业推广要与其他营销沟通工具配合起来共同实现营销沟通目标。

9.4 广 告

广告(advertising)具有非常悠久的历史，它是商品经济的产物。因为在日益扩大的市场环境下，买卖双方很少直接见面，更多的是通过不同媒体传递信息。这种特殊性决定了广告业的迅速发展。

9.4.1　广告的概念与分类

1. 广告的概念

"广告"一词来源于拉丁语，有"注意"、"诱导"的意思。按汉语，顾名思义就是"广而告之"的意思。按照美国市场营销协会(AMA)的定义，广告是"由特定广告主以付费方式对于构思、产品或劳务的非人员介绍及推广"。这个定义包括的面较广，既包括盈利组织(如企业)的广告，又包括非盈利组织(如宗教团体、慈善机构、政府部门等)的广告。盈利组织广告也叫商业广告，是传播有关企业或产品的经济信息，这类广告主要是宣传企业、产品、劳务、观念等；非盈利组织广告是除盈利组织广告以外的各种广告，如招聘、寻物、征婚、启事、各种公告等。在市场营销学中所讲的广告就是指盈利组织广告。

所谓的广告是广告主以付费的方式，采用一定的媒体向目标市场传播企业、产品及服务信息的有说服力的信息传播活动。这一概念包含有以下几个要点。

(1) 广告是一种信息传播，是一种非人际传播。

(2) 广告是一种付费传播。

(3) 广告有明确的广告主。

(4) 广告对象是有选择的。

(5) 广告是说服艺术。

2. 广告的分类

1) 按广告的内容分类

(1) 产品广告，主要宣传产品的主要特征及产品为顾客带来的需求满足。

(2) 企业广告，主要宣传企业的实力、观念、成就等。其目的是树立企业的良好形象，从而使消费者对企业产品产生信任和好感，增加产品的销售。有关公共关系和公共利益广告都属于这类广告。

2) 按广告的目的分类

(1) 倡导性广告，亦称为开拓广告。倡导性广告的目的是开拓某一新市场，一般在产品介绍期使用这种广告。

(2) 竞争性广告，其目的是推销某品牌的产品。

(3) 提示性广告，经常或间歇式播放，以提醒消费者注意。

(4) 公司声誉广告，主要宣传企业的方针、观念，把营销战略作为一个整体信息传递给目标市场及公众。

3) 按广告的对象分类

(1) 消费者广告，广告直接向消费者介绍产品的特征、品质特色等。

(2) 经销商广告，根据经销商的业务范围和需要，提供各种商品目录、样本等。

(3) 工商企业广告，向工商企业推销产品的广告，亦称产业广告。

(4) 专门广告，又称专业广告，广告对象以建筑师、会计师、医生等技术专业人员为主。

4) 按广告的诉求方式分类

(1) 感情广告，运用情感手法来刺激消费者的购买欲望，使消费者产生感情上的联想和情绪，化妆品广告最为典型。

(2) 理由广告，从技术员的方面对产品的特征、功能、使用等做出令人满意、信服的解释称之为理由广告，汽车、机床、高档家用电器常使用这种广告。

5) 按广告的预计效果分类

(1) 直接行动广告，这种广告的直接目的是刺激消费需求，并能够立即引起购买，如宣传特价、折扣、优惠等各种销售促进活动的广告。

(2) 长期行动广告，主要用来提高消费者对产品的认知度、理解度和偏好度，提高产品的市场占有率。

9.4.2　广告媒体

广告媒体是广告主与广告接收者之间的连接物质，它是广告宣传不可少的物质条件。广告媒体并非一成不变，而是随着科学技术的发展而发展的。科技的进步必然使得广告媒体的种类越来越多。目前，主要媒体有以下几类。

1. 报纸广告媒体

报纸广告媒体的优点有以下几点。

(1) 受众比较明确，即其传播的范围及对象都很明确。

(2) 传阅性好，一份报纸往往会被许多人传阅，其传播数量大大高于发行量。

(3) 可反复阅读，因而可能达成较高的记忆强度。

(4) 及时性好，因报纸的印刷周期短。

(5) 成本比较低。

但报纸广告也存在一些缺点。

(1) 寿命短，除少数个人和机构外，大多数人阅读后便会弃置不顾。

(2) 报纸表现能力差，影响到广告的感染力和吸引力。

(3) 注意力易分散，报纸的版面及内容极其众多庞杂，因而广告易被忽略。

2. 杂志广告媒体

杂志广告媒体的优点有以下几点。

(1) 专业性强，可以把产品信息有效地传递给一个很具体的细分市场。例如法国"捷信"照相机脚架厂通过在《中国摄影家》杂志上做广告，就可将这种专业性很强的产品介绍给专业摄影家和摄影爱好者。

(2) 印刷精美，引人注意，可制成高质量彩色的广告版。

(3) 保存时间长，可反复查阅。

同样，杂志广告也存在一些缺点。

(1) 发行周期长，一般杂志都是周刊、半月刊、月刊、季刊等，广告时效性差。

(2) 专业性强的杂志接触面窄，发行量比较小。

(3) 篇幅小，广告受限制。

3. 电视广告媒体

电视广告本身还具有以下的许多优点。

(1) 形象生动逼真，感染力强，容易记忆和留下深刻印象。

(2) 电视的许多专题节目都有特定的对象，针对性强。

(3) 电视的普及率高，深入千家万户。

(4) 表现手法多样，艺术性强。

电视广告也存在以下一些缺点。

(1) 播放时间短，瞬间即逝，印象不深，不能存查，需反复播放。

(2) 节目间插播广告，尤其是多次插播广告，往往会引起观众的反感，影响广告的吸引力。

(3) 编导制作复杂，反复播放，费用较大。

4. 广播广告媒体

广播媒体的优点有以下几点。

(1) 广告信息传播迅速、及时、范围广。

(2) 针对性较强，通过在各种专题广播节目中插播相关的广告，可很有效地把企业广告信息传达给相关的目标顾客群体。

(3) 与其他媒体相比费用较低。

广播广告的缺点有以下几点。

(1) 有声无形，印象不深。

(2) 转瞬即逝，难以记忆，不能存查。

(3) 听者注意力不集中，效果差。

5. 邮寄广告媒体

广告主将印刷的广告物直接寄给潜在的顾客、中间商或代理人。邮递广告的优点有以下几点。

(1) 最具选择性，差不多可传达给任何目标市场。

(2) 广告效果容易衡量。

邮递广告的主要缺点有以下几点。

(1) 传播范围较窄。

(2) 受众人均覆盖成本较高。

(3) 可信度较差。

6. 户外广告媒体

户外广告通常有招贴、广告牌、交通广告以及霓虹灯广告等。户外广告经常作为辅助性推广媒体，也有助于开拓营销渠道，地点多选择在闹市、交通要道或公共场所，一般比较醒目。它的主要优点有以下两点。

(1) 比较灵活、展露重复性强。

(2) 成本低、竞争少。

其缺点是不能选择对象，创造力受到局限等。

除以上这些主要广告媒体外，随着 IT 业的发展、网上经济的突现，网络广告对传统广告媒体的冲击越来越大，它正在夺取传统广告媒体的市场。厂商通过电子邮件就可以把广告信息送到千家万户，电子网络将以"无形的报刊"逐渐侵蚀着"有形报刊"。

9.4.3 媒体的选择

企业在选择广告媒体时，除了注意媒体本身的特点外，还要考虑顾客、产品、广告内容、预算内容等方面的因素。

1. 顾客的特点

由于顾客的年龄、性别、职业、民族、购买力不同，广告的重点、选择媒体也不相同。例如，对儿童用品的广告宣传，不宜采用杂志，而应选择电视或电台做广告。

2. 产品特性

各种产品的性能、特点、用途、使用范围不同，广告的重点、选择媒体也不相同。不同的媒体在展示、解释、可信度与颜色等各方面分别有不同的说服能力。如化妆品、家用电器等生活消费品适宜在电视上做广告或在杂志上做彩色广告，特殊性产品需以详细说明的产品宜在报纸、杂志上做广告。

案例 9-4

20 世纪 80 年代，宝洁首先给中国吹来广告风，当海飞丝的去头屑广告在电视上热播时，年轻人最时髦的话题就是海飞丝了。以后的很长一段时间里，只要在电视里出现了宝洁产品的广告，都会产生一群时髦的追风族。宝洁取得这么高知名度是建立在高成本广告投入的基础上的。据权威的市场调查公司统计，1999 年宝洁在中国投入的广告费超过 5 亿元，占中国日化领域的 10%左右，远比同是跨国公司的联合利华高得多，更别谈国内公司了。

3. 媒体的传播范围

适合在全国各地使用的产品应以全国性发行的报纸、广播、电视等作为广告媒体；属地方性销售的产品可通过地方性报刊、电台、电视台、户外广告等传播信息。

4. 媒体的费用

不同的广告媒体，其费用是不同的；同一类型的广告媒体，也因登广告的时间和位置不同，有不同的收费标准。考虑媒体费用应该注意其相对费用，即考虑广告的促销效果。如果使用电视广告需支付 20 000 元，预计目标市场收视者 2 000 万人，则每千人支付的广告费是 1 元；若选用报纸作为媒体，费用 10 000 元，预计目标市场阅读者 500 万人，则每千人广告费为 2 元。相比较结果，应选用电视作为广告媒体。

 案例 9-5

2001 年年初，海王增发股成功筹得 14.5 亿元人民币，而用于广告投入近 10 亿元。据统计，海王广告投入量每天高达 300 次，铺天盖地的广告迅速提高了海王的知名度。况且海王选择投放的媒体是中央电视台，中央电视台凭其权威性和高覆盖率、高收视率，曾造就了像海尔、步步高、蓝田等知名品牌。如今央视的强势媒体效应在海王身上再一次得以充分体现。

海王的广告策略当然不仅仅在于它无赖式的广告轰炸，海王广告的谋略运作有明显优于脑白金、哈药的高明之处。海王广告简单明了，有点小俏皮，显得生动幽默，像海王银得菲"关键时刻，怎能感冒"的电视广告为观众所津津乐道，即使投放量再大一点，也不至于引起观众反感，知名度上去了，美誉度也跟着上去了。相比之下，哈药的明星助阵+简单轰炸式的广告引起了消费者的普遍厌倦，脑白金送礼篇广告虽然让老年人笑得合不上嘴巴，它那好像不送脑白金就不是孝子贤孙的广告语实在令中年消费者反感。特别是春节送礼广告，卡通式的老爷子、老太太摇摇晃晃，莫名其妙地念叨"今年孝敬咱爸妈啊，咱爸妈"，令消费者大跌眼镜。

9.4.4 广告策略

广告策略是企业利用广告推销产品为取得更好的效果而采取的措施。企业为了扩大销售额，提高市场占有率，将制定各种广告策略。

1. 目标市场广告策略

目标市场广告策略(target marketing advertising strategy)是指企业在市场细分的基础上，

选择出最有开发力的市场，并根据该市场的特点采取相应的广告策略。企业所选择的目标市场不同，所采取的广告宣传策略也就不一样，一般分为差别广告策略、无差别广告策略和集中式广告策略。

1) 差别广告策略

对于同一种产品，消费者在需求上存在差异。广告要突出本企业产品的个性，针对不同需求的消费者群体采取不同的广告方式或选择不同的广告媒体。这种策略应充分显示本企业产品与竞争产品的差异，突出自身的特点，通过广告宣传，给消费者以能够获得某种利益的鲜明印象。如宝洁公司的洗发用品海飞丝——去头屑；飘柔——柔顺秀发；潘婷——滋润养发。

2) 无差别广告策略

它是在制定广告计划时，将整个市场同等看待，不考虑产品和各个细分市场的特殊性、差别性，用统一的广告宣传内容和主题，向一个大的目标市场进行宣传与推销。

3) 集中式广告策略

它是指企业针对一个或少数几个细分市场，在一定的时间内，调动多种广告宣传手段和方式，集中力量进行广告诉求，以获得较高的市场占有率。

2. 系列化广告策略

系列化广告策略(serial advertising strategy)是在广告宣传中，按预定计划连续发布具有同一主题内容以及统一设计形式的广告，以不断加深广告印象，增强广告宣传效果。这种策略在实施中又有 4 种手法。

(1) 形式系列化策略。在一定的时期有计划地发布数则广告，其形式相同但内容有所改变，以加深消费者的印象。这种策略适用于内容更新快，发布频率大的广告。

(2) 主题系列化策略。企业依据每一时期目标市场的特点和市场营销策略的需要，不断变更广告主题，以适应不同广告对象的心理需求。

(3) 功效系列化策略。通过多则广告，连续宣传，逐步深入，强调商品功效，使消费者加深对商品的印象。

(4) 产品系列化策略。为了适应系列产品经营的需求而进行产品系列广告宣传。系列产品具有种类多、声势大、连带性强的特点，在广告宣传中可以运用这些特点展开宣传。

 案例 9-6

海王银得菲系列广告创意

《生日篇》

生日蜡烛已经点燃，突然一个喷嚏，蜡烛倒是灭了，蛋糕也给糟蹋了……关键时刻，怎能感冒！——治感冒快，海王银得菲！

《剃头篇》

明天有一个重大演出，发型可是塑造形象的关键。就差最后一点，发型师突然一个喷嚏，全毁了……。关键时刻，怎能感冒！——治感冒快，海王银得菲！

《中奖篇》

买彩票都买了快一年了，时来运转，今天终于中奖了。女友跟着激动万分，突然一个喷嚏，彩票消失在萧萧狂风中……。关键时刻，怎能感冒！——治感冒快，海王银得菲！

《宝宝篇》

使尽浑身解数，终于哄得宝宝入睡，突然一个惊天动地的喷嚏，惊醒了宝宝，哭声顿起……。嗨，都是感冒惹的祸！关键时刻，怎能感冒！——治感冒快，海王银得菲！

每个关键时刻均有快治感冒的要求，但并未出现感冒患者的形象。一声"啊欠"将感冒情形交代得一清二楚，既表达了感冒药的被需求，又没有任何犯规嫌疑。每一个情节的设计、每一个细节的处理，都经过反反复复的精心安排，工夫花得不露声色才最难得。

3. 广告时间策略

广告时间策略(advertising time strategy)是指在广告宣传活动中，对广告发布的具体时间和频率进行合理安排，以取得最佳效果的策略。这种策略在实施中有 4 种方法。

(1) 集中时间广告策略。它是指集中力量在短时期内对目标市场进行突击的广告攻击性策略。

(2) 均衡时间广告策略。它是指在较长时期内，有计划地反复地对目标市场进行某种广告宣传活动的策略，但应注意在表现手法上有所变化，不断给以新鲜的感觉。

(3) 季节广告策略。它指对季节性的商品，在其销售季节来到之前就展开广告活动，为销售旺季做好长远准备的策略。旺季过后，广告规模就要收缩，不等销售季节结束，广告便可停止。

(4) 节假日时间广告策略。节假日期间某些特种商品往往会出现销售高潮，零售企业和服务行业应抓住机会，通过焦点广告等形式，有效地开展广告促销活动。

案例 9-7

1994 年，中央电视台黄金时段广告开始实行招标。2000 年的广告招标总额达 19.2 亿元，2001 年为 21.6 亿元，2002 年为 26.26 亿元，2003 年为 33.146 5 亿元，一路攀升。但由于秦池、爱多等一批央视"标王"的大起大落和过早凋零，使企业对央视黄金段位的招标又爱又恨，而跨国品牌对黄金时段的观望和冷漠又使业界对央视"标王"的含金量存有疑虑之心。而 2004 年 1 月 1 日正式执行的广电总局 17 号令，对于卫视的价格战产生了遏制作用，也使电视媒体黄金时段的广告价格总体上大幅上涨。在这一形势下，央视对广告客户的吸引力更大了。

2003 年 11 月 18 日，近千人把能容纳 700 多人的梅地亚宾馆二楼会议厅挤得水泄不通。在央视黄金段位广告招标大会抛出的标的物共有 224 个，报名参与招标的企业有 156 家，比往年增长了 25%，其中新客户增长了 50% 以上。

"黄金时段按季度甚至月份来招标，就没有了标王的称呼，每个企业可根据自己的产品销售情况和特点来确定广告投放的情况，不存在谁是王的问题。"央视广告部主任郭振玺指出。

央视广告招标的进一步细化，使过去一年一次的局部时段招标发展到了现在的季度标和单元标。业内人士指出，今后不排除出现单月标、旬标的可能性。在天气预报中的两条 7.5 秒广告也被调整为天气预报提示收看组合广告和两条 10 秒的广告。

4. 广告产品的生命周期策略

广告产品的生命周期策略(1ifecycle strategy of product advertise)就是依据产品的生命周期所处的不同发展阶段采取相应的广告策略。

(1) 投入期策略。这一阶段新产品尚未被消费者认知。因此，广告宣传以产品功能介绍为主，使消费者对新产品有一个认识和了解，从而引起兴趣。其目的是使消费者产生新的需要，执行开拓市场战略。在这一阶段，应投入较多的广告费，运用多种媒体配合宣传，造成较大的广告声势。

(2) 成长期策略。经过前期的广告宣传，新产品已获得消费者认可，销售量大增，同时，同类产品也开始纷纷登场，竞争逐渐激烈。在这一阶段，广告策略以扩大市场潜力、展开竞争性广告宣传、引导消费者认牌选购，应大力宣传产品的商标、品牌，不断扩大企业和产品的知名度。

(3) 成熟期策略。在这一阶段新产品已变成普及品，同类产品竞争非常激烈。广告策略以保牌为目标，巩固已有的市场和扩大市场占有率。这一阶段的广告诉求应该具有强有力的说服力，突出本产品同其他品牌同类产品的差异性和优越性，巩固企业和产品的声誉，加深消费者对企业和商品的印象。

(4) 衰退期策略。衰退期产品供求趋于饱和，原有的产品已逐渐变成老产品，新产品又已逐渐进入市场。产品后期广告目标的重点在维持产品市场上，采用延续市场的手段。后期广告宣传的做法是运用广告提醒消费者，定时发布广告，及时唤起注意，巩固习惯性购买。广告诉求的重点是突出产品的售前售后服务，保持企业信誉，稳定产品的晚期使用者。

案例 9-8

"今年过节不收礼，收礼只收脑白金"这句广告词，我们都很熟悉，套用一句话，那叫做：地球人都知道。脑白金是上海黄金搭档生物科技有限公司的产品，其广告在网络上被评为 2002 年十大恶俗广告之一，"收礼只收脑白金"成为恶俗广告的代名词。可这并没有妨碍脑白金在 2002 年实现 12 亿元的销售额。

讨厌其恶俗广告的同时，消费者在选择礼品的时候还是选择了脑白金。

在市场启动期，脑白金基本以报媒为主，选择某城市的 1～2 家报纸，以每周 1～2 次的大块新闻软文，集中火力展开猛烈攻势，随后将十余篇功效软文轮番刊登，并辅以科普资料作证。这样的软文组合，一个月后就收到了效果，市场反响强烈，报媒为产品开道，大大唤醒了消费者的需求，刺激引导了购买欲望。

脑白金在成长期或成熟期，媒体重心则向电视广告转移。电视广告每天滚动播出，不断强化产品印象，广大中老年人有更多的机会接触电视，接受产品信息。脑白金电视广告分为 3 种版本：一为专题片；二为功效片；三为送礼片。3 种版本广告相互补充，组合播放，传播力度更是不同凡响，特别是周边地区，电视广告更是主要手段。

脑白金在产品成熟期有 8 部专题片，每天播放的科普片不能重复。一般在黄金时段、亚黄金时段播放一次，视具体情况而定。脑白金的送礼广告，更趋向于黄金时段，强调组合使用、系列性，但时间上要错开。

脑白金的宣传策略是追求最有效的途径、最合适的时段、最优化的组合，不求全但求到位。脑白金最早以报媒、小册子为主导，启动市场，以终端广告相辅助。之后，随着产品渐入成长期，脑白金的媒体选择开始发生变化，报纸、电视广告成为重要的媒体组合。另外，宣传册子成为集团购买与传播产品知识的有力手段。在分析脑白金的媒体宣传策略时，应将其分为两个阶段来看，一为市场启动期(或试销期)，二为市场成长期(或成熟期)。

5. 提醒式广告策略

提醒式广告策略(remanding advertising strategy)设法提醒消费者记忆广告产品的厂牌、商标及特点，巩固原有的市场占有率，引导消费者形成稳固的长期性习惯需求。例如，可口可乐是众所周知的产品，早已处于成熟期，它的广告目标不再是介绍和劝说人们购买，而是提示人们购买，如提醒人们别忘了购买这种产品的地点；提示人们在近期将会需要这种产品；在淡季提醒人们不要忘记这种产品，以及保持较高的知名度等。

6. 劝导式广告策略

劝导式广告策略(introductory advertising strategy)的要点是着重宣传该产品与竞争厂商的商品相比所具有的优点，以形成消费者对本产品的特殊偏爱。此时企业的主要广告目标应是劝导顾客购买自己的产品，突出产品特色，介绍本企业产品优越于其他产品之处，促使顾客形成品牌偏好。

7. 全方位广告策略

全方位广告策略(persuasive advertising strategy)运用多种媒介交叉立体覆盖，广泛进行反复宣传，形成了由城市到农村、由地方到全国、由小范围到大范围的广告促销网，容易在短时间内造成巨大声势，具有影响舆论、改变印象的功能。这种策略适合资金雄厚、产品面向全国、质量好、品种齐全的大型企业采用。

8. 广告促销策略

广告促销策略(sales promotion advertising strategy)是一种紧密结合市场营销而采用的广告策略。广告促销策略不仅告知消费者购买商品的益处，说服消费者购买，而且结合市场营销的其他手段，给予消费者更多的附加利益，以吸引消费者对广告的兴趣，在短期内收到广告效果。广告促销策略包括馈赠、文娱、服务、折价、公共关系等促销手段的运用。如报纸广告赠券，即在广告的一角设有回条，读者剪下，凭条到商店购买商品可享受优待，食品、饮料、日用品的报纸广告多用此条。还有企业以出资赞助电台、电视节目，如猜谜、有奖竞赛等形式来作广告。

9.4.5 广告效果评估

在广告制作完成并正式大量播出后，必须进行效果测量，以检验其是否达到预期的效果。对广告进行评估的内容很多，就效果而言，主要有两个方面：一是沟通效果；二是销售效果。

1. 沟通效果评估

沟通效果评估的主要目的在于研究广告信息是否与目标群体达到有效沟通。通常是引用抽样的方式找一部分目标消费者或专家来进行测试。主要方法有如下几种。

(1) 记忆测验，给受训者充分的时间看广告，然后要求受测者尽其所能，以回忆的方式述说广告的内容，主要测试其对广告的理解力及记忆力。

(2) 反应测验，以直接或间接的方式检测受训者对广告的喜爱程度、想法及影响力，主要筛选广告及其优缺点。

(3) 生理测验，以生理测验仪器来衡量受测者在接受广告刺激时的生理反应，如心跳、血压、瞳孔大小等。此法的优点是以科学的方法评估反应；缺点是无法测试受测者对广告的信念、态度或意图。

(4) 销售测验，主要测验广告对消费者购买行为的影响。进行的方式是首先选定一批消费者，在被控制的情况下，让其接触公司的广告，然后选定一家或多家零售点，记录消费者对广告产品的购买情况及数量。

2. 销售效果评估

广告事后测试主要衡量广告播出后所产生的实际效果。由于影响消费者行为的因素比较多，广告播出后的实际效果是很难正确衡量的。其常用的方法有两种。

(1) 历史资料分析法。这是由研究人员根据同步或滞后的原则，利用最小平方回归法求得企业过去的销售额与企业过去的广告支出两者之间关系的一种测量方法。

(2) 实验设计分析法。用这种方法来测量广告对销售的影响，可选择不同地区，在其中某些地区进行比平均广告水平强 50%的广告活动，在另一些地区进行比平均水平弱 50%的广告活动。这样，从 150%、100%、50%3 类广告水平的地区的销售记录就可以看出广告活动对企业销售究竟有多大影响了，还可以导出销售反应函数。这种实验设计法已被美国等西方国家广为采用。

9.5 公 共 关 系

9.5.1 公共关系的概念及特征

公共关系(public relation)也叫公众关系，简称公关，英文缩写为 PR。它包括的内容十分广泛，而从市场营销学的角度来谈公共关系只是公共关系的一小部分。所谓公共关系是指企业运用各种传播手段来协调与公众之间的关系，使企业及企业的产品在公众中树立起良好形象，增强公众对企业的支持，提高企业和产品的社会声誉，为企业创造良好的外部环境，从而有利于企业的长期发展。

公共关系的基本特征表现为：公共关系是一定社会组织和与其相关的社会公众之间的相互关系；公共关系的目标是为企业广结良缘，在社会公众中创造良好的企业形象和社会声誉；公共关系的活动以真诚合作、平等互利、共同发展为基本原则；公共关系是一种信息沟通，是创造"人和"的艺术；公共关系是一种长期活动，着手于平时努力，着眼于长久打算。

9.5.2 公共关系的活动方式

公共关系的活动方式是指以一定的公共目标和任务为核心，将若干种公共媒介与方法有机结合起来，形成一套具有特定公关职能的工作方法系统。按照公共关系的不同功能，公共关系的活动方式可分为 5 种。

(1) 宣传性公关(propagandize public relation)，即运用报纸、杂志、广播、电视等传播媒介，采用撰写新闻稿、报告等形式，向社会各界传播企业有关信息，以有利的社会舆论创造良好气氛的活动。

(2) 征询性公关(consult public relation)，即通过开办各种咨询业务、制定调查问卷、进行民意测验、设立热线电话等形式，努力形成效果良好的信息网络，再将获取的信息进行分析研究，为经营管理决策提供依据，为社会公众服务。

(3) 交际性公关(company public relation)，即通过语言、文字的沟通，为企业广结良缘，巩固传播效果，可采用宴会、座谈会、专访、电话、信函等形式。

(4) 服务性公关(service public relation)，即通过各种实惠性服务，以行动去获取公众的了解、信任和好评，以实现既有利于促销又有利于树立和维护企业形象与声誉的目标。

(5) 社会性公关(service public relation)，即通过赞助文化、教育、体育、卫生等事业，支持社区福利事业，参与国家、社区重大社会活动等形式来塑造企业的社会形象，提高企业的社会知名度和美誉度。

9.5.3 公共关系的运用原则

(1) 从社会的公共利益出发，而不是为了企业的局部利益。例如，必须坚持安全生产、文明经商、消除公害、保护环境等，在这些方面，不能只有口头宣传，而必须要有实际表现和实际效果。企业只有真正为公众做好事，才会提高社会对企业的观感。

(2) 以优良的产品和服务作基础。高质量的产品与服务是企业有信心开展公共关系的物质基础，而良好的公共关系又往往能转化为企业的产品声誉和实际销售效果，提高企业的竞争能力。

(3) 坚持与对象相适应的原则。不同对象应建立不同内容的公共关系，企业应区别不同的对象，有针对性地建立与之相适应的公共关系。

(4) 坚持信誉原则。"人无信不立，店无信不昌"，信誉是企业最宝贵的无形资产，在公共关系工作中，要特别注意维护企业声誉，提高社会对企业的信任感。

9.5.4 公共关系促销策略

公共关系是企业开展商品促销活动不可缺少的手段。它对于争取社会公众的理解、信赖、支持与合作，树立良好的企业形象具有积极的作用。从公共关系的角度看，市场不仅仅意味着交换，更大程度上意味着共同获利，尤其在将顾客视为上帝的现代社会，最大限度地满足人们的需要已成为市场竞争取胜的关键。

1. 长远利益公关促销策略

公共关系的基本方针是着眼于长远利益。只有谋求长远利益，才能争得企业的生存与发展，才能展示现代企业家的公关素质特征。长远利益公关促销策略是企业追求的基本策略。

2. 塑造形象公关促销策略

企业形象是企业竞争的核心，公关的全部意义就在于美化企业形象，加深消费者的信任感、认同感，促进产品销售。利用"名人"、"明星"、"权威人士"等来宣传企业形象、产品形象、企业价值观、企业经营理念，以引导社会舆论，起到良好的社会效果。

3. 沟通化公关促销策略

促销并不是赤裸裸的金钱行动，而是多种因素综合作用的结果，其中最重要的一点就是沟通。现代公关是一种全方位的沟通，包括与消费者的沟通、与社会公众的沟通、与政府部门的沟通、与企业员工的沟通等。一个善于沟通的企业也就可能是市场营销的高手。

4. 共利化公关促销策略

经商的奥妙不在于独占利益，而在于分享利益。"有福同享"、"有利同分"是公关促销的基本策略。日本"拉链大王"吉田中雄建立了一套"善的循环"哲学。他解释到，不为别人的利益着想，就不会有自己的繁荣。企业的利润不可独吞，应以 1/3 的低价方式给消费者，1/3 给中间商，1/3 留给企业。

5. 协调竞争公关策略

企业不把同行当"冤家"，主动向竞争对手表示友好，协调竞争关系，改善竞争环境，这是一种既竞争又合作，既做对手又做朋友的友善策略，也是一种最明智的竞争策略。这样不仅可以展示高尚的企业风格，而且还可以争取更多竞争对手的合作，避免同行的不正当竞争，这也是现代公关的新趋势。

 案例 9-9

巨能钙的危机公关

巨能钙是巨能实业有限公司(巨能集团)下属的巨能新技术产业有限公司生产的。巨能钙于 1996 年推向市场，2000 年在央视广告中"8 位博士、48 位科学家、100 项科学实践、10 呕心沥血……"的广告词把巨能钙的科技背景和研发实力体现得淋漓尽致。在保健品遭遇信任危机的时代，通过"数据"说话，让巨能占尽先机，巨能钙传遍千家万户，服用者达数万之众，其年销售额突破 5 亿元人民币。

可在 2004 年 11 月 17 日，《河南商报》的一篇报道《消费者当心巨能钙有毒》把巨能钙推到了风口浪尖上。在短短半个月里，该公司与相关媒体针对"双氧水"问题进行了多次理论，并通过相关管理部门的检验和认证，重新上市。但在质量事故层出不穷的背景下，巨能钙事件让人们感觉雪上加霜。此次危机的直接后果是：各地市场的巨能钙纷纷被撤下架，公司被当作不诚信的典型屡见报端，产品重新上市后又鲜有买家，直接和间接经济损失达到了千万元以上，这个结果肯定是该公司不想看到的。

资料来源：中国人力资源开发网.

 **案例分析** 1

M 品牌男鞋专卖店的促销

M 品牌男鞋专卖店推出了为期 7 天的"庆开业全场五折，进店就送礼，免费试穿"活动。活动前期发放了 2 万份宣传彩页，在两条主干道上悬挂上百条过街条幅。据悉，M 品牌 P 市专卖店专门为此次活动准备了 10 双试穿皮鞋和 500 套市场价为 15 元的套装鞋油。

人们的反应如下所示。

同一条街杂牌服装店老板："做品牌就是赚钱啊！看看人家，这手笔多大，肯定有厂家支持，这阵势，最少要2万吧。图什么啊，不如拿来进货。"

同一条街A品牌鞋店老板："不就是几万份宣传单、几百盒鞋油嘛。宣传单1角一份，鞋油顶多3块一盒，花不了几个钱。再说了，这宣传力度肯定有总部支持。得，我也搞，别让他把人全引过去了。"

隔壁街一药店女营业员："有这好事，咱也去看看吧。上面写了，就是不买也能落盒鞋油。反正后天要逛街，去看看吧。"

同药店另一女营业员："就是就是，人家说了五折，400元的鞋现在200元。要真是这样，我就给我家那口买一双，让他也穿穿这高档鞋。"

一位正在逛街的中年人："什么五折啊，把价格抬高了再打折，糊弄我们消费者呢。"

活动开始了，在店门口电声乐队震耳欲聋的乐声中，在川流不息的客流中，M品牌P市专卖店创造了开业当天销售54双、预定10双、7天共销售262双的销售纪录。该活动也从此被F牌河南分公司作为案例，在招商洽谈中屡屡提及。

热热闹闹的开业活动过去以后，M牌皮鞋P市经销商一算账，减去4.8折的进货成本、宣传费用(总部未报销)、房租、营业员工资等费用，不但分文未赚，反而净赔5 000多元。更令人苦恼的是，试穿的皮鞋都被穿得变了形，由于店内人太多，营业员忙不过来，还丢了4双。

M牌皮鞋P市经销商越想心里越不是滋味，终于忍不住向M牌皮鞋河南分公司打电话。当他向市场部提出以上问题时，却招来市场总监劈头盖脸的训斥："做品牌就是这样的。不要看眼前的赚与赔，眼光要放长远。品牌的塑造是一个长期性、持续性的活动，我运作品牌很多年了，这种情况是很正常的。进入新市场要先打知名度，做一点牺牲是值得的，而且我们马上就有后续活动跟上。你看，这次活动曝光率多大呀，我做鞋八年了，还从来没有见过高档皮鞋专卖店开业有那么多人的，连报社都惊动了，还连续报道了两天，我们一下子就打开局面了。做品牌不是摆地摊，要往长看，不能太短视！这次活动的效果这么好，你的库存不多了吧？赶快进货，打铁要趁热。对了，先打点款过来，账上没钱怎么发货啊？你的货早都备好了在仓库放着呢，款打过来就可以发了。好了，就这样，拜拜。"

M牌皮鞋P市经销商刚放下电话，就听到一个顾客和营业员的对话："你们的鞋不是五折吗？"

"对不起，先生。我们前几天开业促销活动确实是全场五折，现在活动时间已经过去了，所以恢复原价。"

"哦，那你们现在几折？"

"不好意思，先生。我们是品牌皮鞋，全国统一零售价，不打折的。"

"是这样，那，我再看看吧……"

资料来源：中国广告人网.

问题讨论 1. M牌皮鞋的营销活动目的是什么？

2. 营销活动的目标达到了没？这种现象说明什么？

3. M牌皮鞋的潜在购买者是谁？他们到底想要什么？

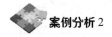

案例分析 2

三家电的促销方案

1. TCL 联手麦当劳

从 2002 年 5 月 23 日开始，国内著名家电厂商 TCL 的 500 多台大屏幕彩电将陆续进驻世界著名快餐连锁企业麦当劳的店铺内。这种完全不同领域间大企业的合作，将"2002 年世界杯"前最后一周的体育营销热浪掀起了一个新的高潮。

TCL 和麦当劳同时宣布，在 2002 年 5 月 22 日至 6 月 30 日近 40 天时间里，TCL 与麦当劳将共同演绎意欲双赢的促销战略。TCL 提供 29'、34'彩电及背投等最新大屏幕彩电 500 台，摆放在中国 500 家麦当劳餐厅内，用于为消费者转播世界杯精彩赛事。中国境内所有麦当劳餐厅内均同时开辟 TCL 麦当劳"世界杯看球俱乐部"专区。在世界杯期间，麦当劳餐厅内还将举办大型"世界杯竞猜有奖游戏"，实力雄厚的 TCL 将提供包括 TCL 王牌 29'彩电、TCL HID 一键飞、TCL DVD 机、TCL 复读机等在内的所有奖品。另外，在全国范围内的 TCL 产品销售点同时派发麦当劳 10 元(原价 15 元)的优惠券，消费者凭此优惠券可以到麦当劳餐厅进行消费。

2. 奥克斯 6 000 万打"米卢"牌

从 2003 年底聘请米卢做品牌代言人，到随后开展米卢"巡回路演"和售空调赠签名足球的活动；从五六月份斥资 6 000 万元在中央台高频度播出"米卢"篇广告，再到当前推出"200 万巨奖任你赢"世界杯欢乐竞猜活动，奥克斯世界杯策划案力争做到全年有活动、月月有高潮。冒着中国队有可能失利、米卢在世界杯后影响力下降的风险，花费 40 多万美元聘请米卢做形象代言人，奥克斯有着自己的如意算盘。一是世界杯期间，米卢必然会成为中国人关注的焦点，而这段时间也正是空调销售旺季，两相配合一定能够使奥克斯销售再创新高；二是奥克斯当前的营销目标已确定为"实施全球战略"，急欲塑造"响亮、深具亲和力"的品牌，而米卢在国内和国际上的号召力可以加速这个目标的实现；三是请米卢做代言人，既是经济新闻，又是体育新闻，同时还是社会新闻，这样一个跨行业、多角度的新闻点便于炒作，这个效果不是随便找一位帅哥靓女就能达到的。

3. 格兰仕借力 1 000 家商业巨头

2004 年 6 月底，全国 1000 家著名商场共同连手，向消费者推荐格兰仕数码光波微波炉。这种全国商场 1 000 家一盘棋联手推荐某个知名品牌的做法在业内尚属稀罕事。商业资本拼力争夺市场话语权在中国市场已是不争的事实，商家对厂家"逼宫"已经见怪不怪，这一点在家电市场尤为突出。商业资本抬头后，工商能否相敬如宾已成为业内外争论的热点。广东格兰仕集团十年来在微波炉产业中左冲右突，以产销规模和产品品质连续发起多轮刺刀见红的血腥"价格战"，清除了微波炉市场上的杂牌军，击败了众多的微波炉品牌，如今坐到了全球微波炉老大的位置。其微波炉的国内市场占有率为 75%，海外市场占有率为 35%。从 2005 年公布的格兰仕集团 2004 年营业收入 70.17 亿元、广东排名第 18 位的数字可以看出，以价格战做大规模做强企业的格兰仕已成为中国家电业和广东工业的一条巨鲸。据了解，被称为"价格鲨鱼"的格兰仕已不满足于以低廉策略攻占市场，而是调整战略使产品向高科技领域发展，誓要霸占微波炉的技术高端市场。这家企业已经磨利了技术屠刀，推出一系列高技术含量的微波炉产品，其中的数码光波微波炉杀向国内外市场后，产生了意想不到的消费热潮，2005 年初投放市场以来，在全球市场已经销售了 300 多万台。

资料来源：中国广告人网.

问题讨论：评价三家电的促销方案。

思考与训练

1. 促销除了用于一般商品和服务外，还可用于哪些事物？

2. 造成沟通障碍的因素有哪些？试举出几种沟通障碍的实例。

3. 根据你的体会，虚假广告有哪些形式？

4. 美国雪佛兰汽车厂积压了一批 1986 年生产的"托罗纳多"轿车，导致资金周转不灵，库存费用增大，工厂处于倒闭的边缘。该厂管理层检讨了企业管理方面的问题后，决定"买一送一"，即凡是买走一辆托罗纳多轿车的人即可开走一辆南方牌轿车。这使得原本"门前冷落鞍马稀"的营销部门一下子门庭若市，积压轿车一售而空。请问这是什么促销模式？

5. 对推销员的人品素质有哪些具体要求？试举一些由于推销员人品素质不佳而影响交易的例子。

第 *10* 章 市场营销组织与控制

1. 了解营销部门的演变过程以及市场营销部门的组织形式，掌握影响企业市场营销组织设置的因素；

2. 理解市场营销控制的定义和步骤，掌握市场营销控制的内容和方法；

3. 理解营销审计的概念和特点，掌握营销审计的主要内容。

KD 公司是一家中型企业，主要业务是为用户设计和制作商品目录手册。公司在 A、B 两地各设有一个业务中心。A 中心内设有采购部和目录部，采购部负责接受用户的订单，选择和订购制作商品目录所需的材料，其中每个采购员都是独立工作的；目录部负责设计用户定制的商品目录，该部的设计人员因为必须服从采购员提出的要求，因此常常抱怨其受到的约束过大，因而不能实现艺术上的完美。B 中心则专门负责商品目录的制作。最近，根据经营主管的建议，公司在 B 地成立市场部，专门负责分析市场需求、挖掘市场潜力、对采购员提出建议。但采购员和设计员都认为成立市场部不但多余而且干涉了自己的工作；市场部人员则认为采购员和设计员墨守成规，缺乏远见。虽然公司经营主管做了大量的说服工作，并先后换了有关人员，但效果仍不理想。

通过分析上述案例中市场部人员工作不顺心的原因，可以发现企业的市场营销战略和计划制定出来以后，如何使之变为现实是企业营销成败的关键。这就要求企业设置与市场营销战略、计划的实施相适应的组织结构与体系，合理安排和调配企业的各种资源，以保证计划的顺利实施。在市场营销计划实施的过程中，为了保证组织活动的过程和实际绩效与计划内容相一致，企业的管理者必须对营销计划的实施进行控制。控制是组织在动态的环境中为保证既定目标的实现而采取的检查和纠偏活动或过程。

10.1　市场营销组织

营销组织(marketing organization)及其结构是营销工作的部门，是企业为了实现经营目标、发挥营销职能内有关部门协作配合的有机的科学系统，是企业内部连接其他职能部门使整个企业经营一体化的核心。企业的市场营销部门是随着市场营销管理哲学的不断演变而产生的。它的经历大致可分为 5 个阶段，即简单的销售部门、兼具营销职能的销售部门、独立的营销部门、现代化市场营销部门、现代市场营销公司。

10.1.1　市场营销部门的演变

1. 简单的销售部门

20 世纪 30 年代以前，企业的组织设置以生产部门为主，销售部门的职能也仅仅是推销生产部门生产的产品，具体表现为 "生产什么就卖什么"，销售部门对产品生产没有发言权。但简单的销售部门只适合需求比较单一，选择性较小且同质性较高的产品的销售。

2. 兼具营销职能的销售部门

20 世纪 30 年代以后，市场上的产品数量得到了较大的增加，消费者在购买商品时有了更多的选择机会，且由于生活水平的改善和提高，消费者开始注意同类产品在质量上的差异，并对创新的产品表现出极大的兴趣，他们宁愿花高一点的价钱去购买质量较高和比较新颖的产品。这样一来买卖双方的关系发生了一些微妙的变化，生产者对消费者在产品质量和类型上的要求再也不能熟视无睹了，否则他们的产品就会滞销，甚至将卖不出去。于是，生产者开始注重从消费者的需求来改进产品质量并大力进行产品创新。这一时期企业经营观念由生产为导向变为以产品为导向，企业内部兼具营销职能的销售部门就出现了，但仍缺乏推销意识。

3. 独立的营销部门

随着工业化和机械化的发展，大量产品充斥市场，出现了供大于求的现象。买卖双方的位置也因此发生了显著的变化，市场状态由原来的卖方市场转化成了买方市场。生产者的工作重点是用尽一切手段去刺激消费者购买自己的产品，使用各种推销和促销手段。于是，企业经营管理观念由产品导向转变至推销导向，企业开始设立独立的营销部门，力求把产品能尽快地大量推销出去。在这个阶段，企业设立了一个相对独立于销售副总的营销部门，负责营销调研、新产品开发广告等营销活动，为企业寻找新的发展机会。

4. 现代营销部门

市场竞争变得日益激烈，而消费者却变得越来越挑剔。产品的卖方不仅必须使其商品具有竞争能力，而且更重要的是要真正认清消费者的需求，激起和满足顾客的欲望，把顾客作为整个市场活动的起点和中心，一切从顾客出发，经营企业的推销观念逐渐演变为市场营销观念。在企业内部，营销部门和销售部门之间的关系常常带有互不信任和相互竞争的色彩。营销经理的任务是确定机会，制定营销战略和计划。营销人员依赖营销调研，努力确定和了解细分市场，花费时间在计划上，从长计议，目标是产品利润和市场份额。销售人员则是完成营销计划，花费时间在面对面的推销上，从短期利益考虑问题，并努力完成销售定额。为了解决销售活动与营销活动之间日益扩大的冲突，现代营销部门的雏形出现了，由营销与销售执行副总全权管理两个部门。

5. 现代市场营销公司

一个公司营销的成功除了需要出色的营销部门外，还取决于公司其他部门对顾客的态度和它们的营销责任。所以，公司所有的管理人员都要认识到企业的一切工作是为顾客服务的。在观念及组织权责上，市场营销部门的功能并不大于其他部门的功能。其他部门听从及支持市场营销部门，是因为市场营销部门更能较好地传达消费者的需求和更直接地面对消费者，公司上下形成一致的营销理念，企业就可称为现代市场营销公司。

6. 以过程和结果为基础的公司

现在许多公司把它们的组织结构重新集中于关键过程而非部门管理。因为部门组织被看成是顺利执行功能性业务过程的障碍。为了获得过程和结果，公司任命过程负责人，由他管理跨职能的小组工作，营销人员和销售人员作为过程小组成员参与活动。

 案例 10-1

市场营销在企业发展中的地位

营创利丰科技发展公司是一家位于北京高新技术产业开发试验区的高科技企业，生产用于人体保健的电子按摩枕，年产值达 4.6 亿元，利润 3.2 亿元。公司由生产部、营销部、行政部组成，各部经理兼任公司副总，总经理是曾就职于中科院某研究所的李教授。近日来，李教授心绪欠佳，愁眉不展，原因是：本来公司发展十分顺利，可就在前天经理办公会上，生产部经理和销售部经理就营销与生产谁重要的问题发生了争执，而且各不相让，进而"上纲上线"，闹开了矛盾，影响了团结，两人见面都躲着走。调解了半天，也没见什么效果。这样下去，可如何是好？

忽然，李教授眼前一亮，何不利用休整一两天的机会搞一次营销培训，顺便再开展深入的讨论，统一一下领导层的认识？主讲人就请国家著名营销权威高博士。人们都说"外来的和尚好念经"，就请他来说说营销与生产孰轻孰重！

假如你是高博士，而且了解此次培训的特殊背景，你将如何阐述自己的观点？

10.1.2 市场营销部门的组织形式

1. 职能型组织形式

企业按市场营销各职能设置组织部门，这是最常见、最古老的营销组织形式。

职能型组织的优点是结构简单、管理方便。它主要适用于产品种类不多、对相关专门知识要求不高、或经营地区情况差别不大的企业。随着公司产品品种的增多和市场的扩大，这种组织形式越来越暴露出其效益低下的弱点。一方面，由于没有人对该产品或市场负全部责任，所以没有按每种产品和每个市场制定完整计划，使某些产品或市场容易被忽视；另一方面，各个职能部门常为获得更多的预算或取得较其他部门更高的地位而竞争，使营销经理常常面临协调难题。

2. 地区型组织形式

一个从事全国范围销售的公司通常都按地理区域安排销售队伍。这种形式适用于销售区域大而经营品种单一的企业。

在这种组织内部，为避免职能部门重复，市场调研、广告、行政管理等仍归属原职能部门，且与地区部门并列。其优点在于可充分发挥每一地区部门熟悉该地区情况的优势；不足之处在于当产品种类较多时，很难按不同产品的使用对象来综合考虑，各地区的活动也难以协调。

3. 产品和品牌型的组织形式

生产多种产品和品牌的公司往往按产品或品牌建立管理组织,这种产品管理组织并没有取代职能型组织,只不过是增加一个管理层而已。这种组织形式的优点是:各类产品责任明确,由于产品互不关联,彼此相互干扰不大,且组织形式灵活,增加新产品时,增加一个部即可。缺点是:缺乏地区概念,各产品部不可能对每一地区都能兼顾并做出适当反映。

4. 顾客(市场)型组织形式

企业把顾客按其特有的购买习惯和产品偏好进行细分并区别对待,就此设立顾客型的组织结构。

5. 矩阵式组织形式

这是一种产品型和市场型相结合的矩阵式的组织形式,常见于生产多种产品并向多个市场销售的公司。这种公司解决机构设置的方法有 3 种:一是采用产品管理组织制度,这需要产品经理熟悉广为分散的不同市场;二是采用市场管理组织制度,那就需要市场管理经理熟悉销往各市场的五花八门的产品;三是同时设置产品经理和市场经理,形成矩阵型结构。

10.1.3 影响企业市场营销组织设置的因素

1. 市场特点

由于外部环境是企业的不可控因素,市场营销组织的设置必须首先考虑当前企业所面临的外部环境及其发展趋势。外部环境包括政治、经济、社会、文化、科技等因素,其中市场因素对企业的影响最大。

2. 企业规模

企业规模决定了营销组织设置层次的多少。小规模企业的营销组织较为简单,进行销售的人员只有几个到十几个;大企业营销组织层次多,所管理的营销人员多,管理幅度大。

3. 产品类型

企业生产产品的类型也会影响营销组织的设置,尤其是营销工作侧重点的不同。例如,工业品和消费品生产企业的营销组织都倾向于产品型的组织结构,但工业品多采用人员推广,消费品多用广告和分销。

10.1.4　市场营销部门与其他部门的关系

企业总体目标的实现有赖于企业内部各部门间的密切配合。但实际上，企业内部各部门间却存在激烈的竞争和严重的误解，表现为部门利益与公司总体利益相冲突、部门之间有偏见、相互配合差，从而削弱了公司的总体战斗力。

在典型的组织体系里，各部门都应通过自己的活动和决策来满足顾客需求。按照市场营销观念，所有部门都应以"满足顾客"为原则，开展工作。营销部门是这一工作的主要责任人，营销经理的任务是：在以满足顾客需求为导向的前提下，要协调公司的全部营销活动，同时向其他职能部门灌输"顾客至上"的观念，协调与公司财务、生产、行政等部门的活动和关系。当然要协调这种部门间的关系，营销经理没有特权，只能依靠说服。

1. 市场营销部门和其他部门的分歧

市场营销部门和其他部门有分歧，主要是因为营销部门的工作是以顾客为核心、强调顾客至上的，其他部门则强调自己部门任务的重要性，导致各部门都从自己的角度去考虑公司的目标和各种问题，这样部门间的分歧就无法避免了。具体分歧见表 10-1。

表 10-1　市场营销部门与其他部门的分歧

部门	其他部门的工作重点	营销部门的工作重点
研究与开发	基础研究	应用研究
	内在质量	认知质量
	功能性特点	销售特点
工程技术	较长的设计前置时间	较短的设计前置时间
	型号较少	型号较多
	标准元件	定制元件
采购	产品线窄	产品线宽
	标准部件	非标准部件
	材料价格	材料质量
	采购批量的经济性	大量采购以免断档
	采购次数少	为满足顾客需求即时采购
制造	较长的生产前置时间	较短的生产前置时间
	长期生产少数型号	短期生产许多型号
	型号无变化	型号常变化
	标准订货	定制订货
	容易装配	造型美观
	一般控制质量	严格控制质量

续表

部门	其他部门的工作重点	营销部门的工作重点
财务	按原则严格控制支出	根据直观方法支出
	硬性和固定的预算	弹性预算
	定价着眼于回收成本	定价着眼于开发市场
会计	标准化交易	特殊交易条件和折扣
	报告极少	报告多
信贷	要求客户全面公开财务状况	对客户作最低限度信用审查
	信贷风险小	信贷风险适中
	信贷条件好	信贷条件宽厚
	收款程序严格	收款程序简便

1) 研究与开发部门

营销部门与研究与开发部门之间合作关系的好坏直接影响企业新产品的开发。这两个部门代表着不同的文化观念。

两个部门意见的分歧的结果是企业要么侧重技术开发，导致新产品成本过高，成功率较低；要么侧重市场研究，研究开发人员专为市场需求设计产品，虽然成功率较高，但大多数是对现有的、生命周期短的产品的改进。只有在技术、市场并重的公司，研究开发与市场营销建立了有效的组织关系，共同为以市场为导向的创新而努力，研究开发人员才不会为发明而发明，从事有实效的革新创造，营销人员也不再只追求产品新的销售特性，而是协助研发人员寻找满足其需求的新途径。

2) 工程技术部门

工程技术部门负责寻找切实可行的方法来设计和生产新产品。工程师们关心技术质量、产品成本和制造工艺的简化。如果营销人员要求生产多种型号的产品，尤其是要求用定制元件代替标准元件生产特色产品时，工程技术人员就会与营销人员发生冲突，认为他们不注重产品的内在质量。如果营销人员具有工程技术知识，并与技术人员进行有效沟通，或者由技术人员担任营销经理，问题就会迎刃而解。

3) 采购部门

采购人员总是希望以最低成本购进所需质量和数量的原材料与零部件，批量采购是较理想的。但营销部门会在一条生产线上推出多种型号的产品，从而要求进行多品种、小批量的采购。部门之间的矛盾又出现了，采购部门认为营销部门对原材料及零部件要求过高，尤其当营销部门产品销售预测失误时更为突出，这会使采购部门仓促进货、成本高、或库存增加、费用加大。

4) 制造部门

制造部门的任务是生产产品。他们负责机器的正常运转,在合理的生产期内,以适当的成本生产数量相对稳定的产品。他们成天忙于处理机器故障,原料短缺等问题。营销人员对工厂生产的抱怨是:生产能力不足、质量控制不严、交货不及时、售后服务欠佳等。然而,营销人员在销售中也会出现销售预测失误,建议投产的产品难以生产且型号过多,向顾客承诺的服务项目超出合理范围。营销人员的抱怨和失误是由于他们只考虑满足顾客需求,而不了解工厂生产情况,不关心生产成本造成的。这不仅是部门间沟通不良的问题,而且是部门间实际利益冲突的问题。

5) 财务部门

财务部门长于评估各业务部门的盈利能力,碰到营销开支就没精打采。营销副总大笔的预算要求及用于广告、促销活动和人员的开支,却不能保证销售额增加多少。财务副总会怀疑营销人员预算的真实性,认为营销人员没有认真考虑营销支出与销售利润的关系,认为营销人员的降价是为争取订货,而不是为了盈利。

6) 会计部门

会计人员反感营销部门不及时提交销售报表,尤其不喜欢销售人员与客户达成有特殊条款的交易,因为这需要特殊的会计手续。营销人员则不喜欢会计人员把固定成本分摊到不同产品上,品牌经理认为会计部门给他分摊了较多的管理费用,否则他主管的产品的实际利润会高于账面利润。

2. 建立全公司营销导向的战略

在激烈的竞争中,许多公司意识到市场营销不仅是市场营销部门的职能,而且是所有部门的职能,即使最好的营销部门也无法弥补因其他部门缺乏对消费者的重视而带来的损失。

1) 全公司营销导向公司的目标

要实现这个目标是很难的,它并不是仅仅停留在口头上的,它应体现在工作中。这种变化首先从观念开始,以研究开发部门和制造部门为例。

研究开发人员应花费时间倾听顾客的意见,征求顾客的建议作为项目方案;积极听取营销部门和其他部门的每一项新建议;以竞争产品为基准,寻求最佳产品;在市场反馈基础上,不断完善和改进产品。

制造部门可以邀请顾客参观工厂;拜访客户,了解用户使用工厂产品的情况;为按时履行订单加班工作;努力寻找高效率和低成本的产品;不断改进产品质量,实现零缺陷;只要能提高盈利能力,满足顾客需求为其"定制"产品。

2) 建立全公司营销导向公司

如何才能创造一个全公司营销导向公司呢?公司总经理可采取如下措施。①让所有部门经理接受以顾客为中心的理念。②建立完善的营销总部。③争取各界的帮助和指导。营销总部在建立公司营销文化方面，可以请教咨询服务公司的有关专家或向其他营销导向公司学习。④建立合理的绩效机制。要改变各部门的工作行为，必须先改变公司的奖励机制。⑤聘请营销专家。考虑从外部聘请营销专家，尤其是在先进的营销公司中工作的专家。⑥加强内部营销培训。举办营销知识培训班，把营销观念和技能灌输给高层管理人员、各部门经理以及公司员工。⑦建立现代营销计划制度。培养部门经理们考虑营销问题的最好方法是建立现代营销计划工作制度，计划工作的程序迫使经理们思考市场营销环境、机会、竞争趋势和营销的其他问题。⑧建立年度营销绩效考评制度。⑨将产品导向型企业改组为市场导向型企业。因为有些企业由许多产品部组成，各产品部在许多市场交叉销售。⑩从对部门管理变为对过程和结果的管理。公司应清楚了解业务完成的基本过程。

 **案例** 10-2

欧莱雅在中国市场的营销组织

欧莱雅是全球排名第一的化妆品公司，拥有 500 多个不同品牌，在 100 多个国家内成立了品牌分部。在竞争激烈的市场中，欧莱雅不但要充分利用整体竞争优势，还要兼顾不同品牌的相对独立性。为了解决这个矛盾，欧莱雅首先在中国试用了矩阵式的组织结构，如果成功还将向全世界推行。在新的矩阵式组织结构中，我们可以看到根据不同的产品种类欧莱雅规定不同的部门相应的责权。因为当地的组织者直接与消费者建立联系，所以这种组织结构可以更迅速有效地迎接竞争者或潜在竞争者的挑战。

作为一个新兴市场，中国吸引了欧莱雅高层管理人员的注意。1997 年，欧莱雅在被视为中国商业中心和亚太地区供应中心地的上海成立了欧莱雅中国公司。最初，欧莱雅总部向中国派驻了 3 位管理人员，分别负责制造、财务和全面管理。为了加强与当地员工的沟通，欧莱雅任命了一名中国人为人力资源主管，任命 3 名在大众化妆品市场有资深经验的法国人分别出任欧莱雅、薇姿、美宝莲和兰蔻的品牌经理。中层管理人员大多是具有诸如化妆品、日用消费品等类似跨国企业工作经验的当地人。近些年来，在完成组织结构设置后，欧莱雅不断发掘校园人才，并向他们提供各种各样的职业发展锻炼。而事实证明这群新生力量取得了迅速的成长。

鉴于不同层次管理的需要，欧莱雅是这样分配权力的。

(1) 基层管理者：他们是欧莱雅中国公司业务与竞争力的基础，在他们的业务范围内对短期与长期的表现负责。

(2) 中层管理者：他们负责资金、人力和信息资源的调配。

(3) 高层管理者：他们更注重建立一个良好的组织整体。

在欧莱雅中国，每个品牌都有自己的市场部和销售部，而没有研发部，但在日本、法国等地都有不同的实验室进行全面的研发工作。针对不同的品牌和具体的市场情况，欧莱雅中国在营销领域适当地调整了其广告策略。

在中国的高层管理者组成了欧莱雅中国执行委员会，他们定时开会商讨决策。与此同时，欧莱雅中国也举行诸如 Orientation、部门会议等相对较低层次的会议。每次在会上，高层管理者都会强调组织结构变革的重要性，并收集对执行的建议。这些会议使欧莱雅中国作为一个整体和谐地运转。作为一个法国公司，欧莱雅注重组织的灵活和适应性，鼓励每个员工参与决策，并向他们提供机会表达其对职业发展的需求。相应的，公司在任命时也充分考虑员工的个人意见。此外，公司鼓励员工提出不同意见。公司认为，由分歧引起的交锋能保持创新的能力，并将激发新的创意。再者，各个层面的管理者通过多种渠道与下属频繁沟通。当雇员与他的直接领导者产生摩擦时，他可直接向更高层汇报。公司鼓励那些有才干、长期受中国传统观念熏陶的员工放弃绝对服从而学会大胆勇敢。在化妆品行业中，创造力和想象力是成功的催化剂。

10.2 市场营销控制

市场营销控制(marketing control)是市场营销管理的重要步骤。在营销计划的实施过程中常常会出现许多意外情况，所以必须严格控制各项营销活动，以确保企业目标的实现。很多营销总监都曾问过这样一些问题：为什么我们的营销策略得不到营销队伍的很好执行？我该如何管理营销队伍？什么是营销控制？营销控制到底有哪些方法呢？这些方法又如何运用到我们对于营销人员和销售网络的管理中呢？

10.2.1 市场营销控制的定义与步骤

1. 市场营销控制

市场营销控制是指衡量和评估营销策略与计划的成果，以及采取纠正措施以确定营销目标的完成。即市场营销经理经常检查市场营销计划的执行情况，看看计划与实际是否一致，如果不一致或没有完成计划，就要找出原因所在，并采取适当措施和正确行动，以保证市场营销计划的完成。市场营销控制有 4 种主要类型，即年度计划控制、盈利能力控制、效率控制和战略控制。

2. 市场营销控制的步骤

市场营销控制是营销管理的主要职能之一，是营销管理过程中不可缺少的一个环节。它具有动态性和系统性，包含 5 个具体步骤。

1) 确定应评价的营销业务范围

企业通常要评价市场营销业务的各个方面，包括人员、计划、职能等，甚至是市场营销全部工作的执行效果，然后在界定的范围内，再根据具体需要有所侧重。

2) 确定衡量标准

评价工作要有一个总的尺度，借以衡量营销目标和计划的实施情况。衡量的标准是企业的主要战略目标，以及为此而规定的战术目标，如利润、销售量、市场占有率、顾客满意度等指标。当然这些指标不是一成不变的，同一企业不同时期的标准可能会不一样，不同的企业也有不同的标准。

3) 明确控制方法

基本的检查方法是建立并积累与营销活动相关的原始资料，如各种资料报告、报表和原始账单等。它们能及时、准确、全面、系统地记载并反映企业营销的绩效。还有一种方法是直接观察法。选择哪一种方法，应根据实际情况而定。

4) 按标准检查工作进度

对工作完成好的部门要给以总结，在以后的工作中推广；任务完成较差的要及时找出问题，下一步再针对问题提出解决方案。

5) 及时纠正偏差并提出改进建议

对工作绩效进行差异分析、对比分析，针对问题提出解决方案，及时纠正任务执行中的偏差。

10.2.2 市场营销控制的内容与方法

市场营销控制主要包括年度计划控制、盈利能力控制、效率控制和战略控制，它们之间的区别比较见表 10-2。

表 10-2 营销控制内容

控制类型	主要负责人	控制目的	方法
年度计划控制	高层管理人员 中层管理人员	检查计划目标是否实现	销售分析，市场份额分析，费用与销售分析，财务分析等
盈利能力控制	营销主管人员	检查公司盈亏情况	盈利情况：产品、地区、顾客群、细分市场、销售渠道、订单大小
效率控制	营销主管人员	评价和提高经费开支效率及营销开支效果	效率：销售队伍、广告、促销、分销
战略控制	高层管理人员 营销审计人员	检查公司是否正在市场、产品和渠道等方面寻找最佳机会	营销效率等级评价，营销审计，营销杰出表现，公司道德与社会责任评价

1. 年度计划控制

年度计划控制指营销人员随时检查营业绩效与年度计划的差异，同时在必要时采取修正行动。年度控制是为了确保计划中所确定的销售、利润和其他目标的实现。年度计划控制的核心是目标管理。

1) 年度计划控制的步骤

(1) 管理者要确定年度计划中的月份目标或季度目标。

(2) 管理者要监督营销计划的实施情况。

(3) 如果营销计划在实施中有较大的偏差，则要去找出发生的原因。

(4) 采取必要的补救或调整措施，以缩小计划与实际之间的差距，如发现问题，则应在计划实施过程中查找原因并加以纠正。

2) 年度计划控制的内容

(1) 销售分析(sales analysis)。销售分析主要用于衡量和评估所制定的计划销售目标与实际销售之间的关系。这种关系的衡量和评估有两种主要方法。

① 销售差异分析(sales-variance analysis)。销售差异分析用于衡量各个不同的因素对销售效率的相应作用。

② 地区销售分析。地区销售分析是从产品、销售地区等方面来考察未能达到预期销售额的原因。

(2) 市场份额分析。企业的销售绩效并未反映出相对于其竞争者、企业的经营状况如何。如果企业的销售额增加了，可能是由于企业所处的整个经济环境的发展，或可能是因为其市场营销工作较其竞争者有相对改善。一般来说，有4种不同的度量方法。

① 全部市场份额(overall market share)，它以企业的销售额占全行业销售额的百分比来表示。

② 服务市场份额(served market share)，它以其销售额占企业所服务市场的百分比来表示。

③ 相对市场份额(relative market share)(相对于3个最大竞争者)，它以企业销售额对最大的3个竞争者的销售额总和的百分比来表示。

④ 相对市场份额(相对于最大竞争者)，它是把企业销售额与市场最大竞争者的销售额相比。

(3) 市场营销费用率分析。年度计划控制还要检查与销售有关的市场营销费用，以确定企业在达到销售目标时的费用支出。市场营销费用对销售额(marketing expense-to-sales)之比是一个主要的检查比率，其中包括销售队伍对销售额之比；广告对销售额之比；促销对销售额之比；营销调研对销售额之比；销售管理对销售额之比。营销管理人员的工作就是密切注意这些比率，以发现是否有任何比率失去控制。当一项费用对销售额的比率失去控制时，必须认真查找问题的原因。

2. 盈利能力控制

除了年度计划控制之外，企业还需要进行利润控制。通过盈利能力控制所获取的信息，有助于管理人员决定各种产品或市场营销活动是扩展、减少还是取消。进行获利能力分析的步骤如下所示。

(1) 损益表中的有关营销费用转化为各营销职能的费用，如广告、市场调研、包装、运输、仓储等。

(2) 将已划分的各营销职能费用按分析目标，如产品、地区、客户、销售人员等，分别计算。

(3) 拟订各分析目标的损益表。

盈利能力分析的目的是为了找出影响获利的原因，以便采取相应措施，排除或削弱不利因素。

3. 效率控制

如果盈利能力分析显示出企业某一产品或地区所得的利润很低，那么企业就应该考虑该产品或地区在销售人员、广告、分销等环节的管理效率问题。

1) 销售人员效率

企业的各地区的销售经理要记录本地区内销售人员效率的几项主要指标，这些指标包括：①每个销售人员每天平均的销售访问次数；②每次会晤的平均访问时间；③每次销售访问的平均收益；④每次销售访问的平均成本；⑤每次访问的招待成本；⑥每百次销售访问和订购的百分比；⑦每期间的新顾客数；⑧每期间丧失的顾客数；⑨销售成本对总销售额的百分比。

2) 广告效率

企业应该做好如下统计。①每一媒体类型、每一媒体工具接触每千名购买者所花费的广告成本；②顾客对每一媒体工具注意、联想和阅读的百分比；③顾客对广告内容和效果的意见；④广告前后对产品态度的衡量；⑤受广告刺激而引起的询问次数。

企业高层管理者可以采取若干步骤来改进广告效率，包括进行更加有效的产品定位；确定广告目标；利用计算机来指导广告媒体的选择；寻找较好的媒体；以及进行广告后效果测定等。

3) 促销效率

为了改善销售促进的效率，企业管理者应该对每次促销的成本和销售影响作记录，做好如下统计。①由于优惠而销售的百分比；②每次销售额的陈列成本；③赠券收回的百分比；④因示范而引起询问的次数。同时，企业应观察不同促销手段的效果，并使用最有效的促销手段。

4) 分销效率

分销效率主要是对企业存货水平、仓库位置及运输方式进行分析和改进，以达到最佳配置并寻找最佳运输方式和途径。

效率控制的目的在于提高人员推销、广告、促销和分销等市场营销活动的效率。市场营销经理必须关注若干关键比率，这些比率表明了上述市场营销职能执行的有效性，显示出应该如何采取措施改进执行情况。

4. 战略控制

市场营销环境变化很快，往往会使企业制定的目标、策略、方案失去作用。因此，在企业市场营销战略实施过程中必然会出现战略控制问题。战略控制是指市场营销经理采取一系列行动，使实际市场营销工作与原规划尽可能一致，在控制中通过不断地评审和信息反馈，对战备不断修正。各个企业都有财务会计审核，在一定期间客观地对审核的财务资料或事项进行考察、询问、检查、分析，最后根据所获得的数据按照专业标准进行判断，做出结论，并提出报告。这种财务会计的控制制度有一套标准的理论、作法。但是市场营销审计尚未建立一套规范的控制系统，有些企业往往只是在遇到危急情况时才进行，其目的反是为了解决一些临时性的问题。目前在国外，越来越多的企业运用市场营销审计进行战略控制。

案例 10-3

S 企业对于营销人员的年度计划控制

S 企业是一家大型食品企业，年营业额约 7~8 亿，销售范围遍布全国各地。该企业目前有生产基地一个，驻外办事处有 20 个，分为 6 个大区，公司直属驻外销售人员 160 多人。对于驻外人员的管理一直是一个大问题。

为了加强管理，公司制定了明确的业务运作流程和各项管理规章制度，员工的行为得到了一定的规范。但是销售系统依然问题百出，比如销售人员缺乏明确的目标，促销计划执行不力，营销费用无效使用浪费巨大等。为了扭转这个局面，S 企业新上任的营销总监决心采取行动。

(1) 确定细分基准目标。年底，S 企业召回了驻外的大区经理和办事处经理，聘请了咨询顾问进行制定年度计划的培训，然后在咨询顾问的辅导下，市场部与销售部人员以及所有驻外经理共同制定下一年度的营销计划草案。经过反复讨论修改，年度营销计划得以最终确定，公司也同时根据年度计划修改了营销系统的考核方案。

(2) 监控市场状况，进行执行监督。计划开始执行以后，各个营销部门和驻外机构开始依据年度营销计划开展自己的工作，销售运营部每天都会将当日的收发货及库存情况、当日销售情况以及本月累计表记录在案，市场部会每周制作一份营销费用使用情况表，各个驻外机构也会随时发回各种销售报告，所有这些数据及内部销售报告都会通过内部电子邮件系统发给公司领导及相应营销管理人员。为了便于领导了解情况，相关人员还在需要特别关注的数据和报告上做出记号，表明优先等级和严重程度。

通过对营销报告的阅读，营销总监和各级营销负责人会大概了解目前销售系统运营的状况。同时为了更充分地掌握情况，相关管理人员还会安排大量的时间与销售人员进行沟通和进行市场走访，拜访经销商和客户，了解当地市场情况，检查各级销售办事处的工作。通过以上种种努力，决策人员对于营销系统的现状和运营状况有了及时准确的把握。

(3) 诊断执行效果。通过大量数据统计和定性分析，总监开始发现一些问题。比如某办事处在 3 月份只完成了预定计划的 40%；某办事处出现不正常的销量波动；某办事处全年计划只完成 50%，营销费用却已经使用了全年预算的 90% 等。

为了解决这些问题，营销总监开始与各个部门和驻外大区经理以及办事处进行沟通，听取他们的意见，共同寻找出现问题的原因和解决问题的方法。同时在每个月底，公司会要求各级驻外人员进行自我分析诊断，按规定格式提交月度总结报告，对每月的工作进行分析总结，找出每月主要解决的问题和下个月需要解决的问题，并据此提出下个月的主要工作内容。

另外，在每季度结束时所有驻外办事处经理会回公司参加营销会议，除了分析总结其的工作外，还听取其他办事处的经验介绍和公司对于营销计划的一些调整。

(4) 采取改正行动。通过对执行状况的诊断，S 企业找到了问题产生的原因和解决方法，那么这些解决措施必须得到有效的执行。如果经过诊断发现是由于内外部环境的变化导致计划按原定目标无法执行，那么 S 企业管理层就经过一定的程序对目标进行修改。

经过半年多的时间，S 企业的销售管理状况有了很大改善，执行力大为改善，公司的业绩创下了历史最高。更重要的是一线人员的心态好转、信心增强、积极性大为提高，S 企业一个新的发展时代也随之到来了。

资料来源：中国广告人网.

10.3 营 销 审 计

 **案例** 10-4

胡总在企业里当一把手已经十几年了，可是从来没有像最近这样烦心过！虽然最近这两年来，他已经隐隐约约地预见到该类事情可能要发生，却没料到会来得这么快！

这应了某位专家的一句话："市场是最坏的老师，在我们还没准备好的时候，就不得不上交答卷！"市场给胡总的问题是：最近这几年来，销量是在一直上升，可营销费用却如坐直升飞般，直往上蹿！过去两年集团总部一直睁只眼闭只眼，在年底经营总结会上都算侥幸过去了。今年却由于集团要逐渐壮大，要求对外扩张，于是给现有各区域下了死命令，要求营销费用的使用必须控制在总部要求的范围内，使集团经营良性发展。

胡总是一个喜欢进攻的狮子型的管理者，只喜欢不顾一切地进攻，而不是很关注费用的使用。所以，整个区域上下这几年来基本上都是只顾往前冲销量，很少为营销费用担忧，只要是营销费用的问题，以前胡总只要能想办法，都尽量满足了一线员工的要求。

现在总部下了死命令，将营销费用控制当作全年最重要的经营指标来考核，胡总可不敢大意，除了开始翻翻以前的营销费用审批表来看之外，胡总还想到了财务部。

胡总想，要想控制费用，肯定由财务部门来控制最好，财务部门管钱嘛！可是，与总部派过来的财务副总一讨论，财务副总只能负责核算营销费用，却很难控制到营销费用。每月大量的营销费用审批报告事前虽都有审批,但财务部门很难跟踪到每笔费用在事中到底使用得如何,是否有违规或者变相使用等情况。与其关系一直比较紧张的财务副总最后甚至还吐出这样一句话:"营销费用高,当然要由营销部门及总经理在事中控制了!"

胡总被抢了一阵白,心里虽不是滋味,可是也拿不出什么道理来反驳。这么棘手的问题,他应该怎么下手来处理?

如上述案例所述,营销审计(marketing audit)是各企业总部对区域营销总监的营销活动管理与控制中的最头痛的问题。在国内,营销审计与控制还是一种非常新的营销管理思想;可是在国外,却已经有了很久的历史,营销审计最初在1959年就被引入了营销领域。所谓市场营销审计,就是对一个企业市场营销环境、目标、战略、组织、方法、程序和业务等做综合的、系统的、独立的和定期性的核查,以便确定问题的范围和各项机会,提出行动计划,提高公司营销业绩。

随着市场经济不断发展,企业之间的竞争越发激烈,企业立足于社会,谋求生存和发展的难度加大。营销审计则是强化营销管理使之更为有效的管理手段。通过营销审计加强营销控制,保证营销活动顺利开展,提高企业经济效益,使营销费用使用更加有效与合理、有利于企业在微利时代取得独有的优势甚至是核心竞争优势。所以,如果没有营销审计,就很难做好营销控制,也就很难做好战略抉择。

1. 营销审计的特点

1) 全面性

市场营销审计实际上是在一定时期对企业全部市场营销业务进行总的效果评价。其主要特点是:不限于评价某一些问题,而是对全部活动进行评价。如果它仅仅涉及销售队伍或者定价或其他营销活动,那么便是一种功能性的审计。功能性的审计虽然有用,但它会使管理者迷失方向,以致看不到问题的真实原因。

2) 系统性

市场营销审计包括一系列有秩序的步骤,如营销环境审计、营销战略审计、营销组织审计和其他具体营销活动审计。在审计结果基础上制定调整行动计划,包括长期和短期计划,以提高组织的整体营销效益。

3) 独立性

营销审计可以通过6种途径:自我审计、交叉审计、上级审计、公司审计处审计、公司任务小组审计和局外人审计。一般而言,最好的审计来自外界经验丰富的顾问,这些人通常具有必要的客观性和独立性,又有丰富的经验,对本行业颇为熟悉。

4) 定期性

典型的营销审计都是在销售量下降或其他公司问题发生之后,才开始进行的。然而,公司之所以陷入困境,其部分原因正是没有在顺利时检查营销活动。所以,营销审计应定期进行，它既适用于业务发展正常的公司，也适用于那些处境不佳的公司。

2. 营销审计的基本步骤和主要内容

1) 营销审计的基本步骤

(1) 营销审计的第一步是由公司高级管理人员和营销审计人员共同拟定有关审计的协议，其中包括审计目标、范围、资料来源、报告形式以及时间安排等内容。

(2) 审计人员根据协议内容，精心准备一份详细的计划，内容涉及要会见哪些人、询问什么问题、接洽的时间和地点，目的在于使审计所花时间和成本最小化。

(3) 审计计划通过后，应严格按计划开始调查和收集各种资料。

(4) 根据调查结果拟定审计总结，对企业存在问题提出合理建议。

2) 营销审计的主要内容

(1) 营销环境审计。市场营销必须审时度势，必须对市场营销环境进行分析，并在分析人口、经济、生态、技术、政治、文化等环境因素的基础上，制定企业的市场营销战略。

(2) 营销战略审计。企业是否能按照市场导向确定自己的任务、目标并设计企业形象，是否能选择与企业任务、目标相一致的竞争地位，是否能制定与产品生命周期、竞争者战略相适应的市场营销战略，是否能进行科学的市场细分并选择最佳的目标市场，是否能合理地配置市场营销资源并确定合适的市场营销组合，企业在市场定位、企业形象、公共关系等方面的战略是否卓有成效，所有这些都需要经过市场营销战略审计的检验。

(3) 营销组织审计。市场营销组织审计主要是评价企业的市场营销组织在执行市场营销战略方面的组织保证程度和对市场营销环境的应变能力。

(4) 营销系统审计。企业市场营销系统包括市场营销信息系统、市场营销计划系统、市场营销控制系统和新产品开发系统。对市场营销信息系统的审计。

(5) 营销职能审计。市场营销职能审计是对企业的市场营销组合因素(即产品、价格、地点、促销)效率的审计。

 **案例** 10-5

困境中的欧洲迪斯尼

1993 年新年前夜，沃特·迪斯尼公司的主席迈克尔·艾斯纳(Michael Eisner)却仍在洛杉矶的办公室中，焦虑地等待着世界上最权威的战略管理和咨询公司的顾问们的到来。欧洲迪斯尼已是岌岌可危，迫切希望这些来自纽约和巴黎的财务、营销及战略专家能够力挽狂澜。

经过一番仔细地研究和准备后，巴黎城外的欧洲迪斯尼诞生了。然而，这座耗资 28 亿美元的乐园经营状况却呈下滑趋势。法国新闻杂志周刊当时指出，如果欧洲迪斯尼不能在 1994 年 3 月 31 日前与其银行达成援助计划，欧洲迪斯尼有可能会被迫停止营业。

4月初，顾问小组带着他们的研究结果回到艾斯纳的办公室。对于欧洲迪斯尼的问题，他们提出了6个关键要点：管理自大、文化差异、环境和地方因素、法国劳动力问题、财务和最初业务计划、美国迪斯尼的竞争。他们认为，尽管这些要点不是可以全部修正的，但深刻理解欧洲迪斯尼的失败原因，有助于管理人员保持清醒的头脑，不至于在以后的经营中重蹈覆辙。

资料来源：吴晓云，许晖. 工商管理市场营销案例精选天津大学出版社. 2001.

 案例分析

雕牌的营销控制

"雕牌"是浙江纳爱斯集团的一个知名品牌，而纳爱斯集团更在"中国500强企业"中排名221位。自1994年以来，纳爱斯集团完成的各项经济指标已连续9年稳居全国同行业榜首，是中国洗涤用品行业的"龙头"企业，已进入世界洗涤前八强。集团现有员工6000多人，是中国规模最大、设备一流的洗涤用品综合生产基地。集团在全国大中城市设有销售公司并建有健全的市场网络，在湖南益阳、四川成都、河北正定和吉林的四平建有4个子公司，在19个省市自治区的30家工厂进行贴牌生产加工，这其中包括宝洁、汉高、湖南丽臣等跨国公司的在华企业和国内的知名品牌。纳爱斯集团由于发展迅速、业绩突出，多年多次荣获"中国轻工优秀企业"、"中国轻工先进集体"、"中国企业500强"、"质量效益型企业"以及"诚信示范企业"、"AAA级信用企业"、"A级纳税信誉单位"、"国家生态示范点"等多项殊荣和信誉称号。

"妈妈，我能帮你洗衣服了。"这句经典而令人眼圈发红的广告词赚得了人们的眼泪，也使得雕牌肥皂和洗衣粉为人们所熟知，成为纳爱斯集团的两大支柱品牌之一。1992年5月，纳爱斯与香港丽康发展有限公司合作成立"中外合资浙江纳爱斯日用化学有限公司"。1992年6月，雕牌超能皂问世。短短7年，浙江纳爱斯集团使它的雕牌洗衣皂的产销量从行业倒数第二跃至全国第一；仅仅一年，纳爱斯又把它的新产品——雕牌洗衣粉送上了行业"龙头"的宝座。纳爱斯从重新进入洗衣粉行业到获得该行业第一名仅仅用了2年时间。2001年，它的洗衣粉销量达到89万吨，相当于所有在华跨国公司洗衣粉销量的5倍，超过国内前10家的总和。雕牌的快乐与亢奋在2001年达到了极致。"在20世纪的最后一年，我们的确腾飞了"，庄启传，浙江纳爱斯集团董事长兼总经理在2001年集团的职工代表大会上自豪地说。而这一品牌是如何运作并成功地推向市场的呢?雕牌在广告战略和价位上的优势是其异军突起、后来居上的重要原因，而强大的分销体系则是雕牌得以顺利走向市场的最坚实的后盾和铺开市场的重要通道。

通过20多个贴牌生产厂商，货物被直接销售和运送到2000多家客户手中。而这些客户大部分身处当地最大的批发市场。他们利用批发市场的客源和极其低廉的成本，或者买主自提，或者空车配货，把雕牌洗衣粉迅速销售到更深远的乡镇商店内。而对比国际客户的3级分销方式和送货下乡，雕牌的渠道通路的优势是绝对的。即便和"奇强"的办事处模式来比较，这种直运的模式显然也是更为经济和有效的。

纳爱斯集团在雕牌皂粉的分销中采取了相当有效的铺市措施，并给予经销商以足够的优惠，如在与经销商签订合同时，都会向经销商许诺年底给予一定的返利，从经销商的角度保证了他们在年底得到相应的回报。这在很大程度上提高了经销商的积极性，而大力度的广告宣传也使经销商对产品的大众接收程度高枕无忧。另外，促销也是雕牌给经销商的额外安慰，在低价的基础上，100箱加赠14箱足以让经销商足

够惊喜了。

纳爱斯也将市场经营工作的重心放在超市、卖场上，开创城市辐射农村的新局面。因为有了多年流通网络建设的基础和经验，又实行了保证金制度，使得雕牌在市场的开拓上有足够的优势，也让雕牌皂粉在广大的农村市场走得游刃有余。于是雕牌开始转变市场战略，走了一条中国革命取得胜利的道路—农村包围城市。它在全国各地实行分公司建制，直做超市、商场，最终形成城市辐射农村的格局。推行网络扁平化管理，减少中转环节，降低经营成本，同时继续推行经销商保证金制度，这是对品牌经营和品牌忠诚度的"试金石"。庄启传认为：不提高经营纳爱斯、雕牌两大品牌的门槛、限定条件、锁定网络，不能让经销商获利和消费者受惠，纳爱斯大业势必难成。如此一来，经销商成倍增加，市场大大拓展，为集团的更大发展铺平了道路。采取了自建网络与经销商并行的营销策略，通过雕牌这种自上而下对渠道的重视和大力的投入，才使得雕牌在竞争对手众多的激烈市场上脱颖而出。可以看到雕牌这种对渠道的强大的后盾支持终于有了可以预见的效果。

2004 年，纳爱斯集团的终端销售取得了喜人的成绩，而江苏分公司更是积极抢占制高点，合理安排促销，终端销售链创新高，实现了三级跳，销售额与上一年同比递增超千万元。在时间上突出了不同阶段的战略重点。

一季度完善管理体系。针对江苏终端分布既相对集中在省会城市又发散式分布在地县级城市的个性特点，江苏分公司狠下工夫完善管理制度和网络配送体系，规范价格体系，理清网络销售结构，调整人员配备，改变作业环境，为实现"零距离面对终端"打下了扎实的基础。

二季度合理安排促销。在一季度打下坚实基础的前提下，发挥具体操作的思维空间，凭借纳爱斯和雕牌企业以及产品的知名度和消费者的认可度，迎来了终端销售的旺季。通过合理安排促销，进行错位销售，扩大排面陈列，增加销售品种，分别与苏果、大润发、时代、新一佳、北京华联等超市合作，参与洗化节活动和厂商周活动，各业务人员积极选择洗化区有利地段，布置展台和端架，极大提升了产品的形象。卖场、超市销售增长明显，同第一季度相比增长率为 51.83%。

三季度配合超市挖潜。7、8、9 三个月更是捷报频传。通过与各大超市紧密配合，深挖潜力，销量不断攀升，有的超市由于来不及办理银行承兑汇票而直接打款购货。大润发超市安排的透明皂促销创下了单个产品店均销售 1 000 箱的佳绩，有的门店在海报开档后 3 天内 1 000 箱透明皂就销售一空。同时针对苏果、时代、家乐福等超市安排的促销产品也适销对路，销量提升明显，其中苏果超市与第一、二季度销售相比增长率分别为 76.09% 和 60.88%。纳爱斯、雕牌产品受到了消费者的广泛青睐，分公司三季度终端销售与第一、二季度相比分别增长 124.45% 和 47.83%，实现了终端销售的三级跳。

同时，随着与各超市合作的层次不断提升，渠道不断拓宽，销量大幅提升，获得了双赢，从而形成了战略伙伴关系。很多卖场、超市的采购经理通过数据分析，对其产品的市场竞争力一致看好，他们纷纷称赞集团终端销售理念和灵活多变的操作方式适应了市场竞争环境。正如江苏一连锁超市采购总监所言："纳爱斯、雕牌产品被越来越多消费者喜欢，从纳爱斯产品的销售我们看到了民营企业的潜力所在，我们将一如既往地与纳爱斯携手共进、强强联手，实现双赢的营销理念。

此外，委托加工、营销网络的本土化也是纳爱斯集团又一个性化的分销特点。在上文中提到的包括德国汉高在内的 4 个洗涤剂生产厂和宝洁的两个工厂在内的遍布全国的 19 个省的 30 家企业。他们每天都在生产着雕牌的产品，也就是说这些知名企业的在华生产商同时生产着和他们竞争市场的竞争对手的产品。有报道说，徐州汉高洗涤剂有限公司脱离了亏损 4 000 万元的窘迫而扭亏为盈，甘肃的"兰星"从扭亏为盈到创了该厂 20 年来的洗衣粉生产的历史记录，上海制皂厂等企业专程学习考察纳爱斯，学习雕牌等品牌做大做强的经验。不仅如此，这些委托加工企业已经成为纳爱斯在全国的市场上迅速铺开的燎原之火，大大降低了运输的成本，而且为销售网络的本土化打下了坚实的基础。

纳爱斯集团看到了终端销售和渠道铺陈带给整体产品市场的巨大推动力。2004 年 10 月 31 日至 11 月 3 日，纳爱斯集团召集各分公司经理、终端办负责人、区域经理，举行了为期 4 天的销售研讨会，共商 2005 年的销售政策。

在 2004 年，点对点、门对门的终端销售在不少区域取得显著效果，许多分公司、代理(分销)商尝到了网络细化的甜头，送货积极性高涨，同时也认识到这是今后发展的趋势。纳爱斯集团将进一步实行扁平化区域代理制，因地制宜，继续推广和加强点对点、门对门送货。终端在原有基础上又有很大提升，尤其铺货陈列、品牌形象大为改善。终端分销被放在了重中之重的位置上。

资料来源：http://www.scopen.net/file_post/display/read.php?FileID=56936

问题讨论：1. 从雕牌的案例中可以学到什么？

2. 根据案例分析分销体系的建立对怎样的产品销售具有关键的作用。

3. 为什么雕牌选择终端作为主要提升品牌形象的方法？

思考与训练

1. 某销售经理审查了公司的地区销售并注意到东部销售额低于定额 3%。为进一步调查，销售经理审查了地区销售额，发现东部沿海的福建销售区对此有责任，然后又调查了该销售区的 3 位销售员的个人销售。结果显示高级销售员张某在这一阶段只完成了其分配额的 60%。可不可以肯定地推断出张某工作懒散或有个人问题？

2. A 公司在甲、乙、丙 3 地区的计划销售量分别是 2 000 件、2 500 件、3 500 件，共计 8 000 件。实际销售量分别是 1 000 件、2 000 件、3 300 件。分析其地区实际销售量与计划销售量之间的差距和原因。

第 11 章　营销发展新趋势

1. 了解服务营销的内涵、特征与策略;
2. 了解关系营销的内涵、特征与实施过程;
3. 了解整合营销的内涵、特点与实施过程;
4. 了解直复营销的内涵、特点与管理;
5. 了解绿色营销的内涵与策略;
6. 了解网络营销的内涵、特点与策略。

导入案例

2006年7月5日，格兰仕在北京推出"绿色回收废旧家电——光波升级、以旧换新"活动，消费者手中任何品牌的废旧家电均可折换30~100元，用于购买格兰仕部分型号微波炉和小家电，同时格兰仕联合专业环保公司对回收的废旧小家电进行环保处理，为绿色奥运作出自己的贡献。活动推出后，北京市场连续3日单日销售突破1 000台，高端光波炉的销售同比增长69.6%。北京电视台、北京晚报、北京青年报、中国青年报、京华时报、北京娱乐信报、中国经营报等都对活动进行了追踪报道。随后活动向山东、福建、辽宁、云南、吉林、重庆等10多个城市蔓延。格兰仕"绿色回收废旧家电"的活动成为2006年淡季小家电市场一道靓丽的风景。

11.1 服务营销

当今正是"服务经济"的时代，服务并不是服务行业特有的，制造业中也存在着服务。随着市场竞争的加剧，服务的重要性日益突出，是所有企业在市场竞争中取胜的关键。21世纪的竞争是服务竞争，因此，服务营销必将开创21世纪市场营销的新格局。

11.1.1 服务与服务营销

1. 服务的内涵

虽然服务古已有之，并且人们每天都在接受别人的服务或为别人提供服务，但要对服务下一个准确的定义却十分困难，理论界对服务的定义也不尽统一。这里给出美国市场营销协会对服务的定义："服务是用于出售或者是同产品联系在一起进行出售的活动、利益或满足感。"经过实践的检验，美国市场营销协会对上述定义进行了修正："服务是可被区分界定的，主要为不可感知，却可使欲望得到满足的活动，而这种活动并不需要与其他产品或服务的出售联系在一起，生产服务时可能会或不会利用实物，而且即使需要借助某些实物协助生产服务，这些服务的所有权也将不涉及转移的问题。"

现代营销理论将产品概念的内涵扩充为凡是提供给市场的、能满足消费者或用户某种需求或欲望的任何有形物品和无形服务均为产品。由此可见，服务也是产品。

2. 服务的分类

通过服务的分类，可以帮助人们明确服务行为的对象，更好地理解提供的服务究竟是什么。在此基础上寻求提供这些服务的最佳方法与途径，最大限度地满足顾客的需求。根据商品分类学的方法，可把服务分成5类。

(1) 生产服务，直接和生产过程有关的服务。如厂房机器的维护与保养，生产组织的经营管理活动等。

(2) 生活服务，直接满足人们生活需要的服务。如有物质载体的加工性服务，饮食、服装加工等；不提供物质载体的活动性服务，如旅店、理发等；文化性服务，如戏剧、音乐等文化活动及旅游活动中的服务。

(3) 流通服务，商品交换和金融领域内的服务。如保管、包装等生产过程继续的服务；商业售货、算账等一般商业活动；银行保险、证券、股票交易等金融服务。

(4) 知识服务，商品交换和金融业务领域的服务。如保管、包装等生产过程继续的服务；新闻出版、文化教育等发展性服务。

(5) 社会综合性服务，指不限于某个领域的交叉性服务活动。如交通运输、医疗消防、环境保护等公共事业服务；供水、供电及市政建设等城市基础服务。

3. 服务产品的特点

与有形产品相比，服务具有以下 5 个基本特征。

(1) 无形性——服务最本质的特征是无形性，即顾客在购买某种服务之前是看不到、听不到也感觉不到这种服务的，购买某种服务之后，也并不会因此而取得任何实体持有物。虽然某些服务的价值体现为商品，如作家的书、照相馆的照片、饭馆提供的菜肴等，但这些服务产品的生产过程是一个服务劳动过程，人们去饭馆不仅是去购买食品，而且是去享受融化在饭菜中的服务的，照片、书、画等有形物也只是服务活动的载体，人们欣赏的是这些载体所提供的内容给人们带来的精神享受，所以，从这个意义上来说，这类服务仍然是无形的。

(2) 同时性——绝大多数服务的产品和消费是同时进行的，且消费者是参与这一服务过程的，如医生给病人看病、老师给学生上课，这与有形产品的购买完全不同。

(3) 差异性——服务没有固定的标准，存在较大的差异性。这种差异性不仅来源于提供服务的人，而且可能由时间、地点、环境的不同所致，还会因为消费者本身的素质、季节的变化等影响服务产品的质量和效果。如同去旅游，有人乐而忘返，有人却败兴而归。

(4) 不可储存性——服务不像有形产品那样可以保存，生产出来的服务如不当时消费掉，就会造成浪费，如车船的空位、旅馆的空房间。这种损失与有形产品的损失相比，也是无形的。

(5) 相互替代性——服务产品具有很强的替代性。这里有两层含义：①与其他有形产品之间有很强的替代性，如人们购买了洗衣机就可以不去购买洗衣店的服务，电视机、VCD的普及使电影院的服务受到极大的影响；②各类服务产品之间有很强的替代性，如各种运输方式可以相互替代，去某目的地可以乘飞机也可以乘火车。

4. 服务营销的实质与特点

营销的核心是交换，是个人和集体通过创造并同别人交换产品和价值，以获得所需之物的交换过程。由此不难推论，服务营销的实质就是如何促进服务的交换。正如前面提到过的，服务不仅包括纯粹的服务产业的服务，而且包括制造业中的服务。对于前者来说，服务营销的实质就是促进这些纯粹服务的交换；对于后者来说，服务营销的实质就是利用服务来促进其主要产品的交换。如对于一个计算机供应商来说，他提供许多的售前、售后服务，主要是为了促进机器的销售。

服务产品的特点决定了服务的市场营销也有着与一般实物产品不同的市场营销特点。

(1) 推销困难。由于服务产品的无形性，使得服务的消费在购买服务产品之前一般不能进行调查、比较和评价，只能凭经验或推销宣传信息来购买，服务的结果在交易结束之前也是难于把握的。对于顾客来说，有较大的购买风险；对于服务的提供者来说，则增加了推销的困难。此外，服务产品的无形性还使得服务产品的创新者无法利用专利权来保护服务新产品。

(2) 销售渠道单一。服务产品的同时性决定了服务产品通常只能采取直接销售渠道，既不能采取中间商的间接渠道，也不能储存待售，这使得服务产品的生产者不可能在许多市场上同时出售自己的产品，在一定程度上限制了服务业市场的规模和范围。

(3) 需求弹性大。人类对实物产品的需求大多是为了满足衣食住行等基本生活需要，是一种低层次上的原发性需求，需求弹性较小。对服务的需求则是一种较高层次的继发性需求，需求弹性较大，在实际生活中，它是一个很难确定的变量。此外，人们对服务的需求还常受到各种内外因素的影响，如经济收入对饭店、旅游服务需求的影响就很大。由于服务商品的不可储存性，使得调节服务的供需矛盾变得很突出。

(4) 对生产者个人的技能、技术要求高。如医生给患者治病、音乐家弹奏音乐均要求有较高的业务技能。由于服务产品存在差异性，使得服务产品的质量很难控制，而消费者对服务产品的质量要求又很高，这两者之间的矛盾使得如何提高和维护产品的品质成了服务营销的又一难题。

11.1.2 服务营销策略

1. 服务的产品策略

1) 新服务的设计

与新产品的概念一样，新服务也不一定是全新服务。新服务可以包括以下几类。

(1) 重大变革，指为尚未定义的市场提供的新服务。

(2) 创新业务，包括所有为现有市场的同类需求提供的新服务，而该市场已存在满足同类需求的产品，如 ATM 成为新的银行货币流动形式载体。

(3) 为现有服务市场提供新的服务，指向现有的顾客提供企业原来未能提供的服务，如书店开始提供咖啡服务等。

(4) 服务延伸，指扩大现有的服务产品线，如饭店增加新的菜谱、航空公司增加新的航线等。

(5) 服务改善，即改变已有服务的性能，包括加快已有服务过程的执行、延长服务时间、扩大服务内容，如在饭店客房中增添一些便利设施等。

(6) 风格转变，是服务变革中最为时尚的一种形式。表面上，这种改变最为显眼，并可能对客户感知、情感与态度产生显著影响。如改变饭店的色彩设计、修改保险公司的标志等就是一种风格转变。

2) 新服务的开发步骤

新服务的开发步骤多数与制造业中新产品的开发步骤类似，不过鉴于服务本身的特性，企业在某些环节需要进行一定的调整。新服务开发的基本步骤如下所示。

(1) 创意的产生。除了与实体产品市场具有共同的搜集方法以外，在服务业中，与顾客直接打交道的服务人员往往能提出改进服务、开发新服务的好点子。

(2) 服务概念的开发与评价。一旦某种创意被确认既符合基本业务又符合新战略，那么企业就可以实施开发步骤了。由于服务的特性，用画图或语言的方式来描述抽象的服务很难，因此企业必须要准确地对其进行定义。有了明确的概念之后，企业要形成服务说明书阐明其具体特性，然后估计出顾客和员工对概念的反应，让员工和客户来评价新服务概念。

(3) 业务分析。当一项创意获得了积极的评价后，企业就要确定其可行性与潜在利润。在此阶段，企业要进行需求分析、收入计划分析、成本分析和操作可行性分析。需要注意的是，企业在进行业务分析时要对培训人员的费用、加强服务实施系统的费用等进行初步的考虑。

(4) 服务的开发和检验。由于服务具有无形性和生产与消费同时进行的特性，企业在该阶段会遇到许多困难。在这一阶段，企业应当把所有将与新服务有利害关系的人包括进来，如客户、一线服务人员、来自企业各职能部门的代表等。

(5) 市场测试。由于服务的特殊性，对新服务的市场测试有一定的局限性。企业可以向内部员工及其家庭提供新服务以取得他们对营销组合的反应；也可以在一个不尽现实的条件下，向顾客提供假设的营销组合，以观测在不同条件下顾客的反应。

(6) 商业化阶段。在这一阶段，服务开始实施并被引进市场，企业要注意扩大新服务的影响，同时要注意新服务的实施情况。

3) 服务质量管理

服务质量是服务的效用及其对顾客需要的满足程度的综合表现。一家服务公司取胜的方法在于总是提供比竞争者更高和超过目标顾客期望的服务质量。顾客的预期是由过去的感受、口头传闻和广告宣传形成的。顾客在接受服务之后，会对感知服务和预期服务进行比较，如果感知服务达不到预期水平，顾客便会失去对服务提供者的兴趣；如果感知需求得到满足或超过自己的预期，顾客就有可能再次光顾该提供者。服务质量一般是由以下因素决定的。

(1) 可行性，即服务的提供者要不折不扣地兑现其所承诺的服务，使顾客建立起对企业充分的信任感。

(2) 责任心，指为顾客提供优质服务的精神。企业和服务人员应设身处地地为顾客着想，努力满足顾客的要求，想顾客所想，急顾客所急，了解顾客的实际需要并千方百计予以满足。

(3) 保证性，即企业和服务人员的素质和胜任本职工作的能力。服务人员热情、友好的工作态度和较高的知识素养、能力水平是获得顾客信任的前提和保证。

(4) 有形因素，即提供服务的有形部分，如各种设施、设备、环境、员工仪表、沟通材料等。这些因素往往是顾客判断一项服务质量的主要依据。

2. 服务的价格策略

在服务营销中，定价决策特别重要。定价为顾客发出了服务质量的信号，为企业带来了经营收入，同时还具有为服务树立形象的作用。由于服务的差异性和无形性特征，服务定价的策略性、灵活性要大得多，定价也困难得多。

1) 服务价格与有形产品价格的区别

(1) 顾客对服务价格的理解有限。服务产品的无形性、服务项目的不确定性，使得服务的价格更加复杂、灵活，因此，顾客对服务价格的了解远不如对有形产品价格的了解多，也难以找到准确的参考价格。例如，顾客在购买人寿保险时很难找到恰当的可比价格。由于种类繁多、特色多样；顾客情况不同等原因，各家保险公司几乎没有经营特色完全相同而且价格相同的业务。同时，许多服务商不能或不愿提前对价格进行评估。例如，医疗或法律服务机构往往是在服务的过程展开后，才会知道究竟有哪些服务。导致参考价格不准确的另一个因素是用户的需求不同。例如，一些发型设计师根据顾客头发的长短、发型等来制定价格，因此同一发型设计师的服务往往会有多种不同的价格。

(2) 非货币成本的作用加大。非货币成本是指顾客购买及使用服务时付出的货币价格之外的其他代价，包括时间成本、搜寻成本、心理上的成本等。在服务产品的购买活动中，非货币成本的作用尤其明显。

所谓时间成本，即顾客在购买某项服务时所花费的时间，如顾客参与的时间、等候的时间等；搜寻成本指顾客花在确定及选择某项服务上的努力；便利成本指顾客在购买某项服务时的方便程度以及为此所付出的额外代价，如路途远近、时间是否合适等；精神成本即顾客在接受某项服务时所付出的心理上的成本，如购买保险时担心弄不明白一些条款、美容时担心用了伪劣产品等。提供服务的企业要努力减少非货币成本，如银行推行取号等候以减少排队时间、酒店推行网上预订房间等。有许多顾客愿意花钱以减少非货币成本，如付费送货上门等。

(3) 服务价格更多地被顾客作为判断服务质量的信号。由于服务产品的特征和它的信息有限性，顾客在选择服务时往往把价格看做是质量的标志。正因为如此，服务价格必须小心制定，价格的水平必须传达适当的质量信号。定价过低，会导致顾客对服务质量不准确的推断；定价过高，会形成在服务过程中难以达到的压力。

2) 服务定价的方法

服务定价的基本方法仍然是成本导向定价法、需求导向定价法和竞争导向定价法三大类。但由于服务产品的特殊性，上述 3 种方法都有别于有形产品的定价方法，具体阐述如下。

(1) 成本导向定价法。成本导向定价法即以成本为中心的一类定价方法，其基本公式是：

$$价格=完全成本×(1+成本加成率)$$

在服务定价中，成本导向定价存在着如下问题：①不易确定成本，特别是在公司多次提供服务的情况下；②影响成本的主要因素是员工的时间而不是材料，而人所花费的时间的价值，尤其是非专业人员的时间价值是难以估算的；③成本可能不等同于价值。因此，服务定价中的成本定价要复杂得多。在这种方法的运用中，企业要注意根据服务产品的特性区别对待。如在那些需要提前估算成本的领域，企业要认真测算有关成本，加上利润，合理估算价格，同时要注意说明可能会产生的其他费用。某些行业是运用时间成本定价的。如咨询人员、心理医师、会计、律师等通常是计时收费，几乎所有的心理学家和社会工作者都有固定的收费标准。

(2) 需求导向定价法。需求导向定价法即以顾客愿意为所购买的服务支付的价格水平为导向的定价方法。其与有形产品需求导向定价的主要差别在于：在计算顾客的理解价值时必须考虑非货币成本和利益，如顾客是否愿意为获得服务的便利和时间的节省支付较高的价格。顾客获得服务产品信息的有限性使得顾客在选择服务产品时对货币价格不够敏感，因而需求导向定价法在服务产品定价中有着更多的应用前景。

在需求导向定价法的运用中，最困难的是评价顾客对公司服务的感受价值。由于个人品味不同、对服务所具有的知识不同、购买力及支付能力不同，顾客对价值的感受也会不同。因此，营销人员要注意研究目标顾客的有关因素，正确确定顾客对某项服务价值的感受价值。

(3) 竞争导向定价法。竞争导向定价法即以同行业或市场中其他公司的收费定价为依据的定价方法。这一方法主要用于所提供的服务是标准化的和寡头垄断两种情况。由于服务所具有的特殊性，这种方法应用的范围比较小。

3. 服务的渠道策略

服务的渠道策略是指如何把服务交付给顾客和应该在什么地方交付，也就是关于服务的位置和渠道的决策。服务的交付环境和交付方式对于顾客感知服务价值和利益具有重要的影响。由于服务是不能储存并且是在同一地点生产和消费的，因此这一决策也变得十分复杂和困难。

渠道策略包括以下一些内容

(1) 位置决策。位置决策即企业确定其经营地点，也就是在什么地方提供服务。在一般情况下，这有 3 种可能：①顾客来找服务者，如餐馆、银行、商店等行业；②服务提供者来找顾客，如电器维修、保洁等；③服务提供者和顾客在随手可及的范围内交易，如电话、网上银行等。在这 3 种情形中，在第一种即顾客来找服务提供者的情况下，位置的确定特别重要。企业一定要经过科学论证，为自己的网点选择一个适宜的地点。一般来说，企业要着重考虑两方面的因素，即所选地域范围内潜在顾客和竞争对手的数量及分布。

(2) 渠道决策。渠道决策即企业确定参与服务交付的机构和人员，一般有 3 种类型的参与者：服务的提供者、中间商、顾客。服务企业的分销渠道(如图 11.1 所示)通常有以下几种类型。

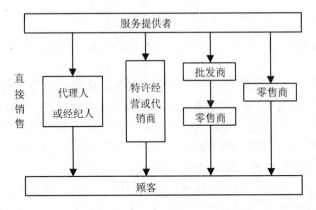

图 11.1 服务的分销渠道类型

① 直接销售。直接销售是指服务提供者直接为顾客实行面对面的服务，如理发、法律咨询等。直接销售是适合服务的配送形式，许多服务仍是由供应商直接分销给顾客的。一些全国范围的连锁店拥有许多商店，这也是可以被视为直接渠道的。如星巴克咖啡店公司就拥有多家自有商店，在美国，她完全控制和经营 2 000 多家咖啡店。但是为了促进增长并且填补未曾使用的能力，许多服务企业都在不断地寻找其他渠道。

② 代理人和经纪人。代理人指依据代理合同的规定，受服务提供者的授权委托从事某项服务活动的中介者，如保险代理人、房地产代理人、旅游代理人等。经纪人指在市场上

为服务提供者和顾客双方提供信息、充当中介并收取佣金者，如房地产经纪人、保险经纪人等。代理人和经纪人不取得服务的所有权，他们有合法的权利代表生产者出售服务，完成其他一些营销功能。

③ 特许经营。特许经营是最普遍的一种分销方式，是指特许者将自己所拥有的服务商标、商号、专利和专有技术、经营模式等以许可经营合同的形式授予被特许者使用，被特许者按合同规定，在特许者统一的业务模式下从事经营活动，并向特许者支付相应的费用。这种方式应用广泛且发展迅速。

特许经营适合于那些可以标准化或者实际上可以被复制的服务，如快餐、轿车服务和干洗业等。目前世界上最大的特许连锁企业是麦当劳公司。

④ 电子渠道。电子渠道是唯一不需要直接人际互动的服务分销渠道，其功能对象是那些事先设计好的服务(如信息、教育或娱乐)。企业通过电子媒介传递这类服务，通过这些媒体传递的服务包括电影、互动信息和音乐、银行和金融服务、多样化的图书馆和数据库、远程学习、桌面电视会议、远距离健康服务和互动式网上游戏等。

企业应根据市场的特殊需要和服务自身的特点，为自己的服务产品选择适宜的渠道。

4. 服务的促销策略

服务促销是指服务企业为了和目标顾客及相关公众沟通信息，使他们了解企业以及其所提供的服务，刺激消费需求而设计和开展的营销活动。由于服务产品的标准化程度相对于有形产品来说要低一些，因此顾客期望与服务传递感知之间的潜在差距就比较高。所以，精确的、一致的、恰当的企业沟通是使顾客获得高质量服务的关键。

需要服务的顾客不仅可通过电视、报纸、网上资源等传统和现代的媒介获得信息，还可通过更多的渠道了解商品和服务，如服务场景、顾客服务中心、与服务人员的接触等。为了使顾客得到的信息与承诺的保持一致，企业必须注意不同渠道信息的整合。服务企业要特别注意在传统的沟通或促销组合基础上进一步关注与顾客的交互营销。为此，服务沟通的手段或者说是传递服务沟通信息的方式就比有形产品的沟通方式显得复杂，主要有广告、人员推销、营业推广、公共关系、顾客服务交互活动、服务接触交互活动和服务场景等。

(1) 广告。同有形产品一样，广告是企业向顾客传递信息的主要手段，且常常作为企业促销工作的基石。人们每天都在接触大量的服务广告，其所涉及的范围非常广泛。

(2) 人员推销。人员推销适用于复杂或价格昂贵的服务。在促销专业服务(如法律咨询、科研公司等)和企业对企业的服务(如广告公司、科研公司等)时，人员推销应发挥更大的作用。

(3) 公共关系。公共关系适用于推销全新的或高风险的服务产品。公共关系能够帮助企业树立一个良好的形象，并以一种令人信服的方式来向社会推荐创新型或风险性产品。例如，媒体评论与宣传是戏剧、舞蹈等产品取得成功的关键。公共关系能抵消如食物中毒等服务事件对企业的负面影响。

(4) 营业推广。营业推广能制造轰动效应。诸如竞赛、抽奖和样品赠送等措施能够帮助企业从竞争中脱颖而出。

11.2 关系营销

11.2.1 关系营销的内涵

关系营销是 20 世纪 70 年代开始由北欧的学者提出来的。自 20 世纪 80 年代以来，关系营销理论得到了广泛的传播、发展与应用。有的学者从关系角度把市场营销定义为"管理企业市场关系的过程"，或表述为"在盈利的基础上为满足各方利益而识别、建立、维持、促进及在必要时终止与顾客和其他相关利益者关系的过程，这只有通过相互提出和履行承诺才能实现"。有的甚至说关系营销就是"认识、解释和管理供应商和顾客间持续的业务合作关系"，是企业与外界的"交互、关系和网络"。

菲利浦·科特勒认为：关系营销是与关键成员——客户、供应商、分销商建立长期满意关系的实践活动，目的是保持他们之间的长期成绩和业务往来。精明的营销者都会努力同有价值的客户、分销商和供应商建立长期的、互相信任的"双赢"关系。而这些关系是靠不断承诺和给予对方高质量的产品、优良的服务和公平的价值来实现的。

11.2.2 关系营销的要素

关系营销首先是一种过程，所有营销活动都必须指向这个过程的管理。这个过程从识别潜在顾客开始，接下来是与顾客建立关系，然后是维持和促进已经建立的关系，以便产生更多的业务及良好的口碑。这一过程是企业与顾客之间相互交流、对话沟通、价值让渡的结果。

1. 关系营销的起点和终点

在关系营销中，因为企业必须让顾客感知和欣赏双方持续关系中创造的价值，所以企业要付出比交易营销更多的努力。由于企业与顾客关系的建立是一个长期的过程，因此顾客价值会在一个较长的时间内体现，营销专家将之称为价值过程。

在这一过程中，企业除了为顾客提供核心产品外，还必须提供相应的附加价值，如送货、顾客培训、产品维护、零部件供应及有关的使用信息和文件等。在当今时代，由于核心产品已不成问题，如计算机的硬件、钟表的准确性等，附加价值就显得尤为重要。而顾客所付出的代价包括价格和与企业维持关系而发生的额外成本，在关系范畴中，这些额外的成本可以称为关系成本。这些成本是在决定与某个供应商或服务企业建立关系后产生的。

例如，由于供应商的送货不及时顾客不得不保持大量的库存；由于不及时的维修和保养服务导致实际成本超出预期成本，关系成本有可能提高。关系营销中，在顾客对企业的认知价值可以用下面的公式表述。

$$顾客感知价值=(核心产品+附加服务)/(价格+关系成本)$$

显然，关系成本越低，企业与顾客保持已有关系的可能性越大。例如，由于送货不准时和对顾客抱怨处理不当，附加服务的价值就会变成负值，产品的核心价值也会因此而大大降低甚至荡然无存。

2. 关系营销的核心

企业成功的营销是要为用户提供解决问题的答案。在传统的交易营销中，这个答案仅仅是实体产品。而在关系营销中，这个答案包括关系本身及其运作的方式和顾客需求满足的过程。关系包括实体产品或服务产出的交换或转移，同时也包括一系列的服务要素、没有这些服务，实体产品服务产出可能只有有限的价值或对顾客根本没有价值。例如，送货延误、不及时的服务、抱怨处理不当、缺少信息或员工态度不友好等都有可能破坏质量优良的产品价值。关系一旦建立便会在交互过程中延续。供应商或服务企业与顾客间发生不同类型的接触，这些接触可能是很不相同的，主要取决于具体的营销情形。有些接触是人与人之间的，有些是顾客与机器或系统之间的。正如一部成功的电视连续剧是由许多打动观众的具体情节组成一样，要想实现关系营销的目标，企业必须在交互过程中设计出有利于价值转移的"服务情节"及相配套的动作方式，从而为顾客创造持续的价值。

3. 关系营销的关键

在营销过程中，实体产品、服务过程、管理程序和支付手段等实际上都向顾客传递企业的某种信息。然而，关系营销理论认为，企业与顾客沟通的特点是双向的，有时甚至是多维的沟通过程。所有的沟通努力都应该导致某种形式的、能够维护和促进双方关系的发展。企业为维持顾客关系的种种努力，如销售洽谈会议、直接联系信函等，都应该整合进一个有计划的过程中。因此，将这种对关系营销的沟通支持称为对话过程。这个过程包括一系列的因素，如销售活动、大众沟通活动、直接沟通和公共关系。大众沟通包括传统的广告、宣传手册、销售信件等不寻求直接回应的活动，直接沟通包括含有特殊提供物、信息和确认已经发生交互的个人化信件等。这里，要寻求从以往交互得到某种形式的反馈，要求有更多的信息、有关顾客的数据和社会各界的反应。

11.2.3 关系营销的特点

1. 以双向为原则的信息沟通

关系营销是一种双向的信息沟通过程。社会学对关系的研究表明，关系是信息和情感交流的有机渠道。在这一过程中，不仅仅简单地传递了信息和感情，而且能有机地影响、改变信息和感情的发展。良好的关系即指渠道的畅通，恶化的关系则意味着渠道的阻滞，中断的关系则指渠道堵塞。关系的稳定性表现为关系并不因为交流的间歇或停止而消失，因为人们在交往过程中形成认识、了解和态度，这种认识、了解和态度是持久的、不易改变的。

在企业和顾客的交流中，如果仅仅是顾客联系企业，那么顾客往往会认为这种交流和沟通不能充分和坦率地表达他们的意见和看法，因而也无法和某一特定企业建立特殊关系。如果由企业主动和顾客联系，进行双向交流，则对于加深顾客对企业的认识、察觉需求的变化、满足顾客的特殊需求以及维系顾客等有重要意义，因此，交流应该是双向的。

使企业赢得支持与合作的一个好办法是广泛地交流信息和共享信息。例如，惠普公司经常把顾客、供应商和许多业务部门的经理召集在一起，召开意在创立新市场的战备会议。公司相互间既合作又竞争以支持创新、设计新产品和对顾客提供服务。

2. 以协作为基础的战略过程

关系营销强调企业与顾客、分销商、供应商甚至是竞争者建立长期的、彼此信任的、互利的关系，具体有以下几种表现形式。

(1) 顺从。关系双方之间，一方自愿或主动地调整自己的行为，按照对方的要求行事，即一方服从另一方，这种状态就是所谓的顺从。其体现为：一方面企业根据顾客的要求提供消费者需要的产品和服务，企业才能赢得社会的信赖和支持；另一方面，消费者对有可靠产品和服务的企业是尊重的、服从的，其采购和消费活动一般会接受多数人的舆论影响而表现出从众的特点。这种状态下的关系是良性的。

(2) 顺应。除包括顺从的含义外，还指关系的主客体双方调整自己的行为，以实现相互适应，这是营销中更常见的关系类型。如妥协和修正，前者是双方相互作了让步而避免、平息冲突或争执；后者则指关系双方各自修改、调整自己的目标、行为、态度等，以适应对方要求。

(3) 互助。双方各自具有优势，相互补充对方的不足，相互援助。

(4) 合作。关系双方为了达到对各方都有益的共同目的而彼此配合，联合行动，协同完成某项工作。合作是协调关系的最高形态。协同、合作的关系状态实质上是一种协调状态，双方相互适应、相互顺从、互助互利。

企业市场营销的宗旨是追求各方利益关系的最优化，只有通过与公司营销网络中各成员建立长期、良好、稳定的伙伴关系，才能保证更多有利的交易，才能保证销售额和利润的稳定增长，否则那些暂时的利润随时都可能消失。同行企业之间的过度竞争往往会产生一些负面效应，从而增加企业的生产成本和营销成本，降低企业收益。进行某种形式的合作营销则可以避免上述情况，它可以使系统具有和保持整体性、稳定性。

3. 以互惠互利为目标

通常，出于竞争动机的交易者往往是为争取各自最大的利益，而出于合作动机的交易则会谋求双方共同的利益。关系营销产生的最主要原因是买卖双方相互之间有利益上的互补。企业用产品或服务从消费者那里获取利润，消费者则用货币从市场上得到企业提供的自己所需的产品和服务。如果没有各自利益的实现和满足，双方就不会建立良好的关系，如一方提供伪劣产品，另一方受害，那么双方就会发生冲突。关系建立在互利的基础上，使双方在利益上取得一致并使双方的利益得以满足，这是关系赖以建立和发展的基础。真正的关系营销要达到关系双方互利互惠的目标。因此了解双方的利益需求，寻找双方的利益共同点，并努力使共同的利益得到实现，是关系协调的关键。

4. 以反馈为职能的管理系统

关系营销必须具备一个反馈循环，用以连接关系双方，公司由此可以了解到环境的动态变化，根据合作方提供的非常有用的反馈信息，改进产品和技术，挖掘新的市场机会。许多公司为现有和潜在的顾客提供机会，包括产品的展示和提前使用，并收集反馈信息，根据反馈信息进行产品改进和深入创新。一些公司定期向随机抽取的顾客寄送调查表，请他们对公司职员的态度、服务质量等作出评价。关系营销的动态应变性来源于公司的组织结构和经营风格。

11.2.4 关系营销的管理目标

现代企业开展关系营销的目的是要获得忠诚的顾客，和顾客达成一种良好的、互惠的关系。为达到该目的，企业首先要发现正当需求，其次要满足顾客的需求并保证顾客满意，最后是营造顾客忠诚。

1. 发现正当需求

关系营销的起点是分析顾客。不同于需要和欲望，顾客需求是反映消费者对某一特定产品或劳务的购买能力。需要和欲望是行为的内在动力，正是由于新的需要不断产生，人们会不断追求、为满足自身的需要而进行某种形式的交换，因而市场才得以存在。但是，分析需要的不同层次还不能对顾客需求作出正确的判断。消费者常常不会说出真正的、全部的需要，因此理解顾客需求并不那么容易。关系营销须以顾客需求为中心，协调各种可能影响顾客的活动，最终达成满足顾客需求的目标。

2. 满足顾客需要并保证顾客满意

在发现顾客的正当需求之后，企业须满足这种需求并保证顾客满意。顾客满意战略之所以行之有效是因为一个满意的顾客会对产品、品牌乃至公司保持忠诚，从而给企业带来有形和无形的好处。顾客会产生重复购买行为，而且可能对公司的其他产品产生兴趣，加之交易惯例的口头宣传，对于企业树立良好形象的效力远远大于媒体广告的作用，同时，一个满意的顾客会高度参与和介入企业的经营活动，为企业提供广泛的信息、意见和建议。

3. 营造顾客忠诚

市场竞争的实质是一场争取顾客资源的竞争，因为任何企业都必须依赖于顾客。松下幸之助曾经坦言："对我自己来说，没有什么比顾客更值得感激的了，我常常教导员工，不要忘了感恩。"竞争所导致的争取新顾客的难度和成本的上升使越来越多的企业转向保持现有的顾客。因此，建立与顾客的长期友好关系并把这种关系视为企业最宝贵的资产，成为市场营销的一个重要趋势。

企业拥有顾客，才能谈得上获取利润；反之，如果顾客叛离企业，则企业必将丧失利润来源，这是对企业最为严重的打击。据分析，一个企业只是比以往多维持 5%的顾客，利润就可以增加 100%。这是因为企业产品的信任度和忠诚度的增强可诱发顾客提高相关产品的购买率。因此，"反叛离管理"成为关系销售理论和实践的重要内容之一。不少企业正积极推行"零距离叛离"计划，其目标是让顾客没有变心的机会。这种计划要求企业善于及时掌握顾客的信息，随时与顾客保持联系，并追踪顾客动态。

11.2.5 关系营销的实施过程

现代企业实施关系营销必须设立关系管理机构，通过其卓有成效的活动，使企业的内外部关系更加融洽；同时，企业也须注意各种资源的有效配置，使其向企业的同一目标努力。企业关系的各方面由于某些差异会造成障碍，因此企业须进行文化的整合，协调各方利益，达到关系营销效率提升的目的。

1. 组织设计

企业在进行组织设计时主要须做到内部组织结构的整合和在企业间建立各种联盟。

企业是由拥有共同目标的人群所构成的集合体，组织内必须有各种分工，通过分工以长补短，大大提高生产率，从而取得比个人所能取得效果之和大得多的整体效果。可是，分工在带来专业化高效率的同时，可能产生本位主义、各自为政、相互扯皮等弊端。因此，企业对各个部门要进行整合。企业各职能部门间暂时或永久的联系是企业组织结构整合的基础。这种结构联系不仅要作为发起和执行关系营销活动的机制，还要作为教育员工认识关系重要性的手段。

联盟是企业间形成长期联合但不彻底兼并的一种组织形式。现代企业间通过形成联盟，可以互相协调，共享企业资源，形成一种互惠互利的关系。企业间的联盟关系具有以下特点。

(1) 边界模糊。联盟打破了传统公司组织机构的层次和界限，一般由具有共同利益关系的企业组成战略共同体，可能是供应者、生产者、分销商，甚至是竞争者之间形成的联盟。

(2) 关系松散。联盟主要是以契约形式连接起来的，合作各方之间的关系十分松散，主要通过协商的方式解决各种问题。

(3) 机动灵活。组建联盟所需时间较短、过程简单，同时也不需要大量投资。当企业环境出现发展机会、联盟不适应变化的环境时，可迅速将其解散。

(4) 高效运作。由于组建联盟的合作各方可以将企业的核心资源加入到联盟中去，联盟的实力是单个企业很难达到的。在这种条件下，联盟可能高效动作，完成一些单个企业难以完成的任务。

联盟的形式主要包括合资、研究与开发协议、合作生产营销、相互持股等。

2. 资源配置

关系营销要求企业进行资源配置时，充分利用企业的人力资源和信息资源，尽量达到资源最佳利用。企业的人力资源配置的措施有：部门间的人员轮换、从内部提升、跨业务单元的团队和会议。在当今时代，科学技术飞速发展，企业在采用新技术和新知识的过程中，可以采用以下4种方式实现信息资源分享。

(1) 利用计算机网络协调企业内部各部门及企业外部拥有多种知识与技能的人。

(2) 制定政策或提供帮助以尽量避免信息超载，从而提高信息管理的工作效率。

(3) 建立一个"知识库"或"回复网络"。这是一个统一的数据库，包含企业的各种问题，如人力资源政策、问题指导或新技术等。有些问题可以通过数据库的信息轻易得到解决，有些则需逐级去找更高级的专家来处理。

(4) 利用日益增多的独立受聘专业人员和新的交流技术建立临时"虚拟小组"，以完成自己或客户的交流项目。

3. 关系障碍排除

现代企业在开展关系营销时往往会碰到许多障碍，影响营销效果。这些障碍通常是通过企业文化的整合排除的。关系营销的障碍主要有以下几个。

(1) 利益不对称。在某些情况下，关系营销虽然对企业整体明显有利，但对某个部门却可能产生副作用。

(2) 失去自主权和控制权。企业常常抵制与竞争者进行关系营销，因为他们担心失去顾客或损害与顾客的关系。

(3) 片面的激励体系。对同一服务目标、转移定价和分配方案都易精确计量，但却不能衡量一个部门对企业效益的整体贡献。激励体系只能片面衡量各部门的业绩，而没法评价该部门对其他部门所作的贡献。

(4) 担心损害分权。关系营销有可能会使部门间本来明确的职权和责任变得界限不清，因此，最高管理层担心部门负责人可能会以关系营销为借口为其业绩不佳进行辩护。

关系各方面的差异会增加建立关系的难度，因为这种差异会产生交流上的问题。文化背景的不同也就意味着关系双方的知识、信仰、艺术、道德、法律、习俗、习惯等诸多方面存在着很大差异。这类差异会阻碍交流，并使工作关系难以沟通和维持。如果业务单元间人员的背景、能力和风格不同，这种差异也会使关系的建立和维持变得很困难。双方打交道时可能感到不适或紧张，以致难以达成协议。妨碍关系建立的管理差异包括年龄、职位、教育背景、工艺技能和工作年限等。跨文化之间的人要相互理解和沟通，就必须克服不同文化规范带来的交流障碍。只有关系双方文化上达到融合，才有可能协调双方的本质利益。文化的融合对于关系双方能否真正协调合作有着关键的影响。合作伙伴的文化敏感性要非常敏锐和灵活，能使合作双方在一起有效地工作，而且学习彼此的文化差异；当企业的规模、优势和需要意识等相当、对待风险的态度和道德观念能够相互适应的时候，合作伙伴之间容易产生平衡的合作关系。

文化融合是企业营销活动中处理各种关系的高级形式。不同企业意味着不同的企业文化，特别当企业的基本战略不同时，推动差别化战略的企业文化也许能鼓励创新、发挥个性及承担风险，而成本领先的文化则可能是节俭、纪律及注重细节。如果关系双方的文化相适应，则企业文化可能强有力地巩固企业与各合作者的关系以寻求建立竞争优势。企业文化本身并无优劣之分，它是建立维持企业与内部和外部顾客、竞争者、供应商、分销商、影响者之间良好关系的一种手段，而不是目的。

4. 关系营销方法的应用

关系营销是一项复杂的系统工程，其实质是企业通过对顾客和环境的利益承诺及其兑现来换取顾客的长期惠顾和社会的认可与回报。在具体操作中，可采用以下几种方法。

(1) 建立企业与顾客的紧密联系，依靠信息和网络技术实现二者之间的全面互动。电话、传真、计算机电话集成系统(CTI)、呼叫中心以及因特网的在线支持为此提供了技术上的支持。企业通过采集和积累有关消费者的各方面信息，对其进行处理后利用计算机综合成有条理的数据库，然后在各种软件的支持下，产生企业经营活动所需要的各种详细、准确的数据。通过建立数据库并对数据进行分析，可以帮助企业更为准确地找到目标顾客群、降低营销成本、提高营销效率，并且可以为营销和新产品开发提供准确的信息。尤其是通过计算机网络的互动式交流，可以更准确地掌握顾客的需求动态，更及时地获得顾客对产品的反馈信息，从而使企业与顾客之间的关系更加紧密。美国著名网络设备供应商思科公司利用计算机网络建立的顾客服务系统，一年节省了 3.6 亿美元的客户服务费用，客户的满意度也从以前的 3.4 提高到了 4.17(5 分标准)。目前，我国的海尔、联想等公司也都投资设立了呼叫中心。微软中国公司认为，一家商业企业如不考虑用网络来改造自己的销售和管理体系，那一定是死路一条，不管它今天多么繁荣。

(2) 改变顾客的角色。企业应该摒弃把顾客当作讨价还价的对手这样一种旧观念，而应把顾客作为诲人不倦的老师、共同创造价值的伙伴。一些大公司还建立了高层管理人员与顾客定期会面的制度，以准确掌握顾客的偏好、竞争对手的动态以及产品和服务的意见等第一手材料，从而为改进工作、开发新产品打下基础。一些企业甚至把顾客纳入自己的组织范围之内，有的公司与用户一起开发新产品，有的甚至直接聘请顾客加入到自己的产品开发小组当中。还有一种流行的做法是企业成立顾客俱乐部，其成员主要是企业的现有顾客或潜在顾客。俱乐部为其会员提供各种特别服务，如新产品情报、优先销售、优惠价格等。顾客俱乐部加强了企业与顾客之间的相互了解，培养了顾客对企业的忠诚。通过建立顾客的情报反馈系统，了解顾客需求，还可通过其会员宣传企业的产品与服务取得意想不到的促销效果。

(3) 关系营销要求企业着眼未来，以真诚换忠诚。消费者忠诚是企业营销所追求的理想境界，但忠诚消费者依赖于企业与顾客的关系质量，即顾客对企业的信任感和满意程度。要做到这一点，买卖双方都必须坦诚相待，加强合作，除了提供过硬的产品外，企业还要加强产品的服务工作，搞好产品的售前、售中、售后服务。企业必须消除消费者购买产品后的风险，如效能风险、财务风险、生理风险、社会风险等，努力增加产品的附加价值，减少顾客的关系成本。

(4) 要用动态的观点看待关系营销。时代在进步，技术在发展，企业今天的独特产品和服务明天就可能成为人人都能做到的大路货。比如，前几年少见的产品包退包换制度、送货上门服务，现在已经成为标准化的服务内容。要想依此维系与顾客的良好关系，显然是不够的。进一步讲，关系营销本身就是一个企业向顾客转移价值的过程，所以，企业在进行关系营销的过程中要不断进行技术创新，服务创新、以赢得顾客、换取忠诚。

11.3 整 合 营 销

11.3.1 整合营销的基本内涵

整合营销又称"整合营销传播"(integrated marketing communication, IMC)，兴起于商品经济发达的美国，是一种实战性极强的操作性策略。

1995 年，美国学者 Paustian Chude 首次提出了整合营销的概念，他认为整合营销就是"根据目标设计企业的战略，并支配企业各种资源以达到企业目标"。菲利普·科特勒认为整合营销包括两个层次的内容：一是不同的营销功能——销售、广告、产品管理、售后服务、市场调研等必须协同工作；二是营销部门必须和企业的其他部门相协调。

近年来，我国学者结合我国国情，对整合营销进行了研究，认为"整合营销是以整合企业内外部的所有资源为手段，重组、再造企业的生产行为与市场行为，是充分调动一切积极因素，以实现企业目标的、全面的一致化营销"。营销整合就是使各种作用力统一方向，形成合力，共同为企业的营销目标服务。

整合营销是一种系统化的营销方法，具有自身的指导理念、分析方法、思维模式和运作方式，是抽象的、共性的营销的具体化、个性化，是挑战营销环境的工具。因此整合营销是对营销整合的升华和理性化，使之更成体系。

11.3.2 整合营销的特点

(1) 整合营销以服务顾客为宗旨，使每一位顾客都能体验到企业高效、优质、一致的服务，它把消费者贯穿于整个营销传播活动的第一个环节，并实现与消费者的双向沟通。

(2) 整合营销以系统化思想做指导，将整个营销沟通作为一个系统，对其进行计划、协调和控制，不仅关心局部，更注重全局，考察所有行动与方案的效果，使得营销资源在营销工具间进行最优配置，提高企业的组织管理水平。

(3) 整合营销理念引入了整体观与动态观，要求企业用动态的观点看待市场，认清企业与市场之间的互动关系，并根据市场的变化及时调整发展战略。企业内部的所有部门都应当相互配合，竭诚协作，形成一个紧密团结的整体。

11.3.3 整合营销的实施

整合营销的实施是将整合营销计划转化为行动和任务的部署过程，通过这一过程，最终实现整合营销目标。

1. 整合营销实施的前提

正确区分整合营销策略和传统市场营销策略在观念上的不同，树立并贯彻整合营销新观念，这是积极有效地实施整合营销的前提。传统的营销观念基本上是以企业为中心，围绕企业的需求来决定产品、价格、分销渠道等；整合营销则强调企业的一切活动必须适应消费者，实现企业和消费者之间的双向沟通。

2. 影响整合营销实施的技能

企业在执行整合营销的过程中可能面临各种问题。这些问题一般发生于企业的 3 个层次，即基本的营销功能层、营销方案执行层和营销战略层。为了使营销计划实施快捷有效，企业应从各个层面入手，学会运用分配、调控、组织和协调等技能。分配技能指各层面的营销负责人对资源进行最优配置的能力；调控能力指年度计划控制、利润控制、战略控制等有效整合的能力；组织技能指开发组建有效的工作组织的能力；协调技能指营销人员要具备发动本企业内外的所有力量去执行营销方案的能力。同时企业还应具备营销诊断、问题评估等技能，并对营销中出现的每一问题提出具体的解决办法。

3. 整合营销的具体实施过程

整合营销的实施是一个不断改进和完善的过程，涉及资源、人员和组织等方面的问题。

1) 资源的合理配置

在实施过程中，要以整合营销为导向，对企业的有形资源和无形资源进行规划管理，实现最优配置，同时避免资源浪费。

2) 人员的选择和激励

要建立一支以企业营销经理为核心的，包括市场营销研发人员、销售人员、广告与营销行政事务人员等组成的高素质的营销团队，建立人员激励机制，激发员工的积极性，最大限度地发挥团队精神。

3) 整合监督管理机制

整合营销的执行需要强有力的组织领导和健全的监督管理机制。最高管理层要对整合营销进行监督，整合营销团队要正确领悟企业的整合营销目标，实行自我监管和团队成员之间的相互监督。营销的执行是一个复杂的过程，期间会出现许多意料不到的问题，企业应合理地安排战略计划，为推动整合营销的实施而努力。

11.4 直复营销

11.4.1 直复营销的内涵

直复营销(direct marketing)即"直接回应的营销"。它是以盈利为目标，通过个性化的沟通媒介向目标市场成员发布信息，以寻求对方直接回应(问询或订购)的社会和管理过程。美国直复营销协会(Direct Marketing Association, DMA)将直复营销定义为：一种互动的营销系统，运用一种或多种广告媒介在任意地点产生可衡量的反应或交易。该定义揭示了直复营销的3个基本性：互动性、可衡量性和空间上的广泛性。

1. 互动性

直复营销是互动性的，营销者和顾客之间可以进行双向沟通。营销者通过某个(或几个)特定的媒介(电视、目录、邮件、印刷媒介、广播、电话、互联网)向目标顾客或准顾客传递产品或服务信息，顾客通过邮件、电话、在线等方式向企业发盘进行回应，订购企业发盘中提供的产品或服务，或者要求提供进一步的信息。

传统的营销方式只能提供单向信息沟通，向目标市场传递企业产品或服务方面的信息，视听群(读者或听者，又称为受众)并不对其作出立即反应，通常是在获得该产品或服务信息后，在以后的某个时间到相关的零售机构去购买。这样，在某个特定广告活动中，顾客与企业之间的信息沟通是单向的，即由企业到目标市场成员。

直复营销的互动性给目标市场成员以回应的机会，同时，回应的信息又是企业规划后续直复营销项目的重要依据。

2. 可衡量性

直复营销的互动活动的效果更易于衡量。目标市场成员对企业直复营销活动项目的回应与否，都与每个目录邮件、每次电视广告、每次广播广告或每个直邮直接相关。而且，直复营销者还可以借助于营销数据库，分析消费者个体或家庭的购买行为等方面的信息，进而得出顾客某方面特征的判断，以规划新的直复营销活动。数据库在直复营销活动中的地位是非常重要的，它可以说是所有直复营销活动的基础或前提。

3. 空间上的广泛性

直复营销活动可以发生在任何地点。只要是直复营销者所选择的沟通媒介可以到达的地方，都可以开展直复营销。顾客不必亲临各种零售商店，也不用销售人员登门拜访，营销者与顾客间的联系可以通过邮件、电话传真，或通过个人计算机在线沟通。而产品一般可以通过邮递渠道传递。随着网络经济的发展，新的商品传送渠道也正在形成。

11.4.2 直复营销的特点

与传统营销相比，直复营销还具有以下几个特点。

1. 直复营销利用媒体信息要多于一般广告

直复营销者也要使用付费的大众媒体发布信息，这一点与一般营销广告没有差异，但是，直复营销利用媒体信息要多于一般广告，这是因为直复营销主要通过发布信息来寻求目标市场成员的反应。在该沟通过程中，没有通过任何中介机构就同时实现了广告和销售两种功能。由于直复营销不需要零售商等中介机构，这大大减少或省去了中间商的价格加成，从而使公司的盈利增加。当然，直复营销省去的人员推销和零售环节也可能被相应增加的媒体开支所抵消。

2. 个性化

直复营销活动具有很强的目标指向性。直复营销的营销对象就是具体的个人、家庭或企业，而不是通过大众媒体指向大众市场的。顾客与直复营销者之间的互动都是以一对一为基础的，这在直邮或目录营销中显得更为明显，这时企业向目标市场成员的产品或服务发盘和目标市场成员对该发盘的回应都是个性化的。对于电视、广播、互联网等媒介，虽然营销者向目标市场成员传递产品或服务发盘信息类似于传统营销，但是顾客对该发盘的回应还是个性化的。直复营销的这个特点使得企业可以针对不同顾客个体的特征差异，选择不同的营销策略。

3. 以名录作为目标市场选择的主要工具

直复营销一般都是以名录作为细分和选择目标营销对象的工具。名录以顾客或准顾客的姓名和地址等基本数据为基础，包括他们的人口统计特征、财务状况、过去的购买行为等方面的信息。营销者在开展某项直复营销活动时，首先需要通过自己的营销数据库或租赁等渠道获得符合该项目目标市场成员特征的名录，然后，还要根据一定的标准对该名录做进一步的细分，并选择出适合本次直复营销活动的名录来。

4. 没有(或极少)中间分销环节

由于直复营销是一种顾客与企业互动性的营销方式，目标市场成员对企业发盘的回应是直接的，其订购的产品一般也是通过直接渠道传递的，所以直复营销一般没有中间环节。对于有些直复营销者出于效率或资源限制等方面因素的考虑，可能会将直复营销活动中的某些商业履行功能外部化，例如，商品配送通过专门的配送公司进行，或者与其他直复营销公司建立联合性的配送体制，这时出现了有限中间环节，但是其特征和功能都与传统分销渠道有所不同。

5. 媒介选择更具有针对性

虽然直复营销使用的广告媒介通常也是一般营销广告的媒介，但是二者在选择上有所不同。直复营销广告媒介的选择更加针对该媒介受众的特点，所选择的媒介往往是具有某个特定共同特征的高度细分市场。传统营销广告虽然也考虑媒介的目标受众，但是它往往是以获得最大展露度为重要目标的，所以在选择媒体时，一般不会选择那些往往为直复营销者所看好的受众相对狭小的媒介。此外，直复营销还大量使用"一对一"式的媒介，例如直邮、目录和电话等，这使得直复营销活动可以获得最大的针对性。

6. 营销手段的隐秘性

这主要是针对"一对一"式的直复营销工具而言的。通过直邮、目录和电话等手段，直复营销活动在竞争对手不知情的情况下运营，具有一定的隐秘性。当竞争对手可能获知本企业的直复营销策略时，企业可能已经占领市场并获得销售量。直复营销的这种隐秘特性尤其方便于在大规模营销活动开展前进行隐秘性的营销测试。

7. 注重顾客服务和长期合作关系

在直复营销中，顾客服务扮演着非常重要的角色。对于多数直复营销公司来说，顾客忠诚度是个很重要的方面，因为公司要通过重复购买获取利润。强调顾客服务，包括强化订购和配送职能，可以促进直复营销者与顾客间的互动性和反应机制，从而建立长期顾客关系。

8. 广泛适用性

与一般营销旨在树立公司形象的广告宣传不同的是直复营销对于各种规模的企业都适用。对于实力雄厚的大企业，直复营销是其增加竞争优势的利器；对于资源有限的小企业，则是其进入目标市场、实现销售的良好渠道。

9. 顾客存在可信度问题

在普通营销方式下，顾客购买是面对面(顾客与分销商或销售代表)进行的，这样，顾客可以亲眼目睹产品和销售商的情况，容易在相信自己判断的基础上，产生真实感和信任感。而直复营销的典型表现为顾客与商家不直接接触，商品传递是通过某个中间渠道进行的。这样，顾客往往会产生一种不真实或不信任的心理，这种心理的存在会阻止其进行购买的动机。因此，如何消除目标市场成员的疑虑，以增加其购买信心，是每个直复营销者都要面临的问题。

由于直复营销以能够进入具有不同需要的、分散的市场而见长，使企业能够更有效地利用其营销资源，使每个单位营销投入都有其明确的配比收入，因此对于小型公司来说尤为重要。

11.4.3 直复营销管理

1. 直复营销的目标

美国学者罗伯茨和伯格将直复营销目标分为以下 5 种：产品或服务销售、产生销售线索、销售线索资格认证、建立和维护顾客关系、顾客服务。

(1) 销售产品或服务。销售产品或服务是直复营销项目最普遍的目标。以盈利为目标的企业或个人通过销售产品以获得利润。

(2) 产生销售线索。产生销售线索是直复营销活动的另一个可能目标。销售线索(lead generation)指那些可能会成为公司潜在顾客的个人或组织，销售线索的产生主要是通过人们对直复营销发盘的回应获得的。销售线索的产生为公司直复营销活动提供了可供选择的目标对象。

(3) 销售线索资格认证。公司通过寻求人们对公司直复营销发盘的回应所获得的销售线索往往包含各种主体，其中的一些会通过公司的营销努力而成为购买者，而另外一些则不具备这种潜力，甚至根本没有购买意愿。销售资格认证的目的就在于淘汰没有潜力的线索。

(4) 建立和维护顾客关系。运用直邮、电话等直复营销工具，可以建立顾客关系，并加以日常维护。建立和维护顾客关系的目的在于期望从对方的忠诚中获得更大的销售收入和利润。

(5) 顾客服务。直复营销的成功主要依靠顾客的重复购买。因此，如何留住顾客是关系到直复营销盈利性的重要因素。建立顾客忠诚度的一个途径就是向其提供满意的顾客服务，因为顾客服务的满意与否直接关系到购买决策。因此，许多成功的直复营销者都将在顾客服务上的开支视作一种无形资产投资，因为顾客本身就是公司最大的无形资产。主要的顾客服务通常包括迅捷准确的订购处理、顾客询问和投诉及时满意的处理和退货3个方面，其他还有提供免费电话号码、退款保证、使用信用卡等方便顾客的服务。这些服务有利于克服顾客对通过直接回应渠道购物的抵触心理，使其乐于接受这种购物方式。

2. 直复营销的媒介

如前所述，直复营销媒介是直复营销者发盘以获得其目标市场成员回应的途径或载体。实际上，媒介就是直复营销者进行直复营销广告的载体或通道。与一般营销广告所不同的是，直复营销广告是一种直接回应广告。与一般营销广告相似，几乎各种媒介都可以为直复营销所用，只不过直复营销采用不同的使用和效果评价方式。

典型的直复营销媒介主要有以下几种：电话营销；直邮营销；直接反应电视；直接反应印刷媒介；直接反应广播；网络营销。在这几种媒介中，除了网络营销是最近几年才发展和兴起的，前5种媒介都是基本的直复营销媒介，而数据库营销则是几种基本直复营销媒介的组合使用。

在发达国家，直复营销已发展为一个拥有一定规模、相对独立的行业。直复营销业所创造的销售额已经在全部商品销售额中占有了较高的比重。美国是当今世界上直复营销业最发达的国家。1995年，美国的直复营销业创造的消费品销售额占全部社会消费品销售总额的12.1%。

随着直复营销业务的发展，直复营销广告投入的比重也在不断上升。美国1995年所有直复营销广告投入总和已达1 338亿美元，占美国全部媒介总投入的57.1%；1996年，这个数字上升为1 434亿美元。到2000年，有51%的直复营销广告投入是"企对企"的直复营销。

3. 直复营销策略

直复营销策略是对直复营销活动的计划，使公司在不断变化的市场环境中获取竞争优势，实现成长。直复营销策略决策往往是非常复杂的，这是因为：①影响市场运营结果的因素是多种多样的，当直复营销企业决定投放一个新的产品或服务发盘计划时，就存在着多种因素决定该项目的成败，例如竞争对手的反应、经济环境的变化、顾客对新事物的接受程度等因素，都会直接影响最终的销售业绩；②许多影响市场结果的因素都是营销管理不可控制的,几乎所有外部营销环境因素都是直复营销企业不可控制的;③影响营销计划结果的因素缺乏稳定性,如信息产业的产品或服务,技术变革速度之快,几乎每隔若干个月就有利用最新技术的产品面市,这些因素的经常变化可能会对直复营销公司的销售量和利润产生不利影响;④市场结果对追加营销资源的回报是非线性的,也就是说,随着营销资源的增加,所能产生的额外回报是逐渐减少的。

11.5 绿色营销

随着 21 世纪的到来,由于可持续发展的理念深入人心,一场绿色革命的浪潮正在席卷全球,环保成了最时尚的追求,人们愈来愈关注人与自然的共同发展问题。所有的企业也都面临着环境保护的严峻挑战,愈来愈多的业界人士坚信,在 21 世纪,如果企业希望成功地开展经营活动,就必须在所有的活动中融入环保的思想。人们对环境问题的关注已经成为营销实践环节中的一个重要议题。伴随着这样的态势,绿色营销开始显出冰山一角,成为新世纪营销的一大趋势。

绿色营销即意味着在企业营销的各环节中,如设计、生产、包装、运输、销售、服务、广告宣传等一切经营活动中注入环保意识,在企业的营销过程中贯穿绿色概念,使企业行为向着与生态环境协调发展的方向前进。

11.5.1 绿色营销的内涵

绿色营销以保护全球资源、生态和维护人类健康为宗旨,是社会营销观念的具体化、系统化。在产品方面,绿色营销强调节约生产资源,防止产品的品质污染,反对过度包装;在定价方面,政府对绿色产品实行优惠的税收和成本政策;在分销方面,注重卫生、安全的物流载体和流程过程;在促销方面,主要依靠社会团体和公益活动展开推广计划。近年来,对绿色营销的分析、研究正向系统的营销学分支演变。

20 世纪 70 年代,像菲利普科特勒(Philip Kotler)和杰诺德查特曼(Gerald Zaltman)这样的营销专家都指出:"社会营销"应该成为营销学科中的一个重要概念。社会营销被定义为"把营销的概念和技术运用到各种各样对社会有利的观念和事业中去,而不是商业营业上的产品和服务营销"。在这个定义中,隐含着把对自然环境的保护观念作为社会营销的一个组成部分。

为了进一步建构社会营销的基本原理,哈聂(Henion)和科尼尔(Kinnear)为绿色营销下了一个定义。

绿色营销涉及所有的营销活动,包括:①导致环境问题的活动;②能够解决环境问题的活动。因此,绿色营销应从营销活动对污染、能源危机和非能源性资源枯竭影响的正反两个方面进行研究。

绿色营销的概念是在传统的商业导向型营销耗费社会能源资源遭到批评和社会大众的环保意识增强、绿色浪潮到来的前提下提出的。绿色营销的含义包括两个层次：一是基于企业自身的利益进行的营销；二是基于社会道义而进行的绿色营销。所谓基于企业自身利益而进行的营销，是指企业实施绿色营销以满足消费者的绿色消费需求，有利于降低成本，有利于在竞争中获取差别优势，从而获得更多的市场机会，占有更大的市场份额，相应获得更多的利益。所谓基于社会道义而进行的绿色营销，是在营销过程中与社会对环境保护的要求相适应，与社会可持续发展战略相一致，尽量减少对环境的污染，维护全社会的公共利益。

综上所述，给出如下的概念：绿色营销是企业通过致力于变换经营过程以满足人们的绿色消费需求，履行环境保护的责任和义务，促进经济与生态的发展，实现企业的自身利益、消费者利益及社会利益三者相统一的一系列经营活动。

11.5.2 绿色营销的策略

(1) 建立绿色营销观念。绿色营销必须在绿色营销观念的指导下进行。所谓绿色营销观念，就是环境保护意识与市场营销观念相结合所形成的新观念。绿色营销观念的服务对象不仅是消费者，还包括整个社会和全球的环境，目的是求得社会和全球环保的长远利益、消费者切身利益与企业效益三者的结合和统一。它是在全球可持续发展战略理论的指导下，结合市场营销实际产生的新概念，是为执行这一战略服务的。企业要转变经营战略，确立绿色营销观念的一个主要方面是企业家要有一种长远发展的意识，确立起绿色营销的观点。企业家在进行生产管理和营销管理时，都必须时时注意绿色意识的渗透，要保护生态环境，反对资源浪费，以获取长远的发展。

(2) 绿色产品开发。绿色营销的使命是促进可持续发展，即在满足现代人需求的同时不牺牲子孙后代满足他们自身需求的能力。这意味着不仅要寻求不破坏环境的绿色产品，还要开发出能改善环境状况的产品与服务。传统的产品开发与设计强调的是成本最小化和性能最优化，而绿色产品开发则把降低能耗、回收再利用、防止污染与成本最小和性能最优列入同等重要的地位。例如，德国汉高(Henkel)公司在开发洗涤剂中磷化物的替代物过程中，花了 10 年的时间对产品的环境适应性和性能的有效性进行研究和试验，最后才发现了一种满意的添加剂。今天，这种环保性添加剂是世界上领先的磷化物替代品，它不仅为汉高公司赚到丰厚的利润，还使河流和湖泊更加清澈。

(3) 绿色包装。绿色包装是指企业在包装商品时，既要考虑包装的成本费用，又要考虑包装的废弃物对环境的污染程度，指采用对人体健康和生态环境无危害、易回收、可再生利用、无污染的包装。目前，国际商界正在兴起称之为"绿色包装"的包装革命。符合下列条件的包装可以视作绿色包装。

① 大容量包装。消费者在减少购买次数的同时，减少了包装材料的耗费。

② 剔除不必要的花哨包装。

③ 重新设计包装，使之产生更少的固体垃圾。

④ 采用的包装材料具有能回收利用、可生物降解的特点。

(4) 绿色产品的分销。绿色产品的特殊性，使得企业在选择分销渠道时存在很大困难，企业必须考虑运输过程是否会带来污染、如何尽量缩短分渠道的长度、如何选择分销商、企业是否应建立自己的分销系统等问题。

① 运输策略。选择运输工具时，应选择无铅燃料、有污染控制装置、节省燃料的交通工具；选择运输路线时，应选用储运过程浪费最小、运输距离最短的路线。

② 分销商选择策略。企业可以不经过分销商，直接建立自己的绿色分销系统。这种方式可以最大限度地减少分销过程中的污染和社会资源的浪费，可以直接在市场上建立企业形象，能向消费者提供更完善的服务。但是大部分企业都无此实力，大都选择中间商来为他们分销产品。

选择分销商，首先要考虑分销商的绿色声誉以及在消费者心目中有无良好信誉、是否建立了绿色形象、其绿色意识是否与本企业一致等问题；其次要考虑分销商原来经营的产品是否与本企业的产品相排斥，最好是互补产品，这样更便于分销商推销绿色产品。再次要考虑分销商是否能与企业真诚合作。

(5) 绿色促销。企业实施绿色营销策略，是企业通过对社会大众的宣传，表达自己对环境保护的重视，从而在公众心目中塑造一个良好的绿色形象。为此，企业以人类社会可持续发展为目的的整体理念、经营宗旨和价值观念的广告，可传播企业理念精神，对内使全体员工树立共同的价值观念，培养和增强员工的凝聚力和向心力；对外在广大社会公众心目中形成良好印象，以得到社会公众的理解和支持。同时，绿色营销的促销作用还体现在用营销的沟通方法和手段对客户和潜在客户进行教育、宣传并把他们的需求引导到符合社会环境要求的产品、服务和活动中来。大量的研究表明，消费者的消费观念也正在发生着变化，他们开始关心环境、关心自然，希望在享受生活的同时节约能源、保护环境，人们对绿色产品的态度正变得越来越积极，这种消费观念的转变也有助于企业进行绿色促销。

(6) 绿色标志与绿色保护。绿色标志又称为环境标志、生态标志，是由政府部门或公共社会团体根据一定的环境标准向有关厂家颁发的证明，以认证其产品是否符合绿色产品的要求，是否允许该产品佩带绿色标志。绿色标志是企业向社会证明其环保意识和环保行为的一个重要标准。

世界上主要的环保标志是德国的"蓝色天使"、日本的"生态"标志及中国的"绿色食品"标志等。

11.6　网络营销

网络营销的发展是伴随信息技术的发展而发展的。目前信息技术的发展，特别是通信技术的发展，促使互联网成为一个辐射面更广、交互性更强的新型媒体。它不再局限于传统的广播电视等媒体的单向性传播，而且还可以与媒体的接受者进行实时的交互式沟通和联系。各大公司企业积极利用网络技术来变革企业的经营理念和管理方法。网络营销正是适应网络技术的发展而产生的，它一出现便显示出巨大的发展潜力。

11.6.1　网络营销的内涵

网络营销是企业整体营销战略的一个组成部分，是建立在互联网基础之上，借助于互联网的特性来实现一定营销目标的一种营销手段。它是以现代营销理论为基础，利用互联网的技术和功能，最大限度地满足客户需求，以达到开拓市场、增加盈利的目标的经营过程。网络营销的实质是利用互联网对产品的售前、售中、售后各环节进行跟踪服务，它贯穿了企业经营的全过程。

美国学者约翰·费劳尔在所著的《网络经济》一书中写道："网络营销(cyber marketing)是借助联机服务网络、计算机通信和数字交互多媒体技术来实现营销目标的。"这个定义虽然说明了网络营销的技术手段，但没有指出网络营销的实质。网络营销的实质是以计算机互联网技术为基础，通过与客户在网上直接接触的方式，向顾客提供更好的产品和服务的营销活动。

网络营销的英文表达方式有很多，每种表达方式都有相应的侧重点和内涵，如 Internet marketing 强调的是以互联网为工具的市场营销；Web marketing 指网站营销，着重于网站的推广、站点与顾客的沟通；Cyber marketing 指网络营销是在虚拟的计算机空间进行运作的；e-marketing 指与电子商务(e-business)相对应的电子化、信息化、网络化的营销活动。现在常用的翻译方式是 online marketing 和 Internet marketing，且专指国际互联网营销。

11.6.2　网络营销的特点

互联网的出现深刻地影响了人类生命的每个角落，它如同一种"万能胶"，把企业组织及个人跨时空地联系在一起。在这样一种营销环境下，网络营销呈现出其独有的特点。

1. 全球化

互联网的迅速崛起给企业带来了无限的商机，同时也将企业推向一个更广阔、更具选择性的全球市场。互联网的普及为小公司进行全球营销活动提供了可能性。正是因为这一点，许多小公司已经不断发展壮大起来。在网络上进行营销活动，公司大小已经不再是竞的决定性力量。过去，规模庞大的跨国公司才有能力进行全球营销活动。小公司与大公司相比，在人力、物力、资源等方面存在巨大差异，但是网络信息的无国界性、全球性使得小公司也能进行全球营销活动。互联网存储信息容量大、时效长，且具有跨时空进行信息交换的特点，可以不受时间和空间的限制，随时随地全天 24 小时提供全球性营销服务。

2. 交互性

互联网可以展示商品目录，联结资料库，提供有关商品信息的查询，与顾客进行双向的沟通，可以收集市场情报，进行产品测试与消费者满意调查，实时了解消费者的需求，将企业的营销活动进行合理有效的规划，是进行产品设计、提供商品信息以及服务的最佳工具。

3. 个性化

传统的规模生产使得营销产品只能满足顾客的一般需求，顾客的个别需求难以一对一去满足。网络营销使得根据消费者的特殊需要进行产品设计、开发成为可能。例如，戴尔计算机公司让顾客在网上选择自己需要的计算机组件，然后由公司为顾客组装、定价、生产其所需要的计算机。

4. 高效性

计算机可以存储大量的信息供消费者查询，可传送的信息数量与精确度远远超过其他媒体，并能顺应市场需求，即时更新产品或调整价格，因此能及时有效地了解并满足客户的需求。信息的快速传播与获取，使得企业可以迅速掌握市场行情。顾客在网上就可以实现购物、交易，无需远足、排队，节省了时间和精力，提高了工作效率。

5. 经济性

通过互联网进行信息交换，代替以前的实物交换，可以减少印刷与邮递成本，可以无店面销售。利用网络来进行营销活动，可以让小公司也实现全球营销，却花费低廉。网络营销虽然是定制营销，但并没有因此而增加营销成本，恰恰相反，网络营销大大降低了营销费用。首先，电子化方式的采用降低了公司的印刷、包装、存储和运输费用。因为公司的产品特征、公司简介等存储在网站里，顾客通过网站就可以随时查看这些信息。营销资料可以直接在网上更新，免去了重新印刷修改的苦恼。其次，利用网络营销可以减少生产与消费之间的销售环节。产品实体直接从制造商的生产线上下来，就可送达顾客手中，减少了中间许多流通费用。

对于生产者来说，网络的媒体功能可使厂家全方位地展示自己的产品和服务，节省实际开设商店的资金，降低成本，与消费者通过网络进行一对一的交流，同时为中小企业提供了发展契机。任何企业，不论大小，都可以不再受自身规模的限制，只需花极小的成本就可以建立自己的全球信息网与大企业平等地竞争。

11.6.3　网络营销策略

网络营销是在传统营销的基础上发展起来的，是传统营销的延伸。因此，传统营销中的基本营销策略原理依然适用于网络营销。开展网络营销时仍以产品、价格、渠道、促销作为主体，同时贯彻产品、价格、渠道、促销的思想成为网络营销中的基本策略。但它又与传统市场营销中的产品、价格、渠道、促销有所不同。

1. 网络营销产品策略

(1) 实物产品策略。从理论的角度分析，在网络上任何的实物产品都可以销售，但事实远非如此。在现阶段受各种因素的影响，网络还不能达到这一要求。一般企业在开展网络营销时，可首先选择下列产品：①以网络族为目标市场的产品；②市场需求涵盖较大的地理范围、具有国际性的产品；③不太容易设店售卖的特殊产品；④用户在做出购买决策之前不需尝试或现场观察的产品；⑤消费者利用网络上的信息，即可做出购买决策的产品。

(2) 产品品牌策略。在互联网中，品牌和质量仍是影响价格的主导因素，对购买决策起着举足轻重的作用。拥有良好品牌形象的产品在互联网中保持优质高价的策略适于品牌效应的扩展和延伸，其与传统销售相结合，会产生相互辉映、互相促进的效果。

同时，企业可利用自己创立的网上品牌让消费者在一个变化莫测的网络世界中把一项产品与企业联系起来，让该品牌深入人心，从而使顾客在选择商品时对该产品产生一种偏好。一旦品牌创立成功，那么，企业出售的就不仅仅是实际的产品，还有公司的品牌和信誉。

(3) 产品个性化策略。网络中的产品或服务必须有个性——质量或外观以及感觉要对顾客有吸引力。随着市场经济的发展，消费者开始以个人心理愿望来挑选和购买商品或服务。让顾客在网上充分展示自己的设计，企业可据此提供顾客化的产品与服务。国外、国内的一些网上公司已经开始按照消费者上网购物的具体要求，为其定制符合其特定需求的产品，这在传统商业经营方式中是难以做到的。

2. 网络营销定价策略

由于网络的泛联性与查询的便捷性，消费者很容易了解到相关产品的价格，因此能够较为理性地判断欲购产品价格的合理性。同时，网络顾客选择的范围大，造成商品的需求价格弹性大，为此企业应充分估计所有销售渠道的价格结构，设计合理的网上交易价格。传统的定价方法对网络营销同样适用，但根据网络营销的特性，应采用以下定价策略。

(2) 竞争定价策略。竞争定价策略的内涵是：随时掌握竞争者的价格变动，调整自己的竞争策略，时刻保持同类产品的相对价格优势。互联网的开放性给竞争定价策略的实施来了便利：大多数企业站点和电子商务站点都会标示出其商品的价格，甚至还会就标价进行解释。企业可以对竞争对手的网站进行长期锁定浏览，密切关注其产品的定价变动，以便及时做出相应的竞争定价决策。

(2) 自动调价、议价策略。根据淡旺季交替、市场供求状况、竞争状态、成本变动等相关参数建立自动调价模型，同时，在企业站点上运行与顾客协商价格的议价系统，与消费者在网上直接协商价格，针对消费者的信用度、购买数量、后续购买机会等，协商出双方满意的价格，使价格更为灵活、多样，从而更容易被消费者所接受。

(3) 折扣定价策略。传统的折扣定价策略也适用于网络营销，应用较多的折扣策略有数量折扣、淡季折扣、现金折扣等，还可以实行网上会员制，根据会员的交易记录与偏好给予一定折扣，鼓励消费者网上购物。

(4) 商誉定价策略。网络营销是在网上的虚拟市场开展的，消费者对网上订购货物存在着不少疑虑，因为目前网上购物在商品质量、配送、退货保障、售后服务等方面都还存在着许多问题。一旦网上商店获得了较好的商誉，能在许多方面让顾客放心，那么即便其商品售价比一般商品略高，消费者也是能够接受的。

(5) 跨期歧视性定价策略。经济学家平狄克教授指出，跨期歧视性定价策略分为两个相逆的方向，两个方向上典型的例子分别是畅销书的定价和微软对 Microsoft Excel 程序的定价。畅销书一般以精装本的形式高价推出，让那些迫不及待的消费者首先购买，一段时间之后，平装本的低价书才出现在市场上，供普通消费者购买。这种定价策略又被称为"撇脂定价"。而微软的销售策略则通常是以低价格把产品推向市场，当该产品占到一定的市场份额，消费者对其依赖性逐步形成的时候，再逐步提高价格。这种定价策略又被称为"渗透定价"。这两种互为逆向的定价策略本质上都是属于跨期歧视性定价。其中，前者有利于企业在短期内尽快收回投资；后者通常应用于希望迅速开拓市场、抑制竞争者进入的情形下。

3. 网络营销渠道策略

网络营销渠道与传统营销渠道一样可分为直接分销渠道和间接分销渠道。企业可采用的营销渠道为网络直销渠道、网络间接销售渠道和混合销售渠道。

(1) 网络直销渠道。网络直销渠道是指生产商通过网络将产品销售给消费者的分销渠道。其具体做法有两种：一种是企业在互联网上建立自己的站点，申请域名，制作主页和销售网页，由专人负责处理网上产品的销售业务；另一种是企业委托信息服务商在其网点发布企业和产品的信息，企业再利用有关信息与客户联系直接销售产品。

(2) 网络间接销售渠道。网络间接销售渠道是指生产商把商品通过网络商品交易中介机构销售给消费者的销售渠道。当一个生产企业不可能也不需要在自己的营销区域内建立完善的物流配送体系时，它需要通过不同区域、不同环节的物流商来完成商品的实体配送。

因为，商品流通由信息流、资金流、物流所组成，信息流和资金流可直接在网上完成，但物流即商品的实体运动必须通过储存和运输来完成，当销售范围非常广时，就要借助中间商。

(3) 混合销售渠道。它指企业同时使用网络直销渠道和网络间接销售渠道。一方面，企业在互联网上设立网站，建立自己的网络直销渠道；另一方面，企业积极利用网络间接销售渠道销售自己的产品，通过网络中间商的功能，扩大企业的影响，开拓产品的销售空间。

4. 网络营销促销策略

网上促销的核心问题与传统促销一样都是如何吸引消费者，为其提供有价值的商品信息。网络技术的应用使传统的促销活动具有新的含义和形式。网络促销有下列一些手段和形式。

(1) 网络广告。在网络促销策略中最具创造力的方式是网络广告。与电视广告和户外广告等传统广告形式相比，网上广告更具优越性：它持续时间长，全年365天、全天24小时不间断；它覆盖面广，全世界任何一个有上网计算机的地方都可以看到；它形式多样，可以有数据、图像、声音、文字等丰富多彩的表达方式；它交互性强，消费者可以与商家在网上直接沟通信息，方便快捷；它资金投入小，对于具有同样的信息量、同样的宣传时间、同样形式的内容的网络广告与电视广告相比，资金投入只是电视广告的千分之几甚至更少，可以大大降低企业的经营成本，更为企业提供了在全球树立形象、拓展业务的大舞台。因此网络营销也就拥有了传统营销方式不可比拟的广告宣传空间。

(2) 网上销售促进。在网上开展销售促进，根据网络销售促进对象的不同，网络销售促进可以分为两大类：针对消费者的销售促进和针对中间商的销售促进。针对消费者的销售促进的方式较多，比如网上折价促销、网上会员积分促销、网上抽奖促销、网上赠品促销等；针对中间商的销售促进的主要网络销售促进活动集中于批量折扣、合作广告津贴、中间商销售竞赛、免费咨询服务等。

(3) 网上开展公共关系活动。其主要形式有：①建立虚拟公共关系室，有选择、有针对性地参加公益部门举办的各种公益活动并提供赞助；②结合本企业的经营内容和技术优势，提供面向网络客户的公共服务；③参加或主持网上会议，参加网络论坛举办的专题讨论会，积极提交富有见解的发言稿或派专家客串会议主持人或在本企业网站上建立论坛，引导公众对自己的企业或产品开展讨论；④网上新闻发布，利用本企业的站点或网络新闻服务可以以较少的费用、最快的速度将新闻传播出去；⑤举行网上消费者联谊会、网上股东年会及网上记者招待会等；⑥建立和维护良好的商业网络社区关系(商业网络社区是围绕企业的业务关系及其利益而形成的以企业站点为中心的网络社区，通常包括企业站点、目标顾客、企业雇员、供应商、投资商、分销商、代理商及目标市场的其他成员等)，向社区成员提供有价值的信息，创建面向社区成员的邮件列表，及时将企业的信息发送给他们，在网络社区成员经常光顾的网络论坛、电子公共版上张贴新闻。

 **案例分析 1**

两家餐厅的感受

餐厅一：

前几天，奇锐和几个朋友到沪上一家新疆餐厅吃饭。该餐厅在沪上相当知名，但该餐厅的规模和装修不算好，菜品也算不上好，价格还比较贵，服务也差强人意，然而却顾客盈门，店内热闹得很，连走路都有点困难了。这是什么原因呢？

到该饭店吃饭，从进门开始，就是维吾尔语的欢迎词；坐在餐厅里，每半个小时，就会有几个新疆小伙子拿着整只的烤全羊过来，似唱似呼大声喊上一段维吾尔语；服务员上菜都带着欢乐、伴随着富有异域情趣的作秀；晚上八点以后，每半小时会插播一次纯正的维族歌舞，虽然表演不算精彩，但歌舞期间，服务员、演员全体带动，不断邀请吃饭的食客登台表演，可持续一刻钟，这期间不算太大的餐厅竟有全民狂欢之感。

餐厅二：

公司附近近来新开了一家餐厅，新开张促销的优惠是消费 100 送 100。于是一帮同事抱着好奇心决定去换换口味。餐厅生意很好，出品也非常快，可是服务人员人手很紧，从落座、上茶到上菜，几乎每次都需要叫上三四遍。最让人难以接受的是，某道菜的味道明显有异常，于是我们招呼站得离我们最近的服务员。服务员冷漠地看了我们一眼，说："你们这桌不是我负责的。等一下负责你们这桌的那个就过来了，你们跟他说吧。"我们耐心地等了 5 分钟之后，另外那个服务员才出现，他给我们的解释是："这道菜的原料来自湖南，所以和我们平时的感觉不太一样。"很明显，这不是一个可以让人接受的理由。"那你们经理在吗？"我们接着问。

10 分钟后，经理出现了，他很冷静地端起菜，闻了一下，同时听我们七嘴八舌的话，没有解释、没有道歉、没有解决方案，经理拿着菜走了。刚才的服务员再次上场，他建议我们可以换一个菜或者重新做一份刚才的菜。

离开的时候，我们都决定以后不再光临这家餐厅了。

资料来源：http://www.yunjianyx.com/yx/5/13/200810/04-354.htm

问题讨论：1. 第一家餐厅的菜品比第二家的菜品差，却能吸引顾客再次光顾，为什么？

2. 从对两家餐厅的不同感受分析服务营销与传统营销的区别。

 **案例分析 2**

真维斯，追着流行向前跑

1. "紧跟流行"的成功品牌定位

真维斯(JEANSWEST)原本是澳洲的一个服装品牌，1990 年被香港旭日集团与当地进口商合作收购，并经过不断努力，成功地把产品分销网络伸展到了新西兰等其他地区。1993 年，真维斯进军中国内地市场，第一家真维斯店在上海开业。此时，市场上还没有休闲服饰的概念，真维斯以其大气而又不乏时尚的休闲服装设计风格，一下子博得了年轻人的喜爱。

经过十多年的发展，目前真维斯已在国内 20 多个省市开设了近 1 000 家专卖店，拥有当前中国最大的休闲服饰销售网络，当年的播种者已开始进入市场的收获期。

真维斯品牌的成功归功于卓越的产品质量和优秀的产品设计，得益于十余年来建立的品牌形象和销售网络。更为关键的是，真维斯有着独到的品牌发展理念：紧跟流行而不引导流行，做到"名牌的大众化"。

真维斯董事长杨勋先生对此的解释是："如果真维斯的市场定位是去引导流行或是去创造流行，真维斯可能走不了这么长的路。我们将真维斯定位在紧跟流行，就是要及时将世界上最新的、正在流行的东西拿过来，加入自己的设计风格，放到中国市场上。最广大的休闲服消费群就在中档服装的这 70% ~ 75%消费者中，如果放弃了这个市场而去做高端市场，胜算就会低很多。"

2. 网易独家缔造真维斯线上"休闲王国"

真维斯在与客户的沟通交流方面也走了与众不同的道路。真维斯没有找明星代言品牌，也鲜有电视广告的投放，却通过组织一系列倡导自由、休闲的活动来影响更多年轻、时尚的消费者。

早在 2002 年，网易就已经成为真维斯系列营销活动的独家网络合作媒体。作为国内最活跃的门户网站之一，网易连续多年帮助真维斯进行了成功的营销传播。近年来，真维斯连续举办了"真维斯杯校园服装设计大赛"，挖掘极具潜力的学生市场；举办了"真维斯休闲服装设计大赛"、"真维斯全国极限运动大师赛"、"真维斯中国模特大赛"以及正在紧锣密鼓进行中的"真维斯超级新秀评选"等一系列大型营销活动，来影响年轻消费人群。

另外，真维斯也非常注重利用网络这一以"年轻人"为主力受众的媒体来开展广告营销活动。时下，以网络媒体为平台的真维斯"休闲王国"活动正开展得如火如荼。

真维斯"休闲王国"是一个大型消费者互动网络社区。在这个社区中，喜爱真维斯的消费者可以了解品牌的市场动态，参与一些饶有兴趣的互动活动和回馈客户的抽奖活动。

真维斯"休闲王国"为品牌与最忠实的消费者建立了更活跃的沟通渠道。消费者只要注册、登录真维斯"休闲王国"，就可以发现当今流行的休闲时尚是什么，真维斯最近又有哪些新品促销推广活动。

对于那些持有 VIP 卡的忠实消费者，真维斯在这里也为其提供了更多获取回报的机会。比如真维斯每年会举办"激赏之旅"会员活动，组成声势浩大的北京免费观光团，饱览北京名胜，参观每年一度的中国真维斯杯休闲服装设计大赛总决赛等。这些活动的告知、参与都在社区中进行。

真维斯目前拥有数十万的 VIP 会员，其中 18~25 岁的消费者占到了多数。这些年轻的消费者喜爱时尚且已经习惯了与网络为伴的生活，他们通过网络形成共同的"兴趣团体"，每天都在进行与真维斯品牌形象、应季新品有关的信息传播和互动交流。

真维斯"休闲王国"创造了一个完全属于"休闲"的话语环境，成为无数喜爱休闲服装、休闲生活的消费者聚会的天堂。

"休闲王国"的网络合作伙伴，真维斯选择了最受年轻人喜爱的门户网站之一的网易，分别在网易体育频道、论坛首页、娱乐频道这些年轻用户集中、用户活跃度高的频道设置了"休闲王国"的入口。

对于双方的合作，网易结合真维斯的消费者状况，提出了真我阵营"的大论坛营销概念。真维斯认为借助论坛的形式与消费者沟通能够有效地达成营销目标，于是在此基础上，最终推出了"休闲王国"这样一个更具广度的消费者互动社区。

资料来源：http://industry.yidaba.com/fzfzpg/yxgl/57067.shtml

问题讨论： 1. 真维斯如何利用网络进行有关方面的营销工作？

2. 通过案例分析比较网络营销与传统营销的区别。

思考与训练

1. 海尔推行"全程管家365"，只要消费者拨通海尔服务热线,海尔星级服务人员将全年365天24小时上门提供设计、安装、免费清洗、维修的全程服务。海尔开拓服务新领域，为什么说是实现服务产品的又一次升级？

2. 如果有条件，请你通过网络搜索某公司的网站并亲身感受一下网络营销，你是否有任何改进的建议？

3. 关系营销能为企业创造市场机会吗？

4. 分析目前我国推行绿色营销的障碍有哪些？出售绿色产品就是绿色营销吗？

参 考 文 献

[1] [美]菲利普·科特勒. 市场营销管理[M]. 2 版. 洪瑞云，梁绍明，陈振忠译. 北京：中国人民大学出版社，2003.

[2] [美]菲利普·科特勒，加里·阿姆斯特朗. 市场营销原理[M]. 赵平，王霞译. 北京：清华大学出版社，2002.

[3] [美]菲利普·科特勒. 市场营销原理(亚洲版)[M]. 何志毅译. 北京：机械工业出版社，2006.

[4] [美]菲利普·科特勒. 营销管理[M]. 梅清豪译. 上海：上海人民出版社，2003.

[5] 吴健安. 市场营销学[M]. 3 版. 北京：高等教育出版社，2007.

[6] 吕一林. 现代市场营销学[M]. 北京：清华大学出版社，2004.

[7] 曾晓阳，胡维平. 市场营销学案例集(第二辑)[M]. 上海：上海财经大学出版社，2005.

[8] 龚曙明. 市场调查与预测[M]. 北京：清华大学出版社，2005.

[9] 陈守则，王竞梅，戴秀英. 市场营销学[M]. 北京：机械工业出版社，2005.

[10] 何永祺，张传忠，蔡新春. 市场营销学[M]. 2 版. 大连：东北财经大学出版社，2006.

[11] 冯丽云. 现代市场营销学[M]. 3 版. 北京：经济管理出版社，2004.

[12] [英]杰弗·兰卡斯特，弗兰克·卫斯. 市场营销基础[M]. 刘现伟，陈涛译. 北京：经济管理出版社，2005.

[13] [英]迈克·海德. 市场营销实物[M]. 陈立平译. 上海：经济管理出版社，2005.

[14] 曾晓洋，胡维平. 市场营销案例集[M]. 上海：上海财经大学出版社，2005.

[15] 龚振，荣晓华，等. 消费者行为学[M]. 大连：东北财经大学出版社，2002.

[16] 张大亮，范晓屏，戚译. 营销管理——理论、应用与案例[M]. 北京：科学出版社，2002.

[17] 龚曙明. 市场调查与预测[M]. 北京：清华大学出版社；北京交通大学出版社，2005.

[18] 陈阳. 市场营销学[M]. 北京：中国林业出版社；北京大学出版社，2008.

[19] 吴健安. 市场营销学[M]. 2 版. 北京：高等教育出版社，2004.

[20] 黄沛，张喆. 市场营销学[M]. 北京：北京师范大学出版社，2007.

[21] 任治君. 国际经济学[M]. 成都：西南财经大学出版社，2002.

[22] 李致平. 现代宏观经济学[M]. 合肥：中国科学技术大学出版社，2006.

[23] 宋奇成. 西方经济学[M]. 重庆：重庆大学出版社，2004.

[24] 韩玉珍. 国际贸易与国际金融[M]. 北京：北京大学出版社，2002.

[25] N G Mankiw. *Macroeconomics*[M]. Forth Edition. Worth Publishhers, 2000.

[26] Robert E Hall, John B Taylor. *Macroeconomics*[M]. Third Edition. 1991 by Norton&Company, Inc.

[27] Robe E Hall, J0hn B Taylor. *Macroeconomics*[M]. Third Edition. 1991 by Norton and Company, Inc.

[28] Robert J Barro. *Are Goverment Bonds Net Wealth*?[J]. *Journal of Political Economy*: 81 (1974).

[29] 王持位. 宏观经济运行分析[M]. 北京：首都经济贸易大学出版社，2001.

北京大学出版社财经管理类实用规划教材(已出版)

序号	标准书号	书 名	主编	定价	序号	标准书号	书 名	主编	定 价
1	7-5038-4748-6	应用统计学	王淑芬	32.00	34	7-5038-4890-2	服务企业经营管理学	于干千	36.00
2	7-5038-4875-9	会计学原理	刘爱香	27.00	35	7-5038-5014-1	组织行为学	安世民	33.00
3	7-5038-4881-0	会计学原理习题与实验	齐永忠	26.00	36	7-5038-5016-5	市场营销学	陈 阳	48.00
4	7-5038-4892-6	基础会计学	李秀莲	30.00	37	7-5038-5015-8	商务谈判	郭秀君	38.00
5	7-5038-4896-4	会计学原理与实务	周慧滨	36.00	38	7-5038-5018-9	财务管理学实用教程	骆永菊	42.00
6	7-5038-4897-1	财务管理学	盛均全	34.00	39	7-5038-5022-6	公共关系学	于朝晖	40.00
7	7-5038-4877-3	生产运作管理	李全喜	42.00	40	7-5038-5013-4	会计学原理与实务模拟实验教程	周慧滨	20.00
8	7-5038-4878-0	运营管理	冯根尧	35.00	41	7-5038-5021-9	国际市场营销学	范应仁	38.00
9	7-5038-4879-7	市场营销学新论	郑玉香	40.00	42	7-5038-5024-0	现代企业管理理论与应用	邱彦彪	40.00
10	7-5038-4880-3	人力资源管理	颜爱民	56.00	43	7-301-13552-5	管理定量分析方法	赵光华	28.00
11	7-5038-4899-5	人力资源管理实用教程	吴宝华	38.00	44	7-81117-496-0	人力资源管理原理与实务	邹 华	32.00
12	7-5038-4889-6	公共关系理论与实务	王 玫	32.00	45	7-81117-492-2	产品与品牌管理	胡 梅	35.00
13	7-5038-4884-1	外贸函电	王 妍	20.00	46	7-81117-494-6	管理学	曾 旗	44.00
14	7-5038-4894-0	国际贸易	朱廷珺	35.00	47	7-81117-498-4	政治经济学原理与实务	沈爱华	28.00
15	7-5038-4895-7	国际贸易实务	夏合群	42.00	48	7-81117-495-3	劳动法学	李 瑞	32.00
16	7-5038-4883-4	国际贸易规则与进出口业务操作实务	李 平	45.00	49	7-81117-497-7	税法与税务会计	吕孝侠	45.00
17	7-5038-4885-8	国际贸易理论与实务	缪东玲	47.00	50	7-81117-549-3	现代经济学基础	张士军	25.00
18	7-5038-4873-5	国际结算	张晓芬	30.00	51	7-81117-536-3	管理经济学	姜保雨	34.00
19	7-5038-4893-3	国际金融	韩博印	30.00	52	7-81117-547-9	经济法实用教程	陈亚平	44.00
20	7-5038-4874-2	宏观经济学原理与实务	崔东红	45.00	53	7-81117-544-8	财务管理学原理与实务	严复海	40.00
21	7-5038-4882-7	宏观经济学	塞令香	32.00	54	7-81117-546-2	金融工程学理论与实务	谭春枝	35.00
22	7-5038-4886-5	西方经济学实用教程	陈孝胜	40.00	55	7-5038-3915-3	计量经济学	刘艳春	28.00
23	7-5038-4870-4	管理运筹学	关文忠	37.00	56	7-81117-559-2	财务管理理论与实务	张思强	45.00
24	7-5038-4871-1	保险学原理与实务	曹时军	37.00	57	7-81117-545-5	高级财务会计	程明娥	46.00
25	7-5038-4872-8	管理学基础	于干千	35.00	58	7-81117-533-2	会计学	马丽莹	44.00
26	7-5038-4891-9	管理学基础学习指南与习题集	王 珍	26.00	59	7-81117-568-4	微观经济学	梁瑞华	35.00
27	7-5038-4888-9	统计学原理	刘晓利	28.00	60	7-81117-575-2	管理学原理与实务	陈嘉莉	38.00
28	7-5038-4898-8	统计学	曲 岩	42.00	61	7-81117-519-6	流程型组织的构建研究	岳 澎	35.00
29	7-5038-4876-6	经济法原理与实务	杨士富	32.00	62	7-81117-660-5	公共关系学实用教程	周 华	35.00
30	7-5038-4887-2	商法总论	任先行	40.00	63	7-81117-663-6	企业文化理论与实务	王水嫩	30.00
31	7-5038-4965-7	财政学	盖 锐	34.00	64	7-81117-599-8	现代市场营销学	邓德胜	40.00
32	7-5038-4997-8	通用管理知识概论	王丽平	36.00	65	7-81117-674-2	发展经济学	赵邦宏	48.00
33	7-5038-4999-2	跨国公司管理	冯雷鸣	28.00	66	7-81117-676-6	市场营销学	戴秀英	32.00

电子书(PDF 版)、电子课件和相关教学资源下载地址：http://www.pup6.com/ebook.htm，欢迎下载。
欢迎免费索取样书，请填写并通过 E-mail 提交教师调查表，下载地址：http://www.pup6.com/down/教师信息调查表 excel 版.xls，欢迎订购。联系方式：010-62750667，lihu80@163.com，linzhangbo@126.com，欢迎来电来信。